Não é meia-noite quem quer

António Lobo Antunes

Não é meia-noite quem quer

ALFAGUARA

Copyright © 2012 by António Lobo Antunes

A editora manteve a grafia vigente em Portugal, observando as regras do Acordo Ortográfico da Língua Portuguesa de 1990.

Capa
Ciro Girard e Marcelo Girard

Revisão
Raquel Correa
Eduardo Rosal
Ana Kronemberger
Ana Maria Barbosa

CIP-Brasil. Catalogação na fonte
Sindicato Nacional dos Editores de Livros, RJ

A642n
    Antunes, António Lobo
        Não é meia-noite quem quer/ António Lobo Antunes. – 1. ed. – Rio de Janeiro: Objetiva, 2015.
        479p.

    ISBN 978-85-7962-436-0

       1. Ficção portuguesa. I. Título.

15-25074   CDD: 869-3
                                    CDU: 869.134.3-3

[2015]
Todos os direitos desta edição reservados à
EDITORA OBJETIVA LTDA.
Rua Cosme Velho, 103
22241-090 — Rio de Janeiro — RJ
Telefone: (21) 2199-7824
Fax: (21) 2199-7825
www.objetiva.com.br

Não é meia-noite quem quer.

RENÉ CHAR

sexta-feira, 26 de agosto de 2011

1

Acordava a meio da noite com a certeza do mar a chamar-me através das persianas fechadas, voltava a cabeça na direção da janela e sentia-o a olhar para mim conforme o som dos pinheiros a olhar para mim e as vozes dos meus pais, no fim do corredor, a olharem para mim, tudo me olhava no escuro repetindo o meu nome, perguntava
— O que é que eu fiz?
e silêncio, o mar e os pinheiros desapareciam da janela, para onde foram, vocês, e os meus pais calados, se perdermos o mar e os pinheiros não fica quase nada, uns telhados, uns caniços, a areia, sem marcas de gaivotas, de manhã muito cedo, apenas lixo da vazante que os banheiros não varreram ainda, madeiras, algas, gasóleo, eu cinco anos, os meus irmãos sete e nove, não vou falar do meu irmão mais velho, não se fala do meu irmão mais velho, aí está ele a sorrir-me
— Menina
e a descer de bicicleta para a praia comigo no quadro que me magoava um bocadinho, feliz e com medo
— Não vamos cair promete
e não caíamos, ao saltar do quadro continuava a magoar-me um bocadinho e depois passava, colocavam diante das ondas uma bandeira verde num mastro, de tempos a tempos um paquete ao longe, o meu pai ficava a dormir, de jornal no peito, no sofá, quer dizer percebia-se que dormia pela boca aberta, não tinha cabelos brancos nem estava doente, não tinha morrido, a minha mãe, que conversava com a vizinha de toldo
— Vou passar a vida a repetir para não a trazeres de bicicleta enquanto não partires uma perna à menina não descansas

o meu irmão não surdo e o meu irmão surdo atiravam coisas um ao outro e o meu irmão surdo, gritava-se-lhe o nome e não se virava para nós, começou a chorar, os meus cabelos já não pretos como os do meu pai, pintados de loiro, a minha mãe para a vizinha de toldo, a limpar as bochechas do meu irmão surdo com a toalha
— Já viu a minha cruz?
no extremo da praia, sobre as rochas a seguir à lagoa, uma construção abandonada, com a frase Alto da Vigia Mariscos & Bebidas a desbotar-se na cal, onde a seguir ao jantar os gatunos se reuniam a planearem roubarem-nos, a minha mãe
— Tomara eu que vos roubassem a todos para ter paz e sossego
embora não se distinguisse ninguém com uma perna de pau e sacos para nos meterem lá dentro, vi fazer isso com os gatos pequenos e o saco mexia-se, mergulhavam o saco no tanque da roupa e ninguém se mexia nele, despejavam aquilo numa cova no ângulo do quintal a mandarem-nos
— Vão-se embora
só o meu irmão surdo ficava, tentando levantar a terra com os pés, eu para ele
— Não te aflijas
e um melro em duas notas nos pinheiros, qual o motivo de se afligir por um saco de que tombavam pingos e a gata por ali farejando, não tive filhos, eu, quer dizer tive um e perdeu-se, em que cova o meteram, o meu marido
— Não o meteram em cova nenhuma não era um bebé ainda
enquanto a bicicleta subia devagar a ladeira para casa, lembro-me do som da campainha, a do carteiro mais forte, cheguei de manhã para me despedir da casa, na semana que vem entregamos as chaves, as árvores ofendidas comigo, que esses sentimentos notam-se
— Que maldade deixares-nos
não vão olhar-me esta noite, fingem esquecer quem fui, compartimentos sem mobília, um pedaço de papel para a direita e para a esquerda no soalho, restos de palha de colchão

no lugar da minha cama, as mesmas formigas de outrora na cozinha mas as prateleiras sem púcaros, um pacote de açúcar, fechado com uma mola de roupa, sozinho no armário, e a recordação do meu pai à procura da garrafa na despensa, eu para a sua pressa que deixara de existir, mais os dedos trémulos a desprenderem-se-me da memória

— Acabaram-se as garrafas pai

e o meu pai, teimoso, a espreitar uma arca, a tentar uma caixa, a desistir fitando-me de madeixas desalinhadas, não me habituo ao meu loiro, há anos que faleceu, qual o motivo de regressar aqui, senhor, logo hoje, para me atormentar com a sua sede mais o lenço com o qual cuida limpar a testa e nem a cara apanha, agita um adeus sem alvo, reflete um momento a oscilar, termina por esconder-se no bolso, semelhante a um gato no saco, daqui a pouco imóvel, abre-se uma cova no quintal e desaparece para sempre à medida que o resto de você tropeça na sala, a minha mãe para a vizinha de toldo, a apontar-nos

— Não me servem de nada

a minha cruz, dona Liberdade, um surdo, uma inútil, outro que se mata, outro louco, não mencionando o marido com os fumos do álcool

— Tira-me as aranhas da roupa

uma tropa fandanga, amiga, no Alto da Vigia Mariscos & Bebidas pareceu-me que um gatuno mas, reparando melhor, um arbusto sacudido pelo vento do mar, dois ou três burros magríssimos que os ciganos esqueceram, pisando o mundo com a fragilidade dos cascos, em silêncio como o mar e os pinheiros, mirando-me desiludidos

— Vais deixar-nos a sério?

e que o meu irmão surdo dava ideia de entender pelo modo como as sobrancelhas trocavam de sítio, estalava-se uma colher num tacho e o meu irmão surdo alheado, calávamo-nos a pensar e ele, medindo cada letra

— Talvez

descobriu antes dos outros, não sei como, que me ia casar e puxou-me para o corredor

(muito menos gaivotas do que quando era pequena por quê?)
num soprozinho
— Não
muito menos gaivotas, nenhum gatuno, o Alto da Vigia inexistente, nem uma empena, nem um pedaço de horta, ervas a baloiçarem sem descanso, um dos burros caiu quando uma ponta de rocha cedeu e os cachorros de volta dele, escanzelados, acordava a meio da noite com a certeza do mar a chamar-me através das persianas fechadas, quem lhe revelou o meu nome, voltava a cabeça na direção da janela e sentia-o a olhar para mim, se me aproximasse das persianas tanto escuro, onde param os olhos, o burro deu à costa inchado, de patas esticadas, só dentes, o meu pai, também inchado de pijama
— Viste por aí uma garrafa menina?
os pés custosos de andarem, a voz a empurrar-se por uma encosta difícil, a minha mãe
— Queres matar-te como o teu filho mais velho?
vim a esta casa para me despedir dela, os banheiros cobriram o burro com um oleado e levaram-no para o armazém, ecos de pinheiros no eco dos meus passos, qual de nós é as árvores e qual de nós sou eu, um melro mudou de galho num frenesim de páginas, os compartimentos aumentaram de tamanho, afigurou-se-me que um pedaço de vestido da Esmeralda, uma boneca que tive, e afinal o sol num caco de prato, se me desse para comunicar em quantas vozes a minha voz se dividia, a minha mãe
— Não sabes estar quieta?
a abotoar a blusa que me picava nas costas, a única coisa que me aborrece na ideia de crescer é que o meu irmão mais velho não me leve no quadro até à praia, a partir da próxima semana, depois de entregar as chaves, não serei capaz de espreitar a casa de longe, as páginas do jornal escorregavam para o chão enquanto o meu pai dormia, de tempos a tempos ia à despensa tomar um gole às escondidas
— Remédio para a tosse menina remédio para a tosse
com uma cor diferente nas orelhas e na testa, dizer aos pinheiros que não olhem para mim, não tenho culpa,

chegávamos em agosto, íamo-nos embora durante as marés vivas, com as gaivotas não na praia, poisadas nas chaminés, as ondas alcançavam a muralha e levavam a areia com elas, não mencionando o verão e a voz da minha mãe, os meus irmãos e eu no banco de trás do automóvel cheio de malas, eles voltados para a frente e eu ao contrário, de joelhos, a assistir às férias a diminuírem no vidro, o quiosque, o café de matraquilhos, as últimas árvores e depois a estrada, a bomba de gasolina onde nos mandavam fazer chichi mesmo que não tivéssemos vontade, os meus irmãos na porta com a silhueta do homem e eu na porta com a silhueta da mulher, onde a minha mãe já não me acompanhava

— Lava bem as mãos

e eu orgulhosa de entrar sozinha ali, em que sempre vestígios de perfume, apesar da minha cara em baixo no espelho, levei séculos a subir espelho acima, havia uma terceira porta com uma silhueta numa cadeira de rodas que até hoje me dá curiosidade espreitar, passado um instantinho Lisboa, faltavam azulejos no prédio ao lado da pastelaria Tebas

— O que quer dizer Tebas mãe?

e a minha mãe, como sempre que não fazia ideia

— Tanta pergunta

com um soslaio negro ao meu pai, vasculhando o sítio das garrafas antes de esvaziarmos as malas, cheiros a fechado e a ausência, que se prolongavam durante semanas, até que o cheiro da comida e o cheiro das pessoas se tornava mais forte, deslizava-se o dedo em qualquer mesa e pó, não informei que não havia pasta de dentes a fim de não me obrigarem a usá-la, deu-me a sensação que o mar e os pinheiros iam voltar e não voltavam, embora um restinho de areia nos pés e eu contente de encontrá-lo, uma gaivota perdida atravessou a varanda mas nenhum burro nem nenhum gatuno nos telhados vizinhos, ao escrever que não se mencionava o meu irmão mais velho referia-me a, um dia, se arranjar coragem, conto, o meu irmão surdo começou a protestar, exigindo dormir com o elefante que o protegia das armadilhas do mundo, oculto no meio da roupa suja numa mochila por abrir, a minha mãe gritou-lhe no ouvido

— Não tens vergonha aos sete anos de te abraçares a um bicho?

eu não precisava do elefante, tinha um hipopótamo na mesinha, chamado Ernesto, que cuidava de mim sem necessidade de me agarrar a ele, não me importava de o meter nos lençóis mas o Ernesto preferia a mesinha

— Fico aqui e tu aí

como preferia que o nome Ernesto fosse um segredo nosso

— Não contes a ninguém ouviste?

e eu, claro, obedecia, a minha avó tão velha, mais de quarenta ou sessenta anos no mínimo

— Como se chama o teu hipopótamo menina?

eu, não contes a ninguém, calada, a dona Alice, quase tão velha como a minha avó, com um defeito no polegar, ajudava a minha mãe três vezes por semana, no fim do mês juntavam-se para as somas, a lápis, nas costas de uma fatura, enganando-se nos números, o sobrinho com um rim flutuante, o que é um rim flutuante, não te cansas de aborrecer as pessoas, menina, a dona Alice introduzia aos empurrões as almofadas nas fronhas, a minha mãe, que se interessava por doenças

— Como está o rim flutuante do seu sobrinho dona Alice?

a dona Alice com a almofada metade ao léu e metade no interior da fronha

— Uns dias melhor outros pior querem operá-lo de barriga aberta

e por momentos a ideia de irmos morrer apavorou-me, a morte era muita gente ao pé de nós e termos de conversar aos sussurros

— Já não se respeitam os falecidos?

o meu pai, de gravata preta, mais assíduo na despensa, a minha mãe pausas que um soluço embrulhava, sem se enervar tanto connosco, anunciando, numa solenidade conformada

— Passa tudo num minuto

e mentira, os dias compridíssimos, por exemplo uma eternidade entre o almoço e o meu pai se levantar do sofá para nos levar ao circo depois de uma viagem à despensa, o meu irmão surdo, inquieto com os focos, amarrava-se à gente a ganir pelo elefante, eu não, encantada com a rapariga do trapézio, loira como eu agora, a certeza que se nos conhecêssemos nos tornávamos amigas e era capaz de lhe emprestar o Ernesto por uma noite ou duas, mesmo com o mar a chamar-me através das persianas fechadas e os gatunos no quintal avançando para mim, à volta da tenda jaulas de leões sonâmbulos, de pele igual aos tapetes coçados que se deixam na rua à espera da camioneta da Câmara, e um palhaço, a puxar a bola do nariz para o chapéu, no intuito de ralhar ao filho com a boca enorme, palavras gigantescas que não conseguia escutar, confundidas com a música da orquestra, vi o sobrinho da dona Alice mas não encontrei o rim flutuante, dei-lhe a volta a investigar e observando de fora idêntico a nós, a minha mãe

— Julgavas que o rim flutuante andava por aí?

o rim por aí e o sobrinho da dona Alice a tentar apanhá-lo conforme acontecia ao sabonete no banho, fechava-o na mão e escapava-se, uma mancha azul se permanecemos quietos, nem um rastro se agitamos a água, qual a razão de os sabonetes diminuírem, não se zangue, mãe, que não era uma pergunta, imaginava só, a rapariga do circo nunca veio ao meu quarto, que idade terá hoje em dia e também não se trata de uma pergunta nem quero que me responda dado que não a conheceu, estava a pensar, esqueci o hipopótamo mas o mar e os pinheiros continuam comigo, virava a cabeça na direção da janela para senti-los olharem para mim, tudo me olhava repetindo menina, recordo-me da tarde em que a cara da minha mãe mudada

— Tens de usar um fato de banho que te tape cá em cima

onde, na minha opinião, não havia fosse o que fosse a tapar, dois nozinhos que principiavam a incomodar-me e pronto, o resto igual, o hipopótamo, preocupado

— Vais deitar-me fora?

e eu, saiu-me dessa forma

— Tanta pergunta

e a arrepender-me logo
— Não era o que eu queria dizer desculpa é evidente que não te deito fora
isto na época em que o meu irmão mais velho continuava vivo
— É evidente que não te deito fora
e deitei, precisava da mesinha para fotografias de atores de cinema e o estojo das pulseiras e dos brincos, além de escapar à troça das minhas amigas
— Tens um rinoceronte?
não rinoceronte, hipopótamo, não lhe perdoo que não estivesse comigo quando o meu irmão mais velho, quando as ondas, quando muita gente a cochichar na areia e não foi um burro que caiu dos penedos, quando um polícia trouxe a bicicleta que ficou na muralha o meu pai, sem se esconder na despensa, de garrafa na sala, a minha mãe ergueu-se da máscara das mãos para mim
— Alguma pergunta?
eu que não incomodo seja quem for, vim despedir-me, não compreendo a razão
— Vais ter de usar um fato de banho que te tape cá em cima
de a casa não nos pertencer já, sentindo o mar diferente, os pinheiros diferentes e a fazer cerimónia com os compartimentos vazios, caminhando de leve a hesitar nas portas
— Será que posso entrar?
onde estava o canavial uma moradia, duas e um garoto a jogar uma bola de ténis contra um muro, perto de um regador tombado, fui à rua pôr o Ernesto no lixo, entre dois sacos, o mais fundo que pude, via-se uma das patas, tirei um saco do caixote ao lado e o Ernesto inexistente, quando uma ambulância subiu a rua, que a bicicleta descia na direção da praia, o meu pai trancou-nos no quarto do meu irmão surdo
— Não saiam daí
dava-se fé de várias pessoas na sala, de um homem para o meu pai
— Assine a seguir ao xis a lápis

o burro só dentes e as patas esticadas, durante a assinatura a minha mãe, na voz que existe no interior dos lenços

— Sempre jurou que não ia à guerra

um melro a corrigir as penas junto aos caixilhos, observando-nos de lado, e a continuar a limpeza, nós encostados uns aos outros, com medo, qual destes corações é o meu, o homem para o meu pai

— Escreva o nome direito que não há outro impresso

e um martelo, rolas, a cancela num rasgar comprido, em que um prego ia lacerando o cimento, tudo me aleija, hoje, tudo me fere, a minha mãe, sempre dentro do lenço

— Vou atrás com ele não insistam

a ambulância a ir-se embora, não no sentido da praia, pela banda da quinta na qual nunca vi ninguém, uma capela, oliveiras, o meu irmão surdo apertava o elefante na barriga, o meu irmão não surdo

— Tenho fome

o melro desapareceu numa pressa torta e pela primeira vez na vida, que palermice, tive saudades de um pássaro, nenhuma onda, nenhum pinheiro, nós três sentados na cama com a mão de um deles, húmida de terror, a apertar-me o braço, e não compreendi se o meu sangue me pertencia ou passava de uns para os outros, atarantado, nervoso, nisto o meu irmão mais velho a sorrir-me

— Não te preocupes menina

ou seja nisto

(o homem a aprovar o meu pai

— Vá lá que a assinatura ficou mais ou menos

e uma censura oculta

— É um bêbedo)

nisto passos, primeiro no saibro, depois no degrau, depois no interior da casa, nos caixilhos um cato com uma flor vermelha a vibrar explicando tudo, percebia umas frases ao acaso, o resto não, interessei-me

— O quê?

o cato

— És muito nova para saber

e calou-se, frases relacionadas com um corpo de pernas estendidas, só dentes, na praia, os passos, no interior da casa, aproximaram-se do quarto de forma que apenas o soalho existia, não as paredes, não os móveis, a fechadura um salto, um segundo salto, a vizinha de toldo, solene

— Fico aqui uns dias até os vossos pais voltarem

eu muito nova para saber que o meu irmão mais velho se afogou, a prima da vizinha de toldo na cozinha, desentendida com o fogão

— Não me habituo a isto

a abrir e a empurrar armários, a puxar gavetas com força

— Onde é que eles guardam as coisas?

o meu marido a meio da rainha-cláudia, com os dedos amarelos de sumo, a estranhar

— Ires despedir-te da casa?

eu não com onze, com cinquenta e dois anos, ou seja eu com onze e com cinquenta e dois anos, de cabelo preto e de cabelo loiro por cima do cabelo branco, sem compreender que o meu irmão mais velho se afogou, compreendia os dentes, as patas esticadas e um oleado em cima, não compreendia a morte, os círculos das gaivotas alcançavam as copas além de uma dúzia no teto do Casino, o meu marido a limpar os dedos no guardanapo, com a ponta da língua no canto da boca, que dantes me enternecia por o tornar mais novo e desde há séculos deixou de enternecer-me, agradecia que pusesses a língua para dentro, obrigada

— Vai onde te apetecer mas eu preciso do carro

de maneira que cheguei de comboio e camioneta, nas estações edifícios antigos de postigos substituídos por tábuas, uma criança, fitando-me de uma horta minúscula, movendo o braço num até logo sem fim, não um até logo de pessoa, um até logo de boneco quando a corda acabou, se fosse só a língua de fora, o braço imobilizou-se devagar, nunca

— O teu irmão mais velho afogou-se?

nunca vi olhos tão sérios, a horta começou a andar para trás e perdi-a, ganhei um cemitério, que perdi igualmente, onde um grupo de criaturas baixava o meu irmão mais velho à terra com a ajuda de cordas, a minha mãe não estava no meio delas nem o meu pai dialogava com uma garrafa escondida na aba do casaco, o meu irmão não surdo apanhou a lata das bolachas

— Tenho fome

a vizinha de toldo furtou-lhe a lata e colocou os pratos na mesa, com os nossos lugares e os nossos guardanapos trocados, detestava sentar-me numa cadeira que não fosse minha

— Descansa que já comes

a cadeira do meu irmão mais velho desocupada para sempre, a minha mãe punha-lhe a mão no assento

— Esta cruz há-de acompanhar-me até ao fim

o meu pai regressou da despensa a enredar-se no tapete, a endireitar-se

— Não perturbes os garotos que já basta o que basta

vestido de preto na volta de Lisboa, oxalá os ciganos não abandonem mais burros nas rochas, se um pedaço de penedo se quebra tornam a cair no mar e pode não ser o meu irmão mais velho, pode ser o meu irmão surdo, posso ser eu, sempre jurou que não ia à guerra e qual guerra, mãe, o meu pai

— Ouviste alguma história de África tu?

e escutavam-se as ondas por trás da sua voz, uma tarde em que supunha que não viam dei pelo meu pai diante da bicicleta do meu irmão mais velho, na garagem onde se acumulavam uma armação de berço, objetos quebrados, lixo, ao perceber que eu ali

— Anda dar uma volta menina

o meu marido

— Com que então despedires-te da casa da praia

comigo a odiar a rainha-cláudia, os pedaços no interior da boca modificavam-lhe as bochechas, o meu pai e eu descemos a rua até à praia, as vivendas, a mercearia, o café de matraquilhos onde o meu pai encomendou um cálice e qualquer coisa em si, que entendo e não entendo, impediu-o de beber

— Mais logo

a expressão da sua cara quase me fez gritar, herdei-lhe o nariz, as mãos, a minha mãe para a vizinha de toldo

— É toda pai

no fim da rua a pensão de paredes forradas de búzios e a seguir a areia, toda pai, sujeitos de cabazes apanhavam mexilhões e caranguejos pequenos, quase transparentes, nas rochas, o meu pai sentou-me na muralha segurando-me pela barriga, as gotas das ondas picavam-me a pele, a bandeira no mastro não verde nem amarela, encarnada, quis pedir
— Não me agarre com tanta força senhor
mas percebi que tinha de me prender assim, não por minha causa, por ele, não disse
— Não fale no meu irmão mais velho
por saber que não ia falar e a prova que não ia falar estava em que quase não conseguia mexer-me, a quantidade de alturas em que devíamos dizer
— Pai
e não dizemos, o Alto da Vigia Mariscos & Bebidas destruído já, famílias a almoçarem de marmitas, dois ou três cães, de cabeça baixa, sem encontrarem um fiozinho de cheiro que lhes valesse, vim aqui despedir-me na esperança de um fiozinho de cheiro que me valha e nem os pinheiros respondem ao que pergunto, a garganta do meu pai ruídos de quem tranca a vida a sete chaves, vim despedir-me da casa, sim, e não necessito do automóvel, não necessito de ti, que conheces tu dos olhos nas persianas à noite, das vozes que me repetem o nome, necessito de uma criança a acenar-me adeus numa horta até que o comboio me obrigue a perdê-la, dos meus irmãos pequenos, dos melros, do Ernesto que regressa à mesinha e me aguarda, o meu pai e eu nos degraus onde as pessoas sacudiam os sapatos antes de se calçarem, o meu irmão surdo diante do quarto do meu irmão mais velho sem se atrever a entrar, despejaram-lhe as estantes e levaram-lhe a roupa, a minha mãe
— Nunca mais quero ouvir o seu nome
enquanto o meu pai e eu íamos caminhando ao comprido da linha do alcatrão, apetece-lhe uma garrafa, não lhe apetece, senhor, quer que a vá buscar para si e ele calado
— Não
ele calado
— Também tens vergonha de mim?

e não tinha, afianço-lhe, mesmo quando permanecia à cabeceira sem poder levantar-se não tinha, vi-o no hospital e sorriu-me

— Lembras-te da onda menina?

quando passeamos na praia na semana seguinte ao, na semana seguinte, e mal me chegavas à cintura, não bebi pois não, portei-me bem, orgulhei-me de mim, o médico

— Dê uma vista de olhos à miséria destas análises a roxo, nem uma para amostra a azul

nenhum vestígio no sítio onde encontraram o corpo, comigo a pensar se calhar não tiveram aquele filho, quando acabou a hora da visita voltou-se para a parede a fim de não assistir à minha partida

— Menina

e um ou dois dias depois estive no velório e no enterro, primos desconhecidos que me apertavam a mão murmurando consolos, senhoras que ignorava quem fossem, a minha mãe sentada, diante da urna e dos círios, acompanhada por criaturas severas, o caixão a sair da furgoneta sob guarda-chuvas, as coroas de flores à chuva, eu à chuva, o padre, de lentes molhadas, a apressar as rezas, o meu irmão surdo sem cumprimentar as pessoas, se lhe tocassem fugia, foi ele quem rasgou os pneus da bicicleta, partiu a campainha e entortou o selim, a água pingava-lhe do nariz, não das pálpebras, andava numa escola onde se discutia com os dedos e um som na garganta como o meu pai na areia, cuja última coisa que recordo é a nuca a girar no sentido da parede, com todas as análises a roxo e um tubo no braço, sem se despedir de nós, quem se despede nesta família antes de morrermos, vamos embora e pronto, o meu marido

— Voltas quando?

e eu sem lhe responder, provavelmente nem volto, tombo como uma pinha da árvore e fico ali no pátio, os choupos do cemitério pesados da chuva, os dentes do meu irmão mais velho pesadíssimos no interior da terra, isto no inverno com todas as lâmpadas acesas e escuro mesmo assim, gostava de escrever outras coisas e não sou capaz, fico a acenar-vos como a criança na horta até ao fim da corda, o meu marido, enquanto eu vestia o casaco

— O pai bebe até tombar e a filha resolve despedir-se da casa onde nunca põe os pés como me fui meter com gente desta?

e enquanto esperava pelo elevador ouvi loiça a partir-se mas o que se passava para além do capacho já não me dizia respeito, no espelho uma mulher de cabelo loiro que demorei a reconhecer ser eu, se tivesse um filho não o trazia comigo, esquecia-o, e nisto veio-me à ideia o hipopótamo a perder recheio, a minha mãe mandou-me buscar algodão ao armário dos remédios e meteu um pedaço no hipopótamo, pediu a caixa da costura com aquela tesoura horrível com que se cortavam as unhas, coseu-o e enquanto cosia, pode parecer esquisito, sentou-me ao colo sem perguntar

— Há quanto tempo não tomas banho tu?

encostei-me ao pescoço dela e a chuva de todos os enterros parou, o meu pai e eu subimos da praia por um caminho diferente, contornando o bairro, a sua sombra chegava sempre primeiro do que a minha aos desníveis da terra, de quando em quando parávamos para o meu pai ajustar os pulmões nas costelas, respirando com força, e as ondas cada vez mais distantes, a minha mãe cortou a linha com a boca e entregou-me o Ernesto, fechou a caixa da costura

— Que tal?

tapou a lata de algodão e estendeu-me as duas coisas

— Vai pôr isto nos sítios

ou seja a caixa da costura em cima da tábua de passar a ferro e o algodão junto aos pensos rápidos, entristeceu-me não ter nenhuma ferida para colocar um deles no joelho e ganhar o respeito dos meus irmãos coxeando, a torneira da água fria com um Q gravado, enquanto a torneira da água quente um F, pingava sem descanso por mais que a torcêssemos, o meu pai

— Um dia destes mudo-lhe a borracha

se lhe chamavam a atenção, semanas depois

— É verdade passou-me

e sumia-se no interior do jornal sem desenhos nenhuns, só palavras e retratos de cavalheiros de idade que se chamavam todos Ministro, ao regressar à sala a minha mãe, distraída de mim, embalava o Ernesto a fazer-lhe festas, ao aperceber-se da minha chegada estendeu-mo logo

— Devo estar parva

e o lábio dela uma espécie de lágrima, notava-se que na sua cabeça um carrossel com girafas e cavalos de madeira e tábuas inseguras a estalarem, à medida que uma voz imensa num altifalante

— Viaje no oito viaja melhor

e o sujeito do Poço da Morte, de capacete de motociclista, a acelerar num estrado

— Lembra-se do carrossel mãe?

a memória dela, contente, cheia de girafas, se o meu irmão mais velho não me tivesse convidado

— Menina

seguíamos as duas, empoleiradas nos bichos, radiantes de ter medo, em voltas sacudidas, recordo-me do pai dela a tossir para a manga, recordo-me da mãe dela, muito gorda, escalando bengala acima para abandonar o sofá, perguntei

— Quer que lhe empreste o Ernesto por uma noite ou duas?

e a minha mãe a hesitar, aceito, não aceito, fitando o hipopótamo, fitando-me a mim, apoiando-se melhor na girafa de madeira que principiava a rodar, a minha mãe a crescer de súbito, a dobrar os óculos que usava para a agulha, a guardá-los no estojo, a depositar o estojo no apoio da poltrona e a ordenar

— Some-te da minha frente

enquanto o sujeito do Poço da Morte, por quem esteve apaixonada até aos doze anos, lhe ignorava o sorriso acelerando no estrado.

2

Morrer é quando há um espaço a mais na mesa afastando as cadeiras para disfarçar, percebe-se o desconforto da ausência porque o quadro mais à esquerda e o aparador mais longe, sobretudo o quadro mais à esquerda e o buraco do primeiro prego, em que a moldura não se fixou, à vista, fala-se de maneira diferente esperando uma voz que não chega, come-se de maneira diferente, deixando uma porção na travessa de que ninguém se serve, os cotovelos vizinhos deixam de impedir os nossos e faz-nos falta que impeçam os nossos, a minha mãe para o meu irmão não surdo, que ainda não tinha ido a África e vindo afetado da guerra, a bater-lhe nas costas da mão

— Achas que é assim que se pega no garfo?

o meu pai desfazendo uma fatia de pão na toalha sem reparar no pão, reparava no lugar que devia existir ao lado dele e o gargalo da garrafa vibrava no copo, não se sentia o mar, sentia-se um martelo pneumático na vivenda das traseiras que nos desconjuntava o soalho e alterava a paz da água no jarro, a minha mãe disse

— Se ao menos eu

e calou-se dado que a expressão do meu pai lhe ordenava

— Chega

o meu irmão surdo, diante de um tabuleiro de vaquinhas estampadas, com o guardanapo ao pescoço e grãos de arroz no queixo, o motociclista que acelerava no estrado do Poço da Morte apareceu e desapareceu, uma girafa de madeira espreitou do peitoril a abanar-se, aproximando um olho de pestanas imensas, a voz do altifalante apagada, a música mais ténue que os pinheiros, o meu irmão não surdo não se

amanhava com o talher e o peixe escorregava do garfo, a minha mãe equilibrando lágrimas no interior das pálpebras, a franzir-se e a desfranzir-se
— Um rapaz de dezoito anos meu Deus
a girafa abandonou o peitoril aos estremeções, desde que casei contigo não sou feliz, o álcool, os desempregos, as dívidas, é impossível que as crianças não compreendam, eu para ela, dentro de mim igualmente
— Compreender o quê?
e a fatia de pão do meu pai desfeita depressa, umas unhas mais compridas que as outras, a camisa manchada, pupilas que ora viam ora não viam, viam-me a mim
— Menina
e as feições de dantes regressavam, aquela paixão pela filha, senhores, o meu pai que não me beijava, não mereço beijá-la, tinha a certeza que o meu irmão surdo se apercebia de tudo, descobria as vozes mudas que não param, não param, tanta gente a falar no interior das pessoas, ganas de cobrir as orelhas com as palmas
— Deixem-me
só o meu irmão mais velho calado embora à mesa connosco, a presença de quem não está assusta-me, a cadeira dele ao mesmo tempo arrumada contra a parede e ali, volta e meia fazia-me um sinalzinho
— Não te preocupes
embora as ondas o empurrassem para a praia, ora um braço, ora o outro, ora as calças rasgadas, a minha mãe tirava os grãos de arroz do queixo do meu irmão surdo com o vértice do guardanapo
— A quem saiu este infeliz?
e o soalho em paz porque os operários do martelo pneumático a fumarem, quando o pai da minha mãe ainda não era um retrato esfregava a bochecha com força, depois de cumprimentá-lo, para me livrar do bigode, mesmo depois de verificar no espelho que a bochecha limpa o bigode continuava a picar-me, a única amabilidade que ele me dizia
— Espertalhona

tinha de atravessar imensos pelos, que cheiravam a cigarro e a sopa, até me alcançar, o
— Espertalhona
que um par de dentes castanhos embaciava, deslocava-se movendo gonzos por olear, não articulações, que emperravam a meio do caminho, igual ao marujo de madeira do meu irmão não surdo, o que veio afetado da guerra e morava sei lá onde, o marujo dirigia-se à cómoda, determinado, lento, esbarrava, caía, e apesar de caído marchava no vazio, a mãe da minha mãe suspirando no interior da gordura
— Tive um cão cego em pequena
e não me recordo de outras frases, recordo-me da aliança impossível de, olha o mar a chamar-me, tirar do dedo e do relógio de pulso, de ponteiros romanos, a que não dava corda, marcando onze e vinte, o relógio da cozinha, também inamovível, seis e catorze e um outro, numa redoma, com um par de anjinhos de bronze sustentando o mostrador, fixo nas duas e cinquenta e oito, que múltiplo o tempo, o bigode e o cão cego
— Deram-lhe uma injeção no meu colo
atordoavam-me, em que altura viveram eles, em que altura vivo eu e qual a minha idade quando estou lá, a minha mãe
— Prova
um fato de banho de mulher que recusei pôr
— Não quero vestir isso não quero ser crescida
os pinheiros para mim
— És professora não és?
na tampa riscada da lata das bolachas que nos estendiam uma carruagem com uma princesa, ou seja a rapariga do trapézio, enfeitada por uma coroa, a garantir-me
— Somos amigas juro
e embora me apetecesse recusava as bolachas para que ela tivesse de comer nas alturas em que se sente fome de noite e não achasse a lata vazia, eu para os pinheiros, a admitir, envergonhada
— Professora sim

na certeza que não me acreditavam, não há professores com onze e vinte anos, ou seis e catorze, ou dois e cinquenta e oito, de pano de cozinha amarrado ao pescoço
— Estou para saber como fazes mas consegues sempre sujar-te
a bengala da minha avó furava o soalho a custo levando-a consigo, devia beijar a bengala, não ela, a minha avó uma coisa enorme que a bengala usava, morrer é quando há um lugar a mais à mesa, disfarçado pelas cadeiras afastadas, e a gente à espera que o meu irmão mais velho apareça e se espante sem se decidir
— Onde me sento agora?
há ocasiões em que lhe ponho o prato ao jantar, o meu marido
— Temos visitas?
eu
— Temos
sem escutar a pausa que se vai tornando zanga nem o prato no chão, o meu marido a varrer os talheres e o copo
— Importas-te de explicar quem convidaste?
comigo sabendo perfeitamente que era o irmão mais velho a que não vim a tempo de tomar conta, ao surdo propus-lhe trabalho, ao maluco pago-lhe o quarto, à mãe transfiro-lhe dinheiro todos os meses, o irmão mais velho que se meteu no mar há séculos por causa da guerra em África, e se já pertencesse à família não tinha outro remédio senão tirá-lo das ondas, sustento-lhe a parentela e a minha mulher agradece-me com parvoíces destas, um prato para o defunto e eu a pagar que o vencimento de professora é uma miséria, o que descobri nela quando nos conhecemos, a roupa às três pancadas, a mania de conversar com as coisas, até na altura em que engravidou enganou-se no sítio em que se coloca a criança, no fim da operação o doutor
— Não pode ter mais filhos
eu
— Não podes ter mais filhos
e ela na cama a dormitar, a única frase que lhe escutei foi

— São onze e vinte ou seis e catorze?
afastando a cara
— Com bigode não
e agora sozinha na praia a despedir-se de uma ruína vazia, buscando o passado nos pinheiros ou seja um pai bêbedo a segredar-lhe
— Menina
um hipopótamo que deitou no lixo e eu, sem obrigação nenhuma, a aturar-lhe a família, uma casa de praia barata no topo da vilória, com a bicicleta do dito irmão mais velho, ela
— Costumava levar-me no quadro
a apodrecer na garagem, a minha mãe de repente maior, segurando um par de alças azuis
— Veste o fato de banho e cala-te
eu com receio que o meu pai, contente com um fundo de garrafa na despensa, deixasse de ligar-me por ser grande, embora ele, à entrada do quarto, a reconhecer-me e eu feliz, para você sou menina
— Uma senhora menina bravo
à medida que, a torneira que necessitava de uma borracha nova, ia pingando explosões no lavatório, a minha mãe
— Se houvesse dinheiro já a tinha mandado consertar há meses
e de súbito a suspeita atroz
— Somos pobres?
desses que pintam os sapatos em lugar de engraxá-los e jantam, defendendo-se com os cotovelos da cobiça alheia, uma maçãzinha na marquise, pevides e tudo, ensino português numa escola, fitando em roda no medo que lha furtem, a maçã comida até ao pé, que também se mastiga, e a inspeção do tacho, inclinado para um lado e para o outro, na esperança de um resto de sopa da véspera, se desencantassem a lata da trapezista comiam-na e a trapezista para mim, os alunos não me respeitam
— Se acordar a meio da noite o que é que eu faço?
se acordo a meio da noite tenho o mar, não mencionando o Ernesto, barulho o tempo inteiro, levantam-se,

sentam-se, a trapezista leões moribundos e palhaços sem nariz a ralharem, quando envelhecer colocam-na, exuberante de pulseiras, na guarita dos bilhetes ou ajuda o ilusionista que extrai pombos das mãos vazias, aperfeiçoando-lhes a cabeça com a ponta dos dedos, até que o martelo pneumático recomeçou a trabalhar, desorganizando-me as ideias, e o mundo a pular à minha volta a trocar-me as lembranças de sítio, o meu irmão não surdo num navio para África, com centenas de colegas de uniforme verde, ainda sem dentes grandes e as patas esticadas, isto em janeiro, ao frio, o Tejo cinzento baloiçando detritos, recordo-me de uma canastra de vime e de cadáveres de gaivotas, se fosse só levantarem-se e sentarem-se, imitam bichos, riem-se, não consegui descobrir o meu irmão não surdo na amurada, não sei se derivado ao nevoeiro ou a um rebocador transportando um paquete, a minha mãe enviava-lhe chocolates, conservas, no caso da vizinha de toldo por perto

— Já viu a minha cruz?

uma manhã em Alcântara a agitar mangas até que o rio apenas, o meu irmão não surdo não existe, existem a água e os pássaros, a maior parte abrigados numa reentrância de armazém, as pessoas no cais foram-se embora e eu solteira, havia um retrato do meu pai, se me pediam namoro desviava a conversa, fardado, ou respondia

— Depois falamos

num álbum e, escrito por baixo, Em Tomar, com uma data que não se percebia visto que um indicador sobre a tinta fresca, dois fulanos com ele junto a uma porta que anunciava Enfermaria, o meu pai

— O de cá o Fernandes o de lá a memória tem destas coisas daqui a pouco já sei

no dia seguinte, à hora do jantar, uma exclamação de triunfo

— Osório?

até que o álbum trazido da gaveta, o mindinho na fotografia

— O Osório

e uma história, cheia de afluentes e ramificações, na qual nos perdíamos, acerca de como o Osório esmagou uma

falange na carreira de tiro, amputaram-lhe o anelar e casou de aliança no mindinho, o meu pai, vitorioso
— A noiva Cândida o padrinho Abel
a interrogação pensativa
— O que será feito do Osório?
a vida do Osório, o destino do Osório, o próprio Osório instalado no meio da travessa de borrego, desconfortável, tímido
— Perdoem
desejoso de se dissolver no álbum a disfarçar a falta da falange com a outra palma, o álbum, aberto à mesa, cobria vários pratos, a minha mãe
— Há um mosquito morto nessa página
e o Osório a diminuir no interior da página enquanto a minha mãe se levantava arredando a cadeira
— O bicho tirou-me o apetite
o Osório envergonhado e de facto, em cada gesto, uma falange a menos
— Um mosquito de Tomar?
as pessoas foram-se embora e nós no cais ainda, convencidos que o barco regressava ou, pelo menos, a minha mãe com a esperança que o barco regressasse
— Pode suceder que uma avaria nas máquinas
o meu pai transportou o Osório e o Fernandes para a gaveta, com Tomar e o casamento na ideia, o Fernandes e ele expulsos na altura dos brindes, a empurrarem-se aos encontrões pela avenida adiante, ora amicíssimos ora inimigos, o Fernandes vomitando de joelhos na praça, o meu pai a cantar, a ajudá-lo a ficar direito e a vomitarem os dois, promessas de se manterem unidos no fim da tropa e não tornaram a ver-se, escreveu-lhe passados meses e a carta devolvida, Não Mora Aqui, o meu pai a contemplar o envelope, suspeitoso
— Deu-me o endereço errado
e depois a minha mãe, e depois os filhos, e depois os empregos, participações de superiores, participações de clientes, chefes ferozes a baterem lápis nas mesas
— Não se trata você?

um emprego mais modesto, outro emprego, quando nasceu a minha filha, e me disseram que uma filha, jurei que, o de cá o Fernandes que nunca respondeu, o de lá, a memória tem destas coisas, como a cabeça é caprichosa, daqui a pouco já sei, durante dois meses não bebi, três, dois meses e uns dias, não muitos, dois meses e seis ou sete dias e um desassossego, uma sede, conversava com a minha filha no berço convencido que me ouvia mesmo durante o sono

— Não sou capaz

acabei por levar uma garrafa para a agência de viagens que me aceitou de escriturário, só para olhar, abria a gaveta e fechava-a logo, uma tarde tirei o selo, outra tarde o plástico que protegia a rolha, outra tarde aconteceu não sei o quê com a telefonista, o diretor a plantar a garrafa na secretária

— Seu ranhoso

a telefonista com ele, de ganchos do cabelo pendurados e o que parecia um rasgão na blusa a notar-se a pele por baixo

— Eu não disse?

as ondas ao fundo, a justificarem-se do meu irmão mais velho

— Não tivemos a culpa

não me importo que não filhos, importa-me a voz dos pinheiros, dá-me a impressão que os melros, a minha mãe consentiu em voltar à mesa depois de substituírem a toalha e o Osório para o meu pai

— Se me avisasses eu não maçava ninguém

morrer é quando há um lugar a mais à mesa e a mesa da cabeça do meu pai deserta, ele sozinho, agora compreendo que se virasse de costas para a gente, senhor, ninguém estava consigo tirando um mosquito num álbum e um par de magalas que o tempo anulou, a convicção de que os melros no poço dado que um arbusto a oscilar, em criança discursos e discursos, agora oscilam somente, uma ocasião uma cobra a chicotear as ervas, de língua para fora e para dentro como o meu marido em certas noites e eu com medo dele

— Não

fixando o teto
— Não
o meu pai
— Menina
  apenas, o meu marido a trilhar-me, abraços, resmungos, a cabeceira da cama torta, um dos meus sapatos calçado
— Espera
  sem compreender o motivo das flores quietas nas jarras, da taça dos colares tranquila, os resmungos cada vez mais fortes, joelhos que se encaixam nos meus, um brinco saltou-me da orelha e onde estará a rosca, julguei vê-la numa prega de lençol e perdi-a, os lábios, sem que os tivesse autorizado
— Não me aleijes
  surpreendidos de falarem, a cobra não chicoteando as ervas e depois não em mim, ao meu lado no colchão, o meu irmão mais velho jogou-lhe uma pedra e trouxe-a a baloiçar num pau, eu não joguei pedra alguma, procurava a rosca de gatas pensando cada vez vejo pior e o médico a mandar-me decifrar maiúsculas num retângulo iluminado, a erguer almofadas, a examinar o cobertor, como as coisas desaparecem por maldade, a pegar no candeeiro que de vez em quando, por maldade também, dava choques, a fim de espreitar sob o colchão, pó, uma barata de patas ao alto, uma tampa de caneta com marcas de dentes que me intrigou porque não mordo, a rosca afinal no resguardo, refugiou-se nele enquanto eu inspecionava o soalho, descobri que na casa da praia o meu irmão surdo me observava ao despir-me, sentia-lhe a respiração, abri a porta de golpe e fugiu, a partir daí fitava-me perplexo, ou eu a mais ou ela a menos, introduzindo os dedos nos calções a comparar-se comigo, qual de nós não é normal, a minha mãe ameaçou-o com a tesoura e o meu irmão surdo, eriçado, de joelhos, sempre que uma cadela com cio na praia acompanhava os restantes cães atrás, desejoso de perceber, mesmo de álbum fechado escutava-se o Osório, o meu pai
— É verdade o Osório
a perdoar-se
— Não reparei no mosquito senhora
o meu pai, por amizade

— Não teve culpa coitado

vim despedir-me desta casa, ou despedir-me do meu irmão mais velho, ou despedir-me de mim, foi no dia vinte e oito de agosto que ele ou o burro no mar, os canteiros desfeitos, o tanque da roupa com um dos pés quebrado, há quantos anos não escutava os pinheiros e não tornarei a escutá-los, só os alunos em Lisboa e a senhora do terceiro andar, conversando sozinha acerca das misérias da vida, que de vez em quando a irmã gémea visitava, de chapelinho e um pacote de bolos secos, suspenso do dedo por intermédio de uma argola de cordel, continuando a discutir a quem pertencia o faqueiro dos pais até que a do chapelinho dava meia, vinte e oito de agosto, volta furiosa, uma ocasião entregou-me o pacote dos bolos que não havia maneira de se libertar do dedo

— Coma-os a menina

e o meu pai pronto a auxiliá-la com a guita embaraçando-a mais, a vizinha deslocava-se ao lar às terças-feiras, também de chapelinho e de doces

— Como estás tu Alfredo?

e o marido, de olho direito enorme, estudando-a com ódio, não anda, não fala, arredonda a pálpebra em combustões silenciosas, nunca imaginei que pudesse haver tanta zanga, uma empregada dava-lhe o lanche e ao engolir o olho aumentava, talvez o meu irmão não surdo more num casebre qualquer, um dia destes encontro-o no passeio à minha espera, o marido um salto e a vizinha e eu a recuarmos apavoradas, o faqueiro

— Prefiro morrer a ceder nisto

meia dúzia de talheres oxidados num estojo

— A prenda de casamento do senhor Secretário de Estado aos meus pais

comigo a tentar imaginar o que Secretário de Estado significava, a vizinha designou-me um cavalheiro digno na parede

— Portugal começou a mirrar desde que ele faleceu

e o cavalheiro concordando com ela, vinte e oito de agosto, apesar de catraia não esqueci a data, numa vozita cheia, autoritária, que outrora dilatava o País

— É verdade

os talheres nem sequer de prata, de estanho, como seria o marido, que de acordo com a vizinha só não foi engenheiro por uma unha negra, antes de o olho crescer, vim despedir-me de mim, a primeira altura em que, aos doze ou treze anos, enterrei as calcinhas na areia para que a minha mãe não notasse e notou, fechou-se comigo no quarto de banho, eu a pensar

— Vai pregar-me um sermão
e ela
— Onde pusestes as calcinhas
não
— Menina
como o meu pai, apenas
— Onde pusestes as calcinhas?

na manhã seguinte cavei na praia, no sítio onde as deixei, e não estavam, no interior da minha barriga qualquer coisa a moer, não dores, picos e a fantasia que os meus ossos mais largos, quem sou agora, se por acaso o meu pai

— Menina

o que lhe respondo, não tenho coragem de dizer, deve sentir-se o cheiro porque cheira, o meu irmão surdo evitando-me, eu areia fora perseguida por cães, apetecia-me não ser eu, apetecia-me esconder-me, apetecia-me fugir

— Ao sentar-me à mesa vão reparar?

o meu irmão mais velho deixou uma carta, encostada à jarra, no mês a seguir à convocatória da tropa, o carteiro entregou um recibo à minha mãe

— Tem de pôr a hora madame

que passou eternidades a lê-lo, apresentar-se às nove horas do dia sete de outubro, enrolando uma madeixa no mindinho, a minha mãe a hesitar com o aparo

— A hora em que parte?

não a caneta da minha mãe, a que estava presa à lapela do carteiro por uma fita, se calhar foi a tampa dessa que encontrei sob a cama, morrer é quando há um lugar a mais na mesa, de regresso das aulas o meu irmão mais velho

— O que é isso?

mesmo afastando as cadeiras para disfarçar percebe-se a ausência porque o quadro mais à esquerda e o aparador mais longe, o meu irmão mais velho
— Não vou a guerra nenhuma
sobretudo o quadro mais à esquerda e o buraco do primeiro prego, em que a moldura não se fixou, à mostra, o meu irmão mais velho girou a cabeça para mim um instante e regressou à convocatória, tempos antes um conhecido do meu pai, que trabalhava num emprego misterioso, fazendo as pessoas calarem-se na pastelaria Tebas, preveniu
— Se o seu rapaz continuar por aí a conspirar contra a Pátria pode ser que a gente se aborreça
o meu irmão mais velho a corar
— Deve ser engano
com papéis sob a roupa da gaveta, um amigo de fato--macaco à espera dele numa esquina, um toque rápido ao telefone, o meu irmão mais velho
— Venho já
e um automóvel a aguardá-lo no largo, o meu pai a caminho da despensa
— Andas metido em quê?
e garrafas umas contra as outras, um caixote a estalar, uma conserva no chão, a minha mãe
— Não tens vergonha?
a certeza que toda a gente sabia o que se passava comigo e conversavam sobre mim, observando-me, se punha perfume o cheiro mais forte, fala-se de maneira diferente esperando uma voz que não chega, come-se de maneira diferente deixando uma porção na travessa de que ninguém se serve, os cotovelos dos outros não impedem os nossos e faz-nos falta que impeçam os nossos, cheirava a minha mãe e a dona Alice e não encontrava nada, a dona Alice para mim, esquecida de arrumar os lençóis na máquina, a cheirar-se por seu turno, o avental, os braços
— Alguma coisa esquisita?
o sobrinho do rim flutuante amontoado num banco porque andar o cansava

— Não o operam no hospital
o meu irmão mais velho rasgou a convocatória do Exército e a minha mãe
— Estás doido?
o meu pai, de regresso da despensa, assistia a franzir-se, não se exaltava connosco, lia o jornal, observava o teto ou desfazia uma fatia na toalha sem atentar no pão, o meu irmão surdo cessou de comer do tabuleiro e articulava uma frase, num tom parecido com o das bonecas, monótono, lento
— Ata titi ata a tia atou
isto esforçando o pescoço e acabando sem fôlego, a minha mãe baixinho, no tom de antes das lágrimas
— Meu Deus
lutando para as impedir de subirem, comendo-as juntamente com o guisado, percebia-se que lágrimas porque mastigava água, o carrossel do oito perdido, o sujeito do Poço da Morte abandonando o estrado e a motorizada um cadáver
— A máquina pifou
nenhuma farripa ao tirar o capacete, a minha mãe, desiludida
— É tão velho
faltava-lhe um canino, aceitou um passarinho no pão na tenda das comidas, declarou ao dono da barraca dos espelhos
— É só rir é só rir
que deformavam as pessoas
— Estou feito ao bife
a minha mãe especava-se ali, a cabeça enorme e o tronco minúsculo ou toda ela fininha enquanto um disco de gargalhadas sem alegria, afinal sempre a mesma, como quando nos fazem cócegas e a gente a torcer-se, girava a saltar espiras aterrando os clientes, segure a avó, mãe, abrace-lhe as pernas
— Sou como está ali senhora?
a avó, também esgalgada, a abraçá-la por seu turno, tinham de trazê-las para a rua onde se palpavam a verificar como eram
— Fiquei como antes dos espelhos a sério?

o dono da barraca à entrada, indiferente ao sofrimento dos clientes

— É só rir

de cabeça enorme e tronco minúsculo, o que a profissão lhe fez, o meu irmão não surdo não dava notícias de África, a minha mãe ia perguntar a um palacete de militares que consultavam registos

— Pelo menos na lista dos mortos não consta

passados cinco ou seis meses uma carta, abriram-na e na folha ata titi ata a tia atou, sem nome nem data, a minha mãe a olhar para o meu irmão surdo que se desculpou de imediato no seu vagar uniforme, não a articular, escrevendo letra a letra com a língua, que intrigante uma voz que se transforma em lápis

— Ouves o vento a ventar avó

eu já noiva nessa época, já professora e ainda aflita com o cheiro, a escapar dos cães e dos homens de olhos maiores, não apenas um, os dois, que o do marido da vizinha no lar, o meu irmão surdo

— Os gatinhos não agatanham os garotos

fazia recados num escritório transportando processos de uma secretária a outra, a minha mãe decepcionada com a velhice do sujeito do Poço da Morte, puxando a manga dos adultos

— Apetece-me ir embora

em torno da feira demasiada noite como sempre ao afastarmo-nos das luzes e provavelmente alguma girafa, escapada do carrossel, nas moitas, o meu irmão não surdo não repetiu as notícias, a minha mãe convencida que uma das girafas avançava para ela, aos oitos, sobre tábuas desajustadas que a faziam tremer, além das girafas, búfalos, zebras, um empregado que pulava de animal em animal a recolher os bilhetes e as gargalhadas dos espelhos a troçarem-na até casa

— É só rir é só rir

quando o baldio se transformou em prédios e ruas, a nossa porta impediu os animais de se aproximarem, ora inclinados para a frente ora inclinados para trás, pestanudos, instáveis, com uma vara de ferro a atravessar o pescoço para nos agarrarmos a ela e outra na barriga a fim de apoiar os calcanhares, grinaldas de ampolas coloriam-nos o tom da pele, sou verde, sou lilás, sou azul, sou verde de novo, quando aquilo parou fiquei lilás, mais um metro e azul, o meu pai a pensar na garrafa

— Ainda te lembras disso?

a minha filha professora, o meu filho não surdo na consulta dos nervos da guerra, deixávamos-lhe a travessa na mesa onde vinha comer quando ninguém na sala, não podíamos falar-lhe nem vê-lo, tapou a fechadura com papel, não respondia à gente, a dona Alice proibida de entrar e a minha mãe

— Já viu a minha cruz?

o mar e os pinheiros sem cessarem de olhar-me, uma gaivota a subir junto ao telhado dissolvendo-se na mata, lembro-me de uma delas num fio de telefone com um peixe no bico, o que aconteceu aos ciganos, neste momento, por exemplo, sinto o cheiro em mim, tenho a certeza que se mexer na areia encontro as calcinhas, os vidros das janelas sujos, eu suja, os alunos espiolhando-me por cima dos cadernos, descobrindo a diferença conforme o meu marido descobria a diferença

— Há qualquer coisa aqui

a minha mãe

— Vais ter isto durante anos e anos

e vontade que um burro dos ciganos ou eu, morrer é quando há um lugar a mais, mesmo afastando as cadeiras a disfarçar percebe-se, caísse das rochas, o meu irmão mais velho

— Menina

tentando ensinar-me o que eu não entendia, a certeza que me tocou no ombro antes de descer à praia, a certeza de uma frase que formou com o dedo no postigo da garagem, lá estava o berço, a bicicleta torta, lixo, lá estava a minha filha a chegar-se ao postigo, lá estava a despedida do meu filho mais velho e não necessitei de decifrá-la porque a minha filha olhou as marcas do dedo a anunciar

— Ata titi ata a tia atou

enquanto o irmão mais velho ou ela, e o que dói falar nisto, se desvaneciam no mar.

3

Já não conheço quase ninguém aqui, as pessoas venderam as casas ou envelheceram e tornaram-se outras, onde era a taberna do senhor Franquelim uma farmácia, onde era o sapateiro uma loja de artesanato, cheia de barros e vimes, a moradia do italiano mantém-se mas desabitada, sem cortinas, de girassóis secos, eu que conversava com eles e respondiam-me, as dúzias de intimidades que lhes contei em segredo e os girassóis

— Não te rales

da minha família, do que me acontecia, de mim, um dos banheiros de quando era miúda sentado num banco, à entrada do café de matraquilhos, com as muletas ao lado, jornais estrangeiros no quiosque, postais em inglês numa árvore de Natal de arame e a esposa do senhor Manelinho ao balcão, de cabelos brancos, sem me conhecer, tão cheia, o que é feito da sua cadela, sempre ao sol, de queixo nas patas, que nunca vi mexer-se, mirava-nos prestes a declarar fosse o que fosse, refletia melhor, desistia

— Para quê?

e eu pensando toda a tarde no que lhe tinha vindo à cabeça, detesto que não terminem as frases ou se arrependam delas, não venham com desculpas

— Não era importante

deixando-me suspensa a imaginar, sem descobrir nada

— O que é feito da sua cadela senhora?

e a esposa do senhor Manelinho à cata da minha cara verdadeira por baixo desta, no caso de eu sorrir talvez uma lamparina lhe acendesse na cabeça claridades difusas

— Moravas lá em cima a seguir ao engenheiro não moravas?

a seguir ao engenheiro e à colónia de férias, com infelizes de bibe atrás das grades do jardim, levavam-nas à praia numa fila de duas a duas, com os mesmos chapéus de palha e as mesmas sandálias, pastoreadas por criaturas sempre a contá-las
— Falta a Rosário?
molhando os pés em grupo e acocorando-se na areia, a minha mãe para a vizinha de toldo, vigiando o meu irmão surdo que metia tudo na boca, conchas, pontas de cigarro, cascas
— Devem ser órfãs
ao mesmo tempo que tirava, com o gancho do indicador, um parafuso de uma goela que se debatia, mostrando-o na palma
— Até parafusos enferrujados acredita-se?
enquanto o meu irmão surdo tentava roubar-lho, a vizinha de toldo
— São todos assim o meu afilhado almoçava clips e hoje é veterinário
embora, se calhar, continue a almoçar clips nos intervalos das consultas, há vícios que não passam, se não os educamos desde o princípio ganham manias, tive um primo que com trinta anos dormia agarrado a uma fralda, confessava à mulher
— Não consigo deitar-me de outra maneira perdoa
os girassóis secos nem um comentário, não esperem consolo nem alegria deles, além dos girassóis tijolos da fachada à vista, garrafas na nossa despensa que uma teia de aranha unia em fiozinhos delicados que oscilavam de leve, suponho que as madeixas das feiticeiras assim, uma das garrafas intacta, com selo, que não teve tempo de alegrar o meu pai, ata titi ata a tia atou, a esposa do senhor Manelinho fitava-me de banda, à procura, numa expressão que a tornava mais nova, e nenhuma lamparina lhe piscou no cérebro, o facto de nenhuma lamparina piscar irritava-a contra a própria memória, chamei o meu pai
— Está acolá uma garrafa sabia?
nem o barulho do jornal a dobrar-se, nem passos gulosos cada vez mais depressa

— A sério?

não se tratava de afastar as cadeiras a disfarçar ausências, ninguém na minha companhia, a comer, o que sobra da tua família come em Lisboa sem se preocupar contigo, ainda que pusesses conchas, pontas de cigarro, cascas, inclusive um parafuso na boca, não vinham, qual a razão de as pessoas se apartarem, em que criaturas nos tornámos, o banheiro das muletas enxotou um catraio com uma delas

— Diz à tua mãe que ainda é cedo

arrumando no banco as nádegas defuntas, vivia do umbigo para cima, do umbigo para baixo meias grossas e chinelos inúteis, em contrapartida, no talho, o senhor Leonel sem mudanças, a corcunda idêntica, a faca enorme de tirar bocados aos bichos, talvez o duplo queixo maior ao decepar ossos, custou-me que o meu pai, se calhar por minha culpa, não atendesse à garrafa

— Fui malcriada consigo?

voltado para a parede demorando a aceitar a sua morte, a morte, para mim, uma interrogação igual à de quarenta anos antes, o que fazem os defuntos, como fazem, porque lhes tiram a roupa, o porta-moedas, o relógio, os pertences todos, salvou-se um par de sapatos, que vieram do conserto depois do funeral, durante meses na copa, a dona Alice receosa de tocar-lhes

— São minhoquentas as almas

o meu irmão surdo calçou-os um dia cirandando pela casa, a minha mãe

— Onde desencantaste isso?

sapatos que enrolavam o tapete, de atacadores desfeitos, as coisas de vestir tão desamparadas quando ninguém lá dentro, a roupa do armário sem corpo, coletes que não incham nem desincham, a falta das mãos nas mangas, onde param as mãos, a minha mãe

— Os sapatos

num tom que preferi não ouvir, ou seja, ouvia mas não falo sobre isso, porque não oferecer um casaco ou umas calças do meu pai à carne pendurada, a tia atou, no talho do senhor Leonel, há quem garanta que dá sorte tocar numa corcunda e todavia a esposa do senhor Leonel sem sorte alguma, sempre doente da espinha, não conheci uma pessoa tão circunflexa, apetecia-me trotar como um burro dos ciganos pelos restos do Alto da Vigia adiante, isto é pedras e um pedaço de armazém, que a água não alcançava, até à ponta da rocha, o mar, nas persianas, na praia comigo, à minha espera, o meu pai não vinha connosco, ficava em casa a pensar, nas pausas entre os gargalos

— Em que é que pensa pai?

ele a olhar-me sério e a permanecer sério apesar do sorriso, uma ternura semelhante aos ângulos de papel que o vento, de passagem, levanta, erguem-se um bocadinho, desistem, erguem-se de novo, acabam, não se deslocam amanhã, que mistério, encontramo-los pegados ao muro, no meio do musgo, ou não pegados ao muro, sumiram-se, não me lembro do meu irmão surdo contente, girava nos compartimentos numa zanga sem rumo, ao menor sobressalto dos objetos dava conta, subia para o joelho do meu pai e eu furiosa, se lhe passar a palma no cabelo deixo de gostar de si, o meu pai oferecia-me o outro joelho e eu

— Não me apetece

distanciando-me em bicos de pés para me tornar mais crescida e tornava, fui à bolsinha da minha mãe pôr batom, cruzei-me com o meu pai e o meu irmão surdo arredando-os com o braço

— Não tenho idade para joelhos sou grande

e apenas assentei os calcanhares no chão ao chegar ao quintal, oito anos de novo, que injustiça o tempo, qual o motivo de na infância tão lento e rápido hoje em dia, a filha do banheiro regressou com o catraio

— Ainda é cedo o tanas tem a sopa a esfriar

os chinelos inúteis de rojo, seguindo as muletas na direção da casa, dantes usava um apito para chamar as pessoas, autoritário, severo, agora era as axilas que o levavam consigo, que injustiça o tempo, a taberna do senhor Franquelim com homens de boina, a jogarem dominó e a cuspirem no passeio, substituída por uma farmácia onde a empregada alinhava frascos, o meu pai surgiu no quintal e eu logo em bicos de pés

— Que idade me dará?

à medida que o meu irmão mais velho oleava a bicicleta sem reparar que eu adulta, movimentando-lhe as rodas hoje em dia sem pneus, encontro uma colega de escola e ela idosa e eu não, o que se passa contigo, descubro-me no espelho e eu idosa igualmente, o que se passou comigo, operaram-me um peito, não me vou alargar sobre isso, o braço deste lado mexe menos do que o outro, perdi a força na mão, não esqueço os tubos, a algália, noites e noites à espera da manhã que não alterava fosse o que fosse, às seis e meia

— Abra-me essa boquinha

e um comprimido na língua sob a crueldade do flúor, onde para a bicicleta, onde para a garagem, cuidava que os pinheiros, cuidava que o mar, não era a minha mãe que me punha o termómetro e me trazia a comida

— Tanta pieguice por uma gripe estás ótima

aplicando-me creme de mentol nas costelas com a aliança a arranhar e um xarope para a tosse de rótulo pegajoso, a colher, que se guardava na embalagem, pegajosa também, se lhe tocava tinha de chupar os dedos e mesmo secando-os no lençol colavam-se uns aos outros, a minha mãe punha os óculos para medir o mercúrio rodando o tubo de vidro, o meu pai torturando o lábio sem pensar na despensa

— Essa febre não baixa?

o meu irmão não surdo e o meu irmão surdo impedidos de entrarem

— Enquanto ela não lhes pegar a doença não sossegam pois não?

e eu flutuando nos cobertores como o meu irmão mais velho na água, agrada-me calcular que tenha sido assim, a água não um chão, um teto cintilante onde sombras, formas vagas, manchas elásticas, lentas, e ele feliz, não conheço uma única criatura aqui, onde era o sapateiro uma loja de artesanato, os girassóis não me consolavam na moradia do italiano,

apesar do cadeado a porta entreaberta de onde um gato se escapou, o limoeiro na agonia
— Já não presto
de raízes ao léu, olhe o limoeiro, pai, diga qualquer coisa que auxilie, o meu irmão não surdo meteu-me uma minhoca no vestido e eu à beira do desmaio, sentia-lhe a comichão das patas na barriga, da barriga passou para a perna e ao atingir a meia caiu, a minha mãe caçou-me a deitar remédio dos ratos, conservar longe do alcance das crianças, nos cereais do meu irmão não surdo, lavou a tigela com lixívia
— Endoideceste?
quis tirar-me o remédio que eu abraçava com força
— Ele não merecia viver
apanhou-me na rua com uma camioneta de refrigerantes travando quase encostada a mim e o condutor a descer da cabine, num passo à toa, limpando as bochechas na camisa
— Foi por um triz
com o crucifixo do espelho retrovisor continuando a oscilar, o meu pai, que não me tocava, surgido sei lá de onde, não da despensa, não da sala, materializou-se ali, bateu-me no rabo e a sua mão indignou-me mais do que a minhoca, terminou o
— Menina
terminou a paixão, oxalá estoire da bebida
— Não gosto de vocês
recusei entregar o remédio dos ratos para vos matar a todos, furtou-mo o meu irmão mais velho
— Menina
e eu, claro
— Também não gosto de ti
capaz de morder o mundo a espernear no chão, levaram-me para casa sob os pinheiros que não disseram o meu nome para amostra, não mencionando os olhos do mar a censurarem-me, isto é levou-me o meu pai, segurando-me nos braços estendidos por causa das minhas bofetadas, dos meus pontapés
— São todos maus detesto-vos

qual o motivo de as pessoas horríveis se me juntarem na família, pego no Ernesto e vou-me embora esta noite, a minha mãe verteu o remédio dos ratos na sanita

— Um mês sem sobremesa

queimou a embalagem no quintal e entornou as cinzas no poço, daqui a uns tempos, quando os ratos souberem, dúzias de bichos fazendo ninho no teto e arrancando-me os olhos, apanho o autocarro para Lisboa e um comboio para o estrangeiro, a minha mãe, aprenderam com a camioneta dos refrigerantes a surgirem de súbito, pilhou-me a juntar os meus búzios e uma dúzia de bolachas num saco

— Que asneira estamos a fazer pateta?

e em lugar de bater-me abraçou-me a tremer, tinha-a visto lamentar-se, nunca a tinha visto tremer, o meu irmão mais velho, na moldura da porta

— Prepara-te que amanhã temos um passeio especial de bicicleta menina

e a minha mãe a tremer com mais força, assoando-se por engano à minha saia, não à dela e, para ser honesta, até me agradou, operaram-me um peito, que se assoasse em mim, não vou para o estrangeiro, não vos deixo, as palmas na minha cara, o nariz quase encostado ao meu, os olhos, assim tão perto, só um, comigo curiosa, um peito

— É castanho ou é preto?

o meu pai amansava o homem dos refrigerantes com uma garrafa, ambos sentados no degrau da cozinha onde se escutava o mar, o crucifixo do espelho retrovisor, abalado, dançaricava ainda, um peito e a axila, disfarço o soutien com um enchumaço que se desprende e eu a corrigi-lo, de cotovelo erguido, por cima da roupa, a minha mãe dois olhos de novo, castanhos, o meu irmão mais velho a examinar as ondas que de quando em quando se esquecem e recomeçam, culpadas

— Perdoem

para além dos arbustos, das casas, a anestesista, e eu nua e consciente que nua debaixo do lençol, não vou estender-me sobre isso

— É alérgica a alguma coisa?

não por senhora doutora, qualquer pessoa nua você, arrumei os búzios, comi uma bolacha que me soube a pó, teria podido conhecer a Tunísia e sacrifiquei-lhes a Tunísia, a ordem dos búzios errada na mesa e eu a trocá-los sem achar as posições, que eu saiba não sou alérgica a não ser, que eu saiba não sou alérgica, a minha mãe de feições ainda ao acaso, se sonhasses como isto custa, filha, e as gargalhadas dos espelhos

— É só rir é só rir

a troçarem-me, a cabeça enorme, o tronco minúsculo, nasceste quando eu já não tinha idade nem força, os teus irmãos gastaram-me até ao osso da alma, ao descobrir que o meu filho surdo aceitei o castigo de Deus sem questionar os motivos, conheci outra pessoa, paguei pelo pecado e contudo depois de me avisarem

— Está grávida

durante um mês não respondi ao teu pai, não por raiva contra ele, por vergonha de mim, o seu corpo inteiriçado na cama e eu a saber que sabia

— É só rir

tive piedade do meu marido por pagar a minha parte e a sua, apesar de na outra almofada

— Não faz mal

ou seja eu a desejar que silêncio e na almofada dele

— Não faz mal

a fim de anular o outro e compensar o teu pai, tu em mim, já não conheço ninguém nas casas vizinhas, lembrava-me da areia de manhã, antes das marcas das gaivotas e dos sulcos das pessoas, o meu pai acompanhou o homem dos refrigerantes à cancela e ficou na cancela, sempre chamamos portão a uma cancela a que faltavam duas tábuas, com o fechozinho solto, a despedir-se do homem e, ignoro por que motivo, o meu pai comoveu-me, em certas alturas, ao fitar-nos, a cara dele

— Tenham pena de mim

e que pena podia ter aos oito anos, que pena podia ter neste momento mesmo que continuasse vivo

— É alérgica a alguma coisa?

e só reparava no sinal do lábio a mexer-se juntamente com a frase, retirando-lhe o sentido
— É alérgica a alguma coisa?
um idioma estrangeiro que ignoro, a anestesista à espera de uma resposta e eu à espera de compreender a pergunta, onde param os pinheiros, onde para o Ernesto, tragam o meu irmão mais velho por favor, com a chave-inglesa de ajustar a roda e uma nódoa no queixo
— O que se passa menina?
aguardando que a empregada saísse dos Correios, na rua a seguir à nossa, mandando-me voltar para casa
— O que vieste aqui fazer?
com o Alto da Vigia à distância e os burros a pastarem cardos que resistiam ao vento do mar, não apenas
— É alérgica a alguma coisa?
um idioma estrangeiro, e
— O que vieste aqui fazer?
um idioma estrangeiro igualmente, o meu irmão mais velho não me apertava a mão, não me sorria, juntava coragem na pressa de quem reúne cobertores que o protejam do frio, na intenção de pedir à empregada dos Correios
— Dá-me licença que a acompanhe?
a empregada dos Correios, afilhada do senhor Manelinho, aborrecida por me ver
— Não
e as feições do meu irmão mais velho a descerem um palmo, ele de camisa engomada, calças novas, uns pingos de perfume da minha mãe nas orelhas, eu
— Puseste o perfume da mãe não puseste?
a empregada dos Correios, amolecida pelo perfume
— Só até à mercearia
e a nuca dele tão vermelha, as mãos a multiplicarem-se
— Tens imensas mãos mano
ansioso de preencher o silêncio
— Chama-se Idália não é?
um anel, que pouco valia, no dedo, desejosa de bichanar às amigas

— O irmão do surdo acompanhou-me à mercearia
e de repente o pavor de filhos surdos, ata titi ata a tia atou, cavando terra à cata de minhocas, gritava como os corvos, não como os melros ou as gaivotas, um som vindo de funduras de gruta, segurava-nos o pulso, gritando sempre, até vermos um lagarto ou um sapo que tentava pisar e lhe escapavam, a minha mãe a desembaraçar-se dele
— Um lagarto parabéns pronto
e a dar com o meu pai a fitá-la sem ressentimento nem censura, o meu irmão mais velho regressou da mercearia a levitar, se não lhe amarrassem uma perna subia, uma ocasião a empregada dos Correios deu-lhe o braço e eu revoltada de ciúmes, atirei-lhes um bocado de telha que se desfez no alpendre do advogado e nem viram, viaje no oito viaja melhor, qualquer dia uma girafa, mal aparafusada às tábuas, cai, tome cuidado, senhora, que no caso de um acidente não nasço, nascendo ao mesmo tempo, é um supor, seríamos amigas ou não ligávamos uma à outra, se me dissesse
— Sou tua mãe
no recreio da escola, mais pequena do que eu, mais fraca, sabendo menos capitais e menos verbos, a pretender dar-me ordens
— Não dispas o casaco é março
nem a ouvia, a minha mãe sempre com uma colega mulata a um canto, anunciando a meu respeito
— Já viu a minha cruz?
convencida de estar na praia, com um chapéu de palha ridículo na cabeça e creme no nariz
— O sol põe-me tão velha
a conversar com a vizinha de toldo que por seu turno usava um boné com New York bordado, a vizinha a colega mulata a quem as contas de multiplicar transtornavam
— Vai um ou vão dois?
um olho no crochê, um olho na gente, vigilante, amarga
— O meu marido
na semana seguinte a empregada dos Correios sozinha, o meu irmão mais velho a consertar o selim que não

necessitava de conserto e um fulano, de capacete, empurrando uma motorizada até à mercearia, dava voltas ao edifício dos Correios numa fumarada sedutora, com a metade dianteira, oxalá te estampes, no ar, passava-nos à cancela desinquietando os cães, o meu irmão mais velho corria cinco ou dez metros e regressava, vencido, no meio de cachorros que fungavam, ou era ele quem fungava, ou eram todos a fungarem de despeito, a única diferença estava em que os cães se dobravam, após círculos pensativos, junto ao supermercado minúsculo, enquanto o meu irmão mais velho estalava a porta do quarto e uma mudez de jazigo na casa, onde se notavam os murmúrios dos mortos e a solidão dos pinheiros, os Correios mudaram para a zona da piscina e a empregada sumiu-se, a esposa do senhor Manelinho procurava recordar-se de mim dado que se percebia o polegar folheando imagens antigas
— Há quantos anos não deve ter sido
o peito falso diferente do outro, o meu marido
— Isto não muda entre nós
e mudou, ambos a fitarmos o vazio nas manhãs de domingo, se a minha perna roçava na sua fingia olhar as horas na mesa de cabeceira para se afastar, se tirasse a camisa de dormir desviava a cabeça sem ter consciência de desviar a cabeça, ao ter consciência de desviar a cabeça girava na almofada e encontrava na sua cara, sem precisão de falar, aflição, o enjoo
— Não sou capaz desculpa
salvo às escuras quando um
— Vem
de condenado, a minha boca na fronha, escutando os arbustos que não havia em Lisboa
— Não te obrigo a fazer
nem o mar nas persianas
— Coitada
as roscas dos meus brincos intactas, uma festa na bochecha
— Acho que me dói a barriga
o meu irmão mais velho a apontar-me o quadro da bicicleta

— Tinha-te prometido uma volta menina
o meu marido
— Não te mexas agora
e ele e o meu marido a pedalarem em conjunto, a custo, na subida da rua, comigo a recordar-me da algália e da minha mãe aplicando-me creme de mentol, gritar como o meu irmão surdo ao achar-se sozinho, afagar um braço e o braço a endurecer nos meus dedos, se a vizinha de toldo me tocava eu assim tesa, a pensar
— Quando é que isto acaba quando é que isto acaba?
a bicicleta pedalando entre moradias antigas, no pátio de uma delas uma criada pendurava roupa de um fio, erguendo cotovelos porque uma pistola invisível a ameaçava, acenei-lhe e agitou um guardanapo em resposta, o meu irmão mais velho e o meu marido, não interessa, julgo que o meu marido
— Estás a gostar não estás?
as moradias não apenas antigas, estou a gostar, obrigada, tristes, as empenas esmoreciam, um fecho quebrado lamentava-se, nenhum pinheiro, nenhum mar, já não conheço ninguém aqui, as pessoas envelheceram e tornaram-se outras, o banheiro de muletas a caminho da sopa, o senhor Franquelim depenando uma hortazita na província, desinteressado de gaivotas, sempre um cigarro apagado na boca e nunca o vi acendê-lo, o mesmo durante anos, aposto, o meu pai a repreender-se ao tirar a garrafa
— Nunca vais deixar de ser estúpido
e as migalhas da fatia de pão, que os dedos desfaziam, coladas às mangas, em miúda agachava-me debaixo da mesa, rodeada de pernas, e que esquisito pernas sem um corpo em cima, não havia relação entre elas e as vozes no outro lado da toalha, talvez a sandália da minha mãe a bater no tapete
— Enquanto não me puserem às portas da morte não descansam vocês
não sou alérgica, anote no seu bloco, que humilhação ter-me tornado uma criatura estendida diante de uma pessoa de pé, deve ser bom andar, fazer barulho com os tacões, ouvir
— O seu peito está ótimo

para vinte e oito de agosto mais dois dias, quando o da motorizada levou sumiço a empregada dos Correios, em vez de descer no sentido da mercearia, cruzava-nos a cancela espreitando pelo rabinho do olho, primeiro dirigindo-se à quinta lá em cima, logo a seguir para baixo e o meu irmão mais velho, de livro aberto, a fingir que não via, colocava uma cadeira a dez metros do muro e sentava-se, voltado para a rua, sem mudar de página, um jovem competente a serrar pranchas na capa e o título Manual do Perfeito Carpinteiro numa caligrafia ostensiva, ao fim de uma semana a empregada dos Correios não tornou a passar, numa das últimas vezes perguntou-me

— Como te chamas tu?

o meu irmão mais velho a afundar-se no Manual do Perfeito Carpinteiro e eu calada, os pinheiros não, a invejarem-lhe os brincos, enquanto percebia o meu irmão não surdo a espiar do reposteiro, vendo-me apanhar caracóis e alinhá-los no muro, aos domingos a minha mãe trazia um saquito da loja, ia buscar uma rolha com mais de dez mil alfinetes espetados, não estou a exagerar, e ela e o meu pai comiam-nos de uma caçarola

— Como te chamas tu?

que tresandava a alho, como é possível ter prazer em pôr na boca uma coisa tão mole, pensando bem como me chamo realmente, a empregada dos Correios uma voz de faca a riscar um prato que até as unhas encolhia, pode ser que exagere, exagero, invejava-lhe o anel, invejava as atenções do meu irmão mais velho, tão cretino, sem me pedir

— Dá-me licença que a acompanhe?

incapaz de perceber quem se ralava com ele, não quero mãos no meu ombro, que estupidez, queria, por exemplo

— Estás bonita

quando lhe entrei no quarto com uma touca de banho a servir de coroa, as pantufas da minha mãe e o roupão dela, preso ao pescoço por um alfinete de ama, atrás de mim como um manto, em lugar de um soslaio

— Ainda tropeças nisso e te magoas

como se houvesse princesas que tropecem, não há, agradecem as palmas com o queixo, uma onda maior do que as outras na praia, galgando a areia até ao mastro em que uma boia de cortiça para além da bandeira, e levando consigo, ao recuar, marmitas, almôndegas, bebés, o que eu não dava para que o Alto da Vigia continuasse ali mais a cadela da esposa do senhor Manelinho, sempre ao sol, nos jornais, de queixo nas patas que nunca a vi mexer-se
— Tem onze anos coitada
de maneira que quando tiver onze anos não me mexo, alongo-me, de olhos fechados, a pensar sob revistas estrangeiras e a árvore de Natal dos postais ingleses, a ideia que a esposa do senhor Manelinho prestes a conhecer-me mas não, a lamparina da memória apagou-se, costumava içar-me para que eu visse as figuras de loiça, um pescador, uma rapariga exuberante, um golfinho, devolvia-me à minha mãe
— Parece que não lhes acha graça
a minha mãe logo
— Não acha graça a nada
e mentira, achava graça em agrafar as camisas do meu pai umas às outras e engolir botões, alérgica é você, enfiava uma linha nos buraquinhos, tomava-os com água e depois recolhia a linha devagar a sentir cócegas pelo esófago adiante, a minha mãe bateu-me com a pantufa e uma de nós chorou, à outra apetecia-lhe engolir a caixa da costura inteira, o lugar vago à mesa insistia
— Estou aqui
conforme a bicicleta
— Estou aqui
e as camisolas do meu irmão mais velho na gaveta
— Estamos todas aqui
no momento em que necessitava que ele me pusesse às cavalitas, desse a volta ao quintal a galope e eu contente
— Mais rápido
eu tão contente
— Mais rápido mano

a galgarmos um canteiro, dois canteiros, a carta contra a jarra e a ambulância com um afogado dentro, a galgarmos as pessoas na cancela, as conversas baixinho
— Muito rápido mano
a empregada dos Correios encostada à parede fronteira, só espanto, e depois de galgarmos o espanto a rua cheia de sol onde ninguém, a não ser nós, tão velozes que nenhum desgosto alcançava, existia.

4

Há alturas em que me sinto tão indefesa, tão frágil, tão pouco digna de ti, a minha sombra à esquerda e eu precisava que caminhasse ao meu lado direito de maneira que mudo de direção no quintal para que caminhe ao meu lado direito, agrupada nos tornozelos, e então penso que a sombra és tu
— Menina
que vi sair uma tarde sem te despedires, não a pedalar depressa, devagarinho, de um lado a outro da rua, quis dizer-te que o pneu da frente quase vazio mas sabias que o pneu da frente quase vazio e o que importava, era só deixá-lo na muralha, o meu irmão surdo, entretido com um formigueiro, levantou-se de repente a olhar-te, movido por um instinto que adivinhava as coisas antes de acontecerem, por exemplo, à mesa, punha-se a observar o copo do meu pai, esquecido de comer, e regressava ao garfo um instante antes de um cotovelo o derrubar ou cotovelo nenhum, caía sozinho, a minha mãe
— E esta?
amontoando vidros na pá
— É perigoso andar descalço por aqui
o meu irmão surdo que adivinhava tudo, a partir de certo dia começou a observar o meu pai como observava o copo, há alturas, não o impedia de ir à despensa, observava-o apenas, em que me sinto tão indefesa, tão frágil, vontade de deitar-me na cama e tapar-me com o lençol, não existir, não ser, vinte e seis de agosto, cedo demais para não ser, não tive uma bicicleta e se calhar não consigo subir às rochas, a minha mãe, nervosa com a cara do meu irmão surdo que não largava o meu pai
— O que tem ele santo Deus?

	como será o mundo visto do Alto da Vigia, contem-me, restos de fogueiras de ciganos e o apetite das gaivotas, faziam o ninho nas traves do telhado que sobravam, ameaçavam-me de bico aberto por causa das crias e tanto vento ali, no caso de levantar a mão tocava as nuvens e alterava-lhes o rumo, ainda havia mesas, cadeiras, uma máquina de café desmantelada, outra praia mais adiante, ou seja palmos de areia que se desfaziam e refaziam sob a insónia das ondas e uma cabra, com um resto de corda ao pescoço, num penhasco, o meu pai a entender o meu irmão surdo, a olhá-lo por seu turno
— Falta pouco não é?
e o meu irmão surdo a concordar, nem
— Ata titi ata
sequer, a boca a digerir um grito, não a vomitá-lo, o mesmo que a cabra digeria sem o vomitar também, porquê tanta ferocidade nas gaivotas, como lhes cabe aquela quantidade de vingança no corpo, o meu pai quase a alcançar o ombro do meu irmão surdo e a arrepender-se do gesto, a minha mãe
— O que estão para aí a conspirar vocês?
não estamos a conspirar, estou a preveni-lo da morte dele, senhora, e da cara contra a parede, estou a lembrar-lhe o seu passado, o pai do meu pai
— Onde arranjaste tanto peso rapaz?
orgulhoso
— É chumbo esse
as dores que não partilhava, para quê, ninguém concebe uma dor que não é sua, de que vale lamentar-me, era com o meu irmão surdo que ele conversava, não connosco, o pai do meu pai poisou-o no chão
— Deixaste-me os braços dormentes maroto
numa mudez com vozes, sei que não és meu filho, sou seu filho, sei que não tens o meu sangue e o pai do meu pai
— Vais ser um macho e peras
tenho o seu sangue mais do que os outros, senhor, não se importe com o que a minha irmã diz, roubei-lho, quando é que o copo vai cair, menino, agora não, terça-feira, senhor, e nenhum de nós aqui, atente na cabra sem forças que escorrega

e o mar aumentando a mandíbula para devorá-la, uma pata, nenhuma pata, o focinho, nenhum focinho, há-de ouvi-la durante a noite a balir, a sua filha tão indefesa, tão frágil, reunindo a sombra, como se a sombra a protegesse, em torno dela, a sua filha no hospital

— Tome o comprimidinho que não tenho o dia inteiro

a pensar no peito que lhe tiraram, o meu filho mais velho a pendurar razões do lado de fora de si mesmo, deixando-as na jarra como na maçaneta da porta o saco do pão, não dávamos pelo padeiro, não lhe escutávamos os passos, não imaginava que os pinheiros cobrissem a gama inteira dos sons menos o dos pneus da bicicleta a descerem a rua, que desenho bordaram no saco, uma azenha, um moinho, eu tão indefesa, tão frágil, agora que é meio-dia, à entrada do quarto sem persianas nem cortina, o meu irmão surdo não

— Ata titi ata

o meu irmão surdo

— Mana

numa voz que começava muito antes dos lábios, se perdia nas gengivas e contudo talvez conseguisse o seu

— Mana

sem inflexão nem dono, que a professora levou eternidades a ensaiar, colocando-lhe a mão esquerda no pescoço dela e a mão que sobrava no pescoço dele até as vibrações serem

— Onde arranjaste tanto peso rapaz?

o pai do meu pai, vaidosíssimo

— É chumbo

parecidas, os dois ao mesmo tempo

— Mana

e a professora a beijá-lo, contente, não cheirava à minha mãe, cheirava a mulher nova, a prazer, a riso, a partir de junho trazia o verão na pele, joaninhas, gafanhotos, zumbidos, em consequência do verão o meu irmão surdo, que começava a ter barba, apertou-lhe o pescoço com força e a professora a recuar

— O que é isso?

desequilibrando-se no penhasco da cadeira e o mar a levá-la, isto não na praia, em Lisboa, fachadas de azulejos, a pastelaria Tebas

— O que quer dizer Tebas mãe?
a minha mãe para si mesma
— O que quer dizer Tebas de facto?
com a sua ignorância a zangar-se comigo
— Tanta pergunta cala-te

enquanto o Tebas a moê-la, devia ter estudado em lugar de namorar o teu pai, no último ano do liceu lá estava ele no portão, trabalhava num solicitador

— E solicitador o que é?

pagava-me o autocarro, logo ao segundo mês falou com os meus pais, flores para a minha mãe que vacilava, uma garrafa para o meu pai que deixou de vacilar, beberam-na no primeiro domingo, o meu pai a servir-se de novo

— Não amortece mal o petróleo
cada vez mais otimista
— Ao contrário do que julgava a vida não é assim tão má
o meu filho mais velho para a minha filha
— Tebas um nome de cidade da época dos gregos
eu à espera de
— O que é a época dos gregos?
e em lugar de escarafunchar
— O que é a época dos gregos?
a minha filha esclarecida, curiosidade de
— O que é a época dos gregos?

e esclarecida também, o meu filho mais velho que deixou uma carta na jarra e a bicicleta na muralha, quando conheci o vosso pai, aos dezasseis anos, ignorava tudo do mundo e ao ignorar menos do mundo o mundo castigou-me, eu no quarto do meu irmão surdo, ao lado do quarto dos meus pais porque os informaram

— Vai precisar de ajuda

de forma que o casamos com uma parente da dona Alice que toma conta dele e temos de sentar à mesa quando nos visita, a carta do meu irmão mais velho, que nunca li, comigo, abro-a depois de amanhã quando descer à praia, agora, que posso vê-los, não há bonecos no quiosque, há pacotes de cigarros e caixas de charutos baratos, como esta casa diminuiu de tamanho, sem espaço para eco algum, mesmo sem tapetes nem um eco nela, o edifício dos Correios na zona da piscina mas não vi a empregada ao balcão, substituída por um homem que, de mistura com os selos, vende faróis de conchas e cinzeiros com tágides estampadas, uma delas um peito apenas, como no meu caso, que o artista esqueceu-se, todos os três meses exames, os próximos em outubro, não esqueço, se os controles continuarem aceitáveis tiramos gordura lá de baixo e refazemos o peito, nem se percebe, vai ver, de tempos a tempos a esposa do senhor Manelinho espalmava-se na barriga e uma pastilha sob a língua, tirada da caixita no avental por dedos inseguros, demorava-se de pálpebras fechadas antes de voltar de muito longe

— Importa-se de repetir o que pediu?

ainda pálida, sem força, surpreendida do quiosque

— Estou aqui?

transformaram a minha infância em ruínas moribundas, apenas o senhor Leonel continua com a faca enorme mas ao sair do talho a perna trava, um melro num cato fazia pouco de mim, a certeza que o meu marido ao telefone, em Lisboa

— Uma notícia simpática para nós estou livre até domingo

e não estás livre até domingo, estás livre a partir de domingo, há anos que conservo a despedida do meu irmão mais velho na carteira e não a abri, para quê, se não fosse a chamada do Exército outra razão qualquer, à noite descobria-o sentado numa pedra do quintal enquanto o mar ia e vinha no escuro, não chegava cá cima a fim de espreitar as persianas, limitava-se a meia dúzia de reflexos e uma franja esbranquiçada sempre a variar de sítio, havia momentos em que o meu pai se sentava ao meu lado, sobressaltando-se mal uma pinha caía, Tebas uma cidade da época dos gregos, como é que a dona Helena, que não sabia de gregos, se foi lembrar daquele nome,

a minha mãe entregava dinheiro à parente da dona Alice, desejosa de perguntar
— Conhece Tebas?
e em lugar disso
— Que tal se tem portado ele?
à frente da dona Alice embolsando as notas
— Sossegadote
e o meu irmão surdo fixando-os sem expressão, passeava entre nós como um estrangeiro, pegava num objeto para o abandonar ao acaso, o meu irmão mais velho
— Juro que não vou à guerra prefiro
e o mar tão manso nos rochedos, a parente da dona Alice esmiuçava as notas de novo e enterrava-as na manga, a esposa do senhor Manelinho, espantada de estar viva
— Importa-se de repetir o que pediu?
a fim de se escutar a si mesma, aliviada de ter voz, não para que eu a escutasse, a imagem da cadela, com o focinho nas patas dianteiras, surgiu e sumiu-se, dizia-se que o senhor Manelinho outra mulher, outros filhos, quando comecei a crescer o seu modo de me observar mudou e eu, ainda que vestida, sem blusa nem saia, com vergonha de ocultar-me nas mãos, tudo se alterava em mim, perdia ângulos agudos, ganhava uma espécie de majestade redonda que me confundia, o meu irmão mais velho não me conheceu dessa maneira, conheceu-me de cócoras no quintal a empurrar um escaravelho com uma palhinha, se o bicho se virasse na minha direção escapava-me, um domingo ou dois levaram-nos à serra a almoçar, gostava de ovos cozidos e hoje embucham-me, ao abandonar o quiosque, já perto de casa, continuava a sentir o senhor Manelinho pregado às minhas costas, segredando elogios que os pinheiros diluíam e, pela primeira vez, não sei quê no meu corpo que me deu medo, a amolecer, a consentir, um arrepio nas coxas, uma espécie de suspiro esvaziando-me, eu danada comigo e, apesar de danada, como se exprime isto, aceitando, vi a minha mãe aperfeiçoar as dálias no canteiro, olhei para trás e senhor Manelinho nenhum, como raio voltou ao quiosque tão depressa, a minha mãe esculpindo corolas
— Aconteceu-te alguma coisa?

comigo em silêncio dado que se falasse em lugar de palavras um sopro, aborrecida as pernas que ameaçavam dobrarem-se, o meu pai

— Menina

mas o meu irmão surdo reparou porque fez menção de me jogar uma pedra como jogava aos rafeiros que se farejavam, uma ocasião encontrei-o na garagem a mexer em si mesmo, apanhei um pau e levou sumiço, o meu irmão mais velho

— O que lhe fizeste?

isto no tempo da empregada dos Correios quando ainda não compreendia o meu corpo, compreendi-o porque a minha mãe dessa forma, em Lisboa, com o homem que veio arranjar um cano na cozinha, ajoelhado sob o lava-loiças

— Temos de mudar o sifão

e a minha mãe, encostada ao frigorífico, de veia na testa a latir, ao outro dia a veia de novo, perfume não de ir às compras, de jantarmos na pastelaria Tebas na Páscoa, o cabelo penteado e um gancho, que não punha nunca, de baquelite azul com flores amarelas, não chinelos, os sapatos de domingo, o avental pendurado no prego das luvas de pano e os seus ursinhos impressos de agarrar nas panelas, ordenou ao meu irmão não surdo e a mim

— Saiam daqui para não respirarem o pó

fechou a porta da cozinha à chave e a certa altura as marteladas interrompidas, objetos que se mexiam intervalados com pausas, o que pareciam corpos a encostarem-se à bancada e depois metais que se ajustavam, marteladas de novo, uma torneira a abrir-se e a fechar-se

— Está pronto

atrito de tecidos, o estalar de um botão, um odor misterioso alterando o perfume, os objetos que se mexiam quietos, a minha mãe uma frase que ouvi, não ouvi, ouvi sem perceber, percebo mas não digo, o homem a arrumar as ferramentas numa mala de lata

— Não sei

a chave a girar e o homem no corredor, na entrada, nas escadas, não me recordo da cara dele e mesmo que recordasse não recordava, a minha mãe trotando para a casa de banho, de pente desalinhado e o fecho da saia não atrás, de banda, o chuveiro sem fim, os chinelos de novo, o cabelo de dantes, a roupa dela no cesto com pingos brancos de tinta, a minha mãe para mim e para o meu irmão não surdo

— Nunca me viram vocês?

e eu com pena dela sem destrinçar o motivo de ter pena, tão pobre de repente, tão, não sei explicar, tão culpada, tão culpada não, não sei explicar mesmo, o meu pai, os meus irmãos, a vizinha de toldo, a pastelaria Tebas, uma cidade grega com guarda-sóis gastos e o café da máquina a pingar, a minha mãe para a dona da pastelaria

— Já viu a minha cruz?

a dona da pastelaria talvez visse mas no que me diz respeito não vi na altura, vejo agora conforme vejo a cabra a oscilar no penhasco, as patas unidas, a boca aberta, o perdão, os olhos sem fixarem o mundo, as gaivotas, não sete, não oito, dúzias de gaivotas que se roçavam gritando, vista-se depressa antes que o meu pai venha, senhora, são seis horas, descongele o peixe, comece o jantar e a minha mãe mirando as marcas dos pés do homem nos ladrilhos do chão juntamente com um coto de lápis, deite o lápis no balde do lixo, não o meta no avental, tire a esfregona e limpe os vestígios da terra, da ferrugem, do chumbo, passados anos encontrei o coto do lápis na algibeira do avental, sob molas de roupa, e escrevi ata titi ata a tia atou com ele, desamarrotando uma fatura, escrevi Tebas, escrevi mãe, risquei tudo, lancei a fatura, ao acaso, na desordem da carteira, se quiserem desamarroto-a e mostro-lhes, a dona da pastelaria

— Acho-a mais pálida esta manhã

o homem não voltou, tinha, não lerá isto de certeza, hoje tão velho como o banheiro de muletas, tinha uma serpente tatuada no braço

— Esqueceu a minha mãe você?

e ele de palma na orelha

— Perdão?

a apanhar o solinho num portal, puxando um desses relógios de tampa a verificar as horas sem lhes atinar com o sentido
— Dez para as três o que é?
se mencionasse a minha mãe a palma a curvar-se
— Perdão?
eu esperançada porque, a adivinhar pelas rugas, um esboço de raciocínio, depois as rugas desfizeram-se e a cabeça perdeu-me
— Não comi nem uma sopa hoje
com um anel de ferro que nunca desaparecerá em mim
— Precisa de mudar o sifão
eis o que me sobeja e o que faço com isto, o pente azul quebrou-se, encontrei os bocados na cómoda e jurava que o meu irmão não surdo o pisou de propósito, o meu irmão não surdo, o que esteve na guerra, percebeu, o meu pai, que percebeu igualmente, mais tempo na despensa, as fatias de pão desfeitas uma a uma, outro homem antes deste e eu não nascera ainda, foi você que o matou, mãe, não foram as garrafas, matou-o e não consigo zangar-me, o senhor Manelinho para a esposa
— Sua puta
com a tranca de fechar o quiosque no ar, o cunhado a abraçá-lo
— Acalma-te Manelinho
a esposa do senhor Manelinho a atravessar a rua para o canavial
— Endoideceu
o senhor Manelinho, já sem a tranca
— Espere só um minuto sua puta
pensei que a cadela ia erguer o focinho das patas mas permaneceu a dormir, à noite seguia os donos para casa à distância, carregando o seu alheamento e o seu sono, não ladrava, não rosnava, não se entusiasmava com gatos, esperava-se por ela à porta
— Pirolita

e a cadela invisível em qualquer ponto do escuro a coçar-se, se houvesse degraus entre o quintal e a entrada deitava-se no chão recusando subi-los, as bochechas pendiam-lhe, as orelhas pendiam-lhe, tudo pendia nela, a esposa do senhor Manelinho

— Manelinho

e no dia seguinte faltavam-lhe dentes na placa e uma sobrancelha mais gorda a cobrir a pupila, o senhor Manelinho respondia pela esposa

— Cá para mim tropeçou

enquanto a esposa vendia os jornais a murmurar rancores, o senhor Manelinho, atento

— Apetece-te tropeçar outra vez?

uma nódoa negra na perna, uma mancha no braço, uma tarde saiu-me sem dar conta

— Um anel de ferro porquê?

e a agulha da minha mãe a enganar-se no sítio, o meu irmão mais velho montou-nos um baloiço num ramo, talvez fôssemos felizes, é difícil responder, o meu irmão não surdo não acertava nos melros com a fisga, o meu irmão mais velho empurrava-nos um de cada vez, eu o dobro do tempo dos outros, altíssimo, até roçar nos pinheiros, éramos felizes, acho eu, o meu pai para o meu irmão mais velho

— Cuidado com a menina

tive uma amiga na casa ao lado chamada Tininha, dois meses mais nova do que eu mas não a ofendia com isso, ensinei-a a engolir botões e a pôr pétalas nas unhas a fingirem verniz, não custa, molha-se a pétala na língua e durante um bocado, se não mexeres a mão, aguenta-se, ao passo que a prata dos chocolates se desprende logo, tentámos pintá-las com lápis de cor mas o bico quebrava-se, a mãe da Tininha

— Que parvoíces andam vocês a fazer?

mirando o meu irmão mais velho, que de início não reparara nela, como a minha mãe no operário, ou então reparou porque mal aparecia no terraço o meu irmão mais velho em casa com o Manual do Perfeito Carpinteiro para trás e para a frente sem ser capaz de ler, lembro-me do capítulo

Como Construir uma Mesa Desdobrável, sob a orientação do desenho A, do desenho A1, do desenho B e dos esquemas C1, C2 e C3, perguntava-lhe
— O que foi mano?
ele a espreitar a janela
— Nada
embora espreitasse de novo entre a vaidade e o pânico, o que se faz, de que modo se faz, o que é que eu digo, uma senhora elegante, de óculos escuros com armação doirada, o marido o dia inteiro, de calções, pernas estreitinhas e sandálias só com dedos grandes, cada dedo o meu pulso inteiro, a lavar o automóvel com uma mangueira rota que inundava o saibro, a secar os para-choques com feltros, a sacudir tapetes de borracha, a deslocar-se de gatas, com um aspirador de pilhas, chupando os estofos, a mãe da Tininha para mim, armada de uma espreguiçadeira e uma revista, a baixar os óculos escuros e no lugar dos óculos não olhos, pestanas
— Como se chama o teu irmão?
enquanto o marido extraía uma poeira do tejadilho com a ponta do mindinho, dedos grandes nos pés e dedos pequeninos nas mãos, a considerar o mindinho e a esfregá-lo na camisa, o meu irmão surdo apanhava moscas, presas entre a cortina e o caixilho, e fechava-as na palma para as sentir zumbir, a Tininha para mim, com flores chamadas brincos-de-princesa nas orelhas
— Se arrancarmos as asas deste lado voam tortas
e arrancávamos as asas deste lado e voavam tortas, a bater nos móveis, a esposa do senhor Manelinho falava com um lenço diante da boca, envergonhada pela ausência de dentes, comprou uma placa que não se aguentava nas gengivas e se o senhor Manelinho distraído tentava um
— Camelo
que a placa embrulhava, a mãe da Tininha não na espreguiçadeira, de rabo para cima numa toalha, pedalando no ar rodeada de cremes, a mover as argolas dos brincos, enfeitados de sininhos que tilintavam música e o meu irmão mais velho voando torto contra a mobília, ora a cantoneira, ora o armário, ora uma poltrona de molas quebradas que ninguém usava, eu para a Tininha

— Como é que se lhes põem as asas outra vez?

à medida que o meu irmão mais velho zumbia por todo o lado

— Caramba

ansioso de abrir o fecho da janela e incapaz de abri-lo, fiquei com os brincos-de-princesa e dei em troca um bombom amolgado, um negócio justo, perguntei à minha mãe

— Gosta dos meus brincos senhora?

a minha mãe, sem desviar a vista do defeito de uma toalha

— Lindos

o pai da Tininha ia-se embora ao domingo à noite e regressava no sábado seguinte, buzinando para que lhe abrissem o portão, com os sapatos a disfarçarem o tamanho dos dedos, a esposa do senhor Manelinho a insistir

— Camelo

numa desordem de cuspo, o senhor Manelinho, desconfiado

— O quê?

e ela, a contar um troco

— Deves estar a ouvir fantasmas tu

víamos a luz da sala de jantar e o pai da Tininha a comer sozinho, víamos a luz da sala e a mãe da Tininha estendida no sofá, de roupão negro, a depilar as sobrancelhas, víamos a luz do quarto da Tininha, cada um deles existia separado, não se juntavam, a Tininha mostrou-me o Ernesto dela que não era um hipopótamo, era um leão chamado Rogério, apresentámo-los, um ao outro, no muro, enquanto o meu irmão mais velho voava para cá e para lá a aleijar-se em toda a parte, incapaz de aprender a construir uma mesa desdobrável apesar do auxílio dos desenhos e do quadrado Precauções Indispensáveis, o Ernesto e o Rogério não se apaixonaram um pelo outro, zarolhos, estúpidos, nem um sorriso educado, nem uma vénia, um anel de ferro feiíssimo, se fosse a minha mãe mandava-o tirá-lo, a Tininha desiludida

— Não se dão

de modo que os deixámos um monte de dias no muro, de castigo, passado o castigo continuaram no mesmo lugar, pasmados, as gaivotas chegavam até nós, nas marés altas, em círculos cruéis, e baixavam na direção da praia, mais depressa do que a bicicleta do meu irmão mais velho, num grito sem fim arrepiando as ondas, nos intervalos do ata titi a tia atou o meu irmão surdo copiava-lhes o som, o meu irmão não surdo
— És um pássaro
e o meu irmão surdo, que traduzia os movimentos da boca, à procura de uma esquina de tijolo para lhe lançar à cabeça, ainda hoje, apesar das rugas e do cabelo branco, essa expressão no caso de a parente da dona Alice o contrariar, em março teve um problema na tiroide, o médico que me tratou no hospital
— Vamos esperar
e continuamos à espera até novembro por mais que ele aperte o pescoço com o dedo, o pai da Tininha trocava o casaco e a gravata pelos calções e as sandálias e a mãe da Tininha uma careta de desgosto que ordenava
— Não me toques
nós brincos-de-princesa o dia inteiro e uma flor espetada no cabelo sempre a cair ao chão, o Ernesto mantinha-se de castigo mas na gaveta do quarto, no fundo, a seguir à roupa, até aprender maneiras, exibi à Tininha uma verruga no polegar e ela a estudá-la com respeito
— Isso pega-se?
a Tininha a contemplar a própria pele na esperança de que, por amizade a mim, lhe nascesse uma, não apenas amizade, o desejo de possuir coisas úteis que se arrancam com a unha, que alegria, por exemplo, as fezes duras dos melros desfazendo-se em pó, trocavam de quintal na falta de um Manual do Perfeito Carpinteiro que os mantivesse sossegados, o meu irmão mais velho, cansado de ser mosca, espreitava a cortina horas seguidas, não estou certa se isto antes ou depois da empregada dos Correios, suponho que antes, por alturas do senhor Leonel se despenhar no chão do talho, espumando,

telefonaram da mercearia aos bombeiros, levaram-no de padiola e regressou magríssimo, livraram-lhe a cabeça, se calhar aberta de golpe com uma faca grande, de uma verruga interior e o senhor Leonel sem acertar na carne
— Que espiga
não com a cara toda, por uma pontinha da boca, daqui a pouco noite e a casa a alastrar no silêncio, a da Tininha deserta, com o telheiro quebrado e metade do algeroz nos narcisos, talvez no silêncio as garrafas da despensa umas de encontro às outras e o meu pai por ali
— Menina
nos passos de escafandrista, pesados, de bronze, que as pessoas têm no escuro, embora se dirijam à gente nunca chegam, o meu irmão mais velho com eles e eu
— Mano
sem o ver, a esperança que haja sido um burro dos ciganos, não tu, a descer do rochedo, a esperança de amanhã a Tininha à minha espera, censurando-me
— Demoraste tanto
e demorei, desculpa, não consegui vir mais cedo, casei-me, perdi um filho, aguentei esta maçada no peito, ou seja descobri um caroço sem acreditar no caroço
— Não pode ser
esperei um bocadinho, convencida que me enganara, e lá estava ele sob os dedos, ainda que não pudesse ser, ainda que de certeza não fosse, a certeza de que ainda agora não é, pensei
— Dá ares de uma inflamação
sabendo que não era inflamação, marquei a consulta e não apareci
— Isto passa
não atormentei o peito para lhe dar tempo de curar-se, quando me persuadi que já se tinha curado marquei a consulta de novo, o médico
— Pois é
e análises, exames, biópsias, o
— Não pode ser

dentro de mim a teimar, largue o defeito da toalha e pegue-me ao colo, mãe, deixe-me ficar um minuto, um minuto basta, de têmpora no seu pescoço com os olhos fechados, ou antes esqueça o que eu disse, não ligue que me tornei ridícula com a idade, raparam metade do cabelo ao senhor Leonel e ele a puxar o que sobejou julgando tapar a cicatriz e não tapa, uma parte do osso afundada, o meu irmão mais velho abriu a janela de repente, com o Manual do Perfeito Carpinteiro na mão e o médio a assinalar a página, a mãe da Tininha poisou a revista e voltou-se para ele, a pele tão morena, o cabelo tão preto, a música dos sininhos, uma das alças a escorregar, daqui a instantes noite, a Tininha à minha espera

— Demoraste tanto

e eu, culpada, demorei mas estou aqui, estamos as duas aqui com brincos-de-princesa nas orelhas, pétalas em lugar de verniz, almofadas de alfinetes no interior da blusa para crescermos mais depressa, estamos aqui com o Ernesto e o Rogério e deixo-te levantar a minha verruga um bocadinho desde que não faça sangue, se pudesse arranjar-te uma

— Somos amigas não somos?

palavra de honra que arranjava, talvez a esposa do senhor Manelinho venda, a mãe da Tininha baixou os óculos escuros e o Manual do Perfeito Carpinteiro no chão, as pestanas da mãe da Tininha a perguntarem o que importa a mesa desdobrável, o que importam o desenho A, o desenho B e o desenho C, sem mencionar os esquemas C1 e C2, as pestanas da mãe da Tininha a perguntarem

— O que importa o meu marido?

e o meu irmão mais velho, com as asas todas, a voar direito, sem se aproximar de um móvel que fosse, a ultrapassar-nos a nós e a ultrapassar o muro, a ultrapassar o último arbusto direito aos óculos escuros para lhe poisar nas pálpebras.

5

E quando, numa mudança de vento, os pinheiros e o mar se calam eu sozinha, os meus pais e os meus irmãos esfumaram-se, os melros imóveis, já não pássaros, coisas, a cancela a oscilar para a rua deserta, algumas vozes ainda mas que não me ligam, conversam entre si, eu com cinquenta e dois anos e brincos-de-princesa nas orelhas à espera de ninguém, que idade terá a mãe da Tininha, num apartamento de viúva, esquecida da mosca que lhe poisou, se é que poisou, não poisou, julgo que não poisou, como é que se poisa, o Manual do Perfeito Carpinteiro sem nenhum desenho que ensine, o corpo assim, o corpo assado, depois diz-se isto, depois diz-se aquilo, depois pergunta-se

— Ama-me?

no interior de uma orelha que foge sem fugir, se dilata sem pressa, vibra, a mãe da Tininha, sem vibrar coisa alguma, de unhas sem verniz e as argolas dos sininhos num cofre entre colares inúteis

— Ao menos lembra-se como foi você?

o marido, de pijama, a fazer batota na paciência das cartas, sem remorso de contrariar o destino

— E do seu marido a lavar o automóvel?

um miúdo de quinze ou dezasseis anos a olhar-me através da janela, a irmã dele, de hipopótamo sob o braço, sempre com a minha filha Clementina, o nome da minha mãe que faleceu ao ter-me, não me recordo se era o miúdo que me olhava ou eu que o olhava a ele, há séculos que isto foi, o meu marido a baralhar as cartas para uma nova paciência, não abria o jornal nos intervalos

— Já não entendo este mundo

o pai da amiga da minha filha escondia uma garrafa no canteiro, de gargalo a espreitar, convencido que os gargalos floriam, o filho surdo dele incomodava-me, parecia que a qualquer instante se punha em bicos de pés e era capaz de pairar, olha o surdo a partir com as gaivotas e gritando como elas, felizmente os pinheiros de regresso e eu menos só
— Como te chamas Tininha?
ela, com vergonha
— Clementina é tão feio
a detestar o retrato da avó que a mãe tinha no quarto, numa moldura com um lacinho em baixo, não uma senhora, uma rapariga espantada
— Vou morrer de parto a sério?
e morreu de parto, a sério, sem dar fé que morria, apenas caras que se distanciavam, ela com vontade de as chamar e sem lograr chamá-las e após a última cara, tão espantada quanto a sua, anunciando
— Não acredito
a luz apagada e águas a misturarem-se sobre a sua cabeça conforme se misturaram sobre a cabeça do meu irmão mais velho enquanto a cabra balia sem que ninguém a escutasse, o meu irmão não surdo, com um martelo, a procurar cobras no poço, o único de nós que não tinha medo do escuro, esperamos por ele no cais, ao voltar de África, e não aceitou que o beijássemos, no táxi não se interessou pelas ruas como não se interessara pela gente, disse
— Tebas
no que parecia um sorriso e não era um sorriso, era uma palhota a arder, no dia seguinte a minha mãe deu com ele a empacotar a roupa
— Vou-me embora
não teve um hipopótamo, tinha berlindes mas quem conversa com berlindes, não precisava de uma luz acesa para adormecer, não aparecia aos meus pais de madrugada, com o pijama ao contrário, a arrastar o travesseiro até à cama deles depois da galeria da mina do corredor, pingos no lava-loiças, estalos de tábuas, a respiração da cafeteira cheia de dentes
— Vou comer-te

e a certeza que nos prendiam com mãos que sentíamos e não sentíamos, sentíamos sem sentir, queriam pegar na gente, estavam ali, quantas vezes não se escutavam queixas doridas, a minha mãe acendia o candeeiro, parecida com os monstros do corredor, os cabelos azuis, as órbitas salientes
— O que queres tu agora?
e como exprimir o que se quer quando não se quer nada de preciso exceto que nos ponham nos lençóis entre eles, o monstro de cabelos azuis e as costas do meu pai, sem nuca nem braços nem pernas, remexendo pedregulhos de poço que a tosse virava ao contrário, num estrondo de derrocada da qual nasciam dedos em desespero
— Meu Deus
que se apagavam logo retomando a sua condição mineral, no que você se transformou, senhor, tanto desabamento, tanta queda
— A sério que não achas feio Clementina?
e não acho feio Clementina, acho original, sabe a cartão de álbum, às manchas de cola seca já não brancas, pardas, que as fotografias desertaram, lembro-me de frascos de cola com um buraco na tampa, destinado ao pincel, que desprendiam um relento no género, não apenas o relento, o sabor, provei-os
— Já contaste ao Rogério?
e o único olho do Rogério distraído, o lombo, a perder pelo, espapaçado na colcha, a Tininha, afastando-se um metro para lhe poupar o Clementina
— Não
e ao afastá-lo o Rogério em saca-rolhas com um dos membros dormente sob o umbigo
— Não
eu que volta e meia cruzava as pernas para ficar com a de baixo igual, gostava que me faltasse primeiro, de ter de segurar-me à mesa para me aguentar em pé a seguir
— Sou aleijada
gostava dos piquinhos depois, quando a perna recomeçava a existir, de bater a sola no chão animando o tornozelo,

do primeiro passo inseguro e a minha mãe para o meu irmão não surdo
— Vais-te embora?
ao terceiro eu inteira invejando o senhor Melo que do joelho para baixo um cilindro metálico com uma borracha na ponta, derivado a uma escorregadela na direção de uma locomotiva em manobras e a minha mãe logo, a prevenir-nos contra os comboios se por acaso lhes desse a mania de atravessarem o quintal
— Estão a ver?
quando trabalhava na estação, o senhor Melo com uma pancada no cilindro
— Parece que ainda cá está a perna
o meu irmão não surdo
— Vou
não apenas os pinheiros agora, os melros, pombos nas oliveiras a seguir à capela, o que fazem eles no ar se comem bichos da terra, a capela uma cruz de granito no topo, com pontinhos de mica em que os reflexos do sol se acendiam e apagavam, de mês a mês o caseiro abria a porta com uma chave enorme e no interior humidades de caverna e uma santa numa coluna de talha, com qualquer coisa da minha mãe na fotografia de há dez anos do bilhete de identidade, de lábio a estender-se para o meu irmão não surdo
— Por quê?
palhotas incendiadas, galinhas que se escapavam, um velho de cachimbo diante de uma mulher estendida, o meu irmão não surdo a subir para a camioneta na ponta da aldeia, arrastando o travesseiro da espingarda, idêntico a nós, afinal tens medo dos pingos no lava-loiças, dos estalos das tábuas, da respiração da cafeteira, de quem nos espreita das portas, lembro-me do despertador dos meus pais e do seu coração de lata sem possível descanso, prestes a explodir, o meu irmão não surdo
— Uma granada
num repuxo de molas, a Tininha na orelha do Rogério
— Não me chamo Tininha chamo-me Clementina como a rapariga do álbum

à espera de uma aceitação que não chegava dado que o Rogério nem um gesto na colcha, se calhar desprezando-a, se calhar aborrecido, no caso de gostar de mim não dormia sozinho como o Ernesto não dorme, lançou-o contra a parede e o animal desapareceu no outro lado da cama, em que um buraco que termina nas rodas dentadas do centro do mundo, com Deus forçando a manivela, que vão girando o dia, será mesmo Deus quem dá corda e põe os anos a andar, dantes pensava que sim, hoje não tenho a certeza, disseram-me que perdi um filho

— Perdeste o teu filho

e tampouco tenho a certeza, uma gaivota na garagem que chegou e partiu e o meu irmão não surdo para a minha mãe, arrastando a mala

— Olhe o corredor a arder não nota o velho do cachimbo e a mulher estendida?

e nem o travesseiro da espingarda nem os meus pais lhe valiam, levantamo-nos da cama e uma mina a matar-nos, um ceguinho de acordeão tateando o passeio

— Quando menos se espere uma tarde destas vejo

a sentar-se na areia, diante das ondas, de gabardine mesmo em agosto, escutando a cabra no penhasco, não o mar, à medida que os burros, no Alto da Vigia, se aproximavam da arrebentação com um cigano a espantá-los, nunca encontrei ciganos na rua, com os seus chapéus negros e as suas carroças, se calhar moram em Tebas juntamente com os gregos, consolei a Tininha

— Não precisas do Rogério eu divido o hipopótamo contigo

a minha mãe em África, inquieta com o velho do cachimbo e a mulher estendida, o meu pai de garrafa suspensa a caminho da boca, cercado de criação que fugia, pisando não o soalho, destroços e torresmos

— Que é isto?

a primeira vez que toquei no peito e não o encontrei percebi

— Tenho dez anos de novo

de maneira que arranjo uma almofada de alfinetes e escondo-a na blusa, junto-lhe brincos-de-princesa e sou crescida outra vez, pensei, no hospital
— Vai entrar aqui a Tininha
um verão, ao chegarmos, a casa dela fechada, ervas nos canteiros, o cadeado no portão, a espreguiçadeira da mãe ausente do jardim, não morava em Lisboa, morava em Cascais e Cascais engoliu-a, um gato saiu dos arbustos sem se preocupar comigo e evaporou-se numa fenda de muro, ainda que as fendas estreitas os gatos atravessam-nas, deixam de ter corpo deste lado e recuperam-no do outro, a enfermeira para mim
— O seu filho não estava onde devia
como provavelmente estive sempre onde não devia, na escola com os alunos, na sala com o meu marido, aqui à espera de domingo nos compartimentos desertos e se não houver domingo o que faço, o meu irmão não surdo para a minha mãe
— Deixe-me passar senhora
com a mala e o limpa-chaminés que lhe ofereceram em criança na mão, ao dar conta do limpa-chaminés não o largou no soalho, poisou-o numa cadeira ajeitando-lhe as pernas e endireitando-lhe a cabeça para ficar confortável, que idade tens tu, mano, vinte e três ou sete ou vinte e três e sete ou és um velho de cachimbo, pasmado de terror, aposto que em África pensaste mais no limpa-chaminés do que na gente, quantas vezes lhe perguntei
— Como se chama o teu limpa-chaminés?
e ele a tapar-lhe a cara para o impedir de responder fingindo que não me ouvia, julgava que o tinham deitado fora e afinal no armário
— Por que razão as pessoas nos abandonam e os brinquedos permanecem mãe?
pensei que a minha mãe
— Mesmo já com namorado continuas criança?
e em lugar disso a cara dela a pensar
— Não sei
a abrir a mesa de cabeceira, não a gaveta, o espaço com uma portinha por baixo, e a mostrar-me um coelho rasgado

que as pantufas cobriam, toda a gente nesta família, conserva a infância escondida, não só nesta família, aliás, vai-se a ver e a mãe da Tininha um urso, o pai uma furgoneta de alumínio, vai-se a ver e Deus uma rena de trenó que se puxa uma guita e desata a balir, em contrapartida não encontrei a infância do meu irmão mais velho em baú nenhum, ocultou-a numa tábua do sobrado ou levou-a consigo para as rochas e uma guinada de onda impediu-lhe a praia, não é apenas o meu irmão não surdo, que idade temos nós todos, se devolvêssemos o meu pai ao pai do meu pai o pai do meu pai a erguê-lo no ar e a entregá-lo ao tapete, contente
— Mal posso com ele
o meu pai contente também
— Mal pode comigo
vaidoso de si mesmo, esquecido das garrafas
— Sou de chumbo
tirando o fígado, que não era de chumbo, se esfarelava mais depressa do que o pão na toalha, não mexa no seu fígado, senhor, não o transforme em migalhas, a minha mãe a sacudi-lo na marquise para a fome dos pardais
— Que desperdício
enquanto o meu pai, no sofá, palpava sob as costelas
— Falta-me aqui qualquer coisa
com receio que o pai dele o não achasse tão pesado, o meu pai
— Não queria envergonhá-lo senhor desculpe
detestando que o pai o desprezasse
— Não pesa nada este
a pegar numa garrafa da despensa para a despejar na pia, a arrepender-se da pia
— É a última
um golinho pequeno, tímido, nervoso, a rolha no gargalo com uma palmada definitiva
— Deixei o vício
e dez minutos depois a escarafunchar a rolha com uma faca, mais nervoso ainda
— Não se zangue paizinho

os pinheiros e o mar de volta à persiana, toda a gente nesta família com a infância escondida, o ceguinho a tropeçar, desanimado
— Cuidei que via imaginem
a esposa do senhor Manelinho para a esposa do senhor Leonel, mostrando-lhe os óculos com uma das hastes consertada por guitas
— Não enxergo peva com isto
as letras grandes dos jornais desfocadas, a própria cara desfocada no espelho
— Como serei agora?
o senhor Manelinho, que possuía o rancor duradoiro
— Velha
a esposa do senhor Manelinho
— Já experimentaste olhar-te?
de maneira que me pergunto que idade temos e será que os brinquedos consolam, o meu pai no quintal com o pai dele na ideia, de chapéu mesmo em casa, gostava de o ver barbear-se de manhã esticando a pele do pescoço e a navalha a subir espuma fora, o pai convidava-o a passar-lhe os dedos nas bochechas, avaliando a perfeição do trabalho
— Parece um rabinho de bebé não parece?
e parecia um rabinho de bebé, pai, tão suave, os últimos flocos de sabão retirados com uma ponta de papel higiénico cuidadosa, o pai a aplicar-se bofetaditas com o líquido de um frasco que cheirava a violetas de herbário, primaveril no interior do cheiro
— Pronto para o dia rapaz pronto para o dia
com violetas nas feições inteiras, o meu pai, invejoso
— Daqui a quanto tempo é que farei a barba?
e os anos a passarem, lentíssimos, sem nenhum pelo nele, respondam-me que idade temos, uma mão cheia de gaivotas sobre a minha cabeça e os pinheiros de volta, o meu pai a humedecer o pincel, a girá-lo na caixa do sabão, a passeá-lo no lugar do bigode, a tirar uma das navalhas do
— Que idade tens?

estojo e sangue no lábio, a mãe dele procurou o algodão na lata, pingou-lhe em cima a tintura das feridas
— Só fazes asneiras não chores
o pai à mesa do jantar, que idade
— Cortaste-te?
temos, com medo que a mãe contasse, sem se atrever a olhá-la, e a colher a ascender da terrina da sopa, salvando-o
— Uma coisa insignificante já passou
vontade de saltar-lhe para o colo, beijá-la, chamar-lhe nomes ternos, não há nada melhor no mundo que o alívio, a vida cheia de cores, uma passadeira que se desenrolava à sua frente e havia de percorrer pairando, já passou que felicidade, uma coisa insignificante, não existem palavras mais bonitas, a mãe do meu pai piscou o olho ao meu pai enquanto o pai do meu pai desdobrava o guardanapo num vagar episcopal
— De que está a sorrir pai?
e uma voz de garoto, vinda das brumas anteriores a mim
— Coisas velhas menina
quando ainda não garrafas e a mãe entre ele e a morte, só faço asneiras, mãezinha, tem razão, perdoe, no quintal da praia, onde observava um gafanhoto, a voz demorada e triste da mãe do meu pai, e por que demorada, e por que triste, não entendo, o que lhe sucedeu, senhora
— Infelizmente não posso ajudar-te filho que pena
o gafanhoto verde, só cotovelos, a trocar uma folha por outra, a meio do caminho entre as folhas nasciam-lhe asas transparentes, quando assentava perdia-as, como é que aparecem e desaparecem, digam-me, tanto mistério na Terra, tanta surpresa, a memória da carta do filho mais velho a apressar as garrafas, se ao menos me desse prazer beber e não dá, se ao menos me tornasse alegre e não torna, perdi a minha condição de chumbo, esfarelo o fígado ao almoço, ata titi ata, de mistura com o, a tia atou, pão, o médico a achatar-se nas análises sobre a secretária
— Você devia estar morto

o gafanhoto outra vez asas para uma nova folha, daqui a instantes volto-me para a parede no hospital não a fim de escapar à minha família, a fim de lhe escapar a si, mãe, a colher, a ascender da terrina da sopa, que não me salva mais
— Não te preocupes
volto-me para a parede a fim de que me auxiliem a voar, de nariz na caliça hei-de aprender a voar, o meu irmão não surdo empurrou a minha mãe com o joelho
— Disse-lhe para me deixar passar senhora
como fazia aos pretos e a mala o seu travesseiro de adulto ajudando-o a caminhar num corredor de que não conhecia o fim, dava conta dos pingos no lava-loiças, dos estalos das tábuas, da respiração da cafeteira, cheia de dentes
— Vou comer-te
de que o prendiam com mãos que não sentia ou sentia sem sentir, estavam ali, perto da mãe, das palhotas incendiadas, das galinhas que fugiam, do velho de cachimbo diante de uma mulher estendida e portanto o meu irmão não surdo
— Disse-lhe para me deixar passar senhora
a empurrá-la conforme empurraria quem se interpusesse entre ele e a camioneta na ponta da aldeia impedindo-o de subir, já não me recordo de Lisboa, dos prédios, das ruas, há-de haver uma pensão onde fique como durante as licenças em Luanda, sempre casais nas escadas, o mar voltou com os pinheiros, lá está ele a olhar-me, o gafanhoto da mãe do meu pai roçou-me o cabelo, o pavor que se me enredasse nas madeixas e a falta de coragem de o tirar, não consigo pegar-lhe, o meu irmão mais velho
— Não te mexas
a libertar-me daquilo
— Tanto drama por uma coisinha de cacaracá
uma coisinha de cacaracá deslocando patas peludas e os pontinhos dos olhos na cabeça minúscula, sempre casais nas escadas, sempre conversas aos berros e música e risos, uma mestiça a entrar-lhe porta dentro com uma toalha na cabeça e um lençol à cintura, os pés dela tão feios
— Enganei-me desculpa
um homem a rir

— Onde ias tu marota?

água-de-colónia barata, falta-me um peito, sabes, uma segunda mestiça para a primeira, apontando-me

— Se não te apetece o soldado empresta-mo um bocadinho

de feições iguais às da mulher estendida junto às palhotas que ardiam, mais água-de-colónia barata, mais caracóis desfrisados, mais unhas sem pétalas, não brincos-de-princesa, esferazinhas de vidro, a segunda mestiça para o meu irmão não surdo

— Pagas antes e não faço porcarias

não fez porcarias, não fez coisa alguma, o pai do meu pai, para quem o guardanapo era um acessório ducal, a subi-lo até à boca em vagares pomposos

— Quem me dera ver-te homem

e não viu, qualquer coisa na aorta, a surpresa enquanto ruía

— Acham que mereço isto?

como se a gente tivesse o que merece e não tem, os melros, na altura do acasalamento, a perseguirem-se nos galhos, não se destrinçavam as fêmeas dos machos, pelo menos eu não, o meu irmão mais velho sim, não havia assunto que não conhecesse, Tebas por exemplo, o meu irmão não surdo incapaz, a segunda mestiça

— Não tens ação tu?

e o meu irmão não surdo a pensar se calhar não tenho, perdi-a entre as cubatas ao chegarmos com o lança-chamas antes da manhã, os empregados dos funerais barbearam o pai do meu pai, no fim o meu pai passou-lhe a mão na bochecha a avaliar a perfeição do trabalho e rabinho de bebé uma treta, picos por todo o lado, fui buscar o pincel, a caixa de sabão, a tigela em que se misturava o sabão com a água e o estojo das navalhas e recomecei o trabalho do princípio, como deve ser, até que o rabinho de bebé de volta, não esqueci as bofetadas com o líquido do frasco que cheirava a violetas de herbário, vesti-o, engraxei-lhe os sapatos, dei o nó da gravata no meu pescoço antes de a transferir para o seu, anunciei-lhe, satisfeito

— Pronto para o dia pai pronto para o dia

e não se assemelhava a um defunto, era ele por uma pena, violetas na casa inteira, o sorriso da minha mãe

— Acho que vai contente

desejoso de proclamar à parentela, radiante consigo

— Esse aí mete-me a um canto

e o orgulho da minha mãe a doer-me, sou um bêbedo, não acredite nele, senhora, a lágrima maior no sorriso mais pequeno

— Estás a mentir não estás?

não estou a mentir, mãe, é verdade, a papada da mãe a tremer, o lenço no nariz, a pergunta

— O que é que a vida nos dá?

a formar-se a desaparecer, dá-lhe uma casa só para si e o bolor do silêncio que cresce, pode sempre animar-se a contemplar as navalhas no estojo mas não mexa nelas derivado aos golpes, o meu irmão não surdo para a segunda mestiça

— É melhor ires-te embora

porque não faço como o meu filho mais velho, por que razão desiludo toda a gente permanecendo aqui, as fêmeas dos melros mais pequenas e com menos cores, além disso não cantam mas como distinguir quem cantava se não estavam longe uns dos outros, o meu irmão não surdo trancou a porta, apagou a luz e mesmo de luz apagada as pálpebras ardiam, um rapaz deu três passos e caiu sem uma palavra, os colegas do meu irmão não surdo nos cafés de Luanda com os olhos cheios de mato e o mato a ocultar-lhes a baía, a ilha, os pássaros brancos que seguiam traineiras e antes do avião do regresso os cachorros magríssimos e o armazém dos caixões, o ceguinho

— Se eu visse via o quê?

o mar e a praia iguais, as mesmas algas, os mesmos detritos, a paragem do autocarro de Lisboa, o quiosque dos jornais

— Parece um rabinho de bebé realmente, envaideça--se da prenda que lhe deram pai

a capacidade de tornar as bochechas lisinhas, a Tininha, ao ir-se embora, podia ter-me deixado um bilhete na cova

do muro em que amontoávamos tesouros, um recorte com um ator de cinema, uma medalha de cobre encontrada entre duas pedras, o caderno onde escrevíamos o nosso diário a meias, a caligrafia dela maiúsculas com enfeites como a professora gostava, o meu irmão não surdo a pensar
— Perdi a ação
o saco do correio às quartas-feiras, às vezes uma carta da mãe, às vezes nada, um colega a perguntar-lhe
— Não mandas notícias à família?
ele que não se lembrava da família, lembrava-se, quando muito, do irmão mais velho a descer até à praia sem acenar a ninguém embora pedalasse de maneira diferente, olhando as coisas a devorá-las, a fonte de conchinhas coladas à pedra, a vivenda do italiano, os caixotes da mercearia cá fora, uvas bananas damascos e o preço em cartões enfiados em canas, a mãe da Tininha baixando com o indicador os óculos escuros
— Não queres chegar aqui?
o Manual do Perfeito Carpinteiro aberto no tapete, com as páginas virando-se uma a uma sem que lhes tocassem, o primeiro capítulo, Ferramentas Indispensáveis, cheio de pés de cabra, serrotes e tubos de que ignorava a serventia não mencionando a descrição dos vários tipos de pregos, parafusos, alicates e plainas, o que faria no caso de se aproximar da espreguiçadeira contando os passos para demorar mais tempo como contava os passos entre a cancela e a casa
— Se forem quarenta e sete duro séculos
ou entre a cancela e o chafariz
— Trezentos e doze
sem acertar nunca, num dia duzentos e vinte, noutro duzentos e cinquenta e seis, possivelmente o chafariz afastava-se embora fingisse que permanecia quieto, as coisas afastam-se e aproximam-se sem que a gente repare, o mundo afinal elástico, calculava os palmos da mesa de jantar
— Trinta
e vinte e oito ou vinte e nove, era conforme, até a mesa, calcule-se, buscava adivinhar o último número das matrículas dos carros, os estacionados não valem, dizia nove e

zero, dizia três e cinco, a mesma coisa com as marcas, a mesma coisa com as cores, se a empregada dos Correios demorava a sair decidia

— Vou contar de cem a um e se não aparecer adeusinho

não aparecia e ele de um a cem, resignando-se, aos noventa e cinco ela a fechar a porta e o meu irmão mais velho torcendo a biqueira no chão, amuado, tantos números por meia dúzia de minutos até à mercearia, mal surgiam os caixotes com os cartões dos preços tortos, em cima, uma ordem rápida, baixinho

— Pisga-te depressa

e ele a subir a rua de novo, vencido, deixando de lhe escutar os tacões, procurei o recado da Tininha na cova dos tesouros deslocando a pedra e a cova vazia, vazia não, um caco de espelho e o que me rala o caco, ia jurar que a Tininha por ali

— Clementina tão feio

não perdeu nenhuma criança, o marido atenções, viagens, pulseiras, não professora como eu

— Professora que pelintrice

a aturar por um punhado de trocos a maldade dos alunos, advogada ou médica, se médica mostrava-lhe o meu peito

— Já viste?

e ela sem se deter

— Fomos amigas há muito tempo esqueci-te

apesar dos brincos-de-princesa e das pétalas nas unhas, acanhamento de contar-lhe da almofada de alfinetes, confessar

— Tive saudades tuas

Clementina um nome que cheirava a álbum e a crostas de cola antiga, a Tininha, de bata, com o bolso cheio de canetas e estetoscópio ao pescoço

— Eu não tive nenhumas

e tanta frieza, meu Deus, em vez de me indignar afligia-me, procurando onde errei

— Em que é que te ofendi?

sem descobrir fosse o que fosse, emprestei-te o Ernesto, era eu quem abria os pinhões num calhau e magoava os

dedos, consentia que tocasses a campainha da bicicleta do meu irmão mais velho e nunca te acusei
— Não fui eu foi a Tininha
não me ouviste uma palavra de troça
— Não contes a ninguém
não contei a ninguém que te chamavas Clementina, pelo contrário, garantia
— Não se me dava de me chamar assim
e não se me dava, qual a importância de um nome, a gente tem o nome que quer, não fui capaz de te dizer o que escolhi e pelo qual me dirijo a mim mesma quando, num impulso do vento, os pinheiros e o mar se calam e eu sozinha, os meus pais e os meus irmãos esfumaram-se, os melros já não pássaros, coisas, algumas vozes ainda mar não falam comigo, conversam entre si, sobra o meu pai criança diante do meu avô de chapéu a fazer a barba de manhã esticando a pele do pescoço e a navalha a subir espuma fora, no final o meu avô convidava-o a passar a mão nas bochechas avaliando a perfeição do trabalho
— Parece um rabinho de bebé não parece?
o meu pai para mim, tão pequena quanto ele, orgulhoso de mostrar-me
— Vê como a pele do meu pai parece um rabinho de bebé
e parece um rabinho de bebé, pai, tão suave, um rabinho de bebé que se podia estar horas a afagar sem descanso.

6

Vim despedir-me da casa ou do meu irmão mais velho e, através dele, de mim mesma, não sei, a mulher que eu, isto é uma colega minha, disse que queria acompanhar-me, respondi
— Não
e largou-me o braço devagar, cada dedo, independente dos outros, a soltar-se indo e ficando, há pessoas que demoram tanto tempo a deixar-nos, o corpo vai-se mas os olhos permanecem ali, iguais aos cachorros largados longe que regressam sempre, não zangados, humildes, abre-se a porta e não se atrevem a entrar, molhados de chuva, o meu irmão não surdo não tornou a entrar, soubemos que ele na província, soubemos que ele em Lisboa, uma ocasião julguei vê-lo junto à pastelaria Tebas mas virou-me as costas e desceu a rua depressa, como não levava o travesseiro da espingarda não tive a certeza, a minha colega
— Não deve ser ele
porque tudo o que me diz respeito antes de a conhecer a inquieta, lá voltam os olhos cheios de perguntas, sou íntima de cada pinheiro e das mudanças do mar que não me acusa nem aprova, está e pronto, se não fosse por causa do domingo nem me apercebia dele, em pequena sim, quando resolvia cumprimentar-me, o que julguei o meu irmão não surdo dobrou a curva do elétrico e perdi-o, ao visitar a minha mãe ela
— O teu pai
e calava-se, demorava, o meu irmão não surdo a procurar-nos com saudades de nós, demorava a acertar nas, talvez à noite nos parasse à porta e espreitasse a escada, quem me garante que não entra aqui hoje e ao dar comigo
— Menina

maçanetas, há anos que a minha mãe não corria atrás de mim à volta da mesa, com um pé calçado e o outro sapato no ar

— Não me fujas demónio

uma ocasião parei e não se atreveu a bater-me, parou por seu turno, a gente as duas uma diante da outra, qual de nós vai desistir primeiro, a minha mãe sem se queixar à vizinha de toldo

— Já viu a minha cruz?

sentindo, como eu, as garrafas na despensa, esquecida do sapato

— Acha que ela se quer matar como o outro?

o meu irmão não surdo de compartimento em compartimento também, surpreendendo-se a ouvir os melros ou a apanhar um trapo esquecido no soalho, sorrindo com a boca na palma, fomos felizes, o trapo continuou no soalho e nisto compreendi que mentira, o meu irmão não surdo não veio, a duvidar que fosse ele junto à pastelaria Tebas, não éramos amigos, não falávamos e no entanto havia alturas em que tenho a certeza que lhe apetecia estar comigo, ele quase

— Mana

e a calar-se a tempo, desde o início cada um de nós um estranho para os restantes, o meu irmão mais velho chamava

— Menina

punha-me no quadro da bicicleta e pronto, a minha mãe lamentava-se que filhos me deram que não se ligam entre si, quando o mais velho morreu os três que sobraram indiferentes e engana-se, senhora, a voz de corvo do meu irmão surdo nos caniços

— Ata titi ata

os gritos que soltam durante o equinócio, surpreendidos com o mar, o meu irmão não surdo escapou-se na direção do olival a seguir à capela, tentando derrubar todas as árvores do mundo com um machado de brinquedo, não de aço, de plástico, acho que para ele as palhotas começaram a arder nesse dia, a quem pertencia o desgosto que dava ideia de não haver e todavia presente, a minha mãe todos eles sem

sentimentos, de corações de pedra, que pecados exiges Tu que eu expie, sou uma mulher fraca, corro à volta da mesa, atrás da minha filha, e ela para, aguardando-me, eu parada também, incapaz de bater-lhe, se o meu irmão não surdo comigo nesta casa, mesmo que não conversássemos e conversar de quê, eu melhor, o meu marido ao encontrá-lo, ainda não meu marido, estendeu-lhe a mão e ele nada, não esqueço a mão estendida e o meu irmão não surdo com as suas nos bolsos, a minha mãe
— Não cumprimentas o teu futuro cunhado?
e não cumprimentou nem se sentou à mesa connosco, decidiu
— Não tenho fome
e uma porta que batia, ainda hoje me pergunto se do quarto ou da rua, lembro-me de uma sereia de ambulância a impedir-me de perceber e um candeeiro fundido lá em baixo a impedir-me de vê-lo, o senhor Manelinho, contra o qual o meu irmão não surdo lutava, trazia-o por um braço
— Disse-me que depois de derrubar as árvores ia matar o mar
e no fundo do quintal o corvo do meu irmão surdo
— Ata titi ata
sem descanso, a colega da escola
— Promete-me
e a diminuir calada, tirei os brincos-de-princesa e as pétalas das unhas, não dei pela Tininha a chamar-me nem pela voz do pai do meu pai
— Rabinho de bebé rabinho de bebé
tantas vezes em mim para além das ondas nas rochas, quase tão fortes quanto o silêncio das pessoas, se eu fosse crescida era maior do que o mundo, dava passos de gigante e os parentes, que remédio, obedeciam-me, apenas o corvo do meu irmão surdo continuaria, põe a mão direita na minha garganta e a esquerda na tua para falares como eu e ele não punha, a parente da dona Alice
— É a minha sina
o meu pai despejava uma garrafa para o frasco mais pequeno que lhe cabia no casaco, a gravata de luto incerta no

colarinho, as palmas a esfregarem-se sem descanso perdendo dedos, recuperando-os, perdendo-os de novo
— Ainda serei de chumbo
uma de encontro à outra e de repente a chuva, gotas nas folhas do canteiro que oscilavam sem se desprenderem, encolhendo e aumentando nos rebordos das pétalas com uma luzita dentro, quando aqueles que compraram a casa vierem para a semana talvez destruam as paredes e aproveitem o terreno para uma vivenda maior, na qual outras crianças arrastarão os travesseiros da insónia numa viagem de semanas, um sujeito na despensa
— Para quê tanta garrafa?
e agora a tarde a inclinar as sombras, um som de despedida nas notas dos melros, pardais em desordem, o banheiro das muletas já não recolhe toldos, recolhem-nos fulanos de boné por ele, a minha colega comprou anéis iguais para nós duas, o que me ofereceu demasiado largo, tivemos de mandar apertá-lo e não me habituava a ele, sempre a tirá-lo e a pô-lo, o meu marido
— Onde foste arranjar isso?
eu
— Na quermesse da escola
pensando como é fácil mentir, os insetos do dia substituídos pelos insetos da noite, ora presentes ora ausentes, experimentando asas, a Tininha de bata no hospital, com as suas canetas e o seu estetoscópio, a lembrar-se devagar
— Ao tempo que isso foi
recuperando lentamente o Ernesto, o Rogério, memórias desbotadas e eu sem coragem de a tratar por tu
eu
— Doutora
e os brincos-de-princesa, o pasmo pelos atores de cinema, a água-de-colónia da mãe dela partilhada no muro e como as catraias são patetas, doutora, tomava-me o pulso de manhã a consultar papéis, promete que não contas o meu nome a ninguém e uma placa Doutora Clementina na lapela que não fui eu quem pôs, é o Tininha que prometo não contar a ninguém, agora, conforme não conto do verniz de pétalas e

do Rogério zarolho, a Tininha largava-me o pulso e os tacões dela doíam-me ao caminhar sobre mim julgando caminhar na enfermaria, se o meu irmão não surdo visse não lhe apertava a mão, se o meu irmão mais velho nas redondezas os óculos escuros que a mãe não tinha descido com a ponta do indicador e não olhos, pestanas

— Como se chama esse?

enquanto o marido lavava o automóvel com a mangueira, tem razão, doutora, ao tempo que isso foi, se não se importa torne a caminhar sobre mim para eu aceitar que morremos, sou professora de escola, não advogada, não médica, a gente, em garotas, tão tolas, nenhum inseto do dia hoje, o mar transparente, um pássaro escuro a unir dois telhados enfiando-se num buraco da chaminé da Tininha, os pinheiros e as ondas uma tonalidade grave, qualquer coisa do meu irmão mais velho, o porta-moedas ou um retrato de nós com os meus pais, deixado na praia e retirado da praia pelo braço da onda, o meu pai a dormir no interior do jornal e não pedregulhos como no sono da noite, seixos apenas, a minha mãe

— Que paspalho

e no entanto, ia jurar, e no entanto basta

— Que paspalho

chega, o pai do meu pai garantindo

— Este rapaz vai longe

e na verdade, com os anos que tem de defunto, há-de andar nos antípodas, que prenda a sua, avô, adivinhar o futuro, só não percebo, com tanta esperteza, como é que não foi rico, duas assoalhadas minúsculas onde o seu rabinho de bebé resplandecia, uma ocasião o meu pai

— Se ele te tivesse conhecido

e os olhos embrulhando-se um no outro, não sabia que era possível confundirem-se na cara, e a voltarem ao sítio logo que a boca a ralhar-lhes

— Chega de pieguices

o meu pai a refugiar-se na despensa, com o resto de um olho ainda metido no do lado que esses assuntos demoram a comporem-se, voltava com mais cores

— Menina

a palma quase na minha cabeça sem chegar a tocar-me, a minha mãe com o ferro de engomar não dizendo

— Paspalho

de olhos a aproximarem-se que as pieguices contagiam e a puxar do lenço porque uma comichão no nariz, a voz dela ao ir-se embora

— Podíamos ter sido

e podíamos ter sido o quê, deixe-se de fantasias, não fomos e hoje é tarde, acabou-se, vá caminhando curvada, vá-se queixando dos ossos, trate as areias da bexiga no Posto e não me aborreça com estupidezes de velha, um pássaro enorme na tua chaminé, Tininha, porque não vendeste a casa, porque manténs essa ruína, o teu pai engenheiro, eu filha de um bêbedo, ao tempo que isso foi, doutora, disse à enfermeira

— O penso da cama dezoito

e estamos conversadas, passe bem, até sempre, a cor da praia brilhante, o meu irmão não surdo

— Se o mar chegar aqui afoga-nos?

atento ao som das águas que subiam, eras tu perto da pastelaria Tebas, não eras, eras tu hoje aqui, a sorrires com o Ernesto na mão, porque não o levaste, talvez te sirva de travesseiro arrastando-o, dias fora, nos corredores que faltam, a colega que mencionei há bocado ofereceu-me um anel de quando consenti que ela, não de quando nos apresentaram, esteve no Ministério antes

— Se eu sonhasse voltava mais cedo

a mão no meu joelho demasiado tempo, de polegar afagando-me a saia, o meu marido, e a seguir à saia a coxa, no ponto em que a saia acabava, o meu marido a examinar o anel

— Tem uma data gravada

e eu

— É a do aniversário da escola

pensando como é fácil mentir, o meu marido

— Nunca vi um anel tão feio

e não era feio, vinha num embrulho de fita cor-de-rosa e um estojo e uma carta, o meu marido, que ao fim de três meses de casado meteu a aliança na gaveta

— Não é que não me apeteça usá-la é mais a ideia de a mão não ser minha

não apenas fácil, tão simples mentir, o meu irmão mais velho, ao descer a rua pela última vez

— Venho já

sem pressa, a despedir-se das coisas, surpreenderam-me a camisola nova, os sapatos de Lisboa, não da praia, as calças vincadas, julguei

— A empregada dos Correios voltou

julguei

— É a mãe da Tininha à espera dele na piscina

mas a cara nem triste nem tensa, normal, cumprimentou o dono do café de matraquilhos, cumprimentou o senhor Manelinho desconfiado com uma das jantes do automóvel antiquíssimo, aplicando-lhe pontapés a medir a resistência

— Este urso só me prega partidas um dia destes dou-to miúdo

e as gaivotas sem subirem até nós porque uma vazante serena com uma língua de areia antes da arrebentação, quer dizer ondas leves, translúcidas, até quando durarão as palhotas a arder do meu irmão não surdo, até quando o velho de cachimbo diante da mulher estendida, em carvões de sanzala, no meio do pavor das galinhas e portanto como deitar-se com elas, o furriel chamava-o da camioneta

— Depressa antes que eles se juntem

com medo que os pretos uma emboscada no regresso ao arame, apesar do crepúsculo um último melro, uma tarde, há muitos verões, apareceu-nos uma pega no quintal, mal nos aproximamos foi-se embora a rir, não uma gargalhada de pessoa, uma troça de circo e a gente

— Somos ridículos nós?

passou pela capela, meteu direita às oliveiras, evaporou-se, assemelhava-se ao padre que vinha fazer as procissões, a papada, o nariz, o senhor Leonel, de joelhos

— O que perco com isto?

esperando que Deus lhe mandasse a cura numa generosidade inesperada, ouvia o terço no rádio

— Mal não faz

porque quando menos se espera sai dali um milagre, o meu irmão surdo percebia a música pelas vibrações do soalho como percebia o vento quando as vidraças tremiam, a mulher estendida não largava o meu irmão não surdo sempre que outra a chegar-se dele, a única pega que conheci, acho eu, a fazer pouco da gente e com razão, amiga, não valemos lá muito, a mulher estendida para as restantes mulheres

— Estão todas mortas vocês?

balas na barriga, nas pernas, um estilhaço de morteiro no flanco, o furriel

— Que se passa contigo?

e não se passa um boi, faleceram, mesmo a minha mãe e a minha irmã defuntas, não me demoro nem um minuto com elas, quando a minha mãe o quis beijar na chegada do barco arredou a cabeça porque os lábios dos cadáveres gelados, com crostas de sangue entre o nariz e a boca e moscas nas órbitas cavando, cavando, o velho do cachimbo de carapinha suja e costelas ao léu, ainda bem que o meu pai não o notou no cais, o meu pai que se tinha barbeado embora não conseguisse o rabinho de bebé, quem alguma vez conseguiu exceto o meu avô, entalou-se na roupa dos domingos que lhe servia a custo, apesar de o colete não jogar com as calças, a única ocasião em que vi o meu pai com brilhantina, a reluzir de gordura, o meu irmão não surdo evitando-o também

— Esqueceu-se do cachimbo?

e o meu irmão surdo e eu duas galinhas à espera, o meu irmão não surdo num cantinho do táxi sem responder às perguntas, obrigado a viajar com uma aldeia africana que o perseguia sem descanso, nem sequer o travesseiro de uma espingarda a protegê-lo de nós, a pastelaria Tebas confundiu-o

— Onde estou?

com o seu toldo, o balcão, as senhoras vindas das compras com os carrinhos ao lado, por não haver pastelarias Tebas em África, havia casernas de madeira, um paiol, os morteiros nos seus tripés apontados à noite, o meu marido designando o anel

— Vais andar com isso?

comigo a hesitar, a lembrar-me da colega, do estojo, da carta, do modo como mo pôs no dedo e me beijou o dedo, da minha mão na sua, eu sem dar conta
— Vou
surpreendida com o
— Vou
e a insistir
— Vou
num tom que se quebrava, ganhava força, repetia
— Vou
e por baixo do
— Vou
uma indecisão bruxuleante
— O que pretendo eu com isto?
uma mulher quase da idade da minha mãe, a mesma prega no queixo
— Já viu a minha cruz?
a mesma inquietação alerta como se garrafas antigas lhe vibrassem na memória e no entanto os olhos dela, e no entanto a boca, qualquer coisa da Tininha, não da doutora Clementina, na maneira de andar, no despacho dos gestos, na ausência do Rogério e ao mesmo tempo
— Prometes que não contas o meu nome a ninguém?
o meu irmão não surdo a descer as escadas não para a rua, para a camioneta da tropa que o esperava, não estou em Lisboa, nunca estarei em Lisboa, dúzias de velhos de cachimbo, dúzias de mulheres estendidas e a pega a rir-se de nós, o meu pai
— O vosso avô
e o nosso avô no cemitério, que avô, árvores e capim e fugas oblíquas de bichos, não me aldrabe, pai, não procure enganar-me, lembra-se da cabra no penhasco, lembra-se dela cair, tenho pena de não deixar uma bicicleta encostada à muralha nem ter ocasião de vos pedir desculpa com uma carta na jarra, o meu pai a descer um degrau atrás dele, a desistir, a empurrar-nos conforme o meu irmão não surdo nos empurrou na direção da despensa, o pai do meu pai designando o meu pai com desvelo

— Vai meter-nos a todos num chinelo esse

e não meteu ninguém, acabou por sentar-se no sofá a repetir

— Ata titi ata

num vagar pensativo, o meu pai para o passado dele
— Que chinelo?

o meu irmão não surdo longe de nós, a atiçar fogo a uma palhota em Lisboa enquanto os pretos tentavam salvar-se, imaginando a pastelaria Tebas em chamas, o toldo, o balcão, as senhoras de carrinhos das compras, o meu irmão não surdo que não tornamos a ver e eu com o anel da, eu com o anel da minha colega, a primeira vez que me beijaram não compreendi o êxtase dos atores no cinema, era molhado e mole, sabia a carne e uma espécie de lesma lutava com os meus dentes, apeteceu-me lavar a boca a fim de me lavar daquilo, não compreendi na altura e não compreendo hoje, o meu marido às vezes, à noite, a minha colega quase sempre e o que vejo, com os olhos fechados, é um velho de cachimbo diante de mim estendida, oiço os estalos da madeira que arde, o que parecem tiros, vozes que chamam

— Depressa

oiço a aflição das galinhas, vim despedir-me da casa ou do meu irmão mais velho e, através dele, de mim mesma, não sei, qual o motivo daquilo que ocorreu há tanto tempo continuar a acontecer, a esposa do senhor Manelinho e o senhor Manelinho detestando-se sem pausas, o senhor Leonel a não acertar com a faca nas peças, a admirar-se

— Que coisa

a Tininha sem me falar toda a manhã até me esmagar com o fardo do seu peso interior

— Achas que Deus existe?

que me achatou contra mim mesma e ficamos as duas suspensas no muro, se perguntasse à minha mãe

— Acha que Deus existe?

ela com um cesto de roupa por engomar

— Julgas que tenho tempo de empreender nessas coisas?

e se Deus não existe o que vai ser de nós, não oiço o mar e por consequência não oiço o meu irmão mais velho nem os burros no Alto da Vigia, oiço a cabra de focinhos unidos no penedo e a perna a balir, sem Deus a Terra disparada por aí a chocar nos cometas, pior que os carrinhos elétricos da feira batendo uns nos outros, lembras-te das lâmpadas de cores, daquelas varas até ao teto de rede, lançando faíscas, e dos empregados que saltavam de carro em carro a receber o dinheiro, o senhor Manelinho em novo, antes do quiosque, trabalhou naquilo, de cabelo ainda não frisado e pintado de loiro, loiro mesmo, a dona dos carrinhos extasiada

— Que lindo

enquanto as ondas iam e vinham na praia como as mãos na fazenda das calças do ceguinho do acordeão, pacientes, eternas

— Não vejo preto vejo cinzento com piquinhos azuis

enquanto se eu fechava os olhos via argolas doiradas e por entre as argolas um sorriso

— Menina

o meu irmão mais velho a baixar o selim

— Já tocas nos pedais?

tocava nos pedais mas tinha medo, não queria, o chão longíssimo e aquilo a inclinar-se a ameaçar cair rasgando-me as pernas, felizmente a minha mãe da janela

— Não insistas com a menina

em certas ocasiões tenho de admitir que me foi útil, senhora, obrigada, dava-me um rebuçado às escondidas

— Não digas aos teus irmãos porque só achei este

e a dúvida acerca de quem era pegajoso, o rebuçado ou as gengivas, e de quem se colava a quem, fartei-me de o arrancar do céu da boca com a unha e a unha pegajosa também, presa em toda a parte, o meu irmão não surdo

— Chupas o dedo como os bebés?

e não chupava o dedo, tentava livrar-me dele, se tocasse fosse no que fosse o fosse no que fosse agarrado a mim, larguem-me, com a chegada da noite o eco dos meus passos maior, um pé aqui, o outro no assobio dos pinheiros, vou ter

saudades das lágrimas de resina nos intervalos da casca, não lágrimas como as nossas, gotas sólidas, pesadas, desprendendo-se com um caco tornavam-se viscosas
— São rebuçados também?
o meu irmão surdo a tentar o meu nome sem conseguir o meu nome ou então uma gaivota a pronunciá-lo na linguagem delas
— Em lugar do meu irmão surdo teve um pássaro senhora?
a minha mãe a levantar o braço, a arrepender-se do braço
— Oxalá tu
e a esconder-se na manga enquanto as feições lhe desciam ao longo da cara, sobrancelhas, nariz, lábios, se ao menos alguém lhe desse ânimo, convidando-a a percorrer as bochechas com a mão
— Rabinho de bebé rapariga rabinho de bebé
consolando-a enquanto ela
— Oxalá não tenhas um filho como o meu
eu a revelar-lhe o que ela não sabia
— Não vale a pena desejar-me o que quer que seja tive um filho e perdi-o
e a cara da minha mãe ao pegar-me no braço
— A minha menina
comigo a recusá-la largue-me sua velha porque você uma velha, daqui a pouco sucede-lhe o que sucedeu ao meu pai, voltada para a parede sem a companhia de ninguém porque não merece que um de nós consigo, com respeito ao meu filho, se é que era um filho, se é que fui capaz de quase ter um filho, não sinto tristeza nem pena, sou quase tão má quanto você, a minha colega
— Não és má lindeza
convencida de que eu não era má, imagine-se, convencida de que eu gostava dela, por cima do seu enchumaço que cheirava a casaco muitos meses fechado, um móvel e no móvel um relógio sem ponteiros, se o relógio sem ponteiros o tempo não existe, com pastorinhas e ninfas, nunca percebi bem, substituindo as horas, são sete pastorinhas e três ninfas neste momento, quase noite, portanto, faltam dois dias para

que o meu irmão mais velho, para que a gente os dois, eu no Alto da Vigia a lutar com o vento, como se sobe até lá, há-de existir um caminho entre as pedras, ervas para eu escorregar, poças de água, calhaus, se calhar um bisonte, pode ser que um cigano, pode ser que um burro, a ideia que o meu pai, antes de se voltar para a parede no hospital, um aceno

— Menina

mas um desejo apenas, não acenou, não disse uma palavra e não disse uma palavra falso, disse

— Vão-se embora daqui

eu a levar a minha mãe para o corredor cheio de gente, aparelhos a guincharem nas rodas, um casal que segredava

— O pai disse vão-se embora daqui

e não me zango, senhora, tenho pena de si como tenho pena de mim, nós tão fracas

— Acha que Deus existe mãe?

ela com um cesto de roupa por engomar

— Julgas que tenho tempo de empreender nessas coisas?

sempre cestos de roupa por engomar, sempre a sede do meu pai na despensa, quantas vezes não cai e se demora no chão, incapaz de levantar-se, a conversar sozinho, se a gente se aproxima escuta uma voz que sendo sua não lhe pertence, cortada por risinhos, um sufoco, mais risinhos

— Este vai meter-nos num chinelo a todos

e os meus irmãos e eu a olhá-lo incapazes de outra coisa, éramos tão pequenos, o meu irmão mais velho para o meu irmão surdo

— Não chores

o meu irmão não surdo a morder o punho entre palhotas que ardiam para não chorar e no entanto se me perguntassem

— Eram felizes?

respondia que sim, claro que sim, éramos felizes, tínhamos pinheiros em agosto, tínhamos as ondas, um corredor onde caminhar arrastando o travesseiro nas noites difíceis quando a cafeteira

— Vou comer-te
e as ondas a concordarem
— Vai comer-te corre
o candeeiro da mesa de cabeceira dos meus pais aceso e sob cabelos despenteados e a omoplata mais aguda do que eu supunha, saindo da camisa, uma ordem entre a indignação e o sono
— Volta para a cama depressa
como se fosse possível voltar para a cama, fosse possível dormir com tantos tiros à roda, tanto desespero de galinhas, tanto cão a coxear, tanta mulher estendida aos pés de tanto velho de cachimbo, tanta camioneta a partir deixando-nos entre cinzas e esteiras de mandioca, o meu marido a examinar-me a mão
— E para que queres esse anel pode saber-se?
enquanto com a noite não apenas os pinheiros e as ondas, a piteira do poço tocando umas nas outras as folhas de cabedal a insistir
— Ata titi ata
vim despedir-me da casa ou do meu irmão mais velho e, através dele, de mim mesma, não sei, dos restos da bicicleta na garagem sob o postigozinho onde uma claridade tímida já não do sol e ainda não da lua, da lâmpada no teto do hospital onde me tiraram o, onde o meu pai, onde a minha mãe um dia, onde eu de novo, a mulher que eu, ou seja uma colega minha, disse que queria acompanhar-me, respondi
— Não
e largou-me o braço devagar, cada dedo, independente dos outros, a soltar-me indo e ficando, há pessoas que demoram tempo a deixarem-nos, o corpo afasta-se mas os olhos não, iguais aos cachorros largados longe que regressam sempre tal como me largaram longe e regressei aqui, não sei porquê, esperava encontrar o meu irmão não surdo, à minha espera num dos compartimentos da casa, soubemos que ele na província, soubemos que ele em Lisboa e se te achar na sala não te vás embora, precisamos um do outro, sabias, tenho a certeza de que precisamos um do outro, o corredor tão complicado

sozinhos, não é, cada um de nós com o seu travesseiro, de pijama, em busca de um colchão no escuro que não alcançaremos nunca mas não faz mal, mano, não faz mal, possuis sempre um velho de cachimbo e eu as ondas da praia, agarra na espingarda, aponta-a para mim e ordena que caminhe até à ponta da falésia para que, ao contrário do nosso irmão mais velho, alguém me auxilie a tombar.

7

Como as ondas apenas começam a crescer a partir de setembro devia ter tomado nota das marés altas de domingo e escolher a última, quando há menos gente na praia, quase só pescadores mas da outra banda das rochas e um ou outro mendigo coroado de cães em busca de restos, os autocarros seguiram quase todos na direção de Lisboa, sobram meia dúzia de pessoas na paragem junto ao quiosque fechado de modo que talvez não reparem em mim, ora de pé ora de gatas à cata de um caminho entre as pedras, a minha mãe não nos deixava subir

— Devem estar doidos vocês

declarando à vizinha de toldo

— Sendo o pai o que é tive de criá-los sozinha

enquanto o sol desaparecia na água, primeiro vermelho, a seguir cor-de-rosa, a seguir uma faixa pálida do horizonte à praia e depois escamas dispersas, mal as escamas se sumiam uma respiração lenta no escuro, misturada com o vapor da sopa

— Horas de jantar meninos

que a minha mãe trazia da cozinha com um prato em cada mão, soprando madeixas da testa pelo lábio inferior saído, logo que o lábio inferior no sítio as madeixas de novo, se um dos meus irmãos pegava na colher a minha mãe a tirar-lha ameaçando-o com ela

— Quantas vezes preciso de repetir que só se começa quando estamos todos à mesa?

a fruteira de loiça, a imitar um cabaz com uma das asas partida

— Dava sei lá o quê para saber quem estragou esta asa

mirando em torno na esperança de um silêncio mais tenso do que os outros, amanhã compro o jornal à esposa do senhor Manelinho para verificar as marés, normalmente vêm no fim entre as temperaturas das cidades da Europa, Tirana, Belgrado, Oslo e os dois desenhos com as sete diferenças que o meu irmão mais velho rodeava de uma bolinha, um botão a mais numa camisa, uma nuvem maior, virava-se o jornal e lá estavam elas em letra miúda, uma maré às sete horas, sem ninguém na paragem do autocarro e o mendigo e os cães a desistirem da areia, convinha-me, a minha mãe devolvendo a colher

— Agora podes malcriado

o abajur torto em cima e direito em baixo, o vestido da senhora de carrapito com enfeites num quadrado e sem enfeites no outro, qualquer coisa no vaso das flores e no momento em que ia adivinhar o meu irmão, maré às seis e quarenta, quase sete, que sossego, fico em paz nas ondas até à manhã seguinte, mais velho a bolinha

— Cinco malmequeres neste vaso e quatro naquele

percebem mais depressa tudo, chegam primeiro a tudo, não sou inteligente, sou burra, a minha colega a puxar-me para si

— Quem te meteu na cabeça que não és inteligente?

maré às seis e quarenta, o sol cor-de-rosa, acho que não reparam em mim, quem reparou em mim nestes anos, os homens não me, o meu pai

— Menina

foi talvez o único, a minha mãe

— Uma paixão pela filha

não sei se acredito nela, não me pegava ao colo, não me tocava, o

— Menina

cada vez mais distante, havia alturas em que me passava pela cachimónia, que parvoíce, que tinha medo de tocar-me quando se calhar era a vergonha de não meter ninguém num chinelo, o meu pai para o meu avô

— Desculpe pai

isso julgo que escutei numa ocasião em que ele supunha que ninguém na sala, desceu o jornal a olhar para o teto
— Desculpe pai
convencido que o rabinho de bebé junto à lâmpada, um velho de chapéu a descascar um pero não com faca, com o canivete do colete, deve ter nascido na província, aquele, o jeito de falar, os modos, havia pinheiros na sua terra como aqui, senhor, havia o mar mas não acredito que o mar, uma ribeira quando muito, áceres, carvalhos, mulas, o pai do meu avô dentro do poço
— Afoguei-me
e ao trazerem-no para cima
— O que podia fazer contem lá?
o sol cor-de-rosa dissolvido nas ondas, se trepar domingo às seis horas o Alto da Vigia não reparam em mim, quem reparou em mim nestes anos, poucos homens me disseram fosse o que fosse na rua, era pelas outras que se interessavam, não sou inteligente nem bonita, a minha colega puxando-me para si
— Quem te enfiou na cabeça que não és inteligente nem bonita?
a prova que não sou bonita está em que a Tininha
— O penso da cama dezoito
sem abrandar, pensando
— Como pude ser amiga desta?
a minha colega a acariciar-me a nuca
— Reparei em ti desde o primeiro minuto
poucos homens me disseram fosse o que fosse na rua, sabias, o meu marido ao princípio, e eu tão grata
— Espero-te aqui amanhã
— Fica-te bem esse vestido
— Não me importava de abraçar-te
mas esqueceu-se depressa, depois do meu filho quando o rei faz anos, no escuro
— Anda cá
e mais palavra nenhuma, um suspiro
— Caramba
a cara com as feições de chorar e protestando logo a seguir nas trevas da almofada se me aproximava dele

— Incomoda-me que me sopres na nuca

sem carambas, enfadado, pelo cinzento dos intervalos da persiana o volume das mesas de cabeceira, o volume da cómoda, arredar a cabeça para que não me expulsasse, deixa-me ficar contigo que não te maço, juro, só queria e eu sem dizer o que queria, só gostava que e não permites, repugno-te, longos jantares de estranhos, fins de semana amargos, feriados tristes, finjo que leio, julgo ouvir

— Não me importava de abraçar-te

e mentira, claro, se me chego foges logo com a boca

— Não és capaz de me largar um momento?

eu a sentar-me na outra ponta do sofá

— Perdoa

experimentando as setes diferenças do jornal, não descubro nenhuma mas amanhã hei-de descobrir as marés, na claridade cinzenta dos intervalos da persiana os ponteiros do relógio numa posição impossível, vivemos tempos que não existem, afirmam eles, e se prolongam sem fim, passei séculos acordada enquanto o meu marido o idioma cifrado dos sonhos de que ninguém tem a chave ou um gemido de desilusão

— Onde para o apito?

e eu comovida com o apito, tocava-lhe no pé com o pé e o pé dele ausentava-se, como os calcanhares são monstruosos quando não se veem, como a coluna se transforma num rosário de contas, como os cabelos de outra pessoa na fronha de súbito

— Quem és tu?

e nos segundos quase

— Fica-te bem esse vestido

quase

— Não me importava de abraçar-te

e ninguém vinha, não era a minha colega que eu queria que viesse, eras, num agosto qualquer uma prima da, tu, Tininha uma semana em casa dela até os pais a virem buscar, a mãe da prima da Tininha para a mãe da Tininha, baixando os óculos escuros com o indicador a fitar o meu irmão mais velho

— Quem é aquele?

cochichos que não entendi e um sorriso a uni-las na espreguiçadeira, a Tininha e a prima, ambas de brincos-de-princesa e pétalas nas unhas, sem me prestarem atenção num ângulo do quintal oposto ao muro, colecionando lagartas numa lata e partilhando o Rogério, a mãe da prima da Tininha distraída da revista, de pele ainda mais morena e cabelo mais preto, para a mãe da Tininha

— Tens ali um bombom

enquanto o meu irmão mais velho me empurrava o baloiço, embaraçado, o pai da prima da Tininha ajudava o pai da Tininha a lavar o automóvel e só depois da prima se ir embora e da mãe da prima da Tininha acotovelar a mãe da Tininha

— Se perdes o bombom és burra

num automóvel que também lavaram os dois, de calções e dedos enormes nas sandálias, a Tininha a chamar ou antes, a Tininha a prevenir

— O Rogério chamou-te

inclinando o bicho para a direita e para a esquerda

— Não ouves?

com um dos brincos-de-princesa perdido sem dar conta e eu fingindo que não ouvia o Rogério e não a ouvia a ela embora a voz do Rogério mais clara, falam mais alto do que as pessoas e de uma forma que se entende melhor, não se constipam nem tossem, mesmo depois de uma noite inteira esquecidos à chuva tornam-se mais espapaçados mas aguentam, aperta-se, sai a água e eles vivos, as órbitas esferas de vidro, no caso do Ernesto azuis com um espigão para enterrar no feltro, mostrava-o à minha mãe, ela secava-o na chapa e o Ernesto amolgado, é certo, mas a vender saúde

— Ainda cá estou pequena

o ciúme à medida que o Rogério chamava, o que teria o meu irmão mais velho que exaltava as vizinhas, felizmente o Manual do Perfeito Carpinteiro, já não era necessário a bandeira vermelha porque ninguém na praia, o protegia delas, eu para a Tininha

— Como se chama a tua prima?

e a Tininha a magoar-me caminhando no meu corpo enfermaria adiante

— Nita

às sete menos vinte os rochedos mais baixos deixavam de existir e a espuma a erguer-se numa poeira raivosa, se o meu filho vivo catorze anos agora, a idade do meu irmão não surdo, de cócoras, cruel com os sapos a espetar-lhes arames e o meu irmão surdo, de joelhos, a ver, às sete menos, o meu irmão surdo uma frase que não vinha, subia à língua e coagulava-se até que um

— Ata titi ata

o esvaziava de sons, às sete menos vinte de domingo eu no penhasco da cabra, de pernas unidas como o senhor Manelinho unia os dedos em cacho

— Que mulherão

a seguir uma inglesa que voltava da praia, a esposa do senhor Manelinho amontoando no balcão um troco de cigarros

— Nem para o peditório lá em casa dá e põe-se a armar aos cágados

um telefone público, perto do quiosque, onde ninguém telefonava, introduzia-se o dinheiro e comia-o, de auscultador avariado, numa deglutição ferrugenta, o senhor Manelinho, sem se virar para a esposa, moldando a inglesa cada vez mais distante com os braços compridíssimos, não imaginava que houvesse mãos capazes de chegarem tão longe

— O que ladrou você desgraçada?

entravam no autocarro, seguiam até Lisboa e o senhor Manelinho, maneta dos dois lados

— Que mulherão

como consegue comer, se entrasse nas sete diferenças adivinhava-o logo, homem com braços no quadrado de cima, homem sem braços no quadrado de baixo e eu uma bola triunfal, a maré alta de domingo diminuindo a areia e a alcançar a muralha expulsando as gaivotas, do Alto da Vigia telhados e telhados que os pinheiros ocultavam, a minha mãe para a vizinha de toldo

— Uma paixão pela filha

como se alguém apaixonado por mim e a minha colega a apertar-me a orelha devagar

— Ingrata

eu, de ciúmes tenazes, para a Tininha

— Não me apetece brincar

o meu irmão não surdo gesso no cotovelo, eu despeitada com o gesso e o lenço de cabeça da minha mãe segurando-o com um nó no pescoço, o andar dele mais solene

— Tenho gesso reparem

cortava-se-lhe a carne, cortava-se-lhe a fruta, deixou de tomar banho, que sorte, em contrapartida a minha mãe lavava-lhe os dentes impedindo-o de abrir a torneira, molhar a escova, fechar a torneira e enfiar a escova no copo de plástico a que arrancou o Pluto estampado

— Não gosto deste cão

no diário secreto do muro, escrito pela Tininha

— Desculpa

a minha colega a assoar-se

— És tão injusta às vezes

quando foi do meu irmão mais velho o meu pai ficou de pé no meio da sala sem dar cavaco à despensa, cumprimentavam-no e distraído, falavam-lhe e não respondia, o fato sobrava nas costas porque emagreceu de repente, você tão idoso desde que lho trouxeram, pai, se o meu avô pusesse a sua mão na bochecha

— Rabinho de bebé rabinho de bebé

a palma dele inerte, no caso de eu

— Pai

atravessava-me com a vista sem reparar em mim, não vê mais ninguém a não ser a menina uma ova, via o filho mais velho, todo chique, numa lona dos bombeiros, o meu irmão surdo apertou-se-lhe nos joelhos

— Ata

e ele a pegar-lhe ao

— Embora não sejas meu filho

colo, o único que pegou ao colo, palavra, o que significa embora não sejas meu filho, a voz do canalizador através da porta fechada

— Temos que mudar o sifão

e a minha mãe a trancar-se no quarto com vontade de morrer, durante semanas não se enervou com o meu pai por causa das garrafas, o canalizador com um anel de ferro, senhora, que nunca mais voltou, como seria o outro, de antes do meu nascimento, devia ter um buraco secreto no muro para escrever Desculpa e com certeza que me ouviu porque passados dias entregou um envelope ao meu pai que depois da sua morte encontrei por abrir na gaveta, servia-lhe a melhor carne à mesa, penteava-se, tirava o avental logo que a chave na porta, não tivemos tempo de falar, senhor, qual o motivo de não nos ter abandonado, o que pensava você, o meu avô a designá-lo às visitas

— Esse rapaz vai longe

o meu pai, no que parecia uma espécie de troça, mas não era troça, a imitá-lo

— Longe

de tempos a tempos ao voltar da despensa a tal troça sem troça

— Fui longe

e a minha mãe dentro da costura como se os óculos não chegassem, eu no interior de uma revista como se os óculos não chegassem, o meu marido

— Estás cega?

e nem sonhas como acertaste em cheio, é verdade, estou cega, tens um acordeão que me emprestes, mal pus o anel no dedo ceguei, a minha colega ao despir-se

— Não estás a ver-me pois não?

e é lógico que não te vejo, ceguei, conforme não vejo a minha mãe na cozinha a conversar com o canalizador, vejo, como se compreende isto, o arrependimento dela, imagine-se, e o homem a pôr-se em pé devagar, vejo a porta fechada e eu e o meu irmão não surdo a fixarmos a porta, o meu irmão surdo que não parava quieto

— Atou

duas mulheres a discutirem na pensão no andar de baixo da casa, com bandeirinhas de países desbotadas na varanda, o sujeito de cara pintada e vestido de senhora a quem a polícia

— Não estamos no carnaval

ele a argumentar

— Sou assim

e era assim, teve um marido e ninguém os troçava, demoravam-se na pastelaria Tebas onde o sujeito tricotava casaquinhos, de leque sobre a mesa para aliviar os calores e aqui na praia o sossego do princípio da noite, antes dos insetos e dos sussurros dos mortos elogiando o poder e a glória de Deus, quando os pinheiros ainda não se habituaram ao escuro, espessos, tão grandes, a gente pensa

— Não são os mesmos

e se calhar tem razão, onde está o meu travesseiro para que os meus pais me confortem, escrevi no diário secreto, por baixo da Tininha, vamos ser amigas para sempre e o meu mindinho em argola encaixado no seu, a minha colega nunca o mindinho em argola salvo ao almoço, quando foi do meu irmão mais velho demorei a perceber, demasiadas pessoas, demasiados bombeiros, demasiados vizinhos, conversas muito acima das nossas cabeças e portanto frases que não alcançávamos, se uma sílaba tombava um de nós apanhava-a estudando-a de um lado e do outro sem descobrir o sentido, a minha mãe com falta de tempo para mim, o meu pai nenhum

— Menina

e eu ofendida com ele, disseram-me que o meu avô trabalhava num armazém, rodeado de sacos, a fazer contas o dia inteiro, subia-se uma escada para a rua e logo em frente o Tejo, no caso do patrão não estar de acordo com os números ele do fundo do chapéu

— Olhe que eu sou um homem do norte cuidado

do outro avô quase não sei, vamos ser amigas para sempre, Tininha, tu e a cama dezoito que precisa do penso, o resto tacões que me pisavam e um céu murcho na janela, até então achava que o céu liso como um rabinho de bebé e

enganei-me, por cada passo que dava na casa dúzias de passos comigo, mais longínquos, mais próximos, quem está aí a acompanhar-me, quem me espreita da sombra, a solidão é horrível não quando estamos sem mais ninguém, quando um outro connosco que não responde e se oculta, não ciganos, não burros, as criaturas que fomos e nos perseguem, nos culpam, se encontrasse brincos-de-princesa usava-os, se o meu irmão surdo comigo punha-lhe a mão na minha garganta e ordenava
— Aperta
por favor aperta porque a maré alta me dá medo, a noite me dá medo, todos estes passos me confundem e assustam, no caso de o meu marido se levantar de madrugada espiava o ruído das solas no pânico de não tornar a vê-lo, felizmente uma torneira, felizmente um copo na bancada e as solas de regresso apagando-os, punha a mão do meu irmão surdo na garganta e ordenava
— Aperta
lâmpadas pelo caminho, os ponteiros da mesa de cabeceira no mesmo ângulo impossível, será que há-de tornar a haver tempo e envelhecerei como os outros, o banheiro de muletas, o cabelo pintado do senhor Manelinho mais caracóis, mais loiro e rugas sem esperança por baixo, o meu marido de pijama, com os botões desacertados, a deitar-se num vendaval de lençóis com uma das pantufas calçada, o braço à procura da pantufa no pé descalço e a desistir da pantufa, a sumir-se juntamente com o quarto ao apertar o interruptor que parecia desaparecido do fio, quis ajudá-lo e sacudiu-me até que os dedos dele por fim e uma faísca a acompanhar o escuro, qualquer dia um de nós agarrado àquilo, eletrocutado, defunto, as ondas começam a crescer a partir de setembro mas estas hão-de chegar, não me despedaço nas rochas, trazem-me o corpo intacto à praia por alturas da manhã, com o primeiro alcatrão e os primeiros detritos, já não sou a menina de ninguém, cresci e a minha colega a alastrar-me na coxa, não acreditava que, o baloiço, que se distingue ainda, desde que o meu irmão mais velho faleceu quieto, com uma das cordas no

fio, não acreditava que houvesse carícias tão pacientes mas há, murmurando-me na orelha

— Não digas coisas tristes que me ofendes

e eu escondendo a orelha porque arrepios que, as pantufas do meu marido, me obrigavam a coçar-me, a lembrança das pantufas do meu marido, não sei porquê perturbava-me ao arrumá-las sob a cama vontade de as beijar, uma delas um buraco na ponta onde o dedo assomava, beijar o, beijar o dedo também e então principiei a ouvir os pinheiros e o mar, não como de dia, mais vagarosos, mais doces, o vento tocava-lhes de modo tão suave e o halo sem substância da água a subir até mim, foi um senhor de idade, acompanhado por uma mulher que parecia ser filha mas não era filha, e felizmente que o meu irmão mais velho não podia aparecer, quem comprou esta casa, se ele aparecesse mais espreguiçadeiras, mais brincos compridos, mais óculos escuros baixados com o indicador e o Manual do Perfeito Carpinteiro sei lá onde, o senhor Leonel substituído pelo sobrinho, um ruço cujo cabelo incomodava, no talho, sem mencionar as sardas em combustão da cara, as escravas da mulher que acompanhava o senhor de idade incomodavam-me também, se os pais da Tininha não se tivessem ido embora duas criaturas, uma de cada lado do muro, sorrindo-se uma à outra e o meu irmão não surdo um velho de cachimbo, diante dos seus corpos estendidos, entre galinhas e palhotas a arder, nenhuma garrafa na despensa, uma embalagem de pó para as baratas e uma lata de conservas esquecida, azeite malcheiroso, coalhado, a minha mãe para a parente da dona Alice designando o meu irmão surdo, o cabelo do sobrinho ruço uma palhota também, quantas palhotas existirão em África assim em números redondos, designando o meu irmão surdo imerso no interior de si mesmo, quando o empurravam no baloiço ele contente, quando não o empurravam pendurava-se-nos da manga procurando levar-nos à cadeirinha, a minha mãe

— Não tem dado problemas?

o menu da pastelaria Tebas num retângulo de papel colado na montra, a parente da dona Alice

— Precisa de roupa
e a minha mãe
— Já viu a minha cruz?
a minha mãe
— Outra vez?
moravam num quarto duas ruas abaixo, frente a uma praça em que jamais vi pessoas exceto um mendigo desfazendo beatas num pedaço de jornal, a enrolar o jornal e a fumar notícias, ao cruzá-lo endireitava-se nos trapos
— Os meus respeitos mademoiselle
e eu, com catorze ou quinze anos, parava a perguntar-me
— Terá sido um príncipe?
um quarto cheio de santinhos e flores de pano e o meu irmão surdo de barba por fazer, tão maltratado, senhores, porque não lhe corta as unhas ou acompanha ao escorrega da praça, apesar da idade tenho a certeza que gosta, roubava-me o Ernesto não para brincar com ele, para falarem por gestos, não adivinhava que o Ernesto mexesse as patas e mexia, se o espiava punha-se quieto, a fingir-se de pano, qual a razão de os brinquedos fazerem de conta que são brinquedos quando estamos com eles, a minha colega
— Às vezes ficas tão estranha
e o relógio das pastorinhas e das ninfas desaprovando-me a estranheza, o meu marido a olhar para a cama
— Explica lá a história de só conseguires dormir com esse travesseiro podre?
comigo a responder-lhe, calada, nunca tiveste de atravessar corredores a meio da noite, nunca tiveste de proteger-te dos pingos, dos estalos, das cafeteiras que iam comer-te, um silêncio difícil entre nós e no silêncio a voz do meu irmão mais velho
— Não sonhes que não pensei nos pais não sonhes que não pensei em vocês
a trepar para o Alto da Vigia arranhando-se nas pedras, o meu avô conheceu-o
— Sai ao meu filho o malandro pesa chumbo também
a minha mãe receosa que ele o deixasse cair
— Não o levante assim

enquanto o meu irmão mais velho se apoiava às ervas e às saliências das rochas, há-de ter existido um caminho por aqui, se calhar escadas, se calhar um corrimão para alcançar os mariscos e as bebidas em lugar de aranhas e fezes de gato bravo, uma ocasião no pinhal grande vi um gato bravo a trotar, com um pássaro na boca, que desapareceu numas moitas, por cá chamam-lhes ginetos, nunca caminhei tão depressa como nesse dia e ao chegar a casa, porque carga de água lhes chamarão ginetos, não conseguia falar, o meu pai
— Sucedeu-te alguma coisa menina?
claro que pensei em vocês todos, a camisa nova, e as calças vincadas, farrapos, os sapatos de Lisboa estragados, mesmo que quisesse voltar para trás, e pensei voltar para trás, não conseguia, sempre disse que não ia à guerra, era eu, não achava sentido para que quer que fosse mesmo durante as reuniões contra os, tu pequena demais para entenderes, que entregava cartas a pessoas, recebia mensagens, distribuía folhetos, tudo isto de desconhecidos para desconhecidos, não se abriam comigo, nem obrigado diziam, não confiavam em mim, estendiam a mão sem levantar a cabeça, leva isto aqui, leva isto ali, esperas em tal sítio com este livro no braço e a certeza, embora não visse ninguém, que me observavam antes de se aproximarem, um dia vamos a um encontro de amigos e não íamos, não fazes ideia do que se arrisca, há bufos por toda a parte, temos de aprender a confiar em ti e não aprendiam a confiar em mim, a parente da dona Alice para a minha mãe
— Até agora tem obedecido mas sei lá o futuro
é preciso cuidado, necessitamos de pombos-correios que a polícia ainda não detetou, operários e camponeses uni--vos e não operários nem camponeses, homens de gravata, um domingo uma rapariga da minha idade
— Não me fixes a cara
não lhe fixei a cara mas fixei-lhe o movimento das ancas, as pernas, por acaso encontrei-a no cinema abraçada a um sujeito que me lembrava o senhor Manelinho e qualquer coisa a bicar-me, isto depois da empregada dos Correios, a parente da dona Alice para a minha mãe

— Às vezes enfurece-se já me quebrou um santinho

um gato bravo com um tentilhão na boca, quase amarelo, grande, abraçada a um sujeito e qualquer coisa a bicar-me, apeteceu-me telefonar à polícia, não ir à guerra e telefonar à polícia, passados dois ou três dias telefonei de uma retrosaria longe da pastelaria Tebas, contei dos lugares onde os esperava, das cartas, das mensagens, contei da rapariga, antes de chegarmos este verão um fulano em frente da casa e portanto não posso desistir agora apesar destas ervas em que escorrego e destes ângulos de rocha que ameaçam quebrar-se, apesar de vocês, no Alto da Vigia um burro que se escapou mancando, com uma ferida na garupa cheia de moscas e larvas, olha as ondas lá em baixo, a maré a

— Conta-me a história de só conseguires dormir com esse travesseiro podre

subir, devia ter trazido o meu travesseiro para este corredor cheio de pingos, de estalos, de bocas que não cessam de avisar

— Vou comer-te

devia ter trazido o travesseiro ou pedido o Ernesto emprestado, tanto vento aqui, tanta parede tombada, tanto ruído que não me consente escutar-te, tanta areia nos olhos, a camisa húmida, os meus ossos húmidos, os balidos da cabra que mastiga o seu terror, não cardos, ou seja o que eu mastigo também, os olhos dela parecidos com os meus, não, os olhos dela os meus, não pupilas, brancos, as patas dela as minhas, a vacilação dos corpos igual, o pai do meu pai a levantar-me

— Sai ao meu filho o malandro pesa chumbo também

e por consequência não fico à tona nem virei à praia, afundo-me, talvez os ossos, um dia, daqui a muitos anos, quando se libertarem do chumbo, um gato bravo sem pressa, não se ralando comigo, de pelo amarelo ou castanho e a cauda grossa, às riscas, o tempo que demorei a conseguir respirar, a minha mãe

— Sucedeu-te alguma coisa menina?

dúzias de pastorinhas, dúzias de ninfas e eu incapaz de uma palavra, pode ser que

— Ata titi ata a tia atou

se me colocarem uma das mãos na garganta e a segunda na garganta de outra pessoa e reaprender os sons, olha o burro sem dentes convencido que plantas na terra, o Alto da Vigia paredes tombadas, destroços de pranchas, uma mesa a que, a parente da dona Alice

— Até agora tem obedecido mas sei lá o futuro

faltava uma perna, a minha mãe trouxe um carioca de limão porque tudo se resolve com um carioca de limão, não é mãe

— Bebe enquanto está quente

se te acontece alguma coisa o teu pai mata-me e quando da polícia perguntaram ao meu irmão mais velho, quem falava, desligou o telefone na certeza que toda a gente na rua sabia, o fulano do passeio em frente fumando sem pressa um cigarro interminável, se calhar não da polícia, um daqueles que lhe estendiam a mão sem levantar a cabeça, esperas em tal sítio com este livro no braço, o Manual do Perfeito Carpinteiro, eu para a minha mãe, de chávena rente à boca

— Um gato bravo no pinhal grande senhora

o meu irmão não surdo, desejoso de encontrá-lo

— Como é um gato bravo mana?

um bicho com um tentilhão na mandíbula que podia ser eu, transportando-o para uma toca onde os filhos aguardavam para me mastigarem pena a pena, até os brincos-de-princesa, até as pétalas das unhas, a prima da Tininha com desprezo de mim

— É tua amiga essa?

e a Tininha, entretida a semear relva na relva, de colar de vidro transparente que se notava o elástico a atravessar as contas, quase ofendida

— Achas que tenho amigas assim?

falava comigo porque mais ninguém ali, a casa melhor do que a nossa, o automóvel do pai melhor do que o do meu pai, a minha mãe mais humilde do que a dona Alice comparada com a sua, no caso de lhe bater à porta, e não havia nenhum motivo para lhe bater à porta, mas supondo que havia,

a minha mãe a tratá-la por senhora e a mãe da Tininha sem a cumprimentar consoante a minha mãe não cumprimentava a esposa do senhor Manelinho, não se beijam os pobres, diz-se
— Bom dia
e é tudo ou nem
— Bom dia
se diz, diz-se
— Quero isto quero aquilo
e eles fazem, a mãe da Tininha, do alpendre
— Deseja alguma coisa você?
e a minha mãe recuando para a nossa cancela
— Não desejo senhora enganei-me desculpe
do mesmo modo que a esposa do senhor Manelinho faria, submissa, acanhada, não o nome da minha mãe, é evidente
— Madame
a esposa do senhor Manelinho
— Esqueceu-se deste saco de fruta no quiosque madame
e a minha mãe sem agradecer, para quê agradecer, era a obrigação da outra, a mandar-me buscá-lo, agradecia eu por ela
— Bem haja
uma alegria de reconhecimento que me fazia dó
— Ora essa menina
e tudo correto, tudo como deve ser entre nós, o meu irmão mais velho a indignar-se
— Que vergonha
e no entanto telefonou à polícia porque um movimento de ancas abraçado a um sujeito, não a ele, o meu irmão mais velho
— Hás-de pagar por isto
e ao largar o telefone arrependido e não arrependido, o meu irmão mais velho uma mesa sem uma perna, um burro, uma cabra, uma coisa insignificante a escorregar do Alto da Vigia, a tentar equilibrar-se, a desistir de equilibrar-se e que uma onda distraída apanhava mal dando conta, sem se incomodar com ele.

8

A minha família tornou-se o retângulo mais claro da ausência do quadro na parede da sala, um espaço com um prego torto em cima onde se penduravam vozes, não uma paisagem com barcos, olho-as como o meu pai olhava a moldura a calcular a posição, corrijo-as, recuo a ver, corrijo-as melhor, de moldura oblíqua as vozes confusas, de moldura horizontal todas as sílabas nítidas, a minha mãe

— Quantas vezes é preciso repetir que ponhas o chapéu na cabeça?

ela um panamá no cocuruto e creme no nariz tornando-me difícil obedecer a uma criatura tão cómica embora algo da minha mãe debaixo do panamá e do creme, a pergunta, na dúvida

— A sério que é você senhora?

os meus irmãos também de creme no nariz e com bonés de cores diferentes para ela os distinguir ao longe, as palas dos bonés apagavam-lhes as caras e portanto meus irmãos até ao pescoço, do pescoço para cima as orelhas apenas, se tirassem os bonés criaturas que podia conhecer ou não, o meu pai a pensar como eu

— Quem são esses?

o mar afigurava-se-me de outro ano, julgava que o substituíam todos os verões a fim de que um mar novo em agosto e vai na volta ondas antigas de que já conhecia a cadência e a forma, que praia velha, esta, basta notar o óxido no grito das gaivotas e os detritos de sempre na areia, o cabaz, o sapato de um afogado eterno, a espuma suja de óleo complicadíssima de limpar na água, nada se altera exceto a gente mais rugas

— Daqui a pouco idosos acredita-se nisto?
e a roupa apertada, a minha mãe a censurar-me
— Não desistes de crescer?
e bem queria para não dar com o lagarto de barro na cómoda, até então escondido, de que principiava a surgir a ameaça das presas ainda não completas, só as da ponta do focinho mas quando menos se espere cinco dúzias terríveis, o meu irmão não surdo quebrou-o com o martelo e fez bem
— Ia matar-me aquele
o meu pai impedia a minha mãe de lhe bater
— Tens razão
cinco dúzias terríveis e eu a admirar-lhe a coragem, os cacos no lixo e mesmo em pedaços o lagarto movia-se, ou era eu que me movia, ou éramos ambos a mover-nos, ele a prevenir
— Espera um bocadinho
e eu colocando a tampa no caixote e a sentar-me em cima
— Já não me levas contigo
enquanto a cauda e as patas, a cara da minha colega a erguer-se-me da barriga
— Se pudesse ter um filho teu
esmoreciam devagar, levantei uma pontinha da tampa e o bicho defunto mas o mar era o mesmo, o quiosque era o mesmo, só as pessoas, eu para a minha colega
— Já me chegou de filhos
só as pessoas mudavam, não devo ter pendurado as vozes como deve ser porque ela a beijar-me o umbigo
— Estava a brincar
em lugar do lagarto
— Faleci acabou-se
com um carimbo no ventre Cerâmicas Gualdino e portanto o lagarto não de barro, de loiça, com o senhor Gualdino a colocá-lo no forno e a pintá-lo e depois, quem me garante que não há um molde para os lagartos e os filhos, eu para a minha colega
— Tens um molde tu?
e a minha colega com uma prega horizontal na testa, as restantes criaturas uma prega vertical, a sua deitada

— O quê?

a desilusão, vinda desde catraia, das pessoas não entenderem nunca, há muito que andar sozinha cessara de custar-me, estes pinheiros os mesmos antes de eu nascer, mais gastos do que o mar, o pássaro grande da chaminé da Tininha atravessou o quintal no sentido das oliveiras, não só as paredes vazias, quase nenhum móvel, uma das janelas da sala desencaixada dos gonzos e os insetos da noite à minha roda, o boné do meu irmão surdo azul, o do meu irmão não surdo amarelo, a minha mãe a oferecer a bisnaga do creme do nariz à vizinha de toldo

— É servida?

como a vizinha de toldo não era servida aplicou-me um centímetro, eu com vergonha de passear na areia e os dos toldos vizinhos

— Aposto que o pai dela um anhuca

um fulano de que nos esquecíamos se não fosse o barulho das garrafas ou uma pergunta para o fundo do jornal

— Há quanto tempo desistiu de pensar que nos metia a todos num chinelo senhor?

a sua voz mais espessa que as nossas, se a gente os dois fôssemos capazes de, se conseguisse contar, a enfermeira

— Apetece-lhe que traga um espelho para ver a cicatriz?

se continuasse vivo gostaria de mim no caso de ter gostado de mim apesar do meu corpo mutilado, não me apetece ver a cicatriz nem sentir a ausência nos dedos, é outra com o meu nome, esta, que por coincidência sente o que eu sinto ou o que julgo sentir, modifiquei-me senhor, não sou uma menina, sou um burro que vai cair, que cai e não trazem depois para esta casa porque a casa terminou, não existe fogão, não existem cadeiras, não existe uma única pessoa que fale tirando eu que converso com as árvores e no entanto tudo familiar como se vocês perto de mim, há aqui na radiografia um nozinho no osso que não me cheira bem, comigo distraída do médico a pensar no nariz de anhuca ou num caranguejo pequenino no balde, crispando as patas em dois dedos de água, punha-se o caranguejo cá fora e principiava a trotar no sentido das ondas, tão veloz como eu no domingo, o meu irmão mais velho leva-me de bicicleta a informar

— Tenho sessenta anos agora

basta que tire a voz dele do prego do quadro para recomeçar a viver, basta que tire o conjunto das vozes para que imensa gente à minha volta, uma tia da minha mãe, que visitávamos na Páscoa, servia-nos fatias de bolo num prato com um garfo e eu a comê-las à mão

— Não te ensinaram maneiras?

um piano a que não se levantava a tampa, arreganhava-se-lhe o beiço e faltavam incisivos, carregando naqueles que sobravam um nervo ferido a protestar, os tapetes na trama segredando

— Somos pobres

embora a tia da minha mãe, para a minha mãe

— Têm a mania dos exageros não oiças

terrinas consertadas a arame, o açucareiro sem a carrapeta da tampa, uma esfregona de cabelo sujo que se esqueceu de guardar ao tocarmos à porta, a minha mãe a sossegá-la

— Todos os tapetes exageram

deixando uma nota sob o açucareiro de forma a que a tia reparasse, empurrando-a com os dedinhos contra um aranhiço falecido no naperon, disso lembro-me, mãe, você a procurar o dinheiro na carteira e a trazê-lo embrulhado no lenço, se houvesse tempo, e já não há tempo, pedia-lhe que me ensinasse esse truque, a sua expressão ordenando-me

— Cala-te

você boa pessoa, sabia, se o meu pai não pesasse chumbo talvez que apesar de nós tivessem sido felizes, soprei o aranhiço que caiu dentro da sua limonada e você, heroica, bebeu-a, a minha colega

— A tua mãe no fim de contas

e eu

— Cala-te

porque não são assuntos teus, são coisas de família, de qualquer maneira dou-te um conselho de graça, nunca levantes a tampa de um piano para lhe poupares dores nem metas

um garfo numa fatia porque as fatias pulam, tenho saudades de nós, se arranjasse creme para o nariz punha-o e estávamos uns com os outros de novo, às vezes uma espécie de nostalgia tinge-me de roxo por dentro, você e o pai foram felizes, mãe, fomos felizes e proíbo-os de me contrariarem, não me sinto triste, palavra, continuamos no prego da paisagem com barcos e a moldura como deve ser, cada sílaba nítida, dentro em pouco
— Ata
e o meu irmão surdo no baloiço que um de nós empurra, o marido da tia da minha mãe a engordar no retrato, quem parte do princípio que as fotografias não mudam engana-se, trocam de gravata, ganham cores, adoecem, sempre pensei que os crescidos lhes davam de comer às escondidas limpando-lhes a boca com força como faziam comigo
— Mais duas ou três colheres tenha paciência até se ver o desenho
a minha mãe a elogiá-lo
— Está cada vez mais forte
a tia da minha mãe a concordar
— Apetite não lhe falta graças a Deus na próxima semana em chegando a reforma compro uma camisa de colarinho mais largo
dessas que vêm agarradas a um cartão cheio de alfinetes que picam, sobra sempre um que não se vê e nos fura as costelas, eu na escada, à saída
— Que tal o aranhiço mãe?
o pescoço percorrido pelo dedo avaliador
— Já desceu para baixo
a minha família não somente no retângulo mais claro da ausência do quadro na parede da sala, viva na praia também, não tarda nada o meu pai inquieto na despensa
— Que é das minhas garrafas?
de modo que depois de domingo permaneço na casa convosco e procuro a Tininha com dois brincos-de-princesa na mão, as gaivotas no mar porque vazante agora, um albatroz, outros pássaros miúdos, vindos de noite, cujo nome ignoro, a saltarem nas rochas bicando mexilhões e essas pulgas da água, a mim parecem-me pulgas que se ocultam nas pedras,

o meu irmão não surdo a lutar com o meu irmão surdo por causa do baloiço, a minha mãe da janela

— Deixa-o tranquilo rapaz

à medida que o marido da tia continuava a crescer, às vezes é preciso comprar molduras maiores porque não cabem nas outras, sorrisos que aumentam, óculos que não possuíam, um sinal na bochecha em que não reparámos, a minha colega carregando-me na pele

— Vejo aqui uma cicatrizinha

de quando tropecei no quarto e bati numa perna da cómoda, o enfermeiro algodão, tintura que fervia, mais algodão, adesivo, não imaginava que os olhos tantas lágrimas dentro, quando nos sentimos contentes nem sequer damos por elas, esperando no interior das pestanas ou atrás do que vemos, aliás não sei se lágrimas ou pingos de tintura, o enfermeiro para a minha mãe

— É capaz de ficar uma marca

e ficou uma marca que com o tempo cessei de notar, provavelmente desvaneceu-se, o indicador da minha colega a trazê-la de regresso e com ela uma marquesa, uma prateleira de objetos destinados a aleijarem, frascos de líquidos curativos que roíam a gente, a Tininha no hospital

— Façam doer à da cama dezoito

uma pinça e uma tesoura a tirarem-me os pontos e uma cara franzida lamentando-se

— Acho que o estúpido do centro comercial não me acertou com as lentes

a minha colega lentes também

— A ideia de perder-te dá-me cabo da vida quando chegares à minha idade compreendes

telefonemas à noite e eu a disfarçar

— Número errado

bilhetes no meu cacifo com pétalas de amor-perfeito, ciúmes, o filho casado na Bélgica, o marido, solicitador na província, que a trocou pela empregada de rendas exuberantes

— Sai-lhe mais barata a mão de obra sempre foi avarento

coisas chinesas por aqui e por ali, livrávamo-nos de uma e tombávamos na seguinte, um halo de novembro mesmo em abril ou maio, o filho com uma criatura loira e um miúdo loiro ao colo, de feições diluídas numa sombra de árvore, para onde vai a sombra dos pinheiros à noite, sei que o mar continua porque um ciscozinho ou, quando o vento gira, o som de uma onda anunciando

— Domingo

e silêncio de novo, a minha colega

— Bastava supor que me tocava e não conseguia dormir

o meu irmão surdo abandonou o baloiço para perseguir um gato junto ao tanque da roupa com um alguidar ao contrário em cima, tantos bichos no mundo sem mencionar as canecas do pequeno-almoço só que nas canecas vestidos como nós, um canguru de suspensórios, uma avestruz de cachecol, a do meu irmão mais velho uma pantera a dançar vestida de tirolesa, o filho da minha colega de vez em quando um postal com um boneco a fazer chichi para um lago, tantos bichos meu Deus, centopeias, mulas, lagostas, a mula puxava a carroça do ferro-velho cheia de secretárias e baús que ninguém comprava, o ferro-velho uma boina, por baixo da boina um charuto apagado e um cãozito miúdo a caminhar entre os eixos, quando a carroça parava o cãozito ali no meio a refletir, sem coçar a orelha com a pata de trás no gesto de quem aperfeiçoa melenas, uma tarde vi-o descer a rua sozinho como se a carroça continuasse a deslocar-se-lhe por cima e disseram-me que o ferro-velho defunto no pinhal, sentado no seu banco, mas a mula roubada, percebeu-se que defunto porque o charuto apagado nas tábuas, roubaram-lhe a boina também e passados tempos o charuto no queixo de um segundo mendigo, não apenas secretárias e baús, colchões, almofadas, um porco-espinho empalhado, tudo aquilo de que uma pessoa necessita, há pouco, cinco minutos se tanto, deu-me ideia de lhe ouvir as rodas e os tesouros a batalharem entre si, de tempos a tempos puxava um sino e sacudia-o convocando a gente, isto é só eu na cancela a admirá-lo sem um olhar de gratidão em troca, a Tininha recusava acompanhar-me

— Deve estar cheio de piolhos

no pinhal, perto da carroça, os cobertores em que ressonava e uma galinha, meio comida, a espalhar plumas à volta, o cãozito misturou-se com os outros rafeiros na praia embora mais educado, mais distinto, sem atender ao lixo, se calhar o ferro-velho outrora um engenheiro ou um conde, há realezas que se transformam em monstros e belas adormecidas em todos os livros, nem é preciso lê-los, basta ver os desenhos, os monstros a falarem com meninas, vinte e oito de agosto quase e os burros, o vento, no Alto da Vigia se calhar víboras, não sei, monstros falando com meninas e belas adormecidas, em caixões de vidro, numa clareira de floresta, a minha colega para mim

— Minha bela adormecida meu tudo

eu com vontade de continuar a dormir

— Só mais cinco minutos não subas a persiana

puxa-se uma fita e lá se ergue aos sacões a encher-nos do que somos e pesa tanto na gente, belas adormecidas em caixões de vidro numa clareira de floresta e no canto da aguarela uma bruxa medonha indo-se embora a rir, a minha colega ganhava matéria com o mundo inteiro, esplanadas, igrejas, a trambolhar no quarto, isto no fim de semana em que o meu marido uma reunião em Madri e o retrato do filho, as chinesices que sei lá porquê me recordavam a tia da minha mãe e o piano doente das gengivas, a claridade de outubro em julho, íntima, triste, a suspeita de que a minha mãe comigo durante uma convalescença de gripe sem que a minha mãe, claro

— Minha bela adormecida meu tudo

um termómetro e um xarope

— Põe o termómetro debaixo do braço e abre a goela depressa

de colher a tinir-me na boca e um gosto de açúcar escorrendo para o queixo enquanto a minha colega, de roupão, se estendia ao meu lado

— És tão linda

a procurar o peito que me sobra demorando-se nele

— Tão linda

um corpo de cinquenta e dois anos tão lindo e eu a ter de escondê-lo num vestido mais largo dado que não são apenas os defuntos que engordam, a perna contra a minha, um osso a incomodar-me e nisto a certeza de me achar no pinhal no lugar do ferro-velho com todos os ramos a espanejarem soluços, eu abrigada na carroça porque a humidade, o frio e o cãozito rodeado de penas a provar a galinha, o sino convocava os clientes em badaladas sem descanso, um homem qualquer, o meu irmão surdo, o meu irmão mais velho, o meu pai que há-de ir longe e continua a afastar-se entre raízes e terra, cortando os arreios da mula e levando-a, o meu irmão não surdo um velho de cachimbo diante de mim e as cubatas a arderem, o pássaro grande da chaminé da Tininha fixando-me do escuro que lhe percebia as pupilas geladas contra as minhas geladas também, se somarmos os bichos das canecas aos bichos do mundo que espaço fica para nós entre cangurus de suspensórios e avestruzes de cachecol, o meu pai

— Vejo ratos

sacudindo-os do corpo com o desespero dos dedos, a minha mãe

— É o álcool

a oferecer-lhe uma garrafa da despensa

— Bebe lá a tua morte

até o suor acalmar tornando-se gotas baças que a toalha secava, o medo largou o meu pai substituído por uma paz sem nenhuma feição, a minha mãe estendeu um cobertor no sofá, o que nos servia para atiçar o calor durante as gripes, o corpo começava a dissolver-se em pingos mornos e por baixo dos pingos uma nova pele fria, não são rãs, somos nós, a minha mãe para o meu pai

— Vais dormir aí toda a noite?

a menos que um senhor de chapéu o levante

— Cada vez mais de chumbo o garoto eu bem digo

e o carregue para um berço que não conheço, desses que se descobrem nas caves e onde antepassados improváveis que nem existem no álbum se deitaram um dia, não só tantos bichos no mundo, gerações de estranhos desaguando em mim que não desaguarei em ninguém, terminou a viagem, meus amigos, perdi o meu filho, secamos, daqui em diante uma casa na praia que transformarão noutra casa e casa alguma portanto conforme prédio algum no lugar do nosso ainda que fantasmas transviados ali

— Onde fica a arrecadação que a não acho?

e é evidente que não acham, não há, outras paredes, outro soalho, o cortejo desiludido dos mortos que partem e, ao partirem, não foram, o meu pai a despertar sob o cobertor, cuidando-se na cama

— Que é do meu candeeiro?

o do interruptor com faíscas, a minha mãe

— Vias ratos ontem

e ele sem acreditar, de traços regressando à cara

— Ratos?

ao mesmo tempo que a minha colega

— Diz que gostas de mim

numa voz de xarope, com um gosto de açúcar, a escorregar para o queixo e os dedos do meu pai cabelo fora a meditarem

— Quais ratos?

tentando sentar-se sem conseguir sentar-se, olha o badalo do sino na capela e a minha mãe

— Devagar

prendendo-lhe a cintura, um dos sapatos no chão, com o pé lá dentro e oco, o segundo sapato menos oco, mais firme, a tremura das falanges que não queria que víssemos, as pupilas baloiçando nas pálpebras, o médico

— Que fígado lamentável

e o ventre a inchar como o meu corpo

— Tão linda

inchou, a minha pele semelhante à das malas no armário, eu para a minha colega

— Não cheiro a cogumelos?

um bafo de cartão em mim, todos estes pagodes e todos estes dragões envelheceram-me, a minha colega, agradecida

— Não custou muito dizer pois não pérola?

numa voz que aumentava o outubro do quarto trazendo a noite cedo e a chuva consigo, estou na praia em agosto, não num andar de Lisboa
— Beija-me tu agora
a sentir os pinheiros que se calam e voltam, diante do retângulo mais claro da ausência do quadro na parede da sala com a minha família comigo, o meu pai num equilíbrio penoso
— Já não me cansa andar
a Tininha ao pé coxinho entre a espreguiçadeira e o muro, mais devagar do que eu mas conseguia com os dois pés e eu só com o direito, perdão, com o esquerdo, fiz agora e o esquerdo, que inexplicável a vida, a porção de mistérios que deixo atrás de mim, em cinquenta e dois anos não entendi grande coisa e depois de amanhã as águas fecham-se sobre a minha cabeça num murmúrio sem relação com as ondas, talvez as sinta passarem lá em cima sem me fazerem dano, se o meu filho cá estivesse vinte e sete anos, o meu pai de nariz encostado à janela da sala que não dava para a praia, dava para um baldio com estevas e chorões e a seguir uma escola
— Não me sobra muito tempo
numa voz que não era a sua mas ao voltar-se
— Menina
com um sorriso em torno, só lhe faltava uma fita para mo entregar no Natal e talvez uns meses façam parte do não muito tempo que sobra e fizeram, a minha mãe a trazer a alma não sei de onde, sei que não da garganta
— Queres assustar a miúda?
quando não era a miúda que se assustava, era ela, o meu irmão surdo a bater uma locomotiva de folha no chão, cada pancada um sobressalto amolgado e uma roda a soltar-se até debaixo da mesa, ninguém me verá cair e se me virem cair pensam que um burro ou a cabra, a esposa do senhor Manelinho
— Pareceu-me que qualquer coisa do Alto da Vigia abaixo
a compor revistas no balcão, num dos postais ingleses uma rapariga, de penteado fora de moda, acenando com uma

boia, o fato de banho fora de moda também, lembro-me dos fotógrafos de tripé que retratavam as pessoas ao domingo e secavam os negativos num fio, chegavam de fato preto e lacinho

— Mais leve e mais depressa boneca

e as botas na mão, cravavam um mostruário na areia com magalas, casais, um sujeito de punhos na cintura a desafiar o universo, um ganapo ao colo da mãe, vinte e sete anos, que horror, numa seriedade em que se adivinhavam amarguras futuras, as dívidas, os diabetes, o divórcio, o senhorio renitente em consertar o telhado, o meu pai guardou o sorriso numa portinha invisível e também outubro aqui, por momentos um prato chinês, com os seus ganchos, no lugar da paisagem dos barcos, as pastorinhas e as ninfas transformavam as horas num tempo antes da gente nascer de que restam fraques e umas polainas na copa, a minha colega

— A minha avó deixou-me isso

e uma criatura de luto entregando-lhe o relógio no interior de um pano de cozinha

— Para te lembrares de mim

e acertou em cheio, senhora, até eu, que nunca a vi, me lembro, como era a tua avó, a minha colega a pensar

— Tinha um tubinho no pescoço depois da operação à laringe

por onde os sons saíam num ganido de gonzo, palavras não pequenas como as nossas, gigantescas, numa caligrafia de escola, esperava-se imenso tempo até que a frase completa, tapada por um quadrado de gaze que o tubo chupava e soprava de acordo com a respiração dela, não mexia os lábios, eram o tubo e a gaze que construíam as frases, faleceu ao colocarem-me em Leiria e nas tardes de sábado, quando uma simples hora dura semanas inteiras, continuei a ouvi-la, não tirei o relógio dali para não a desgostar porque ao irritar-se a conversa mais vagarosa ainda, se lhe mexer nas ninfas aparece-me logo e eu a perceber que é ela, antes de entrar no quarto, porque uma das sandálias mais forte do que a outra, no lado da minha mãe, a partir de certa idade, nunca descobri porquê, as mulheres sandálias e eu a pedir à minha colega que se calasse por me dar

ideia que gente no quintal e ninguém salvo as raízes dos pinheiros que também conversam comigo, não apenas as copas, volta e meia um ramo tombando no escuro e nem que fosse uma agulha acho que dava por ela, os sons ampliam-se à noite, não é que mais intensos, mais delicados, mais precisos, o meu pai
— Ratos que tolice
e a partir dos ratos alheado, desfazendo o pão à mesa por inércia, durante um jantar, a meio do peixe
— A minha mãe
calou-se um momento e começou a cantar ó papão vai-te embora de cima desse telhado deixa dormir o bebé um soninho descansado, calou-se de novo e ao poisar os talheres
— Todas as noites antes de apagar a luz
e o obrigar a tapar-se, com Deus me deito com Deus me acho aqui vai o meu filho pela cama abaixo, demorava-se na porta antes de se ir embora e distinguia-lhe o perfil escuro contra a porta clara, depois só a porta clara, depois a porta escura ao carregar no comutador, as vozes dela e do meu pai embalavam-me, não percebia o que diziam mas tomavam conta de mim, aposto que você, no hospital, ó papão vai-te embora, pai, aposto que a sua mãe a vigiá-lo da porta, voltou-se para a parede não para escapar de nós, para dialogar com ela, começou a beber antes do meu nascimento por causa do meu irmão surdo, não foi, por causa da minha mãe, não foi, porque o meteram num chinelo a si em lugar de meter os outros, não foi, não se zangou, não a culpou de nada, fez que não dava conta, não foi, consoante a minha mãe, olhe esta onda grande na harpa dos rochedos, igual à minha domingo, não dar conta que você dava conta e no entanto quando estava aflito era a si, não a ela, que o meu irmão surdo abraçava os joelhos, você incapaz de o consolar, tão direito, tão rígido, com ganas de pegar-lhe ao colo e a detestá-lo ao mesmo tempo, a minha mãe tentava arredar o meu irmão surdo de si, e o meu irmão surdo
— Ata titi ata
prendendo-o com mais força, a minha mãe
— Eu
a repetir

— Eu

e a trancar-se no quarto de onde saía para cozinhar sem responder às pessoas, podíamos comer a sopa sem estarmos todos à mesa, podíamos não ter maneiras que não reparava, ela de testa no prato sem maneiras nenhumas, uma ocasião perguntou baixinho ao meu pai

— É a ti ou a mim que estás a matar com a bebida?

e o meu pai a desfazer o pão na esperança que os dedos se desfizessem por seu turno, quando digo

— Fomos felizes não fomos?

não calcula o que me custa mentir, o meu irmão surdo ao seu lado no sofá a encostar-lhe a cabeça e uma vez a sua mão no ombro dele, nunca fez isso comigo nem com os meus outros irmãos, a minha mãe

— Preferia que me matasses em lugar de aceitares

e não aceitava, castigou-se, para a castigar, com as garrafas da despensa, humilhou-se, para a humilhar, aceitando empregos cada vez mais mal pagos, o meu avô

— Ninguém vai fazer farinha com ele

mais humildes, mais reles, recordo-me de o ver fardado de motorista, de contínuo, de porteiro, recordo-me de si aos domingos com uma garrafa no colo, recordo-me de eu

— Paizinho

e não olhar para mim, entoando ó papão vai-te embora de cima desse telhado para uma silhueta na porta, dando-se a coragem de não ter coragem, se os amigos de solteiro o procuravam mandava dizer

— Não está

forçando-se a tossir para que soubessem que estava e via as suas unhas apertarem os braços como via os seus sapatos esmagando-se, esmagando-se, quando o médico

— Que fígado lamentável

em lugar de tristeza a sensação de que o meu pai quase alegre

— Até que enfim

mas provavelmente enganei-me, dizem tanta asneira, os bêbedos, sem realizar o que dizem, por exemplo versinhos

estúpidos, patetices infantis, idioteiras, com Deus me deito com Deus me acho aqui vai o meu filho pela cama abaixo, por exemplo
— De que é que você fala com o pai mãe?
por exemplo
— Pode apagar a luz que não tenho medo
e ele sozinho no quarto, apavorado, consoante no hospital, com um coiso no nariz e um coiso nos intestinos, sozinho no quarto, apavorado, no escuro porque ainda que as lâmpadas acesas escuro, ainda que a minha mãe a pegar-lhe na mão escuro, ainda que eu
— Pai
escuro apesar de saber que o meu
— Pai
não
— Pai
por baixo do pai
— Paizinho
o meu irmão surdo
— A tia atou
o braço do meu pai incapaz de deslocar-se e desejando encontrá-lo, o braço do meu pai quase
— Filho
o braço do meu pai
— Filho
a minha mãe no corredor
— Não aguento mais
só uma boca desmesurada em vez de uma mulher, incapaz de uma exclamação, insistindo apenas
— Não aguento mais
perguntando-me a lutar com o lenço
— Não consegues nada por nós?
e em lugar de a ouvir eu interessada no canalizador
— Temos de mudar o sifão
a porta da cozinha fechada, os meus irmãos comigo e no retângulo mais claro da ausência do quadro na parede da sala o meu pai a voltar da despensa
— Menina
e a sorrir para mim.

9

As palavras começam a perder o nexo, por exemplo quando digo noite quero dizer noite mas também outro sentido que ignoro qual seja, quando digo mãe quero dizer o primeiro dia na escola e eu com medo de entrar, estendendo os braços para uma mulher que se despede enquanto uma segunda mulher me proíbe, ocupando os degraus, de correr ao seu encontro, ordenando-lhe que se vá embora
— Fica entregue descanse
e eu entre estranhos que não sabem o meu nome, um bengaleiro cheio de casacos que me não pertencem, desenhos que não fiz nas paredes, uma sala de mesas pequenas, outra menina a chorar recusando que lhe peguem, a mulher que se afastou, parecida com a minha mãe, hesitando no portão, a segunda mulher para ela
— Aí especada é que não nos ajuda
e a primeira mulher a caminhar no passeio, ao longo das grades, cada vez mais depressa, aflitíssima, estacando de repente, a segunda mulher a mandá-la desaparecer com a mão e ela a correr até à esquina, a abrandar, a olhar-me de novo, a sumir-se, aposto que parada contra uma árvore pensando
— Não posso ir buscá-la
com uma saia azul que nunca esquecerei, de cada vez que a punha tinha a certeza de que não gostava de mim e se chamava não vinha, ofendida, a minha colega
— Não me apertes com tanta força que me sufocas beleza
e eu convencida de não a haver roçado sequer, deixava que me tocasse, não lhe tocava, custa-me tocar nas pessoas, herdei isto de si, pai, não é que não me apeteça, há alturas

em que me apetece mas se tocasse dissolvia-me nelas e não tornava a ser eu, uma ocasião desenganchei a saia verde do armário e escondi-a no cesto da roupa por lavar, a minha mãe ao encontrá-la

— Quem guardou isto aqui?

a observar os meus irmãos, a observar-me a mim, a pensar, a levantar-me o queixo

— Não torno a pô-la descansa

a cara dela cheia de mesas pequenas e a expressão da menina antes de chorar, palavras que não chegavam aos lábios, vindas de um passado distante em que a madrinha

— Vais morar connosco uns tempos

passos a descerem degraus acenando-lhe adeus e a minha mãe no patamar em silêncio, uma cama diferente, brinquedos que não lhe ligavam nenhuma, chocolates de que tinha vontade e recusava comer, quando a mãe voltou do hospital

— O que é um hospital?

e desceu as escadas, desta vez consigo, já se esquecera dela, passeou nos compartimentos da casa reconhecendo-os a custo, lembrava-se do copo vermelho e do faisão de cobre, tinha uma ideia dos cheiros mas a sua mãe não era bem aquela, mais calada, mais magra e a impressão de que o pai menos alto, o que é que me tiraram, o que é que se alterou, e o que lhe tiraram e o que se alterou perdidos para sempre, a mãe a pesar-se

— Ganhei meio quilo vá lá

assemelhando-se mais ao que chamava

— Mãe

dentro de si e no entanto faltava não era capaz de explicar o quê, o pai regressou lentamente ao tamanho de dantes e aos gestos de dantes porém, malgrado os mesmos fatos e a mesma tosse, não exatamente o pai, uma prega que não tinha nas sobrancelhas, mais tempo com as palavras cruzadas, mais silêncio, mal assistia ao seu banho e ao limpar-lhe o sabão menos cuidado nos gestos, não tornou a habitar naquele sítio, aceitava-o apenas, de meio quilo em meio quilo a sua mãe de novo e contudo

— Tem a certeza que é a minha mãe você?

ela a abrir um sorriso com partes da alegria de outrora e partes sem alegria alguma

— Estive doente sabias?

e a doença roubou bocados que faziam diferença, cessara de cantar na cozinha, não lhe pegava ao colo para dançar com ela a música do rádio, não a ensinava a imitar os bichos

— Como é que faz o galo?

sentava-se, de palmas nas bochechas ali e ausente, se lhe pegava na manga regressava estremecendo

— Assustaste-me

a minha mãe a deitar a saia azul no lixo

— Acabou-se

enquanto um tendão numa das bochechas se esticava e encolhia, a gaita do amolador tocava todas as notas da pauta com o carrinho, em pedaços, cheio de guarda-chuvas quebrados soltando asas de morcego incapazes de voarem, imobilizava aquela exuberância de tralha, carregava num pedal com a biqueira e aplicava facas e navalhas contra uma roda a girar lançando chispas de isqueiro, que maneira de, e a minha mãe e eu na janela encantadas, nenhuma mais velha do que a outra ou então a mais velha era eu, que maneira de ganhar a vida, senhores, soprar numa gaita o alfabeto da música, o amolador batia-a nas calças a livrar-se do cuspo, sempre quis ter um instrumento igual desde criança até hoje, a minha colega no meio das suas chinesices e do seu outubro, enternecida

— Promete que não vais crescer bebé

não cresço, são as palavras que começam a perder o nexo, por exemplo noite quer dizer noite mas também outro sentido que ignoro qual seja, metade eu percebo, a metade que falta, a mais importante, dilui-se sob o restolhar dos pinheiros que não me falam já, conversam entre si sem me darem cavaco, o Alto da Vigia invisível e no entanto os burros, se tomar atenção, nas estevas, cascozinhos macios, cautelosos, escolhendo a terra sem pressa, gostava de voltar a dançar ao seu colo mãe, com as paredes e os móveis a girarem em torno, o rádio calado agora, as manchas das paredes quietas, a mãe da minha mãe suspensa a meio de uma limpeza espalmando-se nos rins sem se queixar, só as rugas dos lados da boca mais fundas, quando as rugas desapareciam o espanador de novo

— Como é estar doente senhora?

e a balança a consolá-la

— Mais meio quilo vá lá

de ponteiro num dos traços fininhos que separavam os números, nos números traços também mas mais largos, o ponteiro vibrando antes de se decidir por um deles e a mãe a olhar para baixo com medo

— Não me atormentes peso

descalçava-se antes de subir para a balança e o alheamento dos sapatos irritava-a, o que não somos não sofre, limita-se a esperar como os objetos dos mortos esperam que os ofereçam aos vivos, o cachucho para este, a caneta para aquele, o tritão cromado de que gostava tanto para a prima que o ajudou no fim, dava-lhe de beber por uma palhinha, despejava-lhe o penico das águas, asseava-lhe, salvo seja, o ânus, oxalá um empregado do tribunal não me apareça um dia no patamar com pastorinhas e ninfas

— A defunta fazia questão deixou escrito

o meu marido depois de eu desembrulhar

— O que é isso?

e eu de relógio nas mãos a conseguir uma surpresa do tamanho da dele

— Sei lá

pastorinhas e ninfas que não ligam com o que temos em casa, ligam com bules de paisagens retorcidas e criaturas de cabaia pintadas nas chávenas, ligam com uma claridade cinzenta sobre almofadas bordadas, uma colcha de damasco como nas sacristias e uma vozita insegura a desligar a torradeira em que nunca tive confiança

— Nós duas é para sempre não é?

porque tudo quanto é elétrico traiçoeiro, o secador que me come o cabelo, o aspirador sugando a alcatifa de mistura com o pó, se calhar os pinheiros de costas para mim por causa de domingo e quando uma árvore se volta de costas não nos escuta mais, não existe emoção mais definitiva, toda a gente sabe isso, do que o desprezo das plantas, o meu marido a avaliar o relógio e a oferecer-mo como se o queimasse

— Ainda cheira a cânfora quem te mandou este susto?

eu a repetir durante meses, ao entrar em casa da minha colega

— Há aqui um cheiro obnóxio

a natureza do cheiro não me vinha à cabeça e afinal cânfora, um clima que se pega ao nariz e nos torna os gestos tão antigos como a alma das arcas onde o passado se amontoa, cartas em maços que fitas pálidas unem, estojos de botões de punho só com o engaste, sem a malaquite nas garrazinhas de prata, chaves de abrir o passado a quem o tempo mudou as fechaduras e abrem vazios poeirentos após voltas e voltas, enfia-se a mão e um primo numa cadeira de rodas, de pernas murchas enroladas na manta, levantando um cálice de anis

— Há quanto tempo marota

ou um passeio de vapor à outra banda porque uma baleia deu à costa e repara no tamanho da cabeça, cabes lá inteirinha, hoje ou amanhã, quando menos esperes, estás muito bem a dormir e engole-te sem dares por isso, houve dúzias de inquilinos naquilo, se não acreditas pergunta ao senhor prior, vem na Bíblia e o senhor prior a experimentar uma barbatana

— É um facto

talvez esta baleia inquilinos igualmente, cortando a pele encontramo-los a almoçar, de guardanapo ao pescoço, oferecendo uma asa de frango

— São servidos?

chaves, chaves, chaves que abrem vazios poeirentos após voltas e voltas, enfia-se a mão e uma senhora idosa que fechavam no quarto quando apareciam visitas

— Só um bocadinho tia

a pedir silêncio de dedo nos lábios garantindo-me ao ouvido

— Vou contar-te um segredo sabes que sou grã-duquesa?

eu de relógio nas palmas, sem sítio onde o pôr, com receio que um outubro súbito no apartamento, chuva vaga, claridade parda, desejos mansos de morrer baixinho, não de uma vez, membro a membro, de leve, este braço, a outra orelha, o espírito a abandonar-me o corpo numa hipérbole vagarosa, a regressar atrás por educação
— Por pouco não me despedia de ti
e a sumir-se na cânfora, o pássaro grande da chaminé da Tininha espreitava-me com as unhas compridas, o vento chegou das oliveiras e vibrou nas telhas, deviam acender uma lâmpada e ficar perto de mim, se a minha mãe viesse de Lisboa para me fazer companhia a mulher da escola enxotava-a com a mão
— Aí especada é que não nos ajuda
graças a Deus que a saia azul no lixo, a minha mãe a sossegar-me
— Não torno a pô-la descansa
ela que não cantou nem dançou mais, atenta aos gargalos na despensa, arredando os bancos que se interpunham entre o meu pai e o sofá para que ele não se desequilibrasse no tapete
— Este navio não acalma?
lançando à minha mãe uma mirada de censura de repente sem álcool
— Tu
enquanto o sifão da cozinha perfeito, sem verter um pingo, uma nódoa de tinta no mosaico que a minha mãe cobriu com o chinelo para limpar depois, envergonhada de nós, sacudindo o meu irmão não surdo
— Nunca viste uma mancha?
nunca viste uma mancha no meu lençol, na minha roupa interior, no tecido do colchão e que não sai, não sai, ou antes posso tirá-la do lençol, da roupa e do colchão, não a tiro de mim, as pessoas olham e descobrem logo
— Viste aquilo?
a minha filha não outro homem, outra mulher
— Boneca

e ao dar conta morri sem ela compreender que eu morta, falecemos e não se apercebem, deixamos de existir e julgam-nos presentes, respondem por nós aos vizinhos

— Anda estafada é tudo

os pinheiros de costas, ecos de passos das duas, a minha filha e a colega na casa vazia, não num andar com chinesices onde a luz não entrava, permanecia nos caixilhos a desmaiar devagarinho, às nove da manhã dali a pouco crepúsculo, puxava-se a persiana e nem um som atravessava as vidraças, rabujando lá fora à medida que desaparecia, a minha colega num tonzinho arrependido

— Não tive dinheiro para alugar outra coisa

poucas blusas, aulas particulares ao domingo na mesa de comer com um lustre imitando velas, duas delas fundidas

— Tomara eu mostrar-te um palácio

e mostrou-me um segundo piso num bairro de lojecas modestas e criaturas sem cor, como consegues morar aqui onde os elétricos abanam numa deselegância de perus, uma onda, outra onda e nenhum mar a espreitar-me da praia ou a diminuir com a vazante para além dos rochedos, a senhora idosa de volta sem eu rodar a chave

— Sou grã-duquesa menina

estendendo a mão a ninguém, no quarto da mãe da Tininha cortinas cor-de-rosa e almofadas de seda, no guarda-fato aberto camisas transparentes ondeando sem fim, o meu irmão mais velho

— Não vou olhar para ali

a admirar-se

— O que se passa comigo?

surpreendido com o seu corpo no interior do pijama, o senhor Manelinho de repente pegado a ele

— Que mulherão

e sumindo-se logo, o meu irmão mais velho a explicar

— Tenho só dezasseis anos

mas o senhor Manelinho instalado no quiosque a acertar contas com a camioneta dos jornais, nem sequer os dezoito com que subiu ao Alto da Vigia, dezasseis, começava a fazer a barba, não mudara a voz por completo, de tempos a tempos um agudo de criança a desviar-lhe as frases, a minha colega

— Na época do meu marido vivíamos melhor

outro bairro, outro apartamento, mais vestidos, uma semana em Espanha no verão, o marido numa pontinha de lençol, pronto a empurrá-la com o calcanhar

— Não vês que estou a dormir?

e a minha colega, desconsolada, a respeitar-lhe o sono sabendo que ele de olhos abertos a pensar na ajudante, quando ela no quarto de banho telefonava a murmurar cobrindo a boca com a palma, se a minha colega surgia antes de tempo desligava, atrapalhado

— Maçadas no escritório

sem conseguir encaixar o aparelho na base enquanto uma voz minúscula insistia no auscultador

— Ainda aí estás Alberto?

até que a base a calava a seguir a um

— Querido?

demorando que tempos a pairar por ali, os narizes de ambos a evitarem-se, ora no teto ora no terraço onde cadeiras ao sol, a minha colega com um pano atado abaixo dos ombros, consciente das ancas demasiado largas, o médico

— Não consigo dar-lhe vinte anos

nem trinta nem quarenta, aliás, o filho foi-se embora mas as estrias da gravidez ficaram, nem os meus pés eram assim, os tornozelos grossos, tantos dedos, não cinco como dantes, sete ou oito que os sapatos deformaram-se, a proeza de cortar as unhas de joelhos no queixo apoiando-as no bidé, cortavam-nas no cabeleireiro por ela depois de as amolecerem num alguidar de água morna entre criaturas do seu género que o tempo derrotara, o marido na cama a fumar enquanto o

— Querido?

e o

— Alberto?

iam e vinham entre eles alterando o tom da vida, a cortina já não branca, o teto já não creme, o tabuleiro do pequeno-almoço com as torradas por encetar e as ruínas dos brioches uma acusação perpétua, o potezinho de doce de

laranja um recado que nenhum deles queria ouvir consoante não quero ouvir a opinião das ondas em desacordo com a minha, quase nunca pensamos da mesma forma de resto, os pinheiros uma opinião que me satisfaz mas agora amuados, a mãe da Tininha fechou as portadas em gestos que chamavam
— Parvo
ao meu irmão mais velho o qual se defendia
— Tenho medo de si
sem que a mãe da Tininha pudesse escutá-lo derivado às portadas embora se notasse uma sombra escura atrás delas, depois luz somente, depois nenhuma forma escura, o meu irmão mais velho
— Visto-me salto o muro e atiro uma pedrinha àquilo
e continuando de pijama sentado no colchão, se ao menos o senhor Manelinho o animasse
— Está à tua espera rapaz
mas o senhor Manelinho não no quiosque, numa das casitas, a seguir ao canavial, no lado oposto da estrada, com a esposa e a cadela, ou no café de matraquilhos onde homens ao balcão que perdia a tinta, o dono tirava o conhaque de uma prateleira, atento à marca nos cálices e à sobrinha doente dos pulmões, pronta a entrar no baldio com um cliente mais necessitado que chamava o dono a um canto negociando preços, passados minutos ouvia-se tossir no tojo, o que pretendem as ondas, o cliente de volta com um arzinho distraído, a ajeitar-se na fralda, passados mais minutos a sobrinha no seu canto enxugando a tosse no braço, o meu irmão mais velho a, o que pretendem as ondas igualmente, a admitir
— Se a mãe da Tininha fosse a sobrinha do dono também não arranjava coragem
o que pretendem as ondas e os pinheiros e o vento que se agita e desiste, um besouro a bater contra as paredes, falhando a janela, insistia, tornava a falhar, raspava-me na nuca, perdido, evaporava-se no corredor se a minha mãe comigo
— Não suporto estes bichos
de olhos fechados porque de olhos fechados o besouro inofensivo, o vento pretende que me vá embora, não há

dúvida, não me quer aqui, quer-me na pastelaria Tebas com a minha mãe ou com a minha colega entre lamentos, chinesices e beijos, como deixá-la

— Maçadas no escritório

sem que ameaças e lágrimas ou talvez não ameaças, lágrimas só, sentada à mesa de comer e das aulas particulares com a cabeça nos cotovelos

— Vais matar-me

e talvez se mate, porque não matar-se, o que a gente faz cá, alegra-me que depois de amanhã o Alto da Vigia e nenhuma possibilidade de me magoar nas rochas, água e eu sem sentir a água, o meu irmão mais velho fixo nas portadas

— Diga-me o que hei-de fazer senhor Manelinho

e o senhor Manelinho demorando-se na mãe da Tininha

— Que mulherão

a sobrinha da tosse nem sequer sentada, de cócoras numa saia informe, em certas tardes encontrava-a apanhando lixo na praia com os mendigos e os cães e tão parecida com eles, os ossos da cara à vista, não supunha que tantos ossos na cara, no tronco, nas pernas, não cheguei a perceber se falava ou, como o meu irmão surdo

— Ata titi ata

apenas, ordenava-se-lhe

— Vem cá

e obedecia, ordenava-se-lhe

— Vai-te embora

e obedecia também, não como obedecem as pessoas, como obedecem os animais, o dono do café de matraquilhos sem pena

— Caem-lhe os pulmões aos bocados

e era verdade, que tristeza, fechava coisas que lhe saíam da boca no lenço e o lenço no avental sujo de nódoas de gordura, o senhor Manelinho para o meu irmão mais velho

— Que mulherão

a esposa do senhor Manelinho

— Seu camelo

não para o marido, para a árvore dos postais, a esposa do senhor Manelinho mais pesada do que o senhor Manelinho, mais vasta mas mantida na ordem pela tranca do quiosque que lhe acertava nas nádegas, o vento pretende que me vá embora, já nos conhecemos há muito, se por acaso eu achava que ladrões na cozinha às voltas com as colheres de pau ou as tigelas de compota cobria os ouvidos e ladrão nenhum, descobria os ouvidos e um postigo fora do trinco, a bater, o marido da minha colega estudando o cigarro

— Se digo que maçadas no emprego são maçadas no emprego e acabou-se a conversa

o telefone, de tão grave, parecia dar-lhe razão, o meu irmão mais velho começou a despir o casaco do pijama na ideia de uma camisola, saltar o muro e truz-truz na portada, suspendeu-se ao segundo botão, desistiu, abotoou o botão desabotoado, desabotoou-o até meio a pensar

— E se me engano e ela chama os meus pais?

o besouro regressou lá do fundo e o que me ralava o besouro, no caso de decidir descansar pego numa sandália e mato-o mas a ideia do besouro esborrachado enojou-me, sabe-se lá o que têm dentro da casca, coisas viscosas, tripas, uma pasta lilás a escorrer da caliça, as palavras começam a perder o nexo, por exemplo quando digo noite quero dizer noite mas também outro sentido que ignoro qual seja ou não ignoro, é isto, tanto tempo para domingo, Nossa Senhora, atravessar o resto de sexta, atravessar sábado, pensei que o meu irmão não surdo nesta casa mas nenhum vestígio de comida, nenhuma cinza no balde, nenhum colchão no quarto, a parente da dona Alice para o meu irmão surdo

— Trambolho

a designar-lhe a cama

— Enfia-te nos lençóis trambolho

e o trambolho a enfiar-se nos lençóis

— Atou

o rosto da minha colega, interminável

— Deixares-me?

comigo para os pinheiros

— O que é que fiz de mal para me voltarem as costas?
o meu irmão mais velho no espelho
— Não posso saltar o muro tenho uma borbulha na testa e ela manda-me embora
ao mesmo tempo surpreendido pela borbulha e aliviado com ela, justificando-se, na direção do quiosque, mal a borbulha desaparecer, senhor Manelinho, garanto que vou, desejando que a borbulha, além de aumentar, eterna, uma borbulha, se possível, até o fim das férias e ele grato à borbulha
— Que sorte
o marido da minha colega arrumando coletes na mala
— Não é largar-te preciso de estar sozinho para pensar melhor
as rodas da mala vincavam o tapete, parava a cada três passos
— Isto pesa
graças a Deus o elevador mas o automóvel numa transversal que subia, vou demorar meia hora a chegar ao carro e depois quem me põe a mala lá atrás, a ajudante à espera no passeio, num bairro de casas novas e ruas por enquanto sem nome, andaimes, operários, furgonetas que descarregavam caixotes e uma rapariga loira, mais bonita do que a ajudante, de anel no polegar numa guarita com o letreiro Vendas, o marido da minha colega a avaliar a rapariga
— E se ficasse com esta?
a ajudante sem ternu, o mar, ra alguma
— Até que enfim que chegaste
de sobrolho a crescer
— Mal largas uma e já estás de olho nesta?
de maneira à loira ouvir e se refugiar num ângulo cheio de plantas de andares, formulários, prospetos, no prédio degraus inacabados, canos ao léu, serventes pretos às voltas com tijolos, a mala dificultosa de sair até que a ajudante
— Dá cá
e de repente fácil, que malícia nas coisas, que perfídia, e nisto, sem que me aproximasse da janela, o mar, uma parte da praia, o zinco do telhado do quiosque no topo da rampa, o

pássaro da chaminé da Tininha preparando as asas a atarraxá-
-las melhor, o meu pai do sofá
— Já não bebo
e no instante em que ia responder perdi-o, o marido da minha colega caminhou derrotado atrás da ajudante que transportava a mala numa energia aérea comparando o corpo com o dela a sentir-se tão humilhado, tão velho, a respiração curta, a sensibilidade ao frio, o desconforto na espinha cada vez mais rígida, não eram os dentes sãos que o incomodavam, era o número de postiços, passo a língua e cada vez menos quantidade de mim na minha boca e depois este joelho em certos dias, sem motivo, mais penoso de dobrar do que o direi-to, a ajudante que admitiu como arquivista e se deixou beijar contra as gavetas metálicas nenhum dente postiço, uma boca, que lhe pertencia inteira, a sorrir, dedos na sua bochecha, uma carícia que se transformava em beliscão
— Sabidolas
escapando-lhe sob o braço a sorrir sempre
— Temos que trabalhar não é?
não pai, só mãe num lugar de onde vinha de comboio e com tecidos baratos, a cheirar ao cansaço dos passageiros e às letras da máquina da loiça em atraso, almoçava de um embrulho trazido de casa, enganava-se nos processos mas que diferença fazia, o que fazia diferença era que o
— Sabidolas
faltasse, o meu pai, que já não bebia, se calhar no café de matraquilhos com o senhor Manelinho designando-o em torno
— Já não bebe este amigo
e agora ninguém que o metesse num chinelo e a pesar mais do que chumbo, o médico quase uma vénia ao devolver--lhe as análises
— Um fígado assim não há oiro que o pague
de modo que como sempre lhe disse, mãe, não tem que se culpar, somos felizes, vamos ser mais felizes no domingo quando o meu irmão mais velho me encontrar na água
— Menina
não apenas o
— Sabidolas

o beliscão final, a genica, as letras em atraso resolvem-se, tudo se resolve, garota, o almoço em casa da mãe com pratos desemparelhados, o pai cabo da Guarda que os diabetes levaram
— Não arme ao triste que não o conheci
não quarto de banho, uma pia a céu descoberto com uma vedaçãozita de tábuas e um balde para a ajudar a deglutir comunicando diretamente com o centro do Tejo porque lhe dava a impressão de ouvir cantar sereias, a mãe olhava-os a ambos, comovida, de blusas sobrepostas, não muito limpas, alastrando o peito na toalha de oleado com alguns quadrados no fio, o falecido em esmalte ao pescoço, não se lembrava se uma oval se um coração
— Vai tratar bem a minha joia não vai senhor doutor?
enquanto o marido da minha colega pensava
— A quem pediu emprestado para comprar este robalo?
não só o mar, uma parte da praia, o quiosque, pela primeira vez a minha existência clara, não mencionando o olival para lá da capela onde rebanhos, casebres, o meu passado e o meu tempo de agora, o que sobeja até domingo às sete horas da tarde, o ceguinho do acordeão
— Vejo tudo
sem necessitar de bengala, há-de crescer-lhe o cabelo, senhor Leonel, descanse, a gente, os que duramos, somos eternos, a doutora Clementina sem me pisar
— Bom dia
não
— Ao tempo que isso foi
a doutora Clementina
— Bom dia
a minha mãe remexendo memórias
— Dá ares daquela tua amiga em criança a Tininha
trazendo demasiadas recordações ao de cima, o pai do meu pai a oferecer-lhe a bochecha
— Rabinho de bebé rabinho de bebé
o primeiro dia da escola e eu com medo de entrar, estendendo os braços para uma mulher que se afasta enquanto uma segunda mulher me impede, ocupando os degraus, de correr ao seu encontro, ordenando-lhe que se vá embora

— Fica entregue descanse

a gaita do amolador a levar-me consigo, encantada, tudo o que necessito para dormir aqui, nem o Ernesto me falta, tudo o que necessito para ficar bem, o marido da minha colega

— Estou frito

e está frito senhor, só lhe resta aguentar-se o melhor que puder, enquanto puder, se puder, com um risinho a troçá-lo

— Sabidolas

e o joelho que empena a tremer, daqui a meses não sabidolas

— Desgraçado

e nenhum riso, só a porta de entrada

— Não esperes por mim

e o marido da minha colega sem esperar por ninguém, puxando a manta até ao pescoço dado que março frio, uma chuvinha traiçoeira na janela, uma corrente de ar, sem origem, atravessando-lhe os postigos dos ossos, todos os dentes falsos a doerem, os verdadeiros em paz, é por aquilo que não somos que o sofrimento começa, não doenças, ideias de doenças, não tristezas, ideias de tristezas, arrebite, senhor, que os pés ainda mexem, pouco mas mexem e qual a vantagem de mexerem mais, cabeceie até às duas da manhã a sonhar com chinesices e um lustre de duas velas fundidas, aspire o perfume da ajudante que permanece na sala, e contente-se, ao regressar à tona, em saber que existe, até que uma chave no capacho

— Ainda aí estás desgraçado?

e um olhar de cão na cesta para ela a suplicar, a resignar-se, a continuar ali, a abandonar a poltrona num trabalho de roldanas de que não se achava capaz, levantou uma nádega, deixou-a tombar, quase respondia

— Ainda aqui estou para sempre

e para quê responder, estava ali para sempre conforme eu estou aqui para sempre até domingo, mano, conforme a tua bicicleta está aqui para sempre até derrubarem a casa e uma casa grande em vez desta, talvez os pinheiros e os melros continuem, talvez o vento nas copas, talvez o poço coberto de entulho sem direito a afogados, o meu pai a voltar da despensa pensando

— Estou melhor

a minha mãe a cortar a carne e as batatas do meu irmão surdo, a trazer a tigela do meu irmão não surdo e a minha tigela

— Vamos comer ninhada

enquanto as fatias de pão se esfarelavam uma após outra na cabeceira da mesa e um senhor de chapéu a elogiar o meu pai

— Há-de meter-nos a todos num chinelo não costumo enganar-me

o meu irmão mais velho, sentindo-se sozinho, a sorrir para mim

— Menina

eu de brincos-de-princesa e pétalas nas unhas a estender-me para o garfo, a minha mãe

— Pega no garfo como deve ser

e pego no garfo como deve ser, descanse, sou professora na escola, tenho modos, não sinto receio de domingo, palavra, nem a vou deixar ficar mal.

10

Gostei de ti logo no primeiro minuto só que não sabia o que fazer desde que o meu marido me trocou por, desde que o meu marido se foi embora, eu estava morta, percebes, morta, tudo defunto em mim, quando a requisição no Ministério acabou pensei, sem tristeza nem alegria, porque cá dentro nem tristeza nem alegria, indiferença, lá vou ter que suportar aulas de novo, criaturas à minha frente que não se darão ao trabalho de ouvir o que digo e o que posso dizer que lhes interesse, vão à escola porque têm que ir à escola, não escutam, não aprendem, não sabem falar quanto mais escrever, cochichos, empurrões e eu sozinha diante deles como sozinha em casa, nem os via, palavra, debitava a matéria enquanto assuntos sem relação com o trabalho e sem relação entre si apareciam e desapareciam à medida que a minha boca continuava a mover-se, a fatura do gás, por exemplo, de que deixei passar o prazo e agora tenho que ir à companhia e aguentar horas na fila antes que me fechem o contador, um dente lá para trás a aborrecer-me, a minha madrasta, há muitos anos, foste tu que partiste o bâmbi e foi o braço, sem querer, que o expulsou da cómoda, o bâmbi da época da minha mãe e eu tão aflita meu Deus, obrigando-a a agonizar outra vez, para além do bâmbi pouco restava dela, a minha madrasta expulsou o que lhe pertencia, o meu pai calado e eu chorando de zanga, não de pena, no quarto, talvez pelo hábito de a ter ali sem conversar com ela, nunca conversei com ela, isto é a minha mãe não conversava comigo, observava a rua da varanda, tão magra do pâncreas, antes do pâncreas palavra alguma também, a única palavra de que me recordo era come e eu de boca cheia, esquecida de engolir, lembrando-me do meu avô a espevitar o burro na nora, o meu avô, para mim, repara neste inútil e a água a subir devagar, eu, para a minha madrasta, não mate a minha mãe, senhora, deixe-a continuar connosco, o cesto da costura, o avental no gancho, um pente perdido sob a cama que a minha madrasta puxou com a vassoura, de gatas, que desarrumação nesta choldra, o pente com cabelos ainda no qual a minha madrasta pegou com dois dedos, afastado do corpo, como se fosse atacá-la e despejou no balde, não era pela minha mãe que eu chorava, incapaz de explicar o que sentia por ela nem se sentia fosse o que fosse, julgo que era por mim embora não compreendesse o motivo de chorar por mim, a minha avó não há maneira de cresceres e o meu avô, na outra ponta da cozinha, murmurando ternuras à cadela que lhe trazia os pombos bravos nas gengivas, tão madraça quanto o burro, o meu avô qualquer dia prendo-a à nora a puxar e depois a arrepender-se, e depois a deixar-me brincar com o canivete trazido do fundo das calças, arrancando uma das lâminas lá de dentro toma, e a minha avó a roubar-me o canivete, indignada, enquanto a miúda não se ferir não descansas, o bâmbi em pedaços no soalho e a minha madrasta, de mão ao alto, não mintas, a dar com o meu pai e a baixar a mão, a tua filha partiu o bâmbi e o meu pai distraído, nem come me ordenou na vida, saía da prisão e voltava para a prisão, vinham homens à paisana buscá-lo, seu comunista de merda, entravam com o meu pai num automóvel e ele passava que tempos numa espécie de forte à beira-mar onde me levaram uma dúzia de vezes, a minha mãe primeiro e a minha madrasta depois a mostrarem papéis, um sujeito fardado remexia no cabaz da comida o que escondeu você aqui, infeliz, um segundo sujeito fardado remexia melhor entre ecos e barulhos de ferro, proclamando querem destruir o país, os traidores, lembro-me de outras visitas com outros cabazes, de picarem um empadão com uma faca ora vamos lá ver o que enterraram na massa, lembro-me de mais ecos e mais barulho de ferros, dos pássaros, do sal das ondas, volta e meia uma pausa e eu, de coração numa gota, à espera da próxima que tardava a chegar, qual o motivo de se suspenderem, vocês, qual o motivo de o mar desistir antes de começar de novo, os próprios pássaros imóveis, o próprio vento imóvel, um corredor, uma sala, um segundo corredor, uma segunda sala, ferrolhos mais barulhentos do que a água, lembro-me da gente à espera numa mesa comprida e do meu pai, de pé, com um dos olhos grosso, nódoas escuras na camisa e um sujeito fardado a avisar dez minutos, o olho grosso cheio de pálpebras e uma dificuldade no tornozelo que custava a avançar acompanhando o corpo, ficava para trás e se o meu avô assistisse tens o joelho em papas, o meu pai não podia ultrapassar um risco no chão a dois metros de nós e uma gaivota num postigo a rir-se, não supunha que as gaivotas trocistas, as patas, o bico e qualquer coisa no bico que lhe aumentou o pescoço de cima para baixo ao devorá-la mas não aumentou o corpo, o sujeito fardado entregou o nosso cesto ao meu pai, empanturra-te, durante dez minutos uma humidade escura, o vento, as ondas sem suspensão nenhuma, tão rápidas e o meu coração ao compasso delas, a minha avó guardou o canivete no bolsinho da saia declarando ao meu avô com a velhice deste para a asneira, tinhoso, o sujeito fardado acabou-se a conferência e o joelho em papas desapareceu depois do meu pai, alguém a tocar-nos nas costas vamos indo, madames, mais ferrolhos, mais corredores, mais salas, uma espécie de pátio onde introduziam, numa furgoneta, um homem com uma das mãos a baloiçar, um pássaro pequeno que os caprichos do mar desorientavam como me desorientavam a mim, me desorientam ainda, sempre me senti um caranguejo míope nas praias, caminhando ao acaso, obstinado, monótono, o que estarás a fazer neste momento, disseste volto domingo e todavia a incerteza de encontrares o caminho, criaturas de metralhadora, pergunto-me se de baquelite como a do menino do andar de cima, o portão, e não de baquelite, se calhar verdadeiras, fora do portão ninguém, poeira, calhaus, penso pai esqueço-me e além disso o que é pensar pai, a paragem do autocarro ao sol, Lisboa longe ao comprido de uma estrada em que aldeias, passagens de nível de campainhas a tocarem e um par de lâmpadas que piscavam alternadas, séculos a seguir o comboio, uma cara de mulher numa janela, da cara não me esqueço, e as campainhas interrompidas de súbito, no lugar delas não silêncio, um ruído ensurdecedor e inaudível, gosto de ti desde o primeiro momento só que não sabia o que fazer, via-te na sala dos professores e não me aproximava, via-te nas reuniões e esforçava-me por não te olhar, quando o libertaram e o forte vazio o joelho do meu pai para sempre em papas, percebia-se onde ele estava pelo pé arrastado, à tarde enchia as algibeiras de broa e instalava-se na praça, à beirinha do lago, a conversar migalhas com os peixes, mandíbulas redondas que surgiam do lodo e se afundavam de novo, não jogava as cartas com os outros, não conversava com eles, uma ocasião uma senhora abriu a carteira, deu-lhe dinheiro e o meu pai, espantado, de moeda na palma, acabou por oferecê-la aos peixes também, quando o visitava a impressão de que uma frase entre nós, dele ou minha mas não sei dizer qual, se estamos juntas quase me recordo mas, ao ires-te embora, perco-a, todas as frases perdidas mesmo que pronuncie o teu nome, entregue as frases aos peixes, pai, o que faço com elas, ao ver-te a aliança no café ao lado da escola, com um soldado entre nós ao balcão, vontade de morrer, sorri-te um cumprimento que não era um sorriso, era a pele a rasgar-se e ao sorrires-me de volta, do interior de uma torrada, a vontade de morrer atenuou-se um bocadinho, o teu sorriso, sem que desses conta, a arder-me no sangue, o meu corpo inclinou-se para o teu a incomodar o soldado, ele afastou-se um passo e eu, para o meu corpo, o que é isto, enquanto os ferrolhos do forte não cessavam de guinchar cobrindo as gaivotas e as ondas, que mal fez você, pai, a quem é que ofendeu, o que significa comunista, o que significa a Pátria, uma vez encontrei uma cabeleira postiça e uns óculos na sua gaveta, vai mascarar-se, senhor, e o meu pai, que não dava troco às pessoas, larga isso, quer dizer a boca mexia-se mas demorei a juntá-la ao larga isso e quando compreendi que era ele admirei-me, olha, fala, e depois fiquei contente de ter um pai com voz, o dono do café para ti já está pago designando-me com o queixo, tu, a corares, obrigada e eu feliz que corasses, tão pouco à vontade, tão tímida, seguiste a correr para a escola, estou atrasada, desculpe, e o modo como o teu cabelo saltava enterneceu-me, apesar de ter lido na tua ficha cinquenta anos uma adolescente, meu Deus, na casa do meu avô ratos à noite, estendida na cama ouvia-os na loja a roerem, qualquer dia chegam aos dedos e comem-nos, isso e um mocho num telhado qualquer, não se calcula a quantidade de ruídos de que a noite nas aldeias é feita, não mencionando as árvores e a angústia das pedras, durante o dia serenam mas ao crepúsculo o tormento delas impressiona-me, muitas linguagens diversas e as asas dos insetos unindo-as cosendo uns aos outros dúzias de tecidos diferentes, a máquina da minha avó o mesmo som feroz, corrida uma semana esperei duas horas que terminasses as aulas enquanto o meu avô, a examinar o poço, mais um ano se tanto, fitando os animais numa expressão de despedida, calculando as ovelhas, as cabras, os dois ou três bichos maiores, mais um ano se tanto e temos de vender o bezerro para comprar outra nora, não chegou a vender o bezerro, deu-lhe o ataque antes, estava sentado à lareira e tornou-se de gesso, não se dobrou, ficou coisa, a borbulhar um fio de discurso, a minha avó, sem compreender, chamava inútil aos outros e adormece como eles, ao cabo de duas horas vi-te sair das aulas e uma tontura, um bem-estar, um mal-estar, um formigueiro, os ratos, eu um saco de milho da loja que mil incisivos laceravam e a minha avó, de pá em riste, a descer as escadas, perguntei apetece-lhe conversar um bocadinho no café antes de ir para casa, escutava-se a pá contra os sacos e notavam-se os clarões do candeeiro de petróleo até meio dos degraus, não luz, nódoas amarelas que se desfaziam e tornavam e não apenas nos degraus, nas paredes também, o meu avô, no que ele cuidava um riso, topa-me aquela velha e riso uma ova, orgulho, ainda cá estamos os dois, tu a fitares-me como se entre o movimento dos lábios e o som a mesma espera que separa os relâmpagos dos trovões, a demorares, a espreitares o relógio, a não tenho tempo, a aceitares por educação a fim de compensar o já está pago do dono, tu e eu numa mesa com a caixa dos guardanapos de papel entre as duas, como diabo os arrumam daquela maneira em que após tirar o de cima fica logo outro meio de fora, eu para ti, com o mistério dos guardanapos na ideia, não sou muito sociável, sabia, mas simpatizei consigo, e tu, à procura do pacote de lenços na carteira, a mão, que desejava a acariciar-me, lamentando-se na primavera e no outono é sempre assim, estes pólenes, enquanto te assoavas, gostei de ti desde o primeiro momento, empurraste o lenço com o mindinho e não calculas o que me apeteceu beijar-to, uma ou duas mulheres antes de ti, duas mas por solidão, por amizade, por, porque uma pessoa tem alturas em que, mas não por amor, juro, o enfermeiro para a minha avó peço ao meu cunhado que leve o seu marido no carro ao hospital de Lamego e a minha avó começando a entender não é por ser inútil então, o meu avô uma semana a borbulhar em Lamego, isto no inverno e as ruas tão tristes, sem pessoas dado que todas as pessoas a esmorecerem ao frio, um ramo de árvore quebrando-se, um algeroz no chão de que a água impedia de escutar o ruído da queda, parece que o meu avô falou uma tarde para se referir ao vitelo e à nora ou interessar-se pelos ratos na loja, não sei, a minha avó jurava que lhe perguntou mataste muitos ratos ontem, e no fim de semana, em lugar de gesso, calcário, não se comprou uma nora nova, não se vendeu o vitelo, tempos depois procurei o canivete e não o encontrei, a quantidade de coisas que você cortou com ele, senhor, o chouriço, os cordéis que amparavam os legumes, o pescoço dos galos, a orelha do sacristão, eu, para a minha avó, que é do canivete, avó, e a minha avó pus-lho no colete porque vai precisar dele lá em baixo com as raízes à volta a tentarem proibi-lo de voltar para casa, quem não conhece a maldade dos choupos, tive duas mulheres por solidão, por amizade, porque uma pessoa ao pensar em si mesma muita memória que custa, mas não por amor, afianço-te, isso reservei-o para ti ou antes nem reservei, não imaginava que o tinha, nós no café ao lado da escola, a minha mão sobre a tua e a tua a escapar-se a pretexto dos lenços, depois do episódio da mão evitaste-me durante semanas, um aceno de cabeça, um cumprimento rápido, o café sem ti, a ideia de descerem um caixão no cemitério até hoje me arrepia, a curiosidade dos restantes finados, perguntas ansiosas puxando-nos a manga, viste a minha prima, tens ideia se o senhor vigário piorou da vesícula, a minha esposa voltou a casar-se e o meu avô, de lâmina no colete, não me digam que não dão pelos ratos, vocês, não os sentem no milho, uma tarde, isto em julho, quando pensava que o meu marido em Espanha com a outra e o facto de o meu marido em Espanha com a outra não cessa de doer-me, não queria que doesse e não cessa de doer-me, não tenho culpa, há sensações que se agarram, ao encontrar-te na porta fiz-lhe algum mal por acaso e tu a arrumares no braço livros arrumados não, a corares, a recuares um passo, a mentires estou com pressa, a parares junto à cerca um café em cinco minutos serve-lhe e servia-me, não foram cinco minutos, quarenta na mesma mesa com o truque dos guardanapos entre nós não a separar-nos, a unir-nos, as minhas mãos longe, as tuas a pouco e pouco mais próximas, não prestes a tocarem as minhas, a conversarem somente, a maçada das aulas, a família, a bicicleta do teu irmão mais velho, um surdo ata titi ata e eu intrigada com o surdo, a operação ao peito, de passagem, numa frase casual e eu a amar-te ainda mais, que esforço não te abraçar nesse instante, pegar-te ao colo, embalar-te, o teu marido de passagem igualmente, um hipopótamo chamado Ernesto de que ao princípio não descobri o papel e me fez interromper-te, um hipopótamo, até realizar que pequeno e de pano, disse adorava ser pequena e de pano e arrependi-me logo com a pausa embaraçada e o pacote de açúcar torcido nos dedos, eu, a emendar de imediato, adorava ser um boneco de pano porque não conheci nenhum triste, tu, a medires-me as palavras, não sei, e eu, para mim mesma, talvez me tenha salvo, eu, a aldrabar, tenho um macaco chamado Jorge e fomos felizes, Jorge o nome do meu pai, no forte sob os pássaros, corredores, ferrolhos, o cesto da comida, o empadão retalhado, um dos sujeitos de farda se eu mandasse não havia paneleiros nem comunistas há séculos, um dos sujeitos de farda, para mim, a bater no coldre da pistola, de que se via apenas a coronha, quando cresceres cá te espero, lembro-me de perguntar à minha mãe, ou à minha madrasta, sou comunista, eu, e a minha mãe ou a minha madrasta a ralhar-me diante dos sujeitos e de uma onda, cala-te, que tardava em rebentar,

ao rebentar uma gaivota contra o postigo num berro não de pássaro, de gente, que em certas noites, a meio do sono, continua a acordar-me, eu sentada na cama com uma multidão de ratos em torno, de caninos de fora que não supunha tão agudos, maiores do que os de um hipopótamo, maiores do que os de um macaco, hei-de comprar um macaco e chamar-lhe Jorge, deito-me com ele, levo-o para o trabalho, não sei se sou capaz de to emprestar, talvez seja, empresto-to um bocadinho desde que ele continue a gostar mais de mim, olhe os ratos a bufarem na minha direção, avó, tu, mais confiante desde o aparecimento do Jorge, se calhar porta-se bem com o Ernesto e não se imagina o esforço que fiz para segurar a mão a fim de não prender a tua numa algema de flores, acompanhei-te ao metro onde consegui dois beijos de amiga e um até amanhã que se afastava, amanhã nós amigas, nós juntas, as raízes do teu cabelo grisalhas antes do loiro, por idiota que pareça agradou-me, o que não me agrada em ti, senhores, os brincos-de-
-princesa, as pétalas nas unhas, os teus cinquenta anos onde a morte principia a espreitar, não a morte inteira, um pedaço da espádua, um pedaço do tronco, a promessa vou demorar uns anos, aproveita, e portanto tempo para estares comigo, nos sentarmos no mesmo sofá, olhar-te, perguntei ao meu pai acha que sou comunista também, pai, e ele distraído, já não há forte, já não há sujeitos fardados, para quê tanto silêncio, senhor, não contava nada, não pedia nada, não se queixava de nada, o gato comeu-lhe a língua, não se preocupa connosco e ao dizer-
-lhe não se preocupa connosco inclinou a cabeça na direção da janela e a certeza que nem o corpo dele estava ali, regressou às gaivotas, às ondas e a um sujeito à paisana a exigir-lhe nomes, não podia deitar-se, não podia dormir, se as pernas se dobravam batiam-lhe, o sujeito dás-nos os nomes e dormes, manhãs contigo na sala dos professores nos intervalos das aulas, tardes contigo no café antes do metro, o sítio chamado Alto da Vigia e o teu irmão mais velho lá em cima, depois de deixar a bicicleta na muralha da praia, o aparecimento, que me deixou com ciúmes, da Tininha, o diário no muro que uma pedra escondia, a tua mãe e um sifão que era preciso mudar

agitando as garrafas do teu pai na despensa, nem necessitavam dele lá, tremiam sozinhas chamando-o, tentar, a medo, porque não tomamos chá em minha casa um dia destes, mais sossegado do que no café, mais à vontade, tu sou casada, eu, o meu avô a aplicar uma palmada ao vitelo e o vitelo um saltinho de banda, custa-me vender o bicho e uma contração no bigode que ele apagou com o dedo, inquietam-se por um vitelo, não se inquietam por nós, ganas de dizer-lhe se eu fosse bicho inquietava-se comigo, não se inquietava, senhor, e ele quase a abraçar-me com o abraço na cara, não nas mãos, e a seguir o abraço a desaparecer da cara, some-te da minha vista, cretina, eu grata que me chamasse cretina, chame-me cretina outra vez, senhor, ele a pegar num torrão e a jogar-me o torrão, tenho que dar-te um pontapé para te sumires da minha vista, de maneira que desci à horta onde dúzias de borboletas amarelas nas couves e a água aos soluços nos desníveis da calha da rega feita de bocados de zinco, eu para ti, a arriscar, há três horas livres na quarta-feira à tarde, que tal na quarta-feira à tarde, tu a moeres a resposta e compreendi que ganhei, tu, de queixo no peito, pode ser, não sei se pode ser e eu cessando de respirar, tu, a empilhares papéis sobre a mesa, pode ser, eu de pálpebras descerradas para o que pode ser aumentasse em mim vestindo-me por dentro, o médico, que me preveniu tem de tomar atenção à gordura do sangue, tão distante, a fatura do gás que ultrapassou o prazo tão distante, a guinada na anca, à noite, obrigando-me a mancar pela casa até à bisnaga no armário dos remédios tão distante, os meus sessenta e quatro anos distantíssimos, comprar chá de canela, comprar biscoitos, comprar o Jorge numa loja de brinquedos e instalá-lo no sofá entre nós, na primeira loja macacos não temos, temos um porquinho, na segunda um gorila, e gorila é macaco, de braços intermináveis, quase do meu tamanho, ao qual me esqueci de arrancar a etiqueta do preço, atada com um fio de nylon ao pé, os pés e as mãos iguais ou antes quatro manápulas horríveis e pupilas de vidro não amigáveis, furibundas, a empregada não conseguimos vendê-lo porque dá medo às crianças consoante me dava medo a mim, se me apertasse as costelas quebrava-as, felizmente não se pendurou no candeeiro a esmurrar o peito, mantinha-se tranquilo, com um membro para cada lado, a observar a sala de beiço avaliador, experimentei Jorge e não mexeu um dedo, aliás só os polegares sozinhos, os restantes colados e sobrancelhas iguais às dos sujeitos do forte prontos a investigarem cestos e a picarem empadões, por uma porta meio aberta um homem de joelhos e camisa rasgada, um fulano de metralhadora, cá fora, perguntou acerto ou não acerto, disparando sobre um cão amarelo que tombou, se levantou, desatou a ganir, não se imagina quantos cães amarelos ao longo da minha vida e na quarta-feira eu para ti, ao sairmos da escola, não é necessário apanhar um transporte, dez minutos se tanto, e não dez minutos, quinze ou vinte porque, de quando em quando, uma montra de roupa, manequins de bochechas envernizadas olhando o mundo por cima de nós, ao certo com quantos cães amarelos me terei cruzado, a entrada do prédio que me pareceu mais feia porque estavas comigo, a publicidade das caixas do correio pisada no chão, uma das caixas empenada e com falhas na tinta, os vasos de plantas de que desconheço o nome nos degraus, folhas meio verdes meio cinzentas, verdes junto ao caule e cinzentas na ponta, tu, porque somos colegas, não é, e já nos conhecemos melhor, há quanto tempo não as regam, coitadas, de maneira que amanhã, um homem de joelhos no forte, venho com o bule grande e espevito-as, o homem de joelhos inclinou-se para diante e um polícia endireitou-o puxando-lhe o pescoço, se não damos conta de vocês dão vocês conta de nós, arranjaste o cabelo no espelho do elevador, números a iluminarem-se, uns a seguir aos outros, salvo o dois fundido, no patamar a porta do lado esquerdo com restos de azevinho do Natal, a chave três voltas a deslocar linguetas, no bengaleiro do vestíbulo um casaco de coelho que demorei aceitar pertencer-me, a gaiola dos periquitos na cozinha, a sala, os móveis chineses e o Jorge na atitude em que o deixei, vá lá, não comeu um só biscoito nem uma amêndoa da tacinha, tu no rebordo da cadeira, cerimoniosa, agitada, a mirares os dragões, empurrei o Jorge para o lado, fica melhor aqui, e o estafermo entre nós, quase ao meu colo, desengonçado, peguei-lhe no lombo, atirei-o para o fundo, tu espantada e eu não se trata de um hipopótamo, trata-se de um gorila, gosta de violência, já reparou, pelos documentários, na bruteza com que quebram tudo, se fosse simpática com ele ofendia-se, apareceu-me na cabeça o homem de joelhos e acrescentei é preciso puxar-lhes o pescoço com força para se endireitarem, eu, para o Jorge, se não acabamos com vocês acabam vocês connosco, pergunto-me se as gaivotas no forte não arrancam os olhos dos comunistas, lhes furam a pele, lhes comem as vísceras e em vez disso mostrar-te a almofada à minha direita, o sofá é mais confortável, tu sentada da mesma forma do que na cadeira, na ponta e de malinha nos joelhos como se fosses partir, um biscoito esquecido na mão, comigo a perguntar-me e agora, a cabeça do Jorge sob a rosca do corpo, um cotovelo ao contrário, outro cotovelo estendido, a etiqueta do preço que tentei quebrar em vão sem que notasses, a violência que existe em mim, Nossa Senhora, e de que não dou fé, se tivesse nascido mais cedo torturava malvados no forte e logo a seguir eu frágil de novo, à tua mercê e não percebias, eu receosa de ti e tu receosa de mim, se o Ernesto estivesse contigo não mo emprestavas, se me conhecesses na praia irritavas-te, aposto, tu e a Tininha evitando-me sem entenderem que não sou só esta, sou a que te serve o chá, te dissolve o açúcar, gosta de ti, palavra, desde o primeiro momento só que não sabia o que fazer, perdi o jeito, como se faz, ensina-me, não me abandones e, sem me aperceber, eu, alto, não me abandones, não numa voz de mulher numa voz de criança não me abandones, sessenta e quatro anos e não tenho força, juro, desisti de lutar, não voltei à aldeia, não se lembram de mim, uma velha nas azinhagas desertas e, se lá fosse, eu uma velha também, de mistura com o frio, deve sobrar o carvalho entre ruínas de casas, alguns legumes de pedra, alguns pardais sem destino, galhozitos a girarem na ribeira, uma desolação de ausências, não me abandones no outubro desta casa e o teu corpo deu-me ideia que mais perto do meu, a tua carteira não nos joelhos, na alcatifa, sozinha, não pegas na carteira, não te vais embora daqui, e de repente, quem acredita nisto, a tua palma no meu ombro, a minha na tua cintura, a tua coxa na minha coxa, a medo primeiro e mais pesada depois, pesa mais ainda, não te importes se me magoares, o meu pai calado quando eu é comunista, pai, e a minha mãe ou a minha madrasta a batalharem com metais na cozinha, fazendo mais barulho do que o costume para me impedir de ouvi-lo mas ouvir o quê, sugestões, ordens, atira-lhe um balde com água que ele acorda, vês como acorda, põe-no de pé e vamos recomeçar a conversinha, amigo, se eu regressasse à aldeia nem uma sombra nas travessas, se calhar nem a minha ao caminhar por elas, arbustos, degraus, magoa-me, o perfume na nuca quase sem perfume, carne, o perfume da carne e eu transtornada com o perfume da carne, não estou sozinha, meu Deus, obrigada por não estar sozinha, a tua testa contra a minha testa, o meu nariz na tua bochecha, o meu nariz na tua orelha, a minha boca na tua cova do ladrão, eu quase a confessar houve um rapaz na aldeia que me e a não confessar porque não teve importância, a tua cara de frente para mim com a Tininha ao teu lado, não, só nós duas, a Tininha mais a prima no outro lado do muro e tu, sem te aborreceres com ela, já não me fazes falta, as tuas sobrancelhas, as tuas pálpebras, a tua boca, não me recordava ao que sabia uma boca, os teus olhos abertos cada vez mais próximos, castanhos com pintinhas verdes, com pintinhas pretas, o teu polegar e o teu indicador a segurarem-me o queixo ou o meu polegar e o meu indicador a segurarem-te o queixo, qual de nós segurou o queixo à outra, qual de nós uma espécie de som, não palavras, uma espécie de som na garganta, no peito, deu-me ideia que o Jorge a espiar-nos e eu o teu hipopótamo nunca te espiou, o meu peito contra a tua barriga, as molas do sofá menos elásticas no lugar que o meu marido ocupava, se me telefonasse quero voltar para ti, enganei-me, o que respondia eu, dois ou três frascos dele no quarto de banho até hoje, uma escova de dentes, que já não usava, no copo, uma gabardine, dessas de detetive dos filmes, pendurada no armário, a minha madrasta um cavalheiro já viste, a aceitar as flores, a desembaraçá-las da guita, a mudar a água da jarra e as túlipas a respirarem com força ou a minha madrasta a respirar com

força, orgulhosa, um cavalheiro com a noção do que é uma senhora, a tua boca de novo na minha e um gosto de biscoito e grãozinhos de açúcar, tu não temos juízo, pois não, numa espécie de remorso, se a minha família sonhasse e nisto tu a saltares à corda a pés juntos num pátio, parece que estou a ver-
-te a saltar à corda a pés juntos num pátio e a resposta melancólica não sei saltar à corda, não tive irmãs, só irmãos de gatas com automóveis de folha ou a atirarem pedras aos bichos, tirando um deles sem ligar aos outros ata titi ata o tempo inteiro, a única frase de que era capaz, pagou-se a uma empregada para tomar conta dele, casamo-los para que não se fosse embora, prometemos-lhe coisas se bem que não haja muito para herdar, o apartamento já antigo, a casa da praia e ao mencionares a casa da praia surgiu um idiota, de cabelo ridículo, pintado de loiro, apreciando-me encostado a uma banca de jornais, deves ter sido um mulherão, por idiota que pareça o deves ter sido um mulherão envaideceu-me, eu que nunca me achei, ata titi ata, onde foi ele buscar isso, nunca me achei um mulherão, lembro-me do meu filho, em pequeno, entretido com cubos no tapete, a levantar a cabeça és tão feia, e eu de pé diante dele quase a chorar, nascem-me lágrimas em todos os sítios, o estômago, os rins, a vista a única parte minha que se mantém seca, não necessito de lenços, se quisesse dizer adeus a um comboio tinha de acenar com a mão, esses que passam lá em baixo, na aldeia, depois do milho e dos olmos, comboios da França, segundo a minha avó, onde moravam todos menos nós, o meu filho na Suíça mas o estrangeiro um só país, não nos conhecem, tu nunca me aconteceu o que me está a acontecer e agora e no entanto a segurares-me na mão, eu a mentir é uma coisa nova para nós, tapando a boca do Jorge a fim de lhe impedir opiniões dado que os gorilas cheios de certezas, o idiota ridículo evaporou-se com os jornais e outubro de volta, eu a brincar com a tua mão porque não me tratas por tu, que começava a brincar também, um dedo, outro dedo, acho que não me sinto à vontade e os dedos mais lentos, não sei se consigo, a minha madrasta, indignada, se o teu pai cá estivesse, mas por sorte, a começar para ele, porque um joelho

em papas não é vida, não está, no funeral homens com os ferrolhos do forte e a humidade das paredes na ideia, apagados, modestos, de joelhos também em papas e o que ganharam com isso, não existem amanhãs que cantam, existem ontens fugidios e hojes estreitos, quartos alugados, uma sopinha mal aquecida para ajudar o sono, quinze dias de pé até deitares os nomes cá para fora, lindeza, uma dúzia de nomes e moradas e logo a seguir, que não somos maus pequenos, tu, que mais queres, um anjinho no berço, se for preciso embalamos-te e sacudimos-te uma roca nas orelhas a fim de descansares melhor, um dia hás-de descobrir que não tiveste sócios como nós, pomos-te mais luz no focinho, ajudamos-te com uma bofetada e até o doutor vem ver-te, que tal este palerma, doutor, talvez aguente mais uma hora ou duas, onde para a seringa, os teus dedos subiam da minha mão ao meu braço, na parte de dentro onde se sente mais, eu chega aqui à mamã, do lado esquerdo um seio, do outro nada ou antes um postiço, o teu irmão surdo numa casa que não sei onde fica, numa praia, numa vila, deste lado do Tejo, a impressão de que falaste em pinheiros, em melros, no teu pai a beber para castigar não recordo quem e se castigar a si mesmo, repetindo como posso ser tão fraco e o pai do teu pai, de chapéu, a erguer o filho no ar, esta amostra de gente vai longe, não se dá um tostão furado por ele e no entanto vai longe, o idiota a esmiuçar-nos, estalando os suspensórios, dois mulherões, vendo bem, uma delas ia afiançar que não me é estranha mas donde, a praia dantes tão cheia que a gente esquece as pessoas e uma mulher gorda a gente vírgula, esqueces tu que perdeste a memória, eu para ti não estávamos melhor na cama e a resposta, depois do relógio de pulso, o Jorge tirou a minha mão da sua boca mas aguentou-se, a resposta, a contornar-me a orelha com a polpa do médio, não me parece que tenhamos tempo, ou seja talvez tenhamos tempo, ou seja temos tempo, só um momento então, para além da cama, de colcha por engomar, devia ter-me lembrado esta manhã da colcha, serafins de talha na parede, um deles maneta, segurando cada qual o seu candelabro, uma garrafa de água na mesa de cabeceira, comboios da França com uma carruagem de gado entre as outras, não vitelos, bois, vacas, de focinhos apoiados no rebordo das tábuas naquelas expressões que me perturbam por pensarem tanto, homens reunidos diante de um jazigo sem cumprimentarem ninguém, não, a cumprimentarem-nos à minha madrasta e a mim, ia perguntar-lhes pelos amanhãs que cantam mas aguentei-me com pena dos casaquinhos gastos, dos sapatos usados, de amanhã algum, um deles, ajustando a gravata de luto, dezoito anos a comer peixe podre para isto, uma garrafa de água na mesa de cabeceira com um copo ao contrário enfiado no gargalo, o armário da roupa complicado de fechar porque a porta empenou, tem que empurrar-se em cima até a lingueta encontrar o encaixe, trouxe uma almofada do baú dos arrumos oculta de baixo de um fato de mergulhador com arpão que me deixou banzada porque nem o meu marido nem o meu filho mergulharam na vida a não ser na asneira, um dia, pelo andar da carruagem, garrafas de oxigénio na copa, a almofada, sem fronha, com uma mancha sei lá de quê no tecido e a cheirar a, a não cheirar muito bem, onde param as fronhas, eu dobrada para as gavetas e custando a endireitar-me, a ajustar dezasseis vértebras, no mínimo, com a mesma pancada de cerrar o armário, tu a desabotoares a blusa e eu em vez de maravilhada, com o fato de mergulhador na cabeça em busca de uma explicação que não vinha, alguém se enganou de prédio e o deixou ali, o pavor de descobrir na cómoda peixes ainda vivos, com o buraco do arpão nas guelras, a torcerem-se, ou na cantoneira em pulos cromados, tu de roupa caída aos pés num charco de algodão aos quadradinhos, com um tornozelo a erguer-se para sair do charco e o outro tornozelo a seguir, espreitei a verificar se os teus sapatos molhados e não molhados, valha-nos isso, devia sentir-me feliz e não sentia porquê, o comunista, ajustando a gravata de luto, dezoito anos a comer misérias podres para isto e a perder a família para isto, eu que perdi a família a troco de nada, o meu marido com a ajudante, o meu filho a reproduzir-se na Suíça, não é que sinta saudades, não sinto, quer dizer, talvez certas noites, quer dizer, o telefone nunca toca, quer dizer, afirmo que não sinto e sinto, os botões da minha blusa, até hoje fáceis, uma guerra feroz e o soutien não preto nem vermelho, desculpa, cor de carne, que horror, eu sentada na cama de costas para ti trocando os dedos nos agrafes do fecho e aposto que a marca dos agrafes na pele, eu ao teu lado nos lençóis temendo que o meu corpo frio te desagradasse, a moleza do ventre, as manchas da idade, as peles soltas dos braços, o Jorge se calhar à porta exibindo a etiqueta do preço a abanar a cabeça, sessenta e quatro anos, que ruína, tu de brincos-de--princesa e pétalas nas unhas à minha espera na almofada sem fronha, depois de a bateres contra o colchão a livrá-la do pó sem a livrares do cheiro, a impressão que um fantasma de fato de mergulhador patinhava ao nosso encontro corredor fora a estalar barbatanas, com óculos de borracha e um tubo nos dentes, pingando o mar inteiro, incluindo afogados e neptunos, passadeira adiante, ao voltar-me para ti o idiota ridículo admitindo, com desânimo, não são mulherões, enganei-me, perto de uma praia que eu não conhecia, com rochas do outro lado e sobejos de uma esplanada em cima, onde me pareceu que burros e uma cabra a tremer num ângulo de penhasco, enquanto as ondas cavavam uma espécie de saco entre elas para caber lá dentro a tua família inteira, os teus pais, os teus irmãos, uma bicicleta, um baloiço, a tua amiga, com um bicho de feltro pegado ao teu, apresentando-mos com cerimónia, o Ernesto, o Rogério, uma senhora numa espreguiçadeira a descer os óculos escuros com o indicador perguntando com as pestanas quem será essa agora, pronta a convocar a tua amiga num murmúrio rápido que chegará até mim, anda cá, dado que por desgraça não há miséria que não chegue até mim, o meu marido neste momento não posso, ligo-te depois e, num tom que ele pensava casual, era engano, e a vibração do cigarro a desmenti-lo, ao voltar-me para ti não me achava na cama, de persiana descida e uma penumbra misericordiosa a disfarçar o reposteiro no fio e as desgraças do corpo, estas varizes, esta falta de cintura, estes músculos sem energia em que, apesar da celulite, os ossos despontam, encontrava-me com o meu pai numa das ocasiões em que vieram buscá-lo, ou seja encontrava-me no meu quarto ao tocarem à porta minutos antes da manhã começar, com as camionetas do mercado na rua, sacudindo caixotes de criação e legumes, os primeiros elétricos, um bêbedo feroz anunciando às fachadas indecisas há anos que não me sentia contente, tocaram sem interrupção à porta e a minha mãe ou a minha madrasta a chinelar, um momento, a fechadura, vozes e uma pergunta sobre as vozes o seu marido, madame, não com respeito, a mangar, o seu marido, madame, eu descalça à entrada do quarto, uma voz para as outras e se levássemos a miúda também, fazendo menção de me pegar no braço sem me pegar no braço, o meu pai de pijama e a pergunta sobre as vozes nem ao menos uma camisa e umas calças para receberes os compinchas, uma das vozes, lá ao fundo, com ele, enquanto a camisa e as calças, a aconselhar não te preocupes com o cabelo que não vamos a uma festa, penteias-te depois, o meu pai de mãos atrás do corpo porque algemas e a voz preocupada, a segurar as algemas, as pulseiras não aleijam, comigo a tentar compreender, a minha mãe ou a minha madrasta o que é desta vez e a pergunta sobre as vozes rotina madame, uma conversa de pessoas que se estimam, se passamos muito tempo sem o seu marido o nervoso aperta, as vozes e o meu pai no patamar, nas escadas, num automóvel em segunda fila com o bêbedo a informá-los há anos, palavra de honra, que não me sentia contente, o primeiro autocarro vazio, ninguém na paragem, a minha mãe ou a minha madrasta mandando vai deitar-te num tonzinho sumido, um cachorro a ladrar em qualquer ponto do bairro, eu de regresso à cama e na cama tu, de bochecha na almofada sem fronha, a aproximares-te devagarinho de mim, a acariciares-me o peito, os flancos, as pernas e a dizeres-me, satisfeita, estava a ver que não vinhas.

sábado, 27 de agosto de 2011

1

Aos sábados a praia cheia apesar do nevoeiro, pessoas sentadas na areia logo de manhã, trazidas pelos autocarros que passavam junto ao quiosque, embrulhadas nas toalhas de banho à espera do sol, isto às nove, nove e meia e nevoeiro nos pinheiros também, quase não se via a rua, não se via a capela, eu com frio, percebi, pelo olhar do meu irmão mais velho, que a espreguiçadeira vazia, aproximava-se da janela e espreitava, ao abandonarem a casa ao lado passeou que tempos ao comprido do muro, desiludido com a erva crescida, a trepadeira solta dos ganchos e um gato, dono daquilo tudo, ocupando um peitoril que se esqueceram de fechar, atirou uma pinha ao gato que pulou para dentro da sala, ofendido, a Tininha não se despediu de mim, a mãe da Tininha não se despediu dele baixando os óculos escuros com o indicador, chegamos e não estavam, um cadeado no portão, o letreiro na fachada, Vende-se, em maiúsculas azuis, uma delas, com demasiada tinta, escorrendo até o fim do cartaz, isto um ano antes de o meu irmão mais velho no Alto da Vigia, a minha mãe para mim, depois de um soslaio ao letreiro

— Perdeste a tua amiga

ao retirar a pedra nenhum adeus no diário, frases de verões remotos de que o tempo ia apagando o sentido, a recordação da Tininha a apagar-se igualmente, como era ao certo a cara dela, como era a voz e no entanto, depois de muito tempo e da Tininha tão diferente, reconheci-a logo no hospital, que espantosa a memória, o que julgávamos perdido recuperado de súbito numa nitidez que assusta, pormenores que se alinham num salto, precisos, completos, como o gato à janela, a fechar os olhos fechando-se todo, escondido em si mesmo no interior do pelo, de que maneira o meu irmão surdo, por exemplo, se lembra das coisas, se calhar, na cabeça dele, ruídos que não sei, conversas, sons mínimos, virava-se de uma peça só a mirar-nos com despeito, a minha mãe pelo canto da boca

— Não te dá medo esse?

e dava-me medo que nos matasse um dia, sempre a tentar dizer sem conseguir dizer e passeando no corredor num frenesim de zanga, desconfiado de nós, procurava o meu irmão mais velho puxando-lhe a camisa até à bicicleta e apontava o selim, o meu irmão mais velho colocava-o no selim e ele calmo, a tentar os pedais sem alcançar os pedais, na traseira do selim um suporte metálico e o meu irmão surdo abraçado ao meu irmão mais velho, de queixo nas costas dele, aos círculos no quintal, conforme se abraçava às calças do meu pai e a minha mãe tão pálida, à beira de um

— Desculpem

sem que o

— Desculpem

viesse, o meu irmão mais velho

— O que foi?

e ninharias, mano, não te rales, as pessoas são complicadas, é tudo, eu quase peito já, dois, não um e descontente com eles, não me apetecia crescer, aquecer sopa, ter razão e além disso, se crescesse, outra pessoa, e como iria entender-me com a outra pessoa, será que me compreendia, se me tornasse uma adulta muito grande escondia-me numa ponta da adulta para que não me notasse e morava em mim a fazer as mesmas coisas que agora apesar do facto de estar presa no escuro porque no interior da gente escuro, vi radiografias e escuro, só os ossos mais claros e eu, à luz dos ossos, procurando descobrir as sete diferenças, se me pusesse em pé aquela em que me tornei no médico

— Guinadas que não consigo explicar doutor a sensação que me caminham no baço

o médico abria-a e achava-me logo

— Que fazes aqui menina?

o meu irmão mais velho com o meu irmão surdo na bicicleta, o meu irmão não surdo a perseguir os melros de camaroeiro, mesmo descendo-o de repente escapavam-se, aos sábados pessoas que mal se distinguiam sentadas na areia logo de manhã, embrulhadas em toalhas, o mar invisível, só o coração dele, cheio de água, a esvaziar-se e a encher, o Alto da Vigia invisível também, se aproveitasse este momento mas se calhar vazante e se calhar, ao chegar à praia, o sol, ou até, por alturas da mercearia, antes de chegar à praia, o sol, a esposa do senhor Manelinho a abrir o quiosque

— Até que enfim levantou
vasculhando os labirintos da cabeça

— Apostava que a conheço mas não me vem o nome
decepcionada consigo mesma

— Estarei assim tão velha?

a colite, as glândulas, a tensão, só me faltava que os miolos também, porque raio me deixei ir na conversa do tempo, fica-se assim, primeiro devagarinho, sem darmos conta, e depois tão depressa, a seguir aos melros o meu irmão não surdo experimentava as lagartixas mas não há lagartixas sem um buraco perto, não se movem durante séculos, imaginamos que não bichos e mal se espera que é deles, o mesmo com a idade, aliás, está-se muito bem, de brincos-de-princesa e, num segundo, desgraças inesperadas e o fémur que não gira, o que se passou de que não me dei conta, reflete-se melhor e passou-se o casamento, a máquina de lavar loiça com uma borracha solta a molhar a cozinha, telefonar ao senhor Nivaldo, que é do número na agenda e a página com o N e o O, logo aquela, a faltar, o dentista estudando-nos a boca com o espelhinho e o senhor Nivaldo e o dentista, em coro, deviam dar o braço um ao outro

— Até a borracha da máquina da loiça e os molares se gastam não somos só a gente

passaram-se alguns funerais também, coroas de flores trágicas e primos desconhecidos que nos examinam como a esposa do senhor Manelinho

— Tenho o nome da mãe dela debaixo da língua

só que se conserva debaixo, não passa ao outro lado, que vazio, a memória sem lagartixa nenhuma, se logramos descosê-la uma voz longínqua

— Não paras de engordar
com uma senhora atrás
— Deixa as bolachas em sossego
e o melro da mão a escapar-se da lata antes que o camaroeiro dela
— O que é que eu disse menina?
a suspeita de que o meu pai gostava mais do meu irmão surdo do que de mim, uma ocasião vi-o com ele às cavalitas, no olival depois da capela, sem necessitar de beber, e a suspeita, já que estamos nisso, que conversavam entre si, o nevoeiro começou a levantar nessa altura, uma porção de areia a descoberto e adivinhavam-se as rochas, o meu irmão surdo perguntava, o meu pai respondia e depois o meu pai perguntava e o meu irmão surdo respondia, chegaram a casa tardíssimo, a minha mãe
— Onde andaram vocês?
e o meu pai na despensa não se lembrando de o depositar no chão, os boiões de compota tiniam três prateleiras sobre o tinir das garrafas, o meu pai a beber e o meu irmão surdo espetando dedos nos boiões de modo que ao entrarem na sala o meu pai enxugou o pescoço com a manga esquerda e a testa com a direita onde pingos de compota convencidos que suor, ambos continuando a falar até que o meu pai
— É melhor calarmo-nos
o meu irmão surdo um
— Ata titi ata
que me soou a falso, quem prova que não passou a vida a enganar-nos, a parente da dona Alice
— Quando menos se espera diz coisas
a minha mãe, nas nuvens
— Ai sim?
a estremecer logo a seguir
— Perdão?
e o meu irmão surdo armado em inocente, na noite em que o meu pai faleceu vozes no quarto dele, uma rouca como a sua, a outra, mais discreta, a tossir, ao dar conta que iam abrir a porta a voz rouca
— Vá-se embora depressa

e encontramo-la sentada na cama frente à janela aberta, isto em Lisboa, não na praia, passos rua adiante ignoramos de quem porque o toldo da pastelaria Tebas o ocultava e a esquina dos elétricos o perdia, a minha mãe em busca de uma corda no peitoril e nenhuma corda no peitoril, calculando

— Quantos metros?

o meu pai voltado para a parede no hospital, tão fraco, uma barriga de que emergiam tubos e não cabia no pijama, eu para os candeeiros

— Pai

e silêncio como o meu irmão surdo silêncio e no fim do silêncio a gravidade com que se encerra um discurso

— A tia atou

estendendo-se na cama alheado de nós, por isso mal a parente da dona Alice

— Ele às vezes diz coisas

a minha mãe a surgir do seu luto, mais rápida do que um boneco na caixa

— A quem?

de tempos a tempos a minha colega fala-me de um forte, a parente da dona Alice um passo atrás porque o boneco da caixa enervava-a, onde acompanhava a mãe ou a madrasta

— Pergunte-lhe

e o meu irmão surdo sem a notar a ela e a nós, olho o nosso prédio da rua conjeturando como se subirá por ali, se o meu irmão surdo pudesse referir-se ao meu pai estou certa que diria tal como eu

— O meu pai

mesmo sabendo que não era seu pai, diria o meu pai e eu costumávamos passear no olival, em certas ocasiões, na sua mudez, escutava-se perfeitamente o meu pai e eu costumávamos passear no olival e não era com a minha mãe nem com os meus irmãos que passeava no olival, era comigo, contando partes da sua vida que mais ninguém conhece, para além de quase todas as semanas me visitar no quarto

— Filho

de ainda hoje me visitar no quarto

— Filho
a minha mulher, já na cama
— Deu-te para aí
a contar à minha mãe
— Ele às vezes diz coisas
eu que a maior parte do tempo não digo coisas, oiço, um forte junto ao mar com uma coroa de gaivotas onde a minha colega acompanhava a mãe ou a madrasta, não me recordo qual porque a minha colega não se recorda qual, de visita a um preso sem mencionar que preso, a somar às gaivotas ondas, mais ondas do que nas praias, insistia ela, muito mais ondas do que nas praias, teimosas, pesadas, como é que as paredes aguentavam, ao perguntar que preso as feições amontoavam-se-lhe no centro da cara
— Um preso qualquer
e não acredito que um preso qualquer, a minha colega, ao responder isto, não comigo, sozinha, sinto ecos, ferrolhos, correntes de ar, pássaros, sinto espuma contra a cómoda, se eu hoje no olival ninguém passeia comigo, amanhã às vinte para as sete o meu irmão mais velho
— Menina
e na minha ideia o olival campos, um rebanho que ergue a cabeça a mastigar e trota dois ou três metros nas patas fininhas, nenhum nevoeiro, a praia toda à vista e, como eu esperava, vazante, uma traineira de pesca, de motor às cambalhotas, paralela ao horizonte, aos sábados ficávamos em casa dado que segundo a minha mãe com tanto autocarro não havia espaço para nós lá em baixo, olival, campos, o rebanho mas não o meu pai, gostava de lhe ter abraçado as calças também, de nariz contra a fazenda, um preso qualquer num forte junto ao mar e a minha colega a olhá-lo através de mim, eu na pastelaria Tebas
— O meu pai não passou por aqui uma destas noites há uma semana ou isso?
e a dona Helena a fitar-me como se eu tivesse bebido, toda a gente sabe que os filhos herdam os vícios, está no sangue, se o sangue é o mesmo os vícios iguais, o meu tio

tuberculoso metera a doença nos dele ou antes não meteu, já nasceram com ela, o dono da pensão do andar sob o nosso escandalizado comigo
— Já tens vinte e três anos?
eu, escandalizada igualmente
— Perdoe
e não perdoava, danado por o empurrar para a
— Estás a empurrar-me para a
morte, não tenho medo de morrer, só tenho medo do sofrimento, da dor, que mentira, tenho medo do Alto da Vigia e do meu corpo a, do meu corpo a cair e não pelo sofrimento ou a dor, é a morte que me aterra, nenhum irmão mais velho à minha espera na água, eu sem amparo e no entanto tenho de fazê-lo não pelo meu irmão mais velho, por mim, não espero que me encontrem um dia, não espero ver-vos comigo, somos uma família de novo porque, apesar de cada um de nós um rato erguido sob as patas traseiras, pronto a lutar, a morder, entre a gente, sem darmos conta das feridas, éramos uma família ou agrada-me pensar, não acreditando no que penso, que éramos uma família, do mesmo modo que nunca acreditei que os brincos-de-princesa brincos autênticos nem que as pétalas das flores verniz a sério, a minha colega, de feições no centro da cara
— Um preso qualquer
ajudando-me a perceber, ao afirmar que o meu pai, a minha mãe ou o meu irmão não surdo, o que significa o que afirmou se o dono da pensão me encontrasse hoje e não encontra, mora na cama articulada de um lar com um aparelho na goela, escutava
— Cinquenta e dois anos senhor Tavares
e a cama equilibrando-o a custo
— Queres acabar comigo menina?
num lar ou na penumbra cheia de espectros dos degraus porque a ampola ténue, espectros de hóspedes aqui e ali
— Aluga quartos a defuntos senhor Tavares?
a bengala dele não acabava na bengala, continuava no pulso, no antebraço, no braço, tornando-o de madeira também, até a voz de madeira, os traços de madeira, os dentes

falhas da madeira, os olhos nós de madeira, desculpe-me, senhor Tavares, a sua cama articulada e o seu aparelho na goela, desculpe tê-lo envelhecido com a minha velhice, a quantidade de criaturas que a nossa destruição vai destruindo uma a uma, com sorte não dou à praia como o meu irmão mais velho, ficam as cartilagens no fundo não a brilharem, mergulhadas no lodo, talvez se encontrem na areia os brincos-de-princesa e as pétalas de verniz, o que resta de mim uma menina encostada a um muro a olhar-vos ou se calhar não a olhar-vos, à espera da Tininha que não chega, chega a doutora Clementina sem sorrir na direção do passado

— Ao tempo que isso foi

não surpreendida, nas tintas, ou não nas tintas, a detestar a mãe

— Gostavas da minha mãe tu?

que não falava com ela, falava com as amigas, na espreguiçadeira, acerca do meu irmão mais velho, quantos homens teve você, senhora, a doutora Clementina a observar uma radiografia

— Ninguém gostava

sem emoção nem saudade, a mãe, agora viúva, a entrar no carro auxiliada pelo chofer

— Leva-me ao cinema meu pêssego

recuperando as sobrancelhas que perdera com um espelhinho e um lápis, quando o nevoeiro desaparecer por completo e as pessoas na praia desembrulharem as toalhas vejo-a, um chapéu a ocultar a falta de madeixas, mangas compridas porque os braços tão magros, os tornozelos, sem firmeza, agudos sob a pele, o chofer a troçá-la

— Qual cinema tiazinha?

a mãe da doutora Clementina a inventar pestanas com o pincel

— Tanto faz

não dedos, anéis que se desconjuntavam na carteira, as sardas da maçã-de-adão, as sardas das clavículas, a mãe da doutora Clementina não para o chofer, para a sua esperança de não morrer nunca

— Tanto faz

a recriminar o crucifixo do quarto onde as noites se transformavam em viagens por arquipélagos de insónia em que nenhuma companhia consigo

— Não Te ocupas de mim

o copo de água a que não chegava, o candeeiro inacessível, passos sem origem no corredor

— Não te atrevas a levantar-te

como se fosse capaz de levantar-se para cochichar com os brinquedos ou comer os doces do armário, a chávena de porcelana, cheia de riscos, que pertencera à avó, sempre a avisar, solene

— Pertenci à tua avó respeita-me

a boneca que lhe deram no Natal de braço pendente, por mais que se esforçasse não entrava no ombro, o pai a esforçar-se igualmente e não entrava, não descansou enquanto não partiu a baquelite, são tão cretinos, os homens

— A ver se te compro outra filha

e esquecia-se, os assuntos vitais os adultos esquecem--nos sempre, perguntar à boneca

— Como te sentes Aurora?

e ela, embora não exagerasse, as bonecas, em regra, até diminuem as desgraças e animam a gente

— Dói

como me dói a mim de modo que qualquer cinema me serve, nem vejo o que acontece no ecrã, mostro a chávena de porcelana à minha avó

— Lembra-se disto senhora?

a avó, de mãos inesperadamente leves a acariciarem as farripas

— Meu Deus

eu que me recuso a acariciar as minhas, nem as espreito, desprezo-as consoante me desprezo a mim, como é que caí na asneira de me gastar tão depressa, não me lembro de praia alguma, espreguiçadeira alguma, rapaz algum, se telefono à Tininha

— Agora não dá ligo-lhe depois

de maneira que não me lembro da Tininha tampouco, não apenas o céu limpo, os pinheiros de regresso e os círculos das gaivotas não sei porquê, que me parecem maiores, de pau e maiores, com um mecanismo elétrico que alguém, em qualquer ponto do olival ou das rochas, comanda, círculos até ao quintal e a sombra delas no telhado da garagem, no chão, o gato da casa vizinha saltou sobre uma das sombras cuidando agarrá-la e perdeu-a, um gato desiludido dá quase tanta pena como uma pessoa, o meu marido, que não conheceu a mãe da Tininha

— Há momentos em que penso que és louca

isso antes de casarmos, depois

— Havia momentos em que pensava que eras louca hoje sei que és

à cabeceira da mesa sem nenhum sorriso a enfeitá-lo, só não te ralavas que eu fosse louca no escuro, quando estavas contigo cuidando estar comigo ou quando estavas comigo cuidando estar com outra, não entendo o motivo de não te teres ido embora, domingos de aborrecimento e jornal até que tu, abrindo a porta da rua

— Sufoca-se aqui

sem reparares nos meus pais na sala connosco, chegavam atravessando as paredes, só depois de a porta bater davas conta deles, quando me ligavas sumiam-se

— Não esperes por mim para jantar volto tarde

e vinham logo depois ocupando a poltrona, o sofá, a cadeira que traziam da escrivaninha com um defeito na travessa das costas, o meu pai a espiar a mesa das garrafas sem coragem de servir-se, um soslaio para a minha mãe, um soslaio para mim, as palmas nos joelhos, nas lapelas, nos joelhos de novo, a minha mãe de indicador espetado

— Parece que não te chegou teres morrido uma vez

a minha colega, num sopro

— Só para dizer que te amo se o teu marido está responde que é engano e eu, mesmo sozinha, respondia que era engano, enganou-se no número, senhor, enquanto a mãe da Tininha adormecia no cinema afirmando

— Detesto gente que adormece no cinema
de testa no ombro do chofer afagando-lhe um intervalo de botões na camisa antes de perder lá os dedos
— Meu pêssego
e o chapéu lhe tombar para o nariz, na época de eu pequena o senhor Tavares uma esposa estrangeira a lavar sem descanso as escadas, se um vizinho
— Bom dia
misturava-se, tímida, nas franjas da esfregona, ainda estou para saber como cabia naquilo
— Não fala preteguês
o sol assustava-a tanto que dissolvia as manchas da luz até lograr meias-noites, era ela quem mandava o sol embora perseguindo-o degraus acima, perseguindo-o nas paredes, o senhor Tavares a lamentar-se
— Tanta escuridão cansa-me
mas a esposa estrangeira o suplício das manhãs quando a claridade toca piano nas coisas, ora a bancada, ora o fogão, a mulher agachada num ângulo da cozinha protegendo-se com os braços
— Não fala preteguês
quase domingo já, olha as nuvens da serra, o castelo dos mouros com uma delas nas ameias vergado sob o peso, muralhas curvas que se endireitavam mal a nuvem partia o meu irmão surdo
— Pai
não
— Ata titi ata
o meu irmão surdo
— Pai
nós sem acreditarmos
— Repete
e ele nervoso com tanta atenção a gritar e a gritar, mais forte do que as gaivotas e os cachorros no pinhal quando um vizinho doente, uivos compridos que nos esfaqueavam as tripas e a gente a segurá-las até a minha mãe as empurrar para dentro e coser a pele
— Não te mexas

protestando

— Estes cães

a barriga cheia de linha branca, no peito que me falta castanha, quer dizer ao princípio castanha agora linha nenhuma, uma cicatriz que se continuar a evoluir bem a gente depois tira e o seu peito como novo, que anormal um peito novo aos cinquenta e dois anos, o meu irmão surdo, nervoso com tanta atenção, a fugir, a parar a meio do corredor, a voltar de olhos tapados porque assim não o víamos, espreitando por um intervalinho até se achatar nas calças do meu pai enquanto as mãos do meu pai, tal como com as garrafas, nos joelhos nas lapelas, nos joelhos de novo, o meu irmão surdo a levantar a cabeça, nós à espera de

— Pai

e ele, no mesmo tom de

— Pai

a arredondar cada sílaba, aumentando as letras, aplicado, sério, uma das palmas no seu pescoço e a outra num pescoço que nenhum de nós via, aproximando os sons, o meu irmão surdo, radiante

— A tia atou

à medida que as gaivotas se afastavam de nós e a Tininha a chamar-me, não a Tininha, uma persiana que estalava com o vento apesar das flores dos catos quietas, na vereda do castelo dos mouros árvores imensas, sem idade, se tivéssemos vontade de lhes perguntar fosse o que fosse não sei quê no tronco, um pulmão afogado ou uma laringe secreta

— Não sei

para além das árvores uma fonte a pingar, de um tubo quebrado, numa concha de limos onde uma florinha branca nascia, o meu irmão mais velho e eu olhando as pétalas minúsculas à superfície da água, a mãe da doutora Clementina, que perdera uma das sobrancelhas, no carro de novo

— Para casa meu pêssego que estou precisada de uma massagem nos rins

assim mesmo, garanto

— Para casa meu pêssego que estou precisada de uma massagem nos rins além das árvores e da fonte dúzias de rás nos galhos, não sonhava que rás nos galhos, supunha que nos lagos e nos charcos apenas, na ponta de cada falange uma ventosazinha e o pescoço a pulsar, pálido, trouxe uma garrafa ao meu pai cujas mãos não serenavam, julgando aperfeiçoar a gravata torcendo-a mais, tirou o lenço porque o suor da testa e estampou-o no olho, ergueu-o de novo e não a testa, os lábios, não parecia conhecer-nos, fitava-nos a estranhar, atarraxei-lhe o gargalo na boca e hei-de recordar até ao último momento o som do vidro contra os dentes postiços, a minha mãe para mim

— Se morrer outra vez a responsabilidade é tua

o meu marido espantado de eu derramar o álcool no chão

— Agora sei que és louca

teve uma prima que fazia chover em Espanha, colocava-se em bicos de pés na varanda a comandar as nuvens

— Para a esquerda para a direita de novo para a direita sempre em frente agora

até os tios a internarem numa casa onde não fazia chover em parte alguma, construía moinhos de papel com as outras, se lhe perguntavam pela chuva continuava a recortar

— Já lá têm que baste

e aplicava as velas aos moinhos espetando-as em palitos, o meu marido para mim, desconfiado, a sala dos moinhos um postigo junto ao teto, a prima e as companheiras uma bata igual, uma delas um malmequer no vértice do cabelo, uma mulata a rir-se para as sombras

— Não me digas

quando ninguém falava, uma senhora suspendia um chorrilho de frases sem nexo, informando o meu marido, então criança

— Estou a rezar em latim

de modo que uma criança, não ele

— Também fazes chover em Espanha tu?

cercada de dúzias de moinhos de um palmo que, soprando com força, iam movendo as velas ou seja um quarto de círculo aos sacões e era um pau, a empregada

— Continuamos amanhã belezas

e passavam em fila pelo meu marido e os pais, lá iam o malmequer, as orações, os risos, a última, de cabelo branco, em segredo para eles

— Estou grávida de um juiz

a empregada a tirar peneiras

— Está grávida há vinte anos no mínimo

e a caminho da saída cruzaram-nas no refeitório, sem garfo nem faca, uma colher apenas, a comerem, de guardanapo ao pescoço, de tigelas de alumínio, cada guardanapo um moinho bordado e as velas dos moinhos bordadas, essas sim, a girarem, o meu pai depois da garrafa, guardando o lenço nas calças

— Até me sinto mais novo

a declarar ao meu irmão surdo

— Voltando à praia passeamos no olival

a mãe da doutora Clementina para o chofer

— Meu pêssego

que de blusa aberta lhe apertava as costelas, reposteiros cor-de-rosa, cortinas cor-de-rosa, lençóis cor-de-rosa, uma gravura com um casal a beijar-se, ela de botas altas, ele de boné e a legenda em francês Mademoiselle Et Son Chauffeur, a mulher inclinada para trás na almofada, toda rendas à volta da cintura, o homem de bigode e cabelo lustroso, isto a preto e branco, não a cores, com uma nódoa amarela no dossel da cama de que tombavam borlas, a mãe da doutora Clementina

— Mais abaixo meu pêssego

enquanto a doutora Clementina, atarefada com um sujeito inerte, lhe tirava sangue do braço, a agulha falhou a veia, descobriu-a outra vez e ela impaciente com o sujeito inerte

— Não para quieto você

com brincos-de-princesa e pétalas nas unhas, a pensar, sem querer, no Rogério de que nunca mais se lembrara, e a zangar-se com ele

— Só me faltava este

e com o Rogério veio a da casa ao lado cujo nome perdera e ocupava a cama dezoito, as voltas que o mundo dá e não devia, não tinha o direito de me maçar aqui, impingir-me recordações que não me interessam, quero lá saber da infância, o meu pai a lavar o automóvel, o pateta, com os dedos enormes nas sandálias que me impediam de ter pena dele, casado com uma, casado com uma criatura como a minha mãe, que asneira, sempre a desmerecer do meu pai se é que era aquele o meu pai

— És um totó

pela vida que tinha, o cunhado do meu pai, todo atenções e requebros, com quem jogava gamão e a quem chamava

— Meu pêssego

o sócio australiano dele que se endireitava de repente, um bocadinho despenteado e de mãos órfãs, quando eu entrava na sala, o que me parecia batom no pescoço, o que me pareciam marcas de dentes na bochecha e a da cama dezoito a atirar-me, em nome de quê, o irmão que não falava espiando-nos de banda ou a sorrir aos canteiros, o avô a elogiar o pai dela erguendo-o como um troféu

— Vai chegar onde ninguém chegou esse aí

e chegou à despensa onde colecionava garrafas, grande proeza, no interior do embaraço do pai dela uma desculpa

— Fiz o que pude senhor

como o meu pai fazia o que podia e não podia nada salvo receber o dinheiro da empresa da família e sacudir os tapetes do carro que o meu pêssego guiava em Lisboa, a minha mãe no banco traseiro a limpar o canto do batom com o mindinho

— Leva-me para onde te apetecer meu pêssego

não o meu pêssego atual, o meu pêssego de dantes, vários meus pêssegos uns após outros, a minha mãe a baixar os óculos escuros para o irmão mais velho da cama dezoito

— Que rapaz engraçado Tininha hás-de trazer-mo para eu o conhecer

e não trouxe, fingia não ouvir e obrigava o Rogério a fingir que não ouvia igualmente, eu Clementina porque Clementina a mãe dela

— Uma senhora

cujo calibre posso adivinhar tendo em conta a filha, como eu detesto a placa com o meu nome na bata, durante que tempos trouxe-a no bolso e as enfermeiras não me tratavam por nome algum até que o diretor do Serviço
— É o regulamento doutora
de modo que sempre que
— Doutora Clementina
uma repulsa, um enjoo, ganas de ladrar-lhes, não falar, ladrar-lhes
— Não me chamem assim
e que remédio, aceitando, detesto a cama dezoito mutilada do, que receio das palavras, do cancro, ao ponto de lhe esquecer o nome, não é fita, esqueci-o, quando me veio com o passado, a pedra no muro, o diário que escrevíamos juntas, só consegui responder-lhe
— Ao tempo que isso foi
com vontade de pisá-la até o passado morrer, minha pêssega, morrer de tal forma que não chegou a existir, há a minha vida de hoje e basta, nenhum marido a lavar o automóvel, dois filhos para quem, graças a Deus, não tenho tempo, a seguir ao jantar um comprimido que começa a fazer efeito, ondas e ondas, o senhor Manelinho, do quiosque
— Um mulherão quando cresceres
e mulherão uma ova porque puxo os lençóis para cima e antes que a voz da minha mãe em mim lhe responda
— Meu pêssego
felizmente adormeço.

2

Quando chove durante a noite um cheiro diferente na casa, o baldio antes do poço, feito de pedras, tijolos ao acaso e lixo, aproxima-se e parece entrar no quintal, os melros escondem-se não sei onde substituídos por libelinhas e besouros, o diretor para a minha colega e para mim

— Vocês não são um bom exemplo na escola

e o vento parado, à espera de não sei quê para existir nos pinheiros, não em baixo, sem despentear ninguém, nas copas apenas, revolvendo as agulhas à procura, igual aos dedos que folheiam papéis e moedas num bolso à cata das chaves, o vento a falar sem descanso

— Vocês não são um bom exemplo na escola

o diretor na secretária, nós duas de pé junto às cadeiras onde não nos convidou a sentar, na parede o cabo de Sagres e o Infante de braços cruzados a despedir caravelas, quando chove durante a noite um cheiro diferente na casa, não a roupa, não as pessoas, não a comida, as caravelas, cada vez mais pequenas, navegando no quadro, não a terra molhada, o cheiro, que já não há na despensa, comigo, há aquilo que eu trouxe para comer estes dias, e em que não toquei, numa prateleira bamba, não empenada, bamba, faltam-lhe pregos à esquerda, o diretor, segurando um lápis com as duas mãos

— Apelo à vossa maturidade e à vossa decência

e um sinal no lábio que faria melhor em mostrar a um médico, um cheiro de abandono e bolor, nódoas no teto, uma tábua do soalho a levantar-se, o dinheiro que seria preciso para deixar isto em condições e se calhar impossível deixar isto em condições, todos se foram para sempre, este espaço vendido, até os cactos ao longo do muro arrancarão de certeza e substituirão o próprio muro por uma cerca como deve ser, talvez grades, arbustos aparados, enfeites de calcário, talvez comprem a casa ao lado e uma moradia de ricos neste sítio, com dois andares, terraço e pátio, a ocupar tudo, um guarda-sol no terraço e um homem em fato de banho a servir-se de um jarro e a fumar, triciclos no jardim, borboletas, o diretor, calculando-nos a meia pálpebra, explorando com a língua, que se percebia na bochecha, um intervalo de dentes, ansioso por usar o mindinho e sem usar o mindinho a fim de manter a autoridade, mal lhe desamparássemos a loja o mindinho, saído do lápis, a cavar, a cavar, talvez um espelho orientando a unha, talvez a gengiva chupada com força, tenho pena de não o espreitar do recreio, para o ano a moradia nova, um cachorro, perto dos destroços do baloiço, que dando pela minha presença se desenfia a trote no receio de um pau ou uma lata arremessados com gana, nunca lhes acertei, sempre de pontaria enganada, batia o pé no chão e bastava, a miséria ensinou-os a recear as pessoas, conheci vários que caminhavam em três patas somente, a quarta dobrada no ar, mirrando, o diretor sem abandonar o dente

— O que se passa fora da escola não é da minha conta mas os rumores no estabelecimento incomodam-me

visto que os olhos demasiado fixos buscando decifrar o estado de alma de um molar, se quisesse assustar-me assustava-me com o sinal, estive vai não vai para dizer

— Esse sinal aí

mas desisti do aviso, era uma questão de tempo, alguém, mais dia menos dia

— Era capaz de não ser má ideia mostrar esse sinal

e então sim, não a apreensão, o susto

— Que sinal?

medido no quarto de banho, em bicos de pés para diante, a estender o beiço ao vidro desembaciado com uma toalha que prejudicava a nitidez, quando chove durante a noite não apenas um cheiro diferente, a casa diferente perdendo sons e ecos, a chuva entra no sono mudando o argumento dos sonhos, regressamos à superfície e damos conta das persianas,

a certeza que nos chamam numa harpa de gotas e afundamo-
-nos de novo transportando um rastro de música connosco,
ou seja não bem connosco, a sumir-se e no entanto a memória
da harpa a tingir o silêncio, no prédio quase em frente uma
pessoa que não calculo quem fosse tocava à tarde num andar
qualquer mas que andar, meu Deus, enganando-se e recomeçando, a mesma cadência a interromper-se contra a parede da
mesma nota incapaz de ultrapassá-la, percebia-se um metró-
nomo para a esquerda e para a direita numa angústia cardíaca

— Não tarda um segundo desmaio

uma borracha invisível apagava os sons e escrevia por
cima errando a ortografia no acorde de sempre, ao aproximar-se
do engano o ritmo mais lento, inchando o peito para o salto, a
atrapalhar-se e tombando de novo, o diretor examinava o sinal
de dez em dez minutos na esperança que nos intervalos se des-
vanecesse sozinho, uma película, uma crosta, não um sinal a
sério, tentava enganá-lo demorando-se no nariz ou nas sobrancelhas, convencido que a falta de interesse o faria desistir à cata
de outra vítima que se ralasse mais, o diretor, a chuva cessa e os
melros voltam, dois na parte da frente da casa, três aqui perto,
um deles uma mancha branca no peito, o primeiro melro com
uma mancha branca que vejo de forma que talvez não um melro, um pássaro que cantava como eles e no caso de outro pássaro como se chamaria, o diretor a poisar o lápis alinhando-o
pelo mata-borrão da secretária com a ponta dos indicadores, as
caravelas tão ao largo que não se veem já, via-se o cabo de Sagres
e o Infante com uma espécie de fita na aba do chapéu

— Não quero mais rumores por aí

comigo a pensar de que se alimentariam os melros,
sementes, grainhas, lagartas, volta e meia o meu irmão não
surdo à nossa porta sem sair do capacho

— Não me apetece ver ninguém

quase o diretor

— Não quero mais rumores por aí

só que em segredo, sem sinal nem dente, uma sombra
no patamar, receoso que as palhotas começassem a arder, a
minha mãe trazia o porta-moedas que se abria e fechava num

estalinho que me acompanhou desde que nasci, se tomar atenção continuo a ouvi-lo, cinco melros ao todo, não, seis, um que não tinha visto, entre duas pinhas, no chão, de cauda para cima dando ideia que alegre, puxava dinheiro de dentro, principiava a escolhê-lo, o meu irmão não surdo

— Depressa

antes que tiros no corredor, na entrada e os soluços das galinhas que os militares perseguiam, o meu irmão não surdo a descer as escadas ao encontro da camioneta da tropa que o esperava na rua, segundo a minha mãe camioneta alguma na rua

— O que posso fazer?

os automóveis dos vizinhos ao longo do passeio à espera de sábado, não sabia o que os melros comiam consoante não sabia onde tricotavam os ninhos, não parecem misteriosos e são, escondem tudo, a minha mãe

— Se o teu pai cá estivesse

e que ilusão a sua, senhora, se o meu pai cá estivesse nada, alguma vez a ajudou, há séculos que não trabalhava, instalava-se no sofá a rodar os polegares e a pensar na despensa, um ou outro suspiro de palma no fígado, os tornozelos grossos impedindo-lhe os sapatos e ele sem lamúrias, sem protestos, limitava-se a desfazer o pão ao jantar, o meu irmão surdo com a parente da dona Alice, eu sozinha com os meus pais, venderam uma taça de prata, venderam a terrina, os espaços entres as coisas maiores, o meu marido, ainda não meu marido, visitava-nos ao domingo, um perfume para a minha mãe

— Vai tornar-se uma rapariga com isto

um cheque para o meu pai, enfiado na algibeira, num movimento casual de que ele não se apercebia, apercebia-se a minha mãe vigiando o cheque durante o almoço inteiro

— Com o teu pai nunca se sabe

no medo que ele, ao encontrar um papel, o rasgasse ou o jogasse fora, acho que mais de uma dúzia de melros nesta manhã de sábado mas vindos donde ou antes vindos de parte nenhuma, nascidos nos caniços, vieram despedir-se

— Adeus menina

como me despedi da saudade do Ernesto
— Até amanhã
embora pense que não sabem do meu irmão mais velho, do Alto da Vigia, do mar, o diretor
— Não me forcem a
e a interromper-se, digno, nem o Infante no quadro agora, o cabo somente, continuou a mão por ele a mandar-nos sair, ao tirar o cheque do casaco do meu pai a minha mãe para o meu marido, ainda não meu marido
— Obrigadinha
com o diminutivo a envergonhar-me mais, acompanhei-o a um quarto de hospedaria por gratidão e a dona mirando-me, repreensiva
— Acha que isto é lugar para uma menina séria?
ao lado de uma velha que girava os botões de um rádio pré-histórico
— Não consigo ouvir pevide
furiosa com a própria surdez sem reparar na gente
— Só me falta ser cega
de prato de favas nos joelhos, tudo tão escuro, tão reles, eu quase de brincos-de-princesa, atarantada, de certeza que a dona para o diretor
— Acha que isto é lugar para uma menina séria?
com o quadro das caravelas na parede e o lápis nas mãos
— O estabelecimento tem um nome a defender minhas senhoras
uma escada quase vertical onde o rádio nos seguiu aos apitos, uma mulher depenando frangos no patamar sob uma Vénus de Milo de província cujas órbitas ocas me criticavam
— Vais deixar de ser uma menina séria tu?
uma segunda mulher para um senhor de idade, à entrada de um esconso com uma almofada e uma colcha
— Tens a certeza que aguentas?
e entre as pernas dela, rápido, um gato, o meu marido, ainda não meu marido, tão nervoso quanto eu
— Não tenho muita experiência
numa vozita infantil

— Não tenho muita experiência

e eu com dó dele e de mim, mais esconsos com uma almofada e uma colcha

— Esperem um bocadinho

e mudavam-nas, a gente aflitíssimos

— Não demora muito pois não?

é para estas coisas que as lágrimas servem mas não me veio nenhuma, o que se trancou em mim que me proíbe de chorar, se encontrasse a minha mãe

— Não tem orgulho você?

e ela a limpar o que já estava limpo, nos olhos, sem que eu esperasse, o meu nome, com tanta intensidade que me obrigou a calar-me, ou antes com tanta intensidade que eu

— Desculpe

e o que se trancou em mim destrancado, não sentar-me ao colo dela, sentá-la no meu, contar-lhe histórias, fazê-la rir, garantir-lhe que nós, como se pudesse garantir-lhe que nós, o meu avô para a minha mãe, aplicando uma palmada no rabo do meu pai

— Levas um cavalheiro

e tantas garrafas na despensa

— Não foi culpa minha

não foi culpa de pessoa nenhuma, esqueça, estamos vivas não estamos, consenti por gratidão que o meu marido, ainda não meu marido, me despisse aos puxões aleijando-me, tão tenso, não tenhas medo que eu aguento e aguento-te a ti, não te desesperes, é rápido, uns momentos e passa, não existia janela, existia uma fresta sem caixilhos e depois da fresta um tapume, o meu marido, ainda não meu marido, tirou o casaco e a camisa

— Onde ponho esta tralha?

e nem um cabide, um gancho, um prego, uma saliência cúmplice, a segunda mulher para o senhor de idade, com paciência que há pessoas boas no mundo

— Acalma-te um bocadinho e experimenta outra vez

o senhor de idade atritos de roupa, um pigarro, mais atritos, um objeto que caiu, uma pausa de inquietação, a segunda mulher

— Foi o meu sapato não ligues

o meu marido, ainda não meu marido, não descalçava os seus a lutar com a fivela do cinto, o meu marido, ainda não meu marido, numa atitude que o Ernesto entenderia

— Não tens de pagar-me por ter dado dinheiro ao teu pai

e eu prestes a gostar dele, palavra, prestes a abraçá-lo, falava à Tininha e podíamos ter sido amigos os três em crianças, dizíamos-te

— Traz isto traz aquilo

e trazias, a fivela soltou-se por milagre, eu para ele

— Anda cá

mesmo calçado e de cinto pelos joelhos anda cá, pode ser que me doa, pode ser que não me doa mas não tem importância se doer um bocadinho, anda cá, quando chove durante a noite um cheiro diferente na casa, o baldio lá atrás, antes do poço, a minha colega

— Não deixamos de nos ver pois não?

feito de pedras, tijolos ao acaso, a maior parte quebrados, lixo, parece entrar quintal dentro e eu para a minha colega

— Não

como não pingos de sangue e não dor, uma sensação de rasgadura que aliviou aos poucos, a segunda mulher para o senhor de idade

— Espera aí que eu ajudo

disse ao meu marido, ainda não meu marido

— Vamos vestir-nos depressa

e ele, de bruços na colcha, a esconder a cara de mim, os ombros estremeciam-lhe, as costas estremeciam-lhe, uma das biqueiras a bater no chão

— Não prestei para nada

enquanto a prima construía moinhos de papel espetando as velas em palitos, a cada ano mais desajeitada, mais oca, um sorriso ausente e do outro lado do sorriso o vazio, como se faz para esvaziar as pessoas, o diretor no quarto de banho, pegado ao gabinete que dizia Privado, às voltas com o

molar que a névoa da respiração lhe tirava, chegando a casa foi à cozinha buscar uma colher, entregou a colher à esposa
— Espreita-me aí a boca
o cabo de Sagres parecido com o Alto da Vigia mas sem burros nem cabras, uma majestade negra onde o Infante ia recebendo o mundo de uns barbudos exaustos com mexilhões nos fundilhos
— Tome lá a Madeira tome lá os Açores
o diretor de joelhos diante da poltrona onde a esposa de revista aberta debaixo do candeeiro lhe alargou as gengivas
— Só me faltava esta
numa vistoria de segundos
— Estás ótimo guarda a colher na gaveta
o diretor a duvidar, a poisar a colher numa mesa e a esposa sem sair da revista
— Eu disse na gaveta
a gaveta aberta, um compartimento para as facas, um compartimento para as colheres, um compartimento para os garfos, a esposa a adivinhá-lo
— Na gaveta não no lava-loiças que não se sujou
o meu marido, ainda não meu marido, a enxugar-se na colcha
— Por favor não me olhes
comigo a pensar que por um triz não fomos felizes, o que fizemos de mal, a minha colega e eu na sala dos professores onde, ao darem com a gente, falaram primeiro mais baixo e depois mais alto, fazendo de conta que não nos viam, sentiam-se os alunos no recreio, chamamentos, corridas, um dos melros a meio metro de mim no muro da Tininha, não o da mancha branca, um todo negro, autêntico, consoante não pálpebras, diafragmas de máquina fotográfica que se fecham em círculo, não comem sementes nem grainhas nem lagartas, comem as rãs das árvores que, mesmo espetadas nos bicos, continuam a agitar-se, o meu marido, ainda não meu marido, pesando-me de viés
— Não estás zangada comigo?

simultaneamente inquieto e orgulhoso, a pensar nos amigos, em lhes contando já não troçam de mim, afinal sem inveja

— Só isso?

de forma que ele menos seguro, despeitado, quando chove durante a noite um cheiro diferente na casa, o meu marido, ainda não meu marido, a tresandar a loção

— Voltamos à hospedaria na semana que vem

libelinhas, besouros, insetos de seis asas na borda dos charcos, põem ovos na lama e passados dias rompem a gelatina e voam com as lagartixas à espera deles de pescoço esticado, um sapo nos caniços a dilatar o seu bócio, desci ao quiosque onde o senhor Manelinho interrogava um compincha

— E a gaja ficou-se?

o compincha um espaço que sublinhava a resposta

— Que remédio teve ela

a impressão de o ter visto, em pequena, curvado sob o peso de uma caixa de folha a vender barquilhos na praia, bivaque, blusa e calções brancos que garantiam higiene, à tarde entregava bilhas de gás com um carrinho de mão e continuo a recordar-me de sons de metal entrechocando-se, a quantidade de memórias que me acompanharão até o fim, o modo de carregar as bilhas e a serapilheira que protegia o pescoço, de hoje a domingo às vinte para as sete quantas horas me restam, vou contá-las como se o tempo se medisse em horas, não vou contá-las, desisto, o meu irmão surdo um barquilho sujo de areia e a minha mãe para a vizinha de toldo, a limpá-lo com a toalha arrancando-lhe pedaços

— Já viu a minha cruz?

a estender o barquilho ao meu irmão surdo

— Foi o que se pôde arranjar para o que tu comes de areia nem notas a diferença

eu com fôrmas e um balde de água, alinhando bolos numa tábua

— É servida senhora?

o fato de banho azul, o nariz branco, o chapéu, a minha mãe a recusar

— Obrigada bom proveito

uma ferida no meu joelho de que raspava a crosta, o prazer de raspar crostas acompanhar-me-á também, a placazinha dura soltando-se e o vermelho por baixo, a minha mãe uma palmada

— Queres arranjar uma infeção e que te cortem a perna?

eu aos saltinhos sem perna, não aborrecida, contente, tentei subir degraus assim como tentei voltar para casa aos pulos e cansei-me, ao poisá-la no chão a perna como nova, parecia que ma deram, saída da loja, nessa altura, não se calcula a alegria de uma perna inesperada, quando chove durante a noite um cheiro diferente na casa e sentia-se o vento, à espera de não sei quê para existir nos pinheiros, não cá em baixo, sem despentear ninguém, tenho medo de morrer, nas copas apenas, remexendo as agulhas, à procura, igual a dedos que folheiam papéis e moedas no bolso em busca das chaves, o vento, que me procura a mim, a dissertar sem descanso, eu

— Perdão?

cuidando-me sozinha e vai na volta acompanhada, nem os pinheiros me faltam, insetos magríssimos, recordações, memórias, as bilhas de gás usadas à espera no alpendre, rodava-lhes a torneira e um assobiozito murcho

— Gastamo-nos

ao regressarmos à hospedaria a dona, resignada

— Tomaram-lhe o gosto

a velha dos botões do rádio apertando um saco de gelo na bochecha, nenhuma voz compassiva auxiliando o senhor de idade

— Estávamos quase que pena

as escadas, os esconsos, as colchas, a Vénus de Milo não reparando na gente, em que parte da Grécia é Milo e que importância tem se nem conheço a Grécia, a esposa do farmacêutico, em Lisboa, grega, sempre com um caniche ao colo, majestosa, imensa, um mulherão, senhor Manelinho, nem sonha o que perdeu, se ela avançasse praia adiante, de cigarro na

boca, o mundo inteiro em êxtase, o vendedor de barquilhos a largar a caixa
— Não acredito
um colar de pérolas gigantescas que eu achava caríssimo e a minha mãe
— Pechisbeque
o meu irmão mais velho quase a ajoelhar como perante os andores das procissões, o meu marido, ainda não meu marido, para mim, olhando-me, olhando a colcha, olhando-me de novo a imitar a coragem que não tinha, lá estava a loção, lá estavam os amigos que iam deixar de troçá-lo
— Vamos a isto?
e fomos a isto, aselhas, sem alma, nenhuma sensação de rasgadura, nenhuma dor em mim, eu
— Acalma-te
e o meu marido, ainda não meu marido, de bruços na colcha, o estremecimento dos ombros, o estremecimento das costas, uma das biqueiras a bater no chão
— Não presto
o meu braço esquerdo dormente porque o cotovelo dele a trilhar-me, quis dizer
— Estás a trilhar-me com o cotovelo
e por cerimónia não disse, a sua cara sobre a minha a encher-se de repente de vincos e a perdê-los logo, qualquer coisa humilde escorregando de mim, o meu marido, ainda não meu marido, de joelhos comigo deitada, dava ideia que vitorioso
— Que tal?
nem um beijo, para quê beijos, sou um homem, beijos no cinema ou rápidos numa esquina, mirando para os lados
— Não se enxerga ninguém
a caminho de casa, uma suspeita de loção na minha pele também, a minha colega
— Casaste há quanto tempo?
e assim de repente não sei, tenho que fazer contas, não me lembro se o meu pai assistiu ao casamento, lembro-me da minha mãe e do meu irmão surdo com um dos colarinhos

para cima e a parente da dona Alice à ilharga, o aluguer do primeiro apartamento, tão pequeno, um caixote de correntes de ar, este em que moramos comprado a prestações de que não vejo o fim, a esposa grega do dono da farmácia perdida, ao caminhar não eram as nádegas dela que subiam e desciam, era o passeio, as nádegas fixas, penteava-se à janela não largando o caniche, quando saía o marido, de bata no degrau, orgulhoso, nunca vi lentes tão grossas, nunca vi queixo tão grande, os olhos inexistentes na espessura do vidro, a minha colega a beijar-me a nuca onde os caracolinhos acabam

— Não te arrepia isto?

e não me arrepiava, um incómodo molhado, cada vez menos importante tocarem-me, para não a desiludir concordava como concordo com o meu marido, com vocês todos, pensando seja no que for ou não pensando, não penso, o dono da farmácia voltava para dentro, entrincheirado no balcão rodeando-se de armários com odores curativos, uma balança onde cliente algum se pesava, engordemos, engordemos, a época das elegâncias terminou, uma placa fosca, Laboratório, no qual armazenava a nossa saúde em cápsulas enchendo-as com uma espátula, de língua de fora, para ajudá-lo a acertar, o pó que sobrava empurrado para uma concha de alumínio

— Não te arrepia?

e para ser sincera não me arrepia, quando acordo a meio da noite e me vem a esposa grega à ideia impulsos de afagar-lhe o cabelo, tomar-lhe o caniche, vê-la andar pela sala, imaginá-la, com a bandeja do pequeno-almoço na cama, a palpar o pão e a açucarar o café, dentro de um mês ou dois uma criatura no meu lugar em casa, espero eu, sem qualquer roupa minha, um objeto, um vestígio, trouxas na entrada à espera da caridade do prior, a criatura que me ocupará o lugar

— Nunca mais levam isto?

até o carro da paróquia a libertar de mim e a seguir mudar os reposteiros, os móveis, o baú a que eu achava graça, a criatura para o meu marido, já não meu marido

— Não preferes o meu gosto?

não terna, desafiadora

— Não preferes o meu gosto?

a que ele visita quando chega mais tarde
— Um acidente chatíssimo
ou
— Nem calculas o trânsito
ou a empresa que dá cursos de atualização ao fim de semana num hotel fora de Lisboa que não me diz onde fica, a minha colega
— Ele vai quando?
radiante, uma camisa de dormir nova, decote, licores, se chove durante a noite um cheiro diferente na casa, o baldio lá atrás, antes do poço, a entrar quarto dentro e garanto, palavra de honra, juro que vou ter saudades do cheiro, o meu marido, já não meu marido
— É evidente que prefiro o teu gosto
esquecido da hospedaria, da aflição, do
— Não presto
da semana em Moledo a corrermos na praia jogando algas um ao outro, davas-me a mão, cantávamos, noites de sons desconhecidos em torno da gente, não ameaçadores, cúmplices, beijavas-me a nuca sem perguntar
— Não te arrepia?
e ao contrário da minha colega arrepiavas-me, sabes, nenhum incómodo molhado, um estremecimento na espinha, agarrava-te o pescoço contra mim
— Outra vez
os teus ombros dentro do meu peito, as tuas mãos a encontrarem-me, uma gaivota na varanda, de patas infelizes, enquanto os meus calcanhares te esporeavam as nádegas
— Mais fundo
e para quê um par de almofadas, uma almofada basta, a outra no chão, beber água às cinco da madrugada, enquanto dormias, a enternecer-me contigo, tão indefeso, tão, acanha-me confessar, tão catraio, voltar-te para mim, embalar-te e tudo isto, que parece imenso, trouxas no corredor que o carro da paróquia leva, a criatura a sumir-te a aliança no balde
— É meu agora esse dedo
com o nome que deixei de ter gravado, a pele foi anulando as letras e a data imprecisa, antes da escola, do filho que

perdemos, do peito, disse-te do peito a seguir ao jantar e os teus olhos no teto, nunca dei por olhos tanto tempo no teto e as mãos a fecharem-se e a abrirem-se enrugando a toalha, como são estranhas as caras quando as feições cessam de lhes pertencer, mudando de lugar antes de recuperarem o sítio, se nesse momento o meu irmão surdo me estendesse o barquilho cheio de areia comia-o, a boca do meu marido, não o meu marido inteiro, ou o meu marido inteiro salvo a boca que não emitia um som
— Tens a certeza?
espantado que a casa igual, as árvores do costume, os mesmos prédios, o que me pareceu a voz dele ou se tornou a voz dele porque os traços, os dentes, a língua a acompanharem-no
— E agora?
quando chove durante a noite ouve-se melhor o mar, a água no sifão das ondas aumentando e partindo, a espuma que ferve, desaparece, regressa, pescadores de botas de borracha com duas ou três canas entaladas na praia, caixinhas de isco onde se torcem vermes, o melro de peito branco, e por conseguinte não um melro, ao meu alcance num galho, primeiro o perfil esquerdo, depois o perfil direito, depois as copas engoliam-no, ia dizer engoliam-me mas corrigi a tempo, e agora internam-me quinta-feira e fico boa, não te preocupes comigo, uma das lâmpadas do candeeiro a piscar concordando
— Não te preocupes comigo
de modo que trazer o escadote na copa e ajustá-la melhor, é isso que farão no hospital, estás a ver, abrir o escadote, subir cinco degraus e ajustar-me melhor, o cheque no casaco do meu pai, a minha mãe a desrolhar o perfume, a sacudir o antebraço e a aproximá-lo do nariz, a facilidade com que as mulheres fazem isso na loja estendendo o antebraço umas às outras
— Fraquinho?
e por gratidão por ti devia confessar-te que ao perguntares-me
— E agora?
quis pedir desculpa pela falta de educação, não estou a brincar, do cancro, a minha colega apertando-me contra ela

— Foi há séculos passou

como o meu irmão mais velho passou, não é, como o meu pai, sem me responder na enfermaria, passou, não passou a semana em Moledo a corrermos na praia jogando algas um ao outro, búzios quebrados, seixinhos da mais alva porcelana, conchas, não sei quê que não recordo, pedacinhos de ossos, davas-me a mão, cantávamos às vezes, não aprendera a letra completa, só aprendera o estribilho, de modo que esperava pelo estribilho dançando à tua volta, não era grande espingarda a dançar, pois não, não consigo harmonizar o corpo como os caniços se o vento os procura, noites de sons desconhecidos, achava eu que não ameaçadores, cúmplices, e afinal ao insistirem

— Depois de amanhã

terríveis, quando a maca passou por ti a tua cara da hospedaria, eu de agulha na veia a acenar-te com a pontinha dos dedos e a pontinha dos teus dedos a acenarem também, não achaste ridícula a touca transparente, não me achaste feia, o senhor Manelinho a meu respeito, com desdém

— Um mulherão aquilo?

luzes, pessoas, não se torça, amiga, quis pedir

— O meu marido

por estranho que pareça quis pedir-te a ti, não que estivesses no corredor, sei lá onde, que estivesses comigo, me beijasses a nuca e eu arrepiada, a sério, arrepiada, um estremecimento na espinha, segurar-te o pescoço

— Outra vez

não por simpatia, por desejar-te outra vez, as tuas mãos descendo a encontrarem-me, os meus calcanhares esporeando-te as nádegas

— Mais fundo

os meus calcanhares com ganas de te magoarem

— Mais forte e mais fundo

a dona da hospedaria

— Tomaram-lhe o gosto estes dois

e tomamos-lhe o gosto, senhora, gente de máscara à minha volta mas com toucas menos ridículas do que a minha, uma das máscaras

— Conte até dez devagar

e lembro-me de contar um, de contar dois, contar metade de três, nem supõe como lhe tomamos o gosto, a partir da metade de três um abismo, como a partir de domingo, ou seja da maré alta das vinte para as sete, um abismo, chego à ponta do Alto da Vigia e nem me sinto cair, o Ernesto

— Era mesmo necessário?

e era mesmo necessário, Ernesto, por muito que busques não encontras solução melhor, o meu irmão surdo às cavalitas do meu pai, eu não apesar dos brincos-de-princesa, apesar de você para mim

— Menina

e incapaz de tocar-me, responda, com sinceridade, nunca foi capaz de tocar-me, pois não, o que vai meter o mundo num chinelo nunca foi capaz de tocar-me, só o meu irmão mais velho pegava em mim para me sentar no quadro da bicicleta e descermos a rampa da praia, tão depressa apesar de a minha mãe

— Cuidado

o queixo dele a roçar-me o cabelo, uma das minhas mãos no guiador, a outra a prender-lhe a camisa, o meu irmão mais velho, se não fossem as ondas, trancado num forte, de joelhos numa sala qualquer, o meu irmão mais velho, o meu

— Mano

e aposto que domingo, às sete horas, se me ordenarem

— Conte até dez devagar

contarei um, contarei dois, contarei metade de três, a partir da metade de três estou em Moledo a correr na praia, jogando algas e, por fim, não era que não tivesse vontade, era que não conseguia, eu a chamar-te amor.

3

Há outro pássaro aqui além dos pardais e dos melros que desde sempre me chama, ora num ramo ora no beiral da casa, ora no poço ora no interior das paredes, às vezes nos frascos da despensa, às vezes na cancela, em quantas ocasiões eu
— Não ouvem?
e as pessoas de orelha tensa, à espera, a testa preguead̀a de atenção, o pássaro a chamar mais alto e elas
— Não oiço
olhando-me como se fosse doida e não sou, lá está ele, reparem, passou de um pinheiro para a caixa da costura da minha mãe, abre-se a caixa da costura da minha mãe, nenhum bicho e, no entanto, embora não o veja, ele ali a chamar-me, ali e no muro, no baloiço, nas maçãs da fruteira, mais pequeno do que os melros e maior do que os pardais, quando cheguei ontem e o julgava perdido escutei-o na nogueira que não foi capaz de crescer, umas cartilagens musgosas e pronto, tinha medo das ondas, perguntei-lhe
— Tens medo das ondas?
e não veio resposta, sabe-se que é raríssimo as nogueiras conversarem, quando muito, ou na eventualidade de se sentirem mal
— Não percebo o que se passa comigo
as acácias tão palradoras, os olmos risinhos mas as nogueiras caladas, esta quase nem nogueira ainda por cima, uma espécie de tronco, meia dúzia de membros que não desistem nem vivem sem que se entenda porque não tombam no chão, cuida-se que com o vento se quebram e todavia resistem, nem
— Era para ser uma nogueira

afirmam, satisfazem-se em continuar a dois metros da cozinha, em agosto uma folhita, nem sequer verde, que no dia seguinte a nogueira se arrependeu de ter tido, despachou à pressa
— Onde para a tua folha?

e comeu-a, se pudesse comia o meu nariz pregueando-se sem autorização minha quando não estou contente
— Estás contente?

respondo
— Estou

e mentira, todos os meus traços afirmam
— Estou

e o nariz a trair-me
— Não está

eles sem darem conta do nariz
— Vê-se que estás

eu danada com ele
— Um dia destes dou-te a um pobrezinho com fome

os pinheiros a contarem à minha mãe e a minha mãe
— O que se passa contigo?

na casa ao lado da pastelaria Tebas, por cima da pensão, com as nossas camas intactas, tudo idêntico exceto que mais passos, daqueles que lá não vivem, a minha mãe
— O andar deserto

e o andar deserto o tanas, sapatos sem descanso no soalho, a porta da despensa a abrir-se e a fechar-se por causa das garrafas, a cova do sofá maior visto que não desistem de sentar-se, a janela aberta
— É melhor arejar a sala com tanta gente por cá

a minha mãe a insistir
— O andar deserto

no que dá ideia de tristeza e tristeza porquê, senhora, em lugar de quatro ou cinco uma dúzia de criaturas no mínimo, imensa roupa para engomar, imensos talheres na mesa, a minha mãe espantada comigo
— Não regulas bem tu

certa que nenhum prato, come de pé no lava-loiças ou na cadeira estofada, de prato nos joelhos

— Se me der uma pataleta demoram uma semana a descobrir

o pássaro neste apartamento também, adivinho-o na marquise, na arca, no contador da luz, não a troçar, não irritado, a chamar-me somente, venho à praia e não me larga, estou em Lisboa e acompanha-me, até no buraco da minha colega o encontro, no meio das chinesices, teimoso, ela

— Algum problema contigo?

e como explicar-lhe do pássaro, a certeza que se o mencionar perco-o, amanhã no Alto da Vigia, e apesar das ondas, hei-de senti-lo sob o vento, tão vivo quanto os guizos minúsculos dos brinquedos da infância, oculto nas ervas ou empoleirado no penhasco da cabra, seja o que for lhe serve, eu

— Até aqui?

ele, não me entendendo bem

— Até aqui como?

sem que as gaivotas o expulsem, giram à minha roda, não à sua, é a mim que estranham apenas, partem, regressam, coscuvilham

— Qual é a tua idade?

e envergonha-me que cinquenta e dois anos, se espreito para trás vejo pouquíssimos, espalhados na memória entre triciclos e doenças, procurando devagarinho descubro mais, ergue-se um naperon e os meus vinte e três sob renda, puxa-se uma gaveta e os quarenta e nove no meio de alicates e cordéis, distribuí a minha vida ao acaso, sem dar fé, se calhar levaram os dezassete anos quando levaram os móveis da praia, se calhar os oito no orifício do muro, amolgados, de mistura com o diário e uma pulseira de arame, os cinquenta e dois os únicos comigo porque o resto do tempo perdeu-se, lembro-me da minha mãe com trinta e o que lhes fez, senhora, visto que se escaparam de si, se me interrogassem

— Com que idade morreu o teu pai?

respondia que com nenhuma, abandonou-as todas, há quem as guarde num álbum, as emoldure no quarto, as convoque

— Quando fiz dezassete

rodeando-se delas, o meu irmão mais velho pedalava ultrapassando os anos e se algum resistiu feito de areia hoje em dia ou a água arrastou-o, pedaços de tecido sem dono, botas que nenhum homem calçou, caminharam sem pernas gastando-se até ao osso, devem ter pernas como nós, em ruas que não há

— Que quantidade de quilómetros palmilharam vocês?

e elas, a refletirem

— Não temos ideia

os chinelos da minha mãe metros após metros no soalho, mal os apanhava vazios empurrava-os com o pé, a minha mãe de gatas a espreitar debaixo da colcha ralhando-lhes

— Não têm juízo?

e eles não protestando por medo, qualquer coisa do meu pai no modo de aceitarem, como pesou chumbo em pequeno suponho que uma porção nele até ao fim dos seus dias, ao subir para a balança, no médico, que percentagem a sua e que percentagem o chumbo, o meu avô de imediato, orgulhoso do filho

— Pelos meus cálculos onze por cento de chumbo

de forma que o meu pai

— É preciso descontar onze por cento de chumbo

o médico descontava dez, onze por cento uma operação complicada, contas intermináveis, recomeçadas e abandonadas, no bloco das receitas até que uma cruz definitiva por cima

— Pela minha parte chega não vamos espremer os miolos a tarde inteira com raízes quadradas

não mencionando o soslaio que toda a gente percebia

— De qualquer maneira está frito

e estava frito, o pobre, uns calhaus, umas vigas, esses lagartos, alterando a cor quando lhes apetece, que adoram o lixo, isto no interior da pele, fora da pele

— Sinto-me cansado

em casa por enquanto e eu a trazer-lhe a garrafa, quedou-se a mirar o rótulo, sem beber

— Sinto-me cansado

o pescoço encolhendo e inchando muito depressa, a minha mãe

— Ainda lhe trazes isso?

e que diferença fazia que lhe trouxesse aquilo se mal lograva mexer-lhe, o pássaro o meu nome sem aplauso nem censura, presumo que no reposteiro ou no pote de cobre em cujo fundo uma moeda que nunca se usou, a minha mãe punha-a na mão, observava-a uns tempos, devolvia-a ao pote onde tinia minutos antes de adormecer

— Pelo sim pelo não é melhor não a gastar

e era melhor não a gastar realmente, não conheço quem domine a intenção das coisas, pregos malévolos, almofadas com caroços, um alfinete, até então discreto, de repente feroz, olha este risquinho na mão, a princípio encarnado e que se torna negro, oxida-se, o que não sangrou o fecho da cancela todo escuro, a raspar, se lhe tocasse desfazia-se, a argola onde se alojava torcida, à noite as tábuas protestos empenados, o meu irmão mais velho a preocupar-se

— Não há quem lhes dê uma mãozinha?

porém à uma da manhã quem se atreve a aproximar-se, com a claridade sossegavam, iguais à febre dos doentes, os gonzos um suspiro, as pranchas a rodarem, o meu irmão mais velho com as ferramentas e a cancela a dispensá-lo

— Graças a Deus sinto-me bem

uma pinha ocultava-se no canteiro das begónias numa queda macia

— Deixa-a em paz

e o meu irmão mais velho indeciso, no Alto da Vigia simples, a gente salta e pronto, e em casa hesitações, remorsos, pendurada no selim uma bolsa de cabedal com instrumentos essenciais, óculos sem vidros, uma chave-inglesa estragada, bolachas em migalhas para o deserto do Gobi, o canteiro da pinha begónias ou jacintos, tirando as rosas o nome das flores insondável ou seja aprendi os nomes mas ignoro como são, túlipas e margaridas ainda vou lá mas peónias, orquídeas, camélias não faço ideia, a minha colega

— Apetece-te um chazinho?

resolvia tudo com chás, dores de estômago, aniversários, gripes, comemorações

— Faz oito meses que nos conhecemos vamos tomar um chazinho?
e lá vinha a solução tremelicando, enfeitada de biscoitos, num tabuleiro com toalha onde umas zonas fumegavam e outras ameaçavam cair, a variedade do universo uma riqueza que me exalta e atrapalha e ao mesmo tempo confunde-me, felizmente que até domingo um punhado de horas apenas, de minuto a minuto verifico se as ondas continuam, se o Alto da Vigia a postos, se o rochedo no sítio, olha o meu pai a considerar o rótulo nos joelhos, sem beber
— Sinto-me cansado
e o meu avô afiançando à gente
— É da mesma massa do que eu daqui a instantes arrebita
e não arrebitou, senhor, esmorecia, pegue-lhe na cintura e levante-o, mesmo com fraldas e sem dentes nas gengivas pode ser que sorria, a propósito de dentes nas gengivas dente-de-leão, veio-me agora, essa flor sim, embora não me recorde onde a vi, decerto que há eternidades todavia dente-de-leão não se esquece, surgiu-me um farrapo de diálogo
— Que flor é essa dona Igualdade?
— Dente-de-leão querida
escutado desconheço onde, a impressão que a pergunta da minha mãe mas a dona Igualdade sumiu-se da lembrança
— Quem era a dona Igualdade mãe?
a minha mãe, interrompendo o jantar
— Esse nome diz-me qualquer coisa
a desistir, a recomeçar o jantar, a interrompê-lo de novo
— Espera
com o passado aumentando-lhe a cabeça
— A filha de um sargento amigo de um tio meu
e um senhor de farda connosco acompanhado por uma rapariga albina, a cabeça da minha mãe diminuiu e o sargento e a rapariga albina evaporaram-se
— Visitava-a com o meu tio
num bairro na outra ponta da cidade, um rés do chão abaixo do nível do passeio, no qual a rapariga albina

— Se o meu pai cá estivesse
        enquanto um cachorro melancólico se deprimia na
alcofa
        — Sempre murcho esse aí a perder pelo por tudo
quanto é sítio
        e realmente o tio levava dias a limpar-se do cão, nas mangas, na cintura, nas costas, que o bicho agarrava-se, não só o pelo, a suspeita que baba, humedecia-se uma escova porque a baba secara, a mulher do meu tio
        — Espera aí
        descobrindo-lhe restos teimosos no colete, nas calças
        — Se um dia o encontro torço o pescoço a esse bicho
        a minha mãe a limpar-se
        — Tenho comichão só de pensar nos pelos
        eu, por reflexo, a coçar-me também pensando
        — Dente-de-leão querida
        num eco amortecido de comboios, eu para a minha
mãe
        — Havia comboios por lá?
        que passavam no meio do quarteirão derrubando paredes, os lençóis nas janelas pingavam cinza e fumo, há outro pássaro, além dos pardais e dos melros, que desde sempre me chama, ora num galho, ora no telhado, ora no poço, ora dentro de casa e o que é a casa hoje, ora nos frascos da despensa, gostava que se mostrasse amanhã ao despedir-se de mim, hei-de encontrar forma de me despedir de mim, se a bicicleta funcionasse levava-a comigo mas o guiador, mas os pneus, o manípulo da bomba não soltava ar nenhum, o sino da capela uma badalada solitária eu que jamais lhe vi um sino, só o lugar em que poisavam rolas a arredondarem ternuras, feitas de loiça vidrada, dava sei lá o quê para que a minha colega se calasse um minuto
        — É assim tão desagradável que te peça um beijinho?
        não ofendida, magoada, cheia de diminutivos segregados, eu a encolher-me
        — Apetece-me paz
        precisamente o que não tenho desde há anos, paz, precisamente o que terei amanhã depois das sete da tarde, paz e

um teto de mar no qual as ondas se deslocam sem me fazerem dano, nem sequer o outro pássaro a chamar-me, só espero que o meu irmão mais velho
— Menina
não no cemitério onde julgam que está e eu não julgo que esteja, o meu irmão mais velho comigo
— Menina
a casa da praia à espera daqueles que chegarão para a semana a fim de a derrubarem e construírem uma moradia por cima expulsando os pardais e os melros e abatendo o poço, tenho pena da nogueira, coitada, não poder valer-lhe
— Tomo conta de ti
na esperança de que um dia, sabe-se lá, uma folhinha de novo, a nogueira agradecida
— Não esperava que se ocupassem de mim
no hospital não se ocupavam de mim, tratavam-me só, quem no meu lugar na cama dezoito, esquartejada às cinco da manhã pela violência das luzes
— Dois comprimidinhos amiga
copiando os números dos ecrãs para um bloco, verificando a temperatura, substituindo o frasco de soro e o saco da algália, ao carregarem no interruptor uma ravina, não me importava de falecer porque não me dizia respeito, eu na praia com a minha mãe de indicador na caixinha do creme
— Dá cá esse nariz
quatro narizes brancos e os barquilhos a marcharem rente a nós, cachorros vadios e qual o motivo de não existirem gatos na areia
— Porque é que não há gatos na areia mãe?
a minha mãe, que ensinava uma receita de peixe no forno à vizinha de toldo
— Tanta pergunta sei lá
suspendendo a receita a meditar na ausência de gatos
— Não me tinha ocorrido qual o motivo de facto?
espiolhando os seus agostos à procura, um cão pode ter-se, um gato não se tem, aceita ser nosso contemporâneo e é tudo, o meu irmão não surdo não a subir para uma camioneta

da tropa, numa palhota com os restantes pretos, a arder, galinhas, igualmente não nas praias, ocupadas a fugirem dos soldados, uma delas estrelou-se num tronco e caiu, o meu pai ficava em casa entre a despensa e os polegares

— Acho que me deram só dois

desconfiado que um terceiro na mão da aliança, no sítio do mindinho, ele a estudar o mindinho

— É um mindinho que alívio

desatento dos pinheiros, de longe a longe descia ao quiosque onde o senhor Manelinho, todo caracóis e amizade

— Ora viva quem é uma flor

miosótis, lilases, bocas-de-lobo, estrelícias, na escola um atlas com aquilo em desenhos, os nomes em português e em latim a seguir, a professora de Biologia

— Uma coleção que não acaba

a esposa do senhor Manelinho designando o meu pai a uma cliente de revistas

— Era um homem perfeito

agora disforme e vermelho, de palavra custosa, frases que levavam tempo a desemaranhar, libertava a língua um bocadinho no café de matraquilhos derivado ao óleo do bagaço

— Já estou mais à vontade

pronto a ir longe se o fígado autorizasse e não autorizava, o malandro, o corpo volta-se contra nós se lhe damos confiança, o senhor Manelinho, a quem o coração traía

— Tem de treinar-se como os bichos

e mesmo treinando-o como os bichos, que era o caso dele, sabe Deus, o senhor Manelinho a espetar-se no peito

— Tenho duas veias de plástico

não na cama dezoito, numa enfermaria em Coimbra, a ver tracinhos num mostrador

— Passei doze dias depois da operação a assistir àquele cinema

e uma costura no tórax remendando desgraças, almoços por uma palhinha, jantares por uma palhinha, um indiano a apertar-lhe os lados obrigando-o a tossir

— O estrume dos pulmões cá para fora sócio

o meu pai subindo a rua connosco a amparar-se às fachadas
— Já vou
nós à espera e ele com ganas de permanecer encostado horas a fio a uma placa de azulejos, Entra amigo a casa é tua, em que uma empregada batia tapetes na varanda, a moradia do italiano, a do engenheiro das pontes, a da viúva do brigadeiro com uma afilhada gorda, ambas a jardinarem aos segredinhos, uma ocasião a gorda de têmpora no ombro da viúva e a viúva a afagar-lhe a bochecha
— Minha princesa pequenina
enquanto o meu pai se descolava da placa arrimado ao meu irmão mais velho, a minha mãe com um saco de lona cheio de toalhas
— Santo Deus
e eu com pena, garanto, o que não dava você para que não tivessem aparecido o canalizador e o outro, senhora, o que não dava você para que o meu pai um homem perfeito de novo, a cliente das revistas para a esposa do senhor Manelinho
— Nisso estamos de acordo
e até a gorda esquecida das plantas, de madeixas despenteadas e boca de pargo desentendendo-se com o ar, o meu pai uma risca linda, gestos firmes, risonho, o meu pai para a esposa do senhor Manelinho e para a cliente das revistas
— Olá pequenas
ou a entrar no café de matraquilhos, imperial
— Rapazes
a vizinha de toldo para a minha mãe, cobrindo a boca com a palma
— Saiu-lhe um marido e tanto que sorte
o marido e tanto a conquistar o que faltava da rua, um losango de entulho e as construçõezitas dos banheiros lá atrás, demasiado longe para assentar o cansaço, os olhos diziam
— Socorro
a manterem o corpo, não bem olhos, rodelas de água cegas, o meu irmão mais velho

— Só falta um bocadinho pai

e o bocadinho infinito, uma curva para a esquerda, o minimercado, a cancela, tudo a distanciar-se em lugar de quieto, o meu irmão surdo à nossa volta

— Ata

há outro pássaro aqui, além dos pardais e dos melros, que desde sempre me chama, manchas de nuvens no mar que não verei lá em baixo, talvez veja o reflexo do sol em mil fragmentos, não escrevo nenhuma carta como o meu irmão mais velho, para quê, a minha mãe a lê-la

— Não acredito nisto

voltando a página na esperança que mais frases e frase alguma, acabou-se, o meu pai demorou mais tempo descobrindo palavras que estavam lá sem estarem, ao erguer a cabeça a cara dele serena, agradeceu aos bombeiros, agradeceu à Guarda, pegou no meu irmão surdo às cavalitas e sumiu-se no olival, quantos quilómetros andou você às voltas naquilo sem reparar num gineto trotando na vereda, quem sabe se ginetos no Alto da Vigia a fazerem o ninho nas covas, quem sabe se era ali que os ovos das gaivotas num desnível de pedras, nas férias do último ano do liceu a gorda para mim, acenando com o sacho, enquanto a viúva do brigadeiro à espera

— Queres lanchar com a gente?

eu

— Não obrigada

muito depressa e só não corri por timidez, a partir de então mudava de passeio fingindo procurar fosse o que fosse na blusa, o meu pai guardou a bicicleta do meu irmão mais velho empurrando o guiador e o selim numa delicadeza inesperada, porque não a põe às cavalitas, senhor, porque não passeia com ela também e a cara do meu pai serena, não pesquisou gavetas como a minha mãe nem beijou uma camisa esquecida na cama, sentou-se no degrau com uma garrafa vazia, sem rolha, que escolheu na despensa e nós a espreitarmos da cozinha as costas orgulhosas, direitas, o meu avô tinha razão ao envaidecer-se de si, você foi longe, pai, isto não é a homenagem de uma filha, é a homenagem de uma mulher a um homem perfeito, não um bêbedo de fígado em papas a penar

para casa, um homem perfeito, a minha mãe para a vizinha de toldo concordando com ela
— Que sorte é verdade
não o visitei no cemitério porque você não estava, quando a minha mãe
— É preciso mudar o teu pai
não ouvi e se ouvisse
— Mudá-lo para onde?
como se o meu pai numa toca, se tiver oportunidade esta tarde passeio no olival e encontro-o, não necessito de procurá-lo, basta esperar que
— Menina
e como de costume a mão quase a tocar-me a cabeça não me tocando a cabeça e a boca à beirinha de um sorriso sem chegar a sorriso, ele com a idade de hoje e eu com a idade de eu criança, eu de brincos-de-princesa e pétalas de verniz e ele a fazer que não via embora fosse a sua menina, custa-me que não
— A minha menina
que
— Menina
somente mas aposto que
— Minha menina
quando
— Menina
somente e portanto não se rale, senhor, eu entendo conforme entendi o modo de me olhar no hospital, conforme entendi que se tenha voltado para a parede a fim de que eu não o visse-mo, a fim de que eu não o visse e é tudo, apetecia-lhe dormir, não me tiram isto da ideia, queria descansar antes de sentar-se no sofá e o que se passou depois falsidade, mentira, o meu pai não é assim não tinha que me empurrar no baloiço para me empurrar no baloiço, não tinha que me dar banho para me dar banho, a minha mãe
— Uma loucura um pelo outro
e o que sabe ela disso, nenhum de nós lhe contou, é um assunto de que não se fala, a vizinha de toldo quando me descalçava na praia, a sandália direita com o bico da sandália esquerda, a sandália esquerda já com os dedos do pé

— És o teu pai chapadinha
e quem lhe deu licença para se exprimir desse modo, primeiro sou uma menina, não um homem, e segundo o meu pai é o meu pai e eu sou eu, o vendedor de barquilhos na fila de toldos mais perto do mar, o quiosque à sombra de um autocarro onde entravam pessoas, a esposa do senhor Manelinho, com uma mala grande, de visita à família, enquanto visitava a família o senhor Manelinho, esquecido dos mulherões, instalava-se na esplanada do café de matraquilhos deixando a cadela vender os jornais
— Fica com o troco se te apetecer o que me rala
não sei se tinham filhos, julgo que um filho na Alemanha, não estou segura, há matérias que por razões que me escapam se dissolvem na lembrança, um filho ou uma filha, espera aí, uma filha, quase tão loira quanto o pai, magrinha, lembro-me que se carpiam da despesa em xaropes para ela ganhar volume e não ganhava, empoleirada numa cadeirita, de boneca ao colo, eu que sempre desconfiei das bonecas, necessitavam de me provar muita coisa, e não provavam, para que eu as aceitasse, bem as via nas vitrinas das lojas mirando-me numa inocência postiça, as boquinhas, os dedinhos, as pestanas de nylon, a recordação inesperada da mãe da Tininha para o chofer
— Meu pêssego
desviou-me o pensamento alertando-me que outro pássaro aqui, além dos pardais e dos melros, que desde sempre me chama, ora num galho, ora no telhado que principia a faltar, ora na sala, ora no quarto dos meus pais com a mancha de humidade no teto ganhando a parede, quantas vezes eu
— Não ouvem?
as pessoas a meio de um gesto, de orelha tensa, à espera, o pássaro a chamar mais alto e elas
— Não oiço
como não nos ouvem ao meu pai e a mim no olival, ele
— Menina
sem
— Menina
eu

— Pai
sem
— Pai
e todavia nós juntos, uma aldeia acolá, a estrada para Lisboa onde camionetas de militares e o meu irmão não surdo em qual delas, ao voltar de África
— Não falem comigo
a mala parecida com a da esposa do senhor Manelinho e não falámos, o trajeto inteiro de táxi a medir a boina da tropa na mão, o meu pai para a minha mãe
— Deixa-o
consoante eu lhe diria
— Deixe-me
se me vissem a subir os rochedos, ao chegar lá cima a certeza que ele sentado no degrau, com uma garrafa vazia, sem rolha, que escolheu na despensa, de costas orgulhosas, direitas, a cara tranquila embora se percebessem as mãos apertadas uma na outra com tanta força que ninguém salvo a minha voz
— Senhor
porque eu sei, ouviu, porque suceda o que suceder eu sei, ouviu, poderia apartá-las.

4

A seguir ao jantar descia à muralha para ouvir as ondas no escuro, pensava designando uma delas
— Essa aí é a minha vida
e logo outra vida a seguir, e outra, e outra, daqui a pouco ninguém se lembra de mim, a certeza de ser esquecida assustava-me porque, ao não ser, não fui nunca e, se não fui nunca, quem existiu no meu lugar, quem existe até hoje no meu lugar, come a minha comida, dorme na minha cama, usa o meu nome e desaparecerá ao mesmo tempo que eu, o edifício dos Socorros a Náufragos só paredes e a mesa em que estendiam os afogados vazia, não apenas a minha casa, tudo a desaparecer neste sítio, as coisas tornam-se pedaços e os pedaços ervas ou arbustos de espinhos que ignoro como se chamam, crescendo onde não cresce seja o que for, quem se lembra do meu irmão mais velho, do meu pai, do pai do meu pai convidando-o a passar-lhe a mão na bochecha
— Rabinho de bebé rabinho de bebé
e a acreditar no meu pai um rabinho de bebé soberbo, em que sítio se acha isso tudo, um silêncio oco à minha roda que as ondas assaltam e largam, se perguntasse à doutora Clementina
— Que é feito da Tininha doutora?
um soslaio em redor na esperança que não tivessem ouvido e uma voz rápida a afastar-se
— Cala-te
a doutora Clementina da porta
— Perdi-a
não unicamente
— Perdi-a

o resto da frase estrangulado no interior de si
— Perdi-a para sempre

tal como a mãe de óculos escuros e o pai que lavava o automóvel perdidos para sempre, sobrava uma figueira nos Socorros a Náufragos

— Meu pêssego

mas quem presta atenção a figueiras, podem discursar à vontade que não há quem vos atenda, as janelas do prédio sem caixilhos e a mesa de mármore dos afogados num compartimento deserto, dorme lá um mendigo porque trapos, migalhas, pedaços de cartão contra o frio, quantos afogados naquela mesa em tempos, roxos, nus, a observarem-me, os pés enormes, a cabeça diminuta poisada num apoio de madeira, espero que não tenham metido o meu irmão mais velho aí, espero que não me metam aí, roxa, nua, de pés enormes também, os dedos todos a seguir uns aos outros que é uma proeza que sempre me maravilhou, coladinhos, em fila, desconheço o motivo de me maravilhar mas maravilha-me, se calhar uma parte minha acha que devia estar um dedo para cada banda e quando se fala de uma parte minha de que parte se fala, deixem-me ficar em sossego na água, não me tirem do mar, apetece-me ser uma folha das árvores da rua a decomporem-se, em fevereiro, nos charcos, só nervuras, só filamentos, se as roçarmos desfazem-se, não me desfaçam roçando-me, se o meu irmão não surdo cá estivesse deitava fogo aos Socorros a Náufragos e da primeira labareda nasciam galinhas, os dedos dos meus pés coladinhos também, todos por ordem até ao pequenino, a unha do pequenino minúscula, vejo-me às aranhas para a cortar e mesmo de óculos fica sempre torta, coitada, a porção de meias que estraguei com ela, no caso de achar um travesseiro levava-o de rojo atrás de mim, a pedicure

— Tem que vir ao sabão com mais frequência

para os rochedos nos quais a minha mãe a acender a luz

— Volta para o teu quarto antes que eu perca a paciência

convencida que eu filha dela e eu não filha dela, uma onda que se desvaneceu há que tempos

— Não sou sua filha fui uma onda que se desvaneceu há que tempos

uma onda de cinquenta e dois anos a passear no quintal, ainda bem que não há espelhos onde me apareça, se me aparecesse não a cumprimentava, franzia-me

— Mais uma figueira

e abandonava-a sem remorsos desiludida comigo, o que pretende ela, o que exige de mim e não exige, aceita, que remédio, a pedicure às voltas com uma lima

— Há unhas mais difíceis do que as outras cada caso é um caso

mas as unhas dos afogados enormes, com areia, com limos, eu para a pedicure

— Nunca cortou unhas a afogados Lili?

a lima e a taça de água morna atropelando-se no chão, a minha mãe apagou a luz no Alto da Vigia enquanto o vento lhe desarrumava os lençóis

— Não me dás paz um minuto

ela e o meu pai a dormirem entre os burros e a cabra e no entanto a cómoda, no entanto a cortina, os sapatos de ambos na terra, a roupa entre tijolos e cardos, onde fica o corredor para voltar ao meu quarto, a minha mãe a chamar-me

— O que vinhas fazer?

de camisa de dormir amarela, o meu pai girando na almofada sem reparar em mim, a conversar com o seu sonho numa língua lá deles, tomava café não com a gente, com a noite, manhã em toda a parte menos nos seus gestos, pedia, apesar da chávena entre a toalha e a boca

— Só mais um niquinho madrinha

com a mão sem chávena a procurar a coberta, não dizia

— Madrinha

dizia

— Iaiá

dizia

— Só mais um niquinho Iaiá

e a minha mãe, que a conhecia

— Só me faltava cá essa

que a mirava em diagonal, ciumenta, de mão no ombro do meu pai

— O meu menino não é como as outras pessoas

desejosa que a minha mãe se fosse embora para que ele voltasse, mesmo adulto, aos seus

— Iaiás

de criança, tão inteligente, tão sensível, tão bonito, a minha mãe com desejo de completar a lista

— Tão bêbedo

ainda bem que já não há mesa de mármore nos Socorros a Náufragos, com um ralo no centro para escoar as marés visto que trazemos tanta onda connosco, a que fomos e aquelas que se sucederam à gente e de certa maneira fomos nós também, não acabamos de alcançar a praia e de partir da praia como as anémonas, talvez alminhas inocentes de crianças, não acabamos de ser, fixando-vos com olhos que a água limpou e nos quais o passado mais real que o presente, a bolita dos matraquilhos a entrar na baliza, a tarde em que um lacrau

— Vou picar-te

ao levantar um seixo, junto ao poço, engrossando o anzol para mim, o senhor Leonel a apontar o horizonte

— O mundo é grande garota

e o que faço com tanto mundo, senhor, de que me serve isto tudo, para o senhor Leonel, agora, o mundo cabia inteiro entre a poltrona e a cama, de paredes a estreitarem-se impedindo-lhe os gestos de que de resto já não era capaz, que bruma nas minhas pálpebras ao pensar nisto, ocasiões em que decido

— Levo o travesseiro comigo e vou-me embora

mas o desgosto do meu pai amarra-me a vocês, a suspeita de que vespas no Alto da Vigia e o meu medo delas, recordo-me da madrinha do meu pai, muito idosa

— Para ti não sou Iaiá sou dona Deolinda

com ciúmes de mim igualmente

— Só mais um niquinho Iaiá

e ela, intratável connosco, sem coragem de o mandar para a escola, as garrafas multiplicaram-se quando a dona Deolinda faleceu, não tenho ideia de ver uma lágrima ao meu pai ou lhe escutar uma saudade, tenho ideia da sua palma na dela e eu indecisa sobre qual das duas lhe pertencia, a minha mãe não o acompanhou ao velório

— Essa lêndea

acompanhei-o eu porque me puxou a manga e só duas velhas, círios no fim, uma presença no caixão que nem empoleirada nas biqueiras via, a palma do meu pai dentro daquilo e eu apavorada que se enganasse ao tirá-la, se me pegasse com uma palma que não era a sua desmaiava de certeza, o meu avô já defunto, o resto da família do meu pai já defunta, eu

— Falta você senhor

duas velhas a um canto numa capela deserta, com um crucifixo tenebroso, e na janela de grades uma árvore a abanar-se, só falta você, pai, de que está à espera para se reunir aos mortos, talvez as duas velhas ocupem o mesmo canto para si igualmente, o mesmo crucifixo, a mesma janela e a mesma árvore a abanar, tudo pronto à sua espera, já viu, a palma do meu pai, não a da dona Deolinda, na minha manga de novo, eu sem roçar o cimento, suspensa da sua dor muda, à entrada do cemitério o meu pai

— Espera aí

e eu sozinha ao portão no meio de vendedoras de flores e de pacotes de velas, o terror da morte até hoje, para mim, um par de criaturas de idade, pensava que de cócoras mas sentadas em banquinhos num silêncio sem boca, apenas queixo e nariz, para além do pânico da morte o pânico de que sepultassem o meu pai por engano e eu a tirar terra gritando o seu nome, na paragem do autocarro um homem bem-posto ajeitava o chinó, conforme a testa maior ou menor uma cara diferente, comigo encostada às vendedoras para que não me roubasse, isto com um bando de pombos sem descanso por cima, intuía-se o rio, vértices de guindastes, de gruas, um pedinte abriu o estojo do violino e começou uma valsa, não música de finados, uma valsa, a doutora Clementina, que perdeu a Tininha para sempre, pisando-se a si mesma, não à cama dezoito, no cemitério mulheres de preto e cavalheiros com um fumo na lapela a visitarem remorsos, foi a mão do meu pai que me segurou, não a da dona Deolinda, no autocarro para casa o homem do chinó, utilizando as janelas como espelho, ajeitava o cabelo, a mão do meu pai apertou-me com tanta força que durante meses espiei se marcas na pele, alegrava-me que não e todavia este sábado, refletindo melhor

— Rabinho de bebé rabinho de bebé

preferia que sim, alguma coisa sua que me acalmasse agora, não me sinto sozinha, sinto, isto é, para ser franca, não sei se me sinto sozinha, acho que sinto, o meu pai defunto, o meu irmão mais velho defunto, o coração da minha mãe qualquer dia, alimentado a quinze gotas num copo de água ao almoço e ao jantar, cada gota uma espiral cor de laranja que se alarga, a minha mãe

— Sabe mal que se farta

e a garganta um trabalho demorado, cheio de dobradiças e válvulas, ao engolir aquilo há quantos anos não escuto o meu marido cantar, um domingo destes assobiou durante a barba e ao dar por mim calou-se, se lhe dissesse

— Porque não assobias o que falta?

não ouvia, sobrava sempre espuma nas orelhas e no caso de

— Tens espuma nas orelhas

esperava que eu saísse a fim de se limpar na toalha, eu volta e meia

— Lembras-te de Moledo?

e silêncio, procuro o mal que lhe fiz e não encontro, uma atitude sem querer, uma resposta ausente, a minha colega

— O que te importa isso?

amuada comigo, não aceitando que me importe, a seguir ao jantar, com catorze, quinze anos, descia à muralha para ver as ondas no escuro, há alturas em que o mar me parece infeliz, as palavras de sempre

— Sou o mar sou o mar

roubando conchas à praia, nas marés vivas de setembro quase nem praia, a areia grossa de trás que só a chuva molhava e repuxos de caniços, o meu irmão surdo afirmando, pela temperatura dos olhos

— Conheço tudo a teu respeito

e creio que conhece, centenas de segredos informulados entre nós, aposto que adivinhou que eu aqui e anda de um lado para o outro no quarto, a parente da dona Alice

— Que agitação é essa?

antes do almoço na esplanada e do meu irmão à minha procura com a colher, afastando nabiças no prato da sopa onde desculpa não estar, mano, estaria, convence-te, se não fosse um encontro amanhã, às vinte para as sete da tarde, a que não posso faltar, aguardei-te anos e anos não apenas na sopa, na salada, no molho, dentro dos pacotinhos de manteiga, da mesma forma que me achaste sempre com a colher ou o garfo, e continuaste a comer no ar de quem não reparava, descobria os dois flocos da espuma da barba do meu marido na toalha e apetecia-me, não vou contar isto, chega de pieguices ridículas, apanhava-as com o dedo, afinal conto, e espalhava-as na cara até a espuma ser eu, no dia em que tive alta do hospital a doutora Clementina não se despediu de mim, permaneceu, atarefadíssima, a escrever numa pasta, voltei-me a meio do corredor e a doutora Clementina com brincos-de-princesa, a convicção de que em lugar da pasta o Rogério com ela da mesma forma que o Ernesto comigo, a convicção de que

— Não te esqueças de ler o que escrevi no diário

sem necessitar de voz e não tive ocasião, pode ser que leia mais tarde, o guarda-vento engoliu-me, a rua engoliu-me e ela, com o Rogério sempre

— Não vens mostrar-nos o Ernesto?

desejando que o Rogério se tornasse um trapo, ela a quem uma enfermeira estendia resultados de exames

— Daqui a pouco vejo

a observar do gabinete os táxis que esperavam no portão até que a mãe

— Não estás à mesa por quê?

mãe ao mesmo tempo que do outro lado do muro a minha

— Não estás à mesa por quê?

os nossos gestos simétricos como se continuássemos juntas e não voltaremos a estar, ao tempo que isso foi, não é, adeus Tininha, boa sorte, quando já nos tínhamos perdido descia à muralha, as últimas linhas não contam, recomecem daqui, a minha vida uma onda passada, eram as vidas dos outros que eu ficava a escutar, a da minha mãe, por exemplo

— E o guardanapo não se põe ao pescoço antes de começar a comer?

a da minha mãe

— Quantas vezes é preciso repetir que te sentes direita?

a da minha mãe

— Isso não são modos de pessoa são modos de cavador

à medida que o meu pai esfarelava o pão, o meu pai sumindo-se nos lençóis

— Só mais um niquinho Iaiá

e a dona Deolinda, em lugar de levantá-lo, entalando--lhe a roupa a explicar ao meu avô

— Tem anos de sobra para se tornar desgraçado deixa-o tranquilo Crisóstomo

o meu pai não na praia, no velório com as duas velhas, segurando-me a manga quando era a manga dele que necessitava de auxílio, o meu pai

— E agora?

que pergunta, senhor

— E agora?

com uma dúzia de garrafas só para si na despensa, que outra coisa pode desejar, que outra coisa lhe apetece, não uma dúzia, dez que já bebeu as que faltam e o nariz a arredondar-se, as feições dilatadas, a barriga furando a camisa, a minha mãe

— Gostas da imagem que dás aos teus filhos?

comigo a sentir os pinheiros e os insetos da noite, havia sempre um deles a insistir contra o candeeiro, gigantesco, peludo, provavelmente coelhos bravos no Alto da Vigia, idênticos àqueles que na serra atravessavam a estrada e desapareciam nos buxos, a minha colega

— Coelhinha

a alisar-me as orelhas no seu outubro perpétuo à medida que eu, pequena no seu colo, pensava nos flocos da espuma de barbear do meu marido escutando um assobio que afinal não se interrompera, continuava para sempre, talvez seja possível a gente os dois felizes, não achas, talvez consigamos, se me convidasses para regressar à hospedaria aceitava, tranquilizava a dona

— Somos casados senhora

e mostrava-lhe a aliança, a dona

— Há histórias que acabam bem valha-nos isso

e há histórias que acabam bem, é verdade, um dia destes, se aceitar o convite, levamo-la a Moledo connosco, dançar na praia, correr, visitar a Galiza, a minha colega a insistir na carícia numa voz que me dava sono ao embalar-me

— Estás a pensar em quê coelhinha?

e não estou a pensar, coelhona, parti para Moledo e prometo que não demoro, já venho, sinto-me confortável neste outubro e nestes móveis severos que se fecham sobre mim como um ovo, me arredondam o pelo, tomam conta de mim, não me ordenam que tenha modos à mesa, não me expulsam do quarto, mesmo as bolas de latão doirado da cama de ferro, mal atarraxadas, me agradam, pensar

— Vão cair vão cair

e inclinam-se, principiam a soltar-se, aguentam, a minha colega sem dar por elas

— Estas orelhas tão lindas

comigo sem sentir nada, ou seja quase nada, ou seja a sentir um bocadinho, fixa nas bolas, se uma delas rolasse até à outra ponta do quarto, batesse no rodapé e ficasse ali oscilando guardava-a no buraco do muro para a mostrar à Tininha mas a Tininha morreu, a doutora Clementina entre dois doentes

— Onde encontraste isto que giro

enfiando-a no bolso da bata

— Devolvo-ta amanhã prometo

e é óbvio que não devolve mais, nunca devolveu fosse o que fosse, aconteceu com o búzio, aconteceu com o ninho de pardal, aquilo que me tirou, com juras de entregar outra vez, enchia uma gaveta, tenho de arranjar uma bola para mim e a propósito, doutora Clementina, onde para o que é meu e não ficou no esconderijo, há-de tê-lo em casa numa caixa, com a andaluza de esmalte e o anel de bolo-rei a que falta a pedrinha e o que interessa a pedrinha

— Ao tempo que isso foi

e o tempo que isso foi dura ainda, já viu, uma tarde o meu pai ascendeu do jornal com uma expressão de criança

— Iaiá

afundou-se entre lençóis de papel a explicar as notícias

— Levava-me ao circo

e de imediato um indiano de turbante a soprar fogo, colocava um espeto a arder na boca e devolvia labaredas às pessoas, a dona Deolinda, pasmada

— Só visto

o meu pai tentou com os fósforos da cozinha e queimou a língua na ponta, o jornal, não ele

— Fiquei a bochechar borato durante uma semana

o jornal, não ele

— Se repararem nota-se a cicatriz

o meu irmão mais velho a chegar de bicicleta

— Quem quer andar de baloiço?

porque ao dar-lhe na bolha se ocupava de nós, o meu coelhão a que não alisei as orelhas, vou ter tempo amanhã, dobras-te no meu colo e eu

— Que orelhas tão lindas

pensando em Moledo e no meu marido a cantar, a doutora Clementina

— É casada você?

e sou casada, doutora, há-de estar na ficha mais os cinquenta e dois anos e outras misérias, olhe o que fizeram de mim, o meu irmão mais velho

— Primeiro a menina

na época em que eu era a primeira, em que eu era a menina, sou uma qualquer hoje em dia, substituem o penso e vão-se, não me visitam aqui, nenhum baloiço na sala para roçar as copas com os pés, perdendo um brinco-de-princesa, ao alcançar os pinheiros, que o meu irmão não surdo pisou de propósito, vi a sola dele a esmagá-lo, a minha mãe da janela para o meu irmão mais velho

— Não tarda muito uma corda rompe-se toma cuidado com eles

e a mãe da Tininha baixando os óculos escuros a segui-lo, se eu tivesse pestanas como as dela e usasse batom o meu irmão mais velho a tarde inteira comigo, a seguir ao jantar descia à muralha a escutar as ondas no escuro, procurando coincidir a respiração com o ritmo da água que quase não via, escamas instantâneas sempre em lugares inesperados, se calhar o mar a espreitar-me

— Andas aí?

erguendo-se com mais força a fim de que eu não o abandonasse, o que a gente faz para que reparem em nós, dar passos de gigante, dar passinhos de anão, apertar o nariz com uma mola de roupa, rodopiar em torno da minha mãe até me sentir tonta, de mobília a girar e o soalho oblíquo, os minutos que as coisas levam a ficarem quietas, o enjoo, a vertigem, a minha mãe sem largar a costura

— Com tanta parvoíce já ficaste contente?

não nítida, turva, girando igualmente, se me dessem um bombom vomitava o bombom, a vizinha de toldo

— São tão cretinos os miúdos

a minha mãe, experiente desses assuntos

— É a tendência para a asneira que herdaram do pai

e eu amanhã no Alto da Vigia, atirar-se do rochedo por causa do irmão mais velho, já viu a minha cruz, um marido que a trata bem, a escola, um apartamento em condições, quem me dera a sua vida com a idade dela, teve algumas maçadas, quem não tem maçadas, a história do filho, a operação, episódios que marcam a gente e no entanto recuperou, que mais quer, o meu pai, sem Iaiá, a dobrar o jornal, que desejo de lençóis entalados e de dedos sem pressa

— Coelhinho

a desarrumarem-lhe a franja, não entre chinesices e outubros, num cubículo para a estação onde se armazenam os elétricos com martelos debaixo deles a consertarem eixos e um sujeito a dar ordens, mulheres batendo à máquina com mapas nas paredes, se dependesse de nós éramos coelhinhos todos os dias e bolas de latão e elogios, a gente gratos

— Talvez seja verdade

até a doutora Clementina a amolecer, observando os táxis da janela comovida com o Rogério

— Por que razão fui tão estúpida?

e não foi estúpida, doutora, foi a tendência para a asneira, contentemo-nos com sombras que nos isolam e doem, o meu irmão não surdo sei lá onde, mais o seu velho de cachimbo e a sua mulher estendida, o meu irmão surdo trotando no quarto

— Ata titi ata

dantes trotava no quintal da praia esforçando-se por falar sem conseguir falar, um som inarticulado, um pontapé num tronco, pendurava-se-nos da camisa a minha mãe

— Traz os comprimidos que o amansam

obrigando-o a tomá-los e decorrido um quarto de hora ele mais tranquilo, se a minha mãe se aproximasse empurrava-a

— O que lhe fez você mãe?

e a minha mãe, incapaz de falar, a trancar-se na cozinha, uma tarde percebi-a no meio da loiça, dos tachos

— Durante quantas vidas vou pagar o que fiz?

não em voz alta, num cicio

— Durante quantas vidas vou pagar o que fiz?

e aí tem, doutora Clementina, o que eu dizia, sombras que nos isolam e magoam, quem é o pai do meu irmão surdo, conte lá, nascido depois do meu irmão mais velho e do meu irmão não surdo, você deitada na cama a sentir o seu ventre e a pensar

— Que asneira

com o meu pai ao seu lado a imitar que dormia, não o que consertou o sifão do lava-loiças, outro antes, o que contava o gás, o que desentupiu a chaminé, o que trazia o correio, um estranho descoberto na rua, não era só a sua mãe, doutora Clementina, as nossas duas mães

— Meu pêssego

um homem de que nunca soube, soube o meu pai por mim e você ciente de que o meu pai sabia, sempre que ele passeava o meu irmão surdo às cavalitas no olival você

— Meu Deus

sem que Deus se maçasse, aguente-se como eu me aguentarei amanhã no Alto da Vigia olhando a praia sem ninguém, espero, os pinheiros mais numerosos à medida que se sobe a encosta e o som das agulhas sem me chegar lá cima, nenhum pardal, nenhum melro, gaivotas prontas a bicarem-me o corpo, não apenas o meu pai, o meu irmão surdo também devia saber, o meu irmão mais velho não estou certa, conversava connosco sem nunca se referir a nós, saía, voltava a casa, amontoava panfletos no topo do armário, a minha mãe

— O que andas tu a fazer?

e nenhuma resposta, o meu avô, se o tivesse conhecido

— Esse também vai longe herdou o meu sangue

e toda a gente foi longe graças ao seu sangue menos você, avô, a trabalhar de contínuo numa repartição de subúrbio, não tive o seu nascimento, doutora Clementina, desculpe, no caso de o ter não a cama dezoito, um compartimento só para mim, mimos, flores, visitas, o coelhinho da minha colega à espera da manhã que a não livrava da doença, não atravessou a estrada à nossa frente na serra, ficou ali no meio encolhida, se a procurasse um silêncio embaraçado, já não existe a sua casa, não existe o muro, que cómicos os brincos-de-princesa e o verniz das pétalas, nós incapazes de brincar, o que interessa a minha existência, o que me interessa a sua, somos demasiado idosas para acreditarmos uma na outra, nem na gente acreditamos e esperamos tão pouco, uns meses, uns anos e nisto um par de velhas num canto de capela sem rezarem por nós, somente ali sob um único xaile, não de pantufas nem chinelos nem sapatos, com as botas da tropa dos filhos, uma cebolazinha cozida, uma tangerina, um pãozito, o meu irmão surdo preso às calças do meu pai e a minha mãe

— Não aguento
a minha mãe
— Durante quantas vidas vou pagar esta culpa? e garanto-lhe que está quase saldada, aos oitenta e cinco anos as prestações no fim como os pingos no copo e todavia um sujeito de que não distingo a cara a entrar-lhe em casa de manhã
— Estão a dormir os teus filhos?
não no quarto, na cozinha dado que escadas das traseiras a que faltavam degraus, faltam sempre degraus nas escadas das traseiras, o sujeito
— Depressa
enquanto o frigorífico zunia a vibrar, não entendo os desabafos das máquinas, as pedras e as plantas percebo, e depois murmúrios, passos no corredor, a porta, devia esperar na soleira de um prédio ou atrás de uma carrinha que o meu pai se fosse embora, a minha mãe vigiava o sono dos meus irmãos no receio de que o meu irmão mais velho acordado, roçava-lhe as costas e ele
— Deixe-me
numa voz que se enrolava prolongando as letras, a minha mãe, sem se atrever a perguntas, pesando a manhã, a seguir ao jantar descia à muralha, a minha colega trocando-me as orelhas pela nuca numa carícia longa
— Quem é a dona desta coelhinha quem é?
o nariz contra as minhas costas, os dentes ou as unhas, não percebia ao certo, ossos fora de leve, uma das minhas mãos no seu tornozelo a subir devagar, a cara virando-se para a dela
— És tu
como se fosse verdade e naquele momento era verdade mas não pensava na minha colega, pensava na mãe da Tininha e na esposa grega do farmacêutico, o caniche não no seu colo, no meu, enquanto me desabotoava a sorrir, o meu irmão surdo com ciúmes de mim por causa do meu pai, a minha mãe de palmas na cara
— Não posso mais
erguendo as feições descompostas dos dedos, comigo a ordenar-lhe ao ouvido

— Aguente-se senhora

a dona Deolinda chamando o meu pai

— Vamos embora daqui

e o meu pai sem lhe obedecer, quieto, seguindo um melro lá fora como se os melros o apaixonassem, prometam que não me colocam na mesa de mármore dos Socorros a Náufragos, roxa, nua, a fitar-vos, os pés enormes, a cabeça diminuta, os dedos dos pés em fila, por ordem, abandonem a coelhinha em sossego na água, apetece-me ser uma folha das árvores da rua dissolvendo-se em fevereiro nos charcos, só nervuras, só filamentos, não me desfaçam tocando-me, ao sair da enfermaria, depois de perder o meu filho, caminhei ao acaso a tarde inteira, galguei travessas, sentei-me nos bancos a descansar, lembro-me de uma senhora a quem uma rapariga cobriu com o casaco

— Vou ali às compras já venho

lembro-me da praça onde jogavam dominó de boné na cabeça e dos mirones a acompanharem o jogo, lembro-me da enfermeira

— Safou-se de boa

não me lembro do meu filho, lembro-me de um relógio de uma igreja, não me lembro do que sentia, lembro-me do rio e da estação dos barcos, mesmo hoje, com o recuo do tempo, não me lembro do que sentia conforme não sou capaz de explicar o que sinto, jamais pensei tanto no nome de um dia, sábado, sábado, em que os meus passos os passos de muita gente que caminha comigo, isto é todas as meninas das minhas diversas idades, a do liceu, a da faculdade, aquela de quem o meu marido, ainda não meu marido, se aproximou à saída da aula

— Dá-me autorização que lhe ofereça um café?

receoso da minha resposta e dei licença, e tomei, o açúcar do pacote tombou no pires, não na chávena, o meu marido, ainda não meu marido

— Desde há semanas que

na voz pontuda que não encontrava o tom de um garoto aflito e nós sem olharmos um para o outro até que o meu marido, ainda não meu marido, à cata de moedas no bolso

— Tenho que me ir embora

e escapou-se, eu sozinha no café a contar as moedas agrupando-as até formar um triângulo, até formar um quadrado, sobravam duas ou três que guardei na carteira a pensar

— Não torno a vê-lo

e esperava-me na rua, de guarda-chuva aberto, pedindo

— Desculpe

numa voz menos pontuda, a cobrir-me com o guarda--chuva e a molhar-se a ele, o que pingava das varetas tombava--lhe na nuca e o meu marido, ainda não meu marido, calcando as poças sem ver, informei-o

— A continuar assim amanhã está com gripe

e o sorriso do meu marido, ainda não meu marido, atarantado, humilde, com gotas nas sobrancelhas, nas bochechas, nos lábios, enquanto eu seguia sob o guarda-chuva, a calcar poças também, alheada como se me tivessem estendido, roxa, nua, numa mesa de mármore.

5

Mais ou menos a esta hora a minha mãe descia connosco para a praia à qual desço hoje sozinha, sem ninguém a mandar-me não abandonar o passeio
— Queres que um carro te mate?
quando não havia carros e os poucos que havia estacionados, sem gente, por alturas da mercearia, ao chegarmos aos caixotes da fruta, o meu irmão não surdo um salto para a rua abrindo os braços a um automóvel que não vinha
— Não tenho medo de nada
e a minha mãe a correr para ele nos chinelos de borracha, levantando-o pela orelha
— Pois garanto que vais ter medo de mim
comigo a verificar se a minha mãe lhe arrancou a orelha do sítio e a entornou no saco das toalhas, no caso de a haver entornado no saco das toalhas roubava-a mal a pilhasse à conversa com a vizinha de toldo e devolvia a orelha ao meu irmão não surdo
— Toma lá
pronta a corrigi-lo se ele a pusesse ao contrário, nós num passeio e a minha mãe no outro, de onde era mais fácil policiar o que fazíamos, de chinelos de borracha igualmente, o meu irmão não surdo a pensar na minha mãe
— Sua vaca
baixinho, não
— Sua coelhinha
um animal grande
— Sua vaca
de cara contra a parede a diminuir o som, os chinelos de borracha num monte contra o pau do toldo, os meus cor-de-rosa,

os deles azuis, os do meu irmão mais velho enormes, diferentes dos da minha mãe que possuíam um esboço de cova para cada dedo e diamantes nas tiras, se os pusesse os meus dedos não chegavam às covas, agora devem sobrar, foi tão surpreendente para mim, aos treze ou catorze anos, ficar maior do que ela e obedecer-lhe à mesma, dar conta de que a minha mãe pequena uma incredulidade que permanece até hoje, como seria o seu aspecto grávida de mim, eu a fitar-lhe a barriga, desconfiada
— Estive aí dentro de certeza?
ela transformando a resposta num suspiro
— Infelizmente estiveste
quando foi do meu filho não cheguei a ter barriga, tive peito, tive ancas, tive dores, o médico
— Há aqui um sarilho
e antes dos três meses levaram-no, digo meu filho e não sei porque digo meu filho e não digo minha filha embora não uma criança ainda, compressas, ferros, uma semana em casa, não uma semana, cinco dias, a olhar a janela sem a notar sequer, ouvia o médico
— Habitue-se à ideia
e não me habituava à ideia, se o meu marido me pegava na mão tirava a mão depressa
— Quero descansar
não é que o odiasse, não odiava, o meu marido
— Não sabia que dar a mão cansava
e a mão dele cansava de facto, como cansava a sua presença, a minha colega
— Eu não te canso pois não?
não precisamente cansaço, as palavras não exprimem o que eu queria, mal-estar, agonia, também não é isso, repugnância não serve, desisto, se por acaso deitava a cabeça na almofada do meu marido abandonava-a logo, não lhe dobrava as toalhas, deitava a roupa que lhe pertencia na máquina com as pontas dos dedos, era o cheiro mas não era só o cheiro, o meu marido acendendo a luz do quarto
— O que se passa contigo?
apoiado no cotovelo a fixar-me, as feições tão esquisitas ao repararmos bem numa cara, eu incrédula com os lábios,

o nariz, as sobrancelhas, não imaginávamos que fossem dessa maneira e a pessoa, não o meu marido, o meu marido outro, apoiada no cotovelo
— Arranjaste um homem tu?
comigo a tentar descobri-lo no intruso, não arranjei ninguém, sossega, não tens culpa, perdoa, e de luz apagada percebi que ele sofria, decidi fazer-lhe uma festa porém o braço recusou, procurei serená-lo
— Isto passa
e a minha boca calada, segura de que não passava, o sofrimento que em geral me provoca pena não provocando pena alguma, como se explica, uma voz quase de criança
— Dá-me licença que lhe ofereça um café?
sentia-me triste por Moledo, triste por nós, não compreendo o que me aconteceu, não compreendo no que me tornei, dantes apanhava os teus flocos de espuma da barba e pintava-me com eles, ao chegares a casa o, a minha colega a beijar-me uma das mãos
— Nunca te cansarei boneca
ao chegares a casa o meu silêncio, a minha colega a estender-me a mão
— É a tua vez amorzinho
e o meu marido desinquieto no escuro a calcular pelos movimentos do colchão, não apenas o colchão, as mesinhas de cabeceira, a cortina, o soalho talvez, só eu calma, o meu irmão não surdo a apontar a minha mãe com um caniço
— Chegando a casa pego na tesoura e corto-lhe uma orelha inteira
e não cortou, esqueceu-se porque uma gaivota com uma pata quebrada a arrastar-se no quintal, vista perto do baloiço muito mais frágil do que na muralha ou no mar, o meu irmão não surdo trouxe uma pá, o meu irmão mais velho tirou-lha, o meu irmão não surdo
— Corto-te a orelha também
o meu irmão mais velho
— Eu corto-te as duas
e o meu irmão não surdo não escutando visto que a gaivota cessou de arrastar-se e se eriçou para ele, na manhã

seguinte o meu marido a desviar-se de mim, dava fé dos passos com vontade que me interpelasse e não me interpelou, não bebeu café, não entrou na cozinha, partiu sem se despedir e eu voltada para a parede como o meu pai no hospital, dei fé dele nas escadas embora as palavras dos passos continuassem ali

— Quem é o homem confessa

e eu com medo de tropeçar nelas no corredor, contorná-las como se contornam os buracos da rua erguendo um pé cauteloso, medindo-lhes, rezando para estar certa, o tamanho e a fundura, o meu irmão mais velho tentou prender a gaivota e a gaivota bicou-o, trouxe um pedaço de cobertor da garagem para lhe lançar em cima e o meu irmão não surdo e eu a gritarmos porque um cachorro a abocanhou num pulo e desandou com ela, vimo-los nos tijolos do poço, vimo-los ultrapassarem um tronco e perdêmo-los, a minha mãe

— Que barulheira é esta?

eu de acordo com o meu irmão não surdo

— Por mim podes cortar-lhe a orelha

à medida que o meu irmão mais velho corria atrás dos bichos, pulando arbustos e flores selvagens, com a alavanca dos pneus, o mar hoje tão pacífico, tão lento, alcançar-se-iam os meus ossos à transparência no fundo, pergunto-me se os pivôs, com aqueles parafusos, resistirão mais do que os dentes ao sal e às algas, o meu irmão mais velho regressou sozinho com a alavanca, a raspá-la no muro, o meu marido não raspou em nada, chegou mais tarde, sentou-se à mesa, tirou o guardanapo da argola e espalhou-o nos joelhos, esperou quinze minutos pela sopa, de dedos dobrados a contemplar as unhas, esperou que eu me, o bico das gaivotas faz uma espécie de gancho na ponta, servisse, desejou

— Bom apetite

passou o indicador numa falha do rebordo do prato e o indicador a anunciar

— Há uma falha no rebordo do prato

serviu-se do cozido em gestos de relojoeiro, descascou uma laranja sobre o que sobejava de arroz e de molho, levantou-se da mesa, instalou-se na poltrona, levantou-se da poltrona e o bico não só curvo, quando se abria imenso, o meu irmão mais velho

— Eu esmago aquele cachorro

ou seja uma orelha cortada e um cachorro esmagado, tanta violência na família, o meu marido sentou-se de novo na poltrona após abrir a janela, com a janela aberta o uivo das ambulâncias, mais as lâmpadas que giram, passando entre nós de modo que fechou a janela, anunciou

— Até amanhã

e desapareceu no quarto em passos desta feita mudos, quando me fui deitar apoiara a almofada na cabeceira da cama e prosseguia, numa concentração de microscopista, o estudo intenso das unhas, puxei a camisa de dormir de baixo da minha almofada, levei-a de rojo como o travesseiro da infância, e despi-me apoiada ao, o meu irmão mais velho gastou dias a baloiçar a alavanca procurando o cachorro nas ruas, no baldio, na praia, topou-o por fim nos barracos dos banheiros entre uma dúzia de sócios que perseguiam, mordendo-se, uma cadela no cio, despi-me apoiada ao lavatório e estendi-me ao seu lado, não de almofada vertical, horizontal e olhos fechados, o candeeiro não tornava o mundo branco, tornava-o azul como o abajur, só faltavam os folhos para o ter dentro das pálpebras, a seguir a um hiato que respirava depressa uma pausa, uma pergunta

— Não tens uma justificação a dar-me?

não seria capaz de pegar na gaivota nem em nenhum pássaro, aliás, fazem-me impressão as penas, o meu pai contava que a um amigo do pai dele lhe acontecia o mesmo com os pêssegos, a esposa, e ele

— Tem paciência

apresentava-lhos descascados, a cadela passou um momento a meditar, entre lonas e boias, com os machos borbulhando-lhe em torno, um minorca tentou o salto e falhou, a minha colega a chegar-se para mim, introduzindo-me um ângulo de torrada na boca

— Isso de ti e do teu marido é o género de coisas que não acontecem entre nós

um cão grande exibiu os dentes ao minorca, a rosnar, raramente vi tantos numa ocasião só, quais deles serão pivôs, não dói mas percebe-se o prego a furar-nos a gengiva, lonas, boias, barcos salva-vidas, a que faltava tinta, de casco para o ar, o meu irmão mais velho acertou com a tranca no, a minha colega
— Pois não?
cachorro que se torceu a ganir, um banheiro segurou-lhe os braços
— O que é isso miúdo?
o mar hoje tão suave, tão lento, oxalá a partir de amanhã os meus ossos se mantenham em paz, uns ao lado dos outros não se roçando sequer, oxalá a minha blusa oscile devagar, o meu irmão mais velho sem conseguir livrar-se do banheiro
— Despedaçou a minha gaivota solte-me
enquanto a cadela se afastava, a dar às nádegas ao longo da muralha, com a sua corte sôfrega, atravessaram uma esplanadazita deserta, a esposa do amigo do meu avô para a minha avó
— Um homenzarrão destes medroso de pêssegos
e a minha avó pasmada, foi a única vez que o meu pai contou uma história em pormenor, segurando diante de nós um fruto imaginário, acabada a história continuou a segurá-lo, virando os dedos para um lado e para o outro exibindo o pêssego, a tranca tombou no chão sem ruído e como pode uma tranca de ferro tombar no chão sem ruído, quem souber que me elucide, os bichos atravessaram a esplanadazita deserta e um monte de entulho, viraram na esquina que conduzia ao baldio e do baldio à estrada antiga que conduzia a nenhures a não ser a si mesma e depois de si mesma ao início da serra, o banheiro libertou o meu irmão mais velho
— Ninguém é dono das gaivotas miúdo
o meu irmão mais velho capaz de lhe cortar uma orelha, o banheiro mestiço descobriu uma ponta de cigarro no bolso e cravou-a na mandíbula, começo a estar farta de dentes, numa energia de cunha, palpando o peito e as coxas a investigar se fósforos
— Temos de ser donos de alguma coisa não é?

conforme a minha colega se julga dona de mim pinçando-me o queixo

— Beija a tua dona riqueza

e eu, sem dar por isso, beijei, um sopro molhado no meu ouvido, entre a autoridade e a súplica

— Confessa que sou a tua dona confessa

os pêssegos sou capaz, o meu problema são os pássaros, mesmo um canário, mesmo um pardal, a rapidez dos corações deles aflige-me, a vibração das penas aflige-me, eu para o meu marido, numa frase que se construiu sozinha e da qual não fui responsável

— Preciso de tempo

a capacidade de rodar a cabeça trezentos e sessenta graus aflige-me, as garrazitas afligem-me, quem te mandou fazeres-me mal, o banheiro mestiço

— Por acaso não tens fósforos miúdo?

entornado num caixote, descalço, lembro-me de o ver no café de matraquilhos, a frase desta vez comigo dentro

— Preciso de tempo

e preciso de tempo para quê, talvez Moledo reapareça, talvez dancemos os dois, talvez te oiça cantar à espera do estribilho para cantar contigo, a gente finge que desconhece o futuro, o banheiro que agarrou o meu irmão mais velho entregou-lhe a tranca que apanhou do chão, ainda há cavalheiros neste mundo, mantenhamos a esperança

— Não te aleijei miúdo?

e tirando humilhar-me não me aleijou senhor, se não fosse o cachorro simpatizava consigo, o banheiro trouxe uma garrafa de cerveja, tirou-lhe a cápsula com os, lá estamos nós, que cisma, tirou-lhe a cápsula com os dentes, não me apetece insistir, já estou por aqui, mas tirou-lhe a cápsula com os dentes, estendeu a garrafa ao meu irmão mais velho

— Uma golada entre amigos

e o meu irmão mais velho, que detestava cerveja, aceitando, o banheiro mestiço aprovou-o

— Com uma cerveja um homem até cresce dois palmos nota-se logo nos músculos o meu irmão mais velho a experimentar os músculos, sentindo-se mais crescido a sério, pegou numa boia e levantou-a sem custo, pegou num feixe de paus de toldo e não levantou um centímetro, o mestiço a consolá-lo

— Não é logo à primeira que a cerveja é lenta

amanhã estou contigo, mano, e levantamos o mundo, o meu marido, sempre concentrado nas unhas

— Tempo para quê?

os faróis dos automóveis no teto do quarto, mais ambulâncias, a camioneta da Câmara, que recolhia o lixo, explosões, estrondos, conversas, sons que a noite ampliava, a noite uma garagem deserta pronta a encher-se de ecos que se misturam, se cobrem, insistem sem fim, uma queda em qualquer lado, um protesto no soalho, um cano no interior da parede a afirmar

— Estou cá

e estava cá, o infeliz, entalado na argamassa sem ver um pito da casa, procurando adivinhar, procurando existir, o banheiro jogou a garrafa de cerveja num balde

— Esta finou-se

eu para o meu marido

— A ver se me habituo ao que aconteceu

eu para a minha colega, de nariz no seu decote

— És a minha dona mamã

não no quarto, na sala com as chinesices em torno, se a mãe da Tininha para o amigo do meu avô

— Meu pêssego

o que aconteceria, o meu marido um rumor fundo no peito, a defender-se das lágrimas com o estudo das unhas, quando apagarás a luz, quando terei sossego, a sua perna esquerda quase a roçar na minha que lhe sentia os pelos, felizmente não roçou porque as unhas exigem uma atenção absoluta, a minha colega a beliscar-me

— Outro beijinho à mamã

não beijava a minha mãe, não beijava o meu pai, não beijava os meus irmãos, o meu marido sim, beijei-o ou melhor ele beijava-me, ainda me beija mas distraído, rápido, nas ocasiões em que, e eu a aceitar, resignada

— Tudo se compõe
argumentava a vizinha de toldo para a minha mãe a propósito do meu irmão surdo que encontrou um pedaço de pão duro na areia e o mastigou logo
— Tudo se compõe garanto-lhe
enquanto a minha mãe
— Já viu a minha cruz?
a ordenar ao meu irmão surdo
— Cospe essa porcaria
introduzindo-lhe o mindinho na goela
— Cospe essa porcaria já
a limpar o mindinho na toalha
— Acontece-me de tudo
o meu irmão mais velho visitava os banheiros à tarde, ajudava-os a desfazerem os toldos, a carregarem-nos para cima, a empilharem-nos num armazém desmantelado, instalava-se com eles na muralha a observar o pôr-do-sol de olho no cachorro que não tornou a aparecer, deve andar pela serra a pressentir os tordos ou então a tranca acabou com ele lentamente, ou se morre depressa ou se morre devagar, toda a gente sabe isso, o meu pai morreu devagar, o senhor Leonel morreu depressa, ao trazerem-lhe o almoço ele que um minuto antes
— Tenho fome
de boca aberta, esgazeado, sem a educação de uma despedida à família, no que me respeita, com a água, não sei, pode ser um instante, pode ser uma hora até que o meu irmão mais velho me descubra por fim e então o corpo desiste, o banheiro que o segurou entretido com a forma como as gaivotas desapareciam nos rochedos
— Tens um irmão esquisito miúdo
passando-lhe um gole de cerveja a celebrar a noite, moravam em casotos, meio de tijolos, meio de pranchas, não muito longe de nós, com fios de roupa a secar, crianças nuas da cintura para baixo sujando-se de terra sem que a minha mãe
— Já viu a minha cruz?
preconizando de longe
— Devem passar a vida doentes devem comer minhocas

e hortazinhas minúsculas numa vida difícil contra o vento das ondas, os legumes insistindo em serem verdes e o vento a amarelá-los apesar de uma parede de plásticos amarrados a varetas, lá vinha a garrafa de cerveja e o meu irmão mais velho a crescer, continuando com aquilo não cabia nas portas, no café de matraquilhos não lhe consentiam um cálice

— Para o ano miúdo

a mesma recusa todos os agostos

— Para o ano miúdo

até que os agostos acabaram precisamente no ano em que talvez, quem sabe, pode ser que aguente

— Já tens dezoito anos não é?

já tinha dezoito anos, já aguentava, mas o Alto da Vigia antecipou-se, tiraram-no da praia, vieram a esta casa cumprimentar o meu pai, agruparam-se atrás dos mirones, cerimoniosos, contrafeitos, de boné no peito, não se atreveram a aproximar-se da minha mãe nem de mim, a pele deles tão escura, os polegares desajeitados, os restantes dedos mais desajeitados ainda achatando o cabelo ou apertando o colarinho por respeito, por estima, embora o botão resistisse demasiado pequeno para o tamanho das falanges, o mestiço para o meu pai

— O seu filho era amigo da gente

e estive mesmo a ver que o meu pai não se aguentava, quase abraçando-se a eles, mas felizmente aguentou-se e admirei-o por isso, parabéns, uma espécie de sorriso sem lugar para pálpebras porque as pregas o impediam de, mas parabéns na mesma, pode ser que amanhã leve um cálice ao meu irmão mais velho para o tomar lá em, a minha colega

— Esse foi pequenino dá um beijinho grande à mamã

acariciando-me o rabo a fingir que me castigava

— Menina má menina má

para o tomar lá em baixo, um dos pinheiros, distraído com os melros, menos barulho do que os outros, a impressão que melros novos todos os anos, pergunta número um quanto tempo vivem os melros, pergunta número dois e quanto tempo demoram a chocar os ovos, uma semana, duas, um mês se calhar, não acredito que um mês, fartamo-nos de procurar e não encontramos um ninho, a minha mãe, quando se esquecia de ser triste, o ladrão do negro melro onde foi fazer o ninho na cabeça de um careca no mais alto cabelinho, mas o que interessam os melros, o homenzarrão dos pêssegos não me sai da ideia, arredando-se da fruteira, beijinho grande à mamã e eu um beijinho grande à mamã a interrogar-me por que razão as pessoas gostam tanto de beijos, a perguntar-me se gosto de beijos, na minha casa nem por isso, no outubro desta casa vá que não vá, folhas a caírem, baloiçando, no interior de nós, qualquer coisa na minha colega que, o ladrão do negro melro, entoava a minha mãe, e eu a bater palmas

— Continue

o senhor Tavares a elogiá-la

— Se quisesse podia ter sido artista

e a minha mãe mostrando-nos um a um

— Com este marido e estes filhos?

o marido igual aos banheiros, o mesmo vocabulário, a mesma raça, devia morar num casoto, e nós, despidos da cintura para baixo, mastigando minhocas, cobertos de crostas e doenças, com galinhas enfezadas em torno, de polegares sujos na boca, sem respondermos aos cumprimentos das pessoas, o senhor Tavares deitando água na fervura

— Não são assim tão ruins

eu para a minha colega, a acomodar-me nos seus joelhos

— Sou assim tão ruim?

as folhas caíam, no meio das chinesices, num outono macio, o sol não amarelo, lilás, a adoçar as cortinas, quase nenhum ruído lá fora, uma espécie de eternidade a garantir-me vais viver muitos anos, um beijinho grande, outro beijinho grande, não sei se acredito na história dos pêssegos, a minha colega

— És o meu docinho és a minha alegria

a descalçar-me para não esfiar o sofá

— Não vais esfiar o sofá da mamã

de palma na minha barriga

— O que eu adoro esta pele posso tocar no umbiguinho?

os banheiros vieram a Lisboa estragar o funeral do meu irmão mais velho, nem gravata tinham, nós não vimos porque não nos consentiram sair, felizmente, no cemitério, não no meio das pessoas, a um canto, chegaram numa carripana a bater latas por todos os lados, lá se foram embora naquilo que por milagre andava entre estampidos e fumo, ao pé do mar ganham importância, longe do mar são só pobres e o teu pai, imagina, a despedir-se deles um a um, reconhecido, a abraçar, agora sim, o que tirou a tranca ao meu irmão mais velho

— Obrigado

grato porquê reconhecido porquê, se calhar da mesma classe do que eles, sem saber falar, sem ter maneiras à mesa, o teu pai com uma garrafa na algibeira que toda a gente censurou, é natural, o padre observação nenhuma mas percebia-se-lhe nas bênçãos

— Não tem vergonha você?

dois meses depois a minha mãe na cozinha a treinar-se para artista, o ladrão do negro melro onde foi fazer o ninho, convencida que ao menos o senhor Tavares lhe apreciava o talento, devia ter sido cantora, o que perdi por vossa causa, quando a carripana dos banheiros desapareceu o meu pai uma expressão abandonada, mais migalhas à mesa ao jantar, mais olhos perdidos que se apanhavam com o garfo e a minha mãe lançaria à rua ao sacudir a toalha, examinando-a a verificar se nódoas, apesar dos nossos pratos um retângulo protetor arranjávamos maneira de manchar o tecido, o meu irmão mais velho semeava bocadinhos de peixe no quintal na esperança que as gaivotas, a mãe da Tininha

— Meu pêssego

meu pêssego não lembra ao diabo e quanto aos bocadinhos de peixe eram os pardais que os comiam, já que estamos nos pardais não dei por nenhum caminhar, deslocam-se em impulsos de mola, engolem de bico ao alto como eu devia fazer para não me engasgar tanta vez, suponho que me falta uma válvula na garganta, a seguir àquela noite o meu marido desconfiado de mim até que cessou de desconfiar lentamente, o telefone deu em tocar o tempo inteiro, se eu atendia ninguém, se ele atendia trabalho a que não chamava trabalho, chamava exploração

— Tenho de passar no escritório esta noite não esperes por mim

e uma camisa lavada, a escova da cómoda, não a de cabo, a outra, da minha avó, que a minha mãe afirmava ser de prata

— Quando eu morrer ficas com a minha escova de prata

a trabalharem-lhe os ombros, primeiro este, depois aquele, depois este de novo porque uma dúvida na lapela e não acredito que prata dado que se percebia, riscando com um gancho, o metal escuro por baixo, desejava tanto ser rica, você, como os pais da Tininha, as luzes todas acesas à noite, um aparelho de rega a girar aos sacões, não molhava só a relva, molhava o muro também e as plantas do nosso lado, a empregada transportava a espreguiçadeira para dentro dobrando-a em três partes que lhe resistiam, tinha que ajudar com o pé, num soslaio de desdém para a gente, antes de se sumir no terraço, uma japoneira florida, um anão de cerâmica, com lanterna e picareta, ligavam o interruptor da lanterna, num pilar do terraço e ela até de manhã a convocar insetos, a empregada friccionava nos vidros dúzias de cadáveres com asas, alguns devolviam a alma ao Senhor crepitando, torrados, a empregada a friccionar com mais alma

— Raios parta o anão

de barba branca, túnica vermelha e botas de mineiro, vi um, lindo, com óculos quase a sério, numa loja, uma súplica de viés à minha mãe e a minha mãe

— Nem sonhes

o meu irmão não surdo com vontade de galgar o muro e o trazer para aqui, nem o anão lá sobeja, a japoneira decepada pela base embora um tronco mais estreito, desconheço de quê, outra japoneira, espero, a nascer pegadinha a ela, não tenho ocasião de confirmar e não percebo de árvores, a palavra japoneira, para não ir mais longe, ensinou-ma a Tininha, ou seja não ensinou, chamou-lhe japoneira a meio da conversa e eu, que até então nem notara, a contemplá-la com respeito, quase à beira da vénia, o ladrão do negro melro etc. não me larga, chego à cancela e os versos em mim, no mais alto cabelinho e a voltar ao princípio, quando me suponho livre, pronta para raciocínios, cai-me em cima de novo, a minha colega a interromper a garoupa do jantar dado que o meu marido uma exploração, estas coisas dos computadores a gente a noite inteira a trabalhar e só se resolvem de manhã

— Essa cabecinha está onde?

está na praia, minha dona, no Alto da Vigia Mariscos & Bebidas, que teima apesar de não haver eu descendo até à areia sem abandonar o passeio

— Queres que um carro te apanhe?

quando não há carros e os poucos que há estacionados, sem gente, de cartões sobre o volante por causa do sol ou embainhados em panos, o café de matraquilhos mais pequeno do que eu supunha, mais escuro também, com duas mesas cá fora, dantes vermelhas e agora sem cor, umas partes rosadas aqui e ali, cascas de tremoços, esqueletos de mexilhão, círculos de copos, marcados a ferrugem no tampo, o senhor Manelinho solitário, a fumar os próprios dedos e a pisá-los com o tacão, nenhum caracol loiro, um chapelinho disfarçando a calvície a chamar a atenção para ela, a esposa do senhor Manelinho no quiosque e a cadela defunta há séculos, provavelmente estava morta desde o princípio, tão alheada, tão quieta, molas de roupa a segurarem jornais, envelhecer intriga-me, como tudo se verga, desbota, desiste, a minha colega, esquecida dos beijinhos, a vesícula, um saco de água quente, uma manta, sardas nas mãos que não esperava achar, as falanges mais grossas, fechando os olhos como a minha mãe, sem uma imagem lá dentro, os ossos das têmporas tão desenhados, que sinistro, veiazinhas a latirem, um murmúrio exausto

— Senta-te perto da dona

um braço no meu joelho e apetecia-me afastá-lo, quero o meu corpo sem que ninguém o incomode, quero refletir, quero entender o que sinto, sinto que falta tão pouco e não há quem me acompanhe, o ladrão do negro melro, teimando, meu Deus, onde arranjo sossego senão lá em baixo amanhã, o meu irmão mais velho em sossego, o meu irmão não surdo uma palhota que não para de arder e ele a fugir da palhota levando-a consigo, nunca conversámos, nunca dissemos fosse o que fosse, a gaivota da asa quebrada procurava escapar-lhe a grasnar, às vezes adormecia a meio da sopa e a minha mãe a sacudi-lo

— O que é isso?

o meu pai com vontade de o proteger e calado, à cabeceira, como se ocupar a cabeceira significasse alguma coisa, que é da sua autoridade, pai, que não metia ninguém num chinelo, mande calar o universo com um gesto, nem sequer palavras, um gesto e a casa, obediente, em silêncio, não um gesto, um soslaio em torno chega, onde foi fazer o ninho na cabeça e tal e tal, oxalá até amanhã me liberte disto, que seca, não me apetecia comer a fruta e a minha mãe a cortar-me uma pera, sem antes verificar se madura

— Não comendo vitaminas não espigas

como se houvesse em mim o desejo de espigar, não havia, dez anos estava perfeito, não cinquenta e dois derivado às peras, o senhor Manelinho acendeu outro dedo com o isqueiro e esqueceu-o na mão, provavelmente adormece durante a sopa também, a esposa, sem dó

— Com tantos anos de ramboia um dia destes dá-te o badagaio

não apenas sem dó, numa alegria secreta, o triunfo da viuvez, o júbilo do luto

— Gastou o tempo na asneira o que se podia esperar?

a casa só para ela, nenhum abusador a insultá-la, a exigir camisas vincadas para excursões a Lisboa com o mecânico das motoretas, tão chique quanto ele, chegavam tresnoitados a lembrarem proezas

— Que mulherão

a esposa sem abrir pio porque o senhor Manelinho de bofetada pronta, ao mínimo protesto a manga ao alto

— Mau

e ela a aviar clientes, o dia inteiro, no quiosque, enquanto o camelo dormia, exigências ao acordar com a fome a picá-lo

— O meu safio depressa
sem achar o galheteiro
— Nem para criada serves

e o galheteiro diante dos olhos, com o pato de loiça do azeite e o pato do vinagre, quebrado, substituído por um frasco de xarope com metade do rótulo ainda, pegou-se ao vidro, o malvado, nem a palha de aço o tirava, não me segures na perna, não anuncies, a ajeitar a água quente na barriga

— Isto passa
não me perguntes num cochicho penoso
— Quem é a tua dona diz lá?

arrumando-te na manta, fecha os olhos como a minha mãe sem que uma imagem lá dentro, não os abras, por favor, porque vazios, vazios e não darás por mim a levantar-me sem ruído, a pegar na carteira olhando, do capacho, os ossos das têmporas e as veias a latirem, não darás por mim a descer as escadas, a alcançar a rua, a caminhar até à casa da praia, a encontrar no quintal uma gaivota com uma asa quebrada, tão parecida comigo, e um cão a abocanhar-me de súbito levando-me com ele.

6

Às vezes sentimo-nos desamparados sem saber que desamparados sempre, outra pessoa na sala desamparada também, sorrimos-lhe, sorri-nos de volta e embora pensemos que sim os sorrisos não se cruzam, as palavras não se encontram, dispersam-se antes de chegarem, que palavras seriam, a mão que pega na nossa não é em nós que toca, os móveis viram-se de costas, as jarras, embora ali, ausentes, os objetos que julgamos conhecer perguntam

— Quem és tu?

procurando-nos na memória deles de que não fazemos parte, perderam-nos sem nos terem ganho, a casa da praia surpreendida comigo

— O que vens cá fazer?

procurei o telefone da doutora Clementina na lista e mal a voz dela

— Sim?

desliguei, de que serve o passado, não temos a certeza se existiu ou nos deram imagens que amontoamos na esperança de conseguir o que se chama vida, encontro estes pinheiros e decido

— Desde criança que os tenho

espreito o mar da janela e resolvo

— Amanhã às sete horas sou uma sombra lá dentro

a minha mãe no andar junto à pastelaria Tebas a fazer o quê, visitou-me uma tarde no hospital, com a roupa dos domingos por consideração pelos médicos, mirando-me ofendida como se eu adoecesse contra ela e quem lhes deu o direito de me continuarem a importunar depois de se terem ido embora um a um, nenhuma vizinha de toldo a quem

— Já viu a minha cruz?
porque obrigaram a vizinha de toldo a ficar em Lisboa desde que os pulmões enfraqueceram, uma botija de oxigénio e ela a respirar o silvo de um tubinho, não um silvo forte, um borbulhar em que mal se reparava
— Injeções de cânfora o dia inteiro amiga
que o enfermeiro da policlínica lhe dava protestando
— Não para quieta você
a vizinha de toldo para a minha mãe
— Com tanta cânfora não cheiro a baú?
e não cheirava a baú, cheirava à recordação da febre quando a febre desce, o meu irmão surdo surgiu entre elas a meter na boca um osso de frango que desencantou na areia e a minha mãe não a zangar-se visto que tanto tempo depois não lhe dizia respeito
— Mete o que pode na boca
sem ter nada a ver com aquele miúdo que perdera há séculos
— Não tenho nada a ver com eles desde que cresceram
ninguém a tombar copos ou a entortar as franjas do tapete, deixou de ser preciso espalhar jornais no chão depois de encerar o soalho, nenhum perigo de pisar um automóvel de lata, num som de carapaça de lagosta esmagada, e ficar a ver as rodas, cada qual para seu lado, a girarem nas tábuas, aparecia uma no quarto, aparecia uma na cozinha, aparecia uma terceira, não se compreende porquê, entre as almofadas do sofá, no meio de tampas, moedas, cascas de amendoim, ossos de frango não, que o meu irmão surdo, antes que conseguissem escondê--los, apanhava na praia, o meu pai ia e voltava consoante os caprichos da lembrança, fora da despensa ao recordar-se dele, no interior da despensa quando se esquecia apesar de não haver garrafas nas prateleiras nem o álcool das feridas que bebia às vezes e lhe dava um hálito de golpe no joelho, o homem do sifão, e o outro antes, tornados não recordações, estampas sem cor
— Passou-se isso comigo?
e passou-se consigo, não tem importância, deixe, histórias mortas que a cabeça varreu, encontrar os melros que

surpresa para mim, uma ideia de melros da qual não tinha a certeza como não tinha uma ideia das ondas embora não conseguisse explicar porque não ficam quietas em lugar de se mexerem, a professora de geografia culpava a lua mas a lua um calhau à deriva que se enreda nas árvores e em que as nuvens tropeçam, ao enredar-se aparece o vento a soltá-la, a vizinha de toldo para a minha mãe

— Se me tornei baú pode arrumar casacos em mim que a cânfora conserva

o do meu pai e os dos meus irmãos a ganharem bolor no armário, um bafio de cogumelos no qual nenhuma voz nos fala, como era a do meu irmão mais velho

— Menina

ou a campainha da bicicleta que emudeceu na garagem, uma casa velha, ondas velhas

— Cá vamos nós a mancar

outros banheiros, o que será feito do mestiço, se o encontrasse

— Lembra-se do meu irmão mais velho do que bateu no cachorro?

ele sentado no caixote à procura, desistindo de procurar espalmando um moscardo na coxa e a expulsá-lo com um piparote

— Eram tantas pessoas

desejoso de ajudar-me que se lhe percebia na cara, a mesma camisa, os mesmos calções, o mesmo boné, o tempo, apesar de andar, fica quieto, a voz da Tininha tornada voz de mulher

— Sim?

ao telefone, não alegre, arrastando-se, como as vozes se gastam, não apenas o rosto, o estômago, a pele, se lhe falasse nos brincos-de-princesa não acreditava em mim

— A sério?

o banheiro emergiu com uma ponta de cigarro

— Traz fósforos senhora?

não menina, senhora, não afirme que mudei e escondeu-a de novo, o cachorro do meu irmão mais velho, e que

outro cachorro podia ser, levamos a vida a encontrar as mesmas criaturas e as mesmas coisas, nada se altera, afinal, contornou a boia e sumiu-se, o que faço eu aqui, existiu uma época em que alguns homens me seguiam, não seguem mais, o meu marido dando por mim na sala
— Nem tinha reparado
a minha colega a conversar com uma estagiária num segredo comprido, a mesma atenção terna que me dava, os mesmos dedos que quase tocam, não tocam, bordam desenhos no ar, expressões autoritárias, compreensivas, pedintes
— Dá um beijinho à mamã preciosa
e a estagiária a ouvi-la alinhando círculos e pentágonos num bloco, provavelmente um irmão mais velho que se lançou das rochas também, provavelmente um filho perdido, a minha colega para mim num tonzinho casual
— Simpática a pequena
sem me dar o braço a pretexto de um degrau, olha consegue descê-los, não tem vertigens, mentiu, a Tininha ao telefone
— Espere
não por tu, por você
— Espere
e uma mudez longa inspecionando o que sobrava da infância, só o pai a lavar o automóvel e o nome Rogério
— Rogério que feio
a um canto, quem seria este Rogério, o que vem cá fazer, não fazia mas incomodava-a sem que entendesse porquê, abandonou o tal Rogério ao regressar à superfície
— Não tenho ideia desculpe
da cama dezoito sim, do Rogério não, se todos os doentes a assaltassem com histórias idiotas os domingos dela um inferno
— Agradeço que não me ligue mais
e um estalido sem adeus que se prolonga até hoje, embora de quando em quando, a meio de uma consulta, o Rogério a perturbá-la
— Que me quer este agora?

um jardineiro ou coisa que o valha que trabalhou para a mãe ou um pêssego que surgiu e se foi no mesmo instante, a mãe do sofá vermelho
— Cumprimenta o Rogério
um cavalheiro de perna traçada a perfumar-lhe a bochecha
— Uma filha tão grande?
não por ela, para que a mãe contente
— Teve-a aos doze anos não?
a mãe uma cotovelada risonha ao cavalheiro
— Começas a agradar-me
e a Tininha ao ir-se embora, de costas para eles
— Teve-me aos trinta palerma
devagar antes do
— Teve-me aos trinta palerma
e depressa depois, abrigando-se na cozinheira que a deixava lamber as tigelas de doce e lhe levava às escondidas biscoitos à cama, se não fosse a Conceição a minha infância um pesadelo, quer se magoasse num joelho quer se assustasse com um bicho a cozinheira a abraçá-la
— A Conceição está aqui
viajou para a terra ao adoecerem-lhe os pais e a Tininha semanas a pingar desgostos na almofada, passados anos a mãe
— Vai ver quem está na cozinha
e na cozinha uma provinciana de cabelos brancos, sem avental nem chinelos, cuidada como para um batizado, de colar barato ao pescoço, desses que informam logo, os traidores
— Compraram-me na feira
e a dentadura, emocionada, a escorregar das gengivas, extraindo um lenço do saco e, com o lenço, um bilhete de comboio que aproveitou de imediato para se escapar para o chão, pálpebras líquidas sobre o lenço
— Não me reconhece menina?
a voz da Conceição porém o resto uma camponesa velha com a prenda de um cestinho de ovos sobre a mesa e um anel idiota num estojo de cartolina que a Tininha sepultou no

fundo da gaveta, se eu usasse o anel com enfeites ridículos e a pedra cor-de-rosa toda a gente troçava

— Arranjaste um adereço de mulher a dias?

a Tininha, contrariada, a deixar-se apertar contra imensidões comovidas, tapadas por uma blusa que não valia um chavo, bastava sentir a porcaria do tecido, mãos desajeitadas que lhe apertavam a cabeça, a arredavam para observar melhor, a apertavam de novo sem se preocuparem em encaixar a dentadura com a língua, a Conceição num amor pegajoso que a contrariava

— A minha menina cresceu

deixei de lamber tigelas e de ter medo dos bichos, não necessito de ti, não me sufoques com o teu relento de estrume, o teu relento de província, o teu relento de miséria calada, o cesto de ovos um guardanapo bordado, Recurdassão da Conceissão, o estojo sem tinta nos cantos, há séculos que não pensava em ti, saiu-lhe dessa forma, sem querer

— Há séculos que não pensava em ti

e as imensidões comovidas a tremerem, as mãos desajeitadas a separarem-se dela, quantas horas de comboio fizeste, esprimida entre emigrantes e magalas de licença, para me visitares, quanto dinheiro pelo anel, retirado moeda a moeda da bolsinha e desviado ao dono da venda que aceitou esperar um mês, foste a minha única mãe, a outra, ao chegar-me a ela, ocupada com os pêssegos

— Queres estragar-me o penteado?

o penteado, a maquilhagem, o vestido, as unhas que não secaram, a mãe da Tininha ora sacudindo-as ora soprando nelas ora a apagar com o pincel da acetona um pingo que nem à lupa se via e ela a descobri-lo num relance, a Conceição

— Não me trate dessa maneira menina

sete horas de comboio, mais emigrantes, mais magalas, grades de criação, caixotes, bancos de madeira que moíam os rins, não te digo que o bilhete caiu, quando o empregado

— O seu bilhete?

não o descobres e é bem feito, quem te mandou apareceres aqui a aborrecer-me, o empregado

— Se não paga outro bilhete mais a multa entrego-a à Guarda em Santarém

a Tininha a apanhar o bilhete fingindo que laçava o sapato e a enfiá-lo na manga

— Mal entre no quarto rasgo-o talvez a Guarda tenha pena de ti

talvez a Guarda tenha pena de ti que eu não tenho, quem te mandou ires-te embora, quem te mandou abandonares-me, quando me garantias

— A Conceição está aqui

aldrabice, tanto joelho esfolado, tanto inseto apavorante e eu sozinha, uma desculpa para a minha mãe que não justificava fosse o que fosse

— O meu pai entrevou e a velha naquele estado

a minha mãe, que qualquer chofer enganava, a acreditar em ti, Recurdassão da Conceissão que embuste, ainda por cima ovos miúdos de galinha alimentada a pedras e este anel, francamente, diz lá, quem imaginas que sou, uma médica, não uma catraia, respeita-me, a Conceição a espalhar-se nas imensidões comovidas

— Não queria faltar-lhe ao respeito perdoe menina

e não tornou a vê-la, em certas alturas, quando a angústia a espreitava, ela

— Senta-te na minha cama Conceição até eu adormecer

a aperceber-se que pedira

— Senta-te na minha cama Conceição até eu adormecer

só depois de o ter dito, ela furiosa com a cozinheira

— Vais perseguir-me até ao fim?

de bruços na colcha, toda no interior da almofada

— Quem te deu o direito de me abandonares diz lá?

ela

— Espero que a Guarda em Santarém te haja preso mil anos

a secretária a entregar-lhe um envelope

— As radiografias que pediu doutora

e a Tininha frente à janela

— Não vê que estou ocupada ponha-as no meu gabinete

a perder-se nos táxis como me perco nas gaivotas e nos melros, me perco na minha colega a descer o degrau sem ajuda, distantíssima de mim

— Simpática a pequena podia ser tua filha

fazendo contas de cabeça

— Cinquenta e dois não é?

comparando-me com a estagiária, desgostosa do meu corpo, dos meus braços, da minha cara, não sou a tua pérola, não sou a tua boneca ou cessei de o ser esta manhã, olha a maré a encher, olha os leques de espuma, os pescadores a enrolarem as canas com limos nos anzóis, não peixes, que peixes há nestas ondas, há ossos de afogados, roupinha desfeita, despedidas que a água dissolveu, cinquenta e dois anos, que miséria, e a minha mãe, sempre egoísta

— Imagina então eu

como se fosse possível aproximar a minha idade da sua, você velha e eu a envelhecer que é pior, depois de instalada a velhice que diferença nos faz, vamos durando e é tudo, você resigna-se em durar e se eu continuasse depois de domingo desistia de viver para durar igualmente, já tenho em mim partes que duram, aliás, esta celulite, estas estrias, perder o fôlego nas escadas, volta não volta o braço esquerdo

— Pensas que sou quem era?

a empenar-se no ombro, ponho-lhe creme e abranda prevenindo

— Se esperares uns tempinhos não vamos lá com cremes

não vamos lá com cremes, não vamos lá com massagens, não vamos lá com ampolas, só vamos lá com uma prótese, minha senhora, substituindo o úmero que o nosso organismo é como as furgonetas, viajados não sei quantos quilómetros há que mudar as peças, isto explicado com as mãos, uma em forma de concha e a outra um punho rodando na concha, um dedo a sair do punho impedindo a rotação, dali a pouco dois dedos impedindo-a mais

— Está a ver?

estou a ver, doutor, a cirurgia quanto custa, e em lugar de
— A cirurgia quanto custa?
eu maravilhada com as mãos imaginando-me feita de cilindros, parafusos, bielas
— E isso dá resultado?
a minha colega com a estagiária na ideia
— E se não lanchássemos hoje

desde a primeira hora que me sinto enfartada, comigo sem a escutar, ocupada com os meus mecanismos interiores cada vez mais audíveis, foles, ventoinhas, óleo, o coração é uma bomba aspirante premente, ao menos ficou-me isso da escola, dona Isaurinha, a minha ignorância do que significava aspirante e do que significava premente não me aborrecia, era o facto de o coração ser uma bomba que me intrigava, aos oitenta anos, quantidade inconcebível para mim, estou muito bem na minha cadeira e de repente pum, a dona Alice a largar as limpezas

— Explodir aos oitenta anos não está mal parabéns

a dona Isaurinha, imperturbável

— Por mais emoções que lá se pretendam enfiar não passa de uma bomba

e eu apreensiva de se poder matar um arquiduque com a minha, um sujeito de barbas a tirar-me o coração da gabardine e a lançá-lo a uma carruagem, a mão em concha e o punho

— Não posso afiançar que resulte mas a maioria dos pacientes melhora

e por me ter chamado paciente, que falta de tato, recusei a operação, as minhas ventoinhas que se entendam entre elas e no dia seguinte a minha colega com a estagiária de novo, sem enfartamento algum, a atenção aumentando e desta vez não os dedos, o joelho quase no joelho da outra, a afastar-se, a aproximar-se, a encostar-se num movimento casual e a permanecer encostado, a estagiária desviou-se a pretexto de olhar para trás e ao retomar a posição o joelho no lado oposto da cadeira, inacessível, que sábado este, daqui a pouco chove porque a terra parece erguer-se ao encontro das nuvens, uma exaltação nas plantas como antes de um beijo, a Tininha à procura do anel da Conceição na gaveta

— Não me digam que o perdi
retirando coisas à pressa, camisolas, meias, echarpes
— O que te sucedeu Conceição?
os melros a voarem pesados, o meu avô erguendo o meu pai
— Cada vez mais chumbo o maroto
na direção da capela, não, ultrapassando a capela no sentido do olival ou no que surgia depois do olival, mimosas e ervas, uma espécie de pântano onde as larvas cresciam e os unicórnios vinham beber, com um trator em ruínas, meio afundado, dentro, se acordava antes da manhã dava-me quase a certeza de o ouvir trabalhar, Deus permita que não chova domingo e eu não escorregue nas rochas, o meu avô orgulhoso do chumbo não percebo porquê, manias das pessoas, a Tininha encontrou a caixa mas o anel não servia, num dos mindinhos encalhava na primeira falange, nos outros mindinhos ultrapassava a primeira mas a segunda detinha-o, há-de haver um comboio para a província, cheio de emigrantes e magalas, na semana que vem, ao pensar
— Há-de haver um comboio para a província na semana que vem
a certeza que não o tomaria, em primeiro lugar não conheço a aldeia e em segundo lugar, mesmo que a conhecesse, a Conceição defunta, o
— Não me trate dessa maneira menina
a doer-lhe na bomba aspirante premente, não é só uma bomba, dona Isaurinha, cuida-se que não dói e dói, as furgonetas sofrem como a gente, tratá-las com mais consideração
— Sentem-se bem vocês?
e não respondem, é lógico, orgulhosas, a minha mãe para nós a fechar as janelas
— Saírem com esta chuva estão loucos?
e as ondas, cinzentas, prosseguindo na praia, a esposa do senhor Manelinho desdobrava plásticos em cima dos jornais, presos em molas de roupa que lhe nasciam das mãos, ensine-me esse truque, senhora, para o mostrar à minha colega, decepcionada com a estagiária

— Uma espevitada irritante

consolando-se comigo

— Um chazinho lá em casa com a tua dona que tal?

na boca vista de perto sobravam gengivas, o meu irmão não surdo para a minha mãe

— Não temos coisas para brincar aqui

o meu irmão surdo de nariz nos vidros, eu sentada no chão a tentar fazer uma trança, o meu irmão mais velho na garagem consertando um pedal, com a mãe da Tininha a observá-lo do interior de um roupão transparente, abundante de rosas de gaze e de folhos, até desistir do meu irmão mais velho

— Nunca gostei deste sítio

a Conceição num cemitério de pobres, na base de uma encosta, cruzes tombadas e lápides à deriva, um esqueleto à tona que sepultavam de novo

— Queria voltar

que é a tendência dos mortos comunicarem com a gente, a Conceição não chegou a pagar as mercearias ao dono da venda, se alargasse o anel cabia-me no dedo mas quem alarga pechisbeques em Lisboa, o ourives a escolher as palavras com receio

— Isto não presta para atacadores senhora doutora

e a Tininha a aumentar no balcão

— Alargue-o na mesma

porque não me importa que trocem de mim nem me importa ser mulher a dias, quem sabe quantas feridas no joelho a esperavam, quantos insetos, quantas tigelas por lamber na cozinha não mencionando as compotas, as amêndoas, o açúcar em ponto dos bolos, o quarto da Conceição nas traseiras da casa, não uma janela, uma fresta que a trepadeira cobria, a boneca sobre a cama

— Um dia quando me for embora fica aí a boneca menina

a minha mãe quis deitá-la no lixo e não consenti, empoleirei-a no cubículo dos arrumos onde a máquina de costura sem agulha, o frigorífico sem, a minha colega

— Já que aqui estás senta-te mais perto

não pedindo, a ordenar

— Senta-te mais perto

e eu sentava-me porque este outubro amolece, nenhum irmão surdo a tentar falar, nenhum irmão não surdo jogando gasolina em cubatas no meio de ameaças e tiros, um outubro cremoso, rosado, folhas que descem, tremendo, do teto, uma melancolia longa em que zonas minhas líquidas e outras a adormecerem devagar, o meu pai não quase a mão no meu cabelo, a mão no meu cabelo e a demorar-se comigo, olha a máquina de costura sem agulha no quarto de arrumos e o frigorífico sem porta, a boneca ficou em casa dos pais dela e era a boneca que visitava, não a mãe, detinha-se no limiar, prometia

— Eu volto

a mãe

— Pareceu-me ouvir-te a voz

e a Tininha sem se despedir dela, não era que a detestasse, crescera demais para ódios, irritava-a somente

— Isso é normal com os velhos

o meu irmão surdo berros de gaivota no equinócio, o

— Ata titi ata

de um albatroz que se enganou no vento, procurava a lestada que o conduziria ao largo e apanhou uma corrente a atirá-lo aos rochedos despedaçando-lhe o peito, a minha colega de nariz rente à chávena

— Estás contente que a dona fique contigo?

a mãe, do ferro de engomar

— O que significa esse sorriso?

e não sorria, observava o anel da Conceição num estojo de veludo a sério, com um fechozinho prateado, observava a doutora Clementina com ele no dedo

— É quanto?

girando a mão no espelho do ourives, orgulhosa do anel

— Manguem comigo não me interessa

descia à praia de bicicleta e o meu irmão mais velho

— Segura-te

a subir o passeio e a descer o passeio, a contornar os caixotes da fruta, a desviar-se de uma sombra sem matéria, capaz de atravessar paredes num assobiozinho subtil e a que as pessoas chamam gato, na qual de repente olhos, de repente garras e no intervalo dos olhos e das garras um veludo que recusa as carícias desaparecendo no ar, a minha mãe para o meu irmão mais velho

— Não tarda muito vocês matam-se os dois

e não tarda muito matamo-nos os dois, imagine a sua pontaria, acertou, o banheiro mestiço

— O irmão da senhora era fixe

a chuva diminui, gotas horizontais apenas, um melro de regresso, dois melros, não me recordo de um agosto como este em que tanta alegria à minha volta, basta reparar nos pinheiros, aí estão eles a conversarem de assuntos felizes, a água ao comprido das agulhas num júbilo lento, a minha colega

— Há alturas em que sou tonta desculpa

e não tenho que desculpar, não me importo como não me importo que garantas ser minha dona porque não és, percebes, se o meu marido me chamasse, e não chama, não voltava aqui, estava na minha sala com ele, o albatroz de penedo em penedo até à água, o pobre, um dos burros um trotezinho nos calhaus, a minha mãe, numa época que afinal continua, o ladrão do negro melro onde foi fazer o ninho, se você artista não se casava com o meu pai e a gente não existíamos, existia o meu irmão surdo num asilo a fabricar moinhos de papel, a minha colega

— Não vamos discutir minha pérola faz uma festa à mamã

fiz uma festa à mamã, a mamã fez-me uma festa a mim, a Guarda para a Conceição, em Santarém

— Se você não estivesse patarata metia-se numa alhada tiazinha dê graças a Deus por ter os pés para a cova

e esperou num banco sob cartazes de horários pelo comboio seguinte, um de mercadorias, que conduzia gado, com duas carruagens de saloios tão fechados quanto ela exceto crianças que emudeciam com uma rolha de pão, uma mulher dava de mamar no meio de ganidos de tábuas e sacões ferrugentos, nunca dei de mamar, nunca senti um, a doutora Clementina a sair da ourivesaria, duvidando

— Vou ter coragem de usar isto?

nunca senti um filho a alimentar-se de mim, a doutora Clementina pensou que sim, pensou que não, guardou o anel no estojo

— No fim de contas era só uma criada não ando boa do juízo

uma criada como as restantes, calculista, sabida, capaz de roubar porque todas roubam, de mentir porque todas mentem, se um cinzeiro se quebra não respondem

— Parti-o

respondem

— Partiu-se

convencidas que espertas e estúpidas, se não fossem estúpidas não eram criadas, eram patroas como a minha mãe e davam ordens, humilhavam, vou descontar o cinzeiro no teu ordenado para aprenderes a ser honesta, com que então partiu-se, começou a andar nas perninhas dele, não é, até à borda do móvel e decidiu atirar-se ao chão

— Aí vou

mostra-me as perninhas do cinzeiro, vá lá, aponta-mas, vês alguma perna aqui e elas teimosas, sem argumentos, a repetirem

— Partiu-se

a jurarem

— Nem lhe rocei minha senhora

e eu com o anel de uma delas no dedo, quando aprendo a não ser parva, se cedemos um bocadinho respondem logo torto, com o pessoal nem sonhar em confianças ensinava o meu tio, rédea curta e estribo alto, não consintas que te montem, a Tininha abriu a janela do automóvel, atirou o estojo e o anel pela janela

— Adeusinho Conceição

e sentiu-se melhor, Recurdassão da Conceissão calcule-se, a minha mãe a empurrar o cesto dos ovos

— Sei lá o que as galinhas dela comeram despeja-me isso no balde

e despejei-lhe isso no balde incluindo o cabaz e o naperon de modo que agora sim, minha amiga, faleceste de vez falta-me tratar da boneca no cubículo dos arrumos, a minha colega

— Fomos feitas uma para a outra

feitas uma para a outra no teu outono de chinesices, pontezinhas, pagodes, a arca com relevos de árvores anãs e dragões, há-de estar por lá um martelo e a boneca em pedaços que se varrem com uma vassoura depenada para debaixo do armário, a mulher que dava de mamar tapou-se na camisa e o filho, o meu filho, a dormir como eu a dormir logo à noite, sem esfoladelas nem insetos, depois de deitar os gémeos que não se queriam deitar, queriam dar-me cabo do juízo, a minha mãe para eles

— Meus pesseguinhos

a idiota, essa é das que não aprendem, como é que fui nascer dela, resultado comecei a fazer asneiras desde o momento em que nasci, a minha colega

— De acordo?

e cá estou eu com os melros, se o meu pai lhes esfarelasse uma fatia de pão chamavam-lhe um figo, sábado à tarde agora, uma suspeita de sol, a esposa do senhor Manelinho a dobrar os plásticos e tudo certo portanto, tudo como eu previ, o banheiro mestiço

— O seu irmão fixe minha senhora

e vais ver como a menina dela também é fixe, trepando rochas acima até ao mais alto cabelinho.

7

Pensei em ir ao cabeleireiro, para que o meu irmão mais velho me achasse bonita amanhã, mas depois veio-me à ideia a mãe da Tininha na última tarde em que a vi, quase nem melros nem pardais pelo jardim, outros pássaros nos canteiros, passados minutos desapareceram e tudo nu de súbito, uma rola invisível e o meu pai no degrau a escutá-la

— Choram o tempo inteiro por quê?

eu sem saber responder-lhe embora não fosse a mim que perguntava, dirigia-se a uma mulher que não distinguia e ele pequeno como eu, parecido com os retratos no envelope em Lisboa, da época em que pesava chumbo, ao calar-se tornou a crescer e o meu irmão surdo, acocorado num balde ao contrário, parecia-me ouvir a rola também, pensei

— Não pode ser

e não parecia-me, a certeza de ouvir a rola também, a certeza que a rola nos escutava igualmente, mesmo calados, tal como os cães escutam ruídos que não há e se apercebem de odores que não existem, a morte antes dela chegar, por exemplo, rondam-nos, agitam-se, a minha mãe contava que no dia em que a minha avó faleceu o rafeiro se sumiu sem provar a comida, não obedecendo se o chamavam, os pássaros da mãe da Tininha julgo hoje que tordos, diz-se que vivem no estrangeiro, não sei, diz-se que comem as bétulas, a estagiária procurou-me na sala dos professores

— Gostava de falar consigo não conheço aqui ninguém

pensei em ir ao cabeleireiro mas não queria que o meu irmão mais velho me confundisse com a mãe da Tininha, e mesmo que não me confundisse interrogo-me se me conheceria e eu o conheceria no meio de tanta gente, passados quarenta anos qual de nós mudou mais, se os tordos vêm do estrangeiro onde dormem à noite, nos fios do telefone, num telhado, num bosque, num único telhado não, centenas e centenas, devia ter perguntado à dona Isaurinha e a dona Isaurinha explicava, mesmo de costas, a escrever no quadro, se alguém rebentava um saco de papel suspendia os verbos intransitivos sem mudar de tom

— O Arsénio para a rua

tornava aos verbos e não falhava nunca, o Arsénio sozinho no recreio, de mãos nos bolsos, a torturar o chão com a biqueira, víamo-lo pela janela e notávamos-lhe o medo

— E se a dona Isaurinha conta ao meu pai?

para além do recreio as máquinas de uma fábrica de malhas, isto no extremo oposto da cidade, longe do rio, a fábrica numa avenida de plátanos, passei por lá há meses e o edifício apenas, se fosse atreita à saudade jorrava litros de lágrimas mas as vidraças quebradas e o gradeamento oblíquo não me transtornaram um pingo, derivado à fábrica as carteiras da escola oscilavam desarrumando-me a caligrafia, períodos que subiam e desciam sem acertarem com as linhas, mal o apito ao meio-dia a locomotiva de um tear atravessava a aula e depois da sua passagem, na direção do campo de jogos, contavam-se os cadáveres de alunos alinhando-os num talude, eu não contente de que não me esmagasse, espantada, a dona Isaurinha, sem se preocupar com o Arsénio, mandava um de nós ao estrado

— Repete o que eu ensinei

coçando a cara com o apagador e pó de giz nas bochechas, na testa, a estagiária para mim

— Falei anteontem com uma colega nossa que me convidou para tomar chá mas achei-a antipática

e, no entanto, julgo que o meu irmão mais velho descobre logo quem sou, quem mais o procurava nos rochedos, quem mais ia e vinha, enrolada nas ondas, com ele, ora depostos na areia ora retirados da areia na companhia dos seixos, dos bocados de madeira, das alforrecas, a minha mãe, no

prédio ao lado da pastelaria Tebas, para a vizinha de toldo que não estava com ela
— Já viu a minha cruz?
e uma ausência a concordar sob relentos de cânfora, lograva uma frase ou duas, não lograva diálogos, segurando-se ao lençol visto que a cama em equilíbrio no rebordo de um poço negro no sentido do qual escorregava, o Arsénio para a dona Isaurinha
— Vai fazer queixa ao meu pai?
e a dona Isaurinha a limpar o quadro
— Ainda não decidi
no interior de uma poeira de giz, oscilando para a direita e para a esquerda ao ritmo dos teares, quando as ondas recuavam eu a sacudir afogados
— Viram o meu irmão?
um deles descalço de um pé, uma rapariga verificando o lugar da pulseira
— Espero não a ter perdido
uma criança de sapatinhos de presilha a quem um penedo entalava o vestido, quis desentalá-lo e não me consentiram
— Não vale a pena menina
pessoas que podiam estar na sala comigo em lugar de eu sozinha, aí temos a dona Isaurinha ensinando os verbos intransitivos a ninguém, se lhe mostrasse os tordos ela
— Os tordos
e um primo a regressar a casa dos tios com uma dúzia pendurada no cinto, lembrava-se de que se comiam com pão, tropeçando em ossos minúsculos
— Os ossos dos pássaros leves para conseguirem voar
ameaçando escaparem-se do prato a fim de poisarem na varanda, os ossos, ao reunirem-se, um pássaro de novo a quem nasciam penas, a estagiária a propósito da minha colega
— Tem um comportamento tão exagerado
não a minha mão no seu braço, a sua mão no meu
— Um comportamento tão
unhas roídas, quase infantis, o calcanhar sobre o meu pé pisando-me devagarinho

— Tão exagerado

pisando-me com mais força

— Tão exagerado quanto o meu

não acha exagerado, você, isto não costuma acontecer-me, moro com uma amiga que até ao fim do mês está a trabalhar no norte e eu receosa de que a minha colega entrasse, a dona Isaurinha no interior do giz

— Talvez faça queixa ao teu pai e talvez não faça depende

o meu irmão mais velho

— Não te esperava menina

não perto da garagem, a entrar a cancela empurrando a bicicleta

— Calquei um prego e o pneu esvaziou-se

na avenida da escola prédios novos, lojas, um estabelecimento para noivas, outro de tapetes indianos, um homem que vendia livros numa banca erguendo a calça para massajar o tornozelo, o meu irmão mais velho de cabelos brancos e qualquer coisa do meu pai ao sorrir, o modo como os cantos da boca, o modo como o nariz se franzia, a estagiária a desviar-se ao notar-me a aliança

— É casada?

e a recuperar do casamento, com um anel de prata no polegar e um pescoço de pombo sempre alerta, tenho uma aula em cinco minutos, qual é o seu horário amanhã, um colete igual ao do tio da dona Isaurinha ao regressar com os tordos, de canos da espingarda dobrados no braço, faziam-me impressão as cabeças caídas do cinto, ao arrancarem-lhes as penas a minha pele acompanhava-as até se soltarem tornando-me mais nua, não me dispam na escola, não reparem na cicatriz do meu peito, dão-me um peito novo se tudo correr bem e não tempo já para correr bem

— Não houve tempo para correr bem mano e me darem o peito

eu que pensei ir ao cabeleireiro para que o meu irmão mais velho me achasse bonita, não ponho brincos-de-princesa porque me caem ao subir os rochedos, não arranjo as unhas porque se estragam na ladeira, a estagiária não apenas um colete

de homem, uma camisa de homem também, a minha colega com desprezo
— Viste como ela se prepara?
a mãe da Tininha do fundo das suas rosas de gaze
— O que é aquilo?
e enquanto a dona Isaurinha se afastava o Arsénio, de mãos nos bolsos, sempre a torturar o chão com a biqueira, a mãe do Arsénio, tímida, à sombra do marido colérico
— Tira-me as mãos das algibeiras estúpido e não arrastes as patas
o Arsénio que acabou a enfiar publicidade nas caixas do correio porque os verbos intransitivos lhe proibiram os voos, se acontecia encontrá-lo amarrotava uma nota que a palma do Arsénio recebia como se não entendesse, mas que dinheiro me deu ela, senhores, cumprimentamo-nos só, aos sábados a missa na capela a que o mar não chegava, chegavam uma ou duas ovelhas e uma carroça vazia, Cristo um tordo sobre o altar, o bico de lado e as asas que sangravam, durante as rezas martelos sem descanso no telhado, um pedinte cá fora expondo o coto da perna
— Sou diabético
e pombos hesitantes entre o olival e o baldio, a estagiária
— Não me atrasei?
com o mesmo colete e a mesma camisa, a minha colega, alarmada
— Que quer ela de ti?
de repente exausta, puída, a partir de domingo bebe chá sem companhia e depois a reforma, tardes inteiras a contemplar a parede, um dos joelhos com agulhas dentro a picarem-na, tormentos no fígado porque um peso amargo e não bem dor, a impressão difusa que antecede a dor, a dor a retrair-se, longínqua, um dia destes instala-se na barriga e fica, uma torneira no quarto de banho que não fecha e ainda bem que não fecha, com sorte inunda tudo, quantos comprimidos de dormir para, tirou uma dúzia, não uma dúzia, quinze contados com o indicador, à segunda contagem dezasseis, à terceira

catorze, fitou-os um momento, pareceu-lhe que onze e, perante tantos caprichos, devolveu-os ao frasco, a dor no fígado não contínua, a latejar, na prateleira dos medicamentos remédios fora do prazo, a data da validade sempre na última face da caixa, gravada na cartolina dificílima de ler, luzes nas persianas descidas que se apagavam uma a uma, sujeitos a discutirem na rua, a tombarem um caixote, a discutirem de novo à medida que andavam, a minha colega sentada no escuro apercebendo-se do ruído que mora nas trevas, não dos móveis, não da madeira do soalho, não de bichos a nascerem, um som ténue, igual, sem sobressaltos, neutro, de início pensou que vinha dos seus pulmões e não vinha, de um motor a trabalhar na cave e também não, o pânico da morte, nas suas tripas, a um palmo da dor, a sensação que adormecia e acordava, o tio com quem passava as férias, defunto há séculos
— Que tens tu?
com a lupa dos selos a transformar-lhe o olho num monstro vítreo, enorme, e estou bem, tiozinho, por que tiozinho se não gostavam um do outro, o barulho que ele fazia ao mastigar incomodava-a, a meia dúzia de cabelos que puxava da orelha no intuito de disfarçar a calvície incomodava-a, o modo de dizer
— A tua tia
num gesto que, por não significar nada, significava tudo, que o trocara por um comerciante de Estremoz incomodava-a, talvez não fosse sobrinha do tio, fosse sobrinha do comerciante que esperava a tia em baixo para lhe carregar as malas, fitando a varanda à medida que a tia puxava a roupa dos cabides, o tio de pistola na mão
— Olha que dou um tiro na boca
a tia sem se apiedar, curvada para as blusas e as saias, arrumando-as por ordem
— Então dá
e não deu, a pistola permanece por aí, na escrivaninha ou na copa, a estagiária
— Ainda bem que esperou por mim
de traço nas pestanas como a mãe da Tininha, eu

— Olá

e não unicamente o traço, brincos, não brincos-de-princesa, claro, ametistas pequeninas em que me apetecia mexer e não mexi, o nariz de adolescente em que me apetecia mexer também, o queixozinho, a tia da minha colega reuniu as malas à entrada do quarto, abriu a janela e a cortina começou logo a respirar, chamou o comerciante

— Antero

debruçada do parapeito em bicos de pés, tão simples de empurrar, o tio da minha colega aproximou o cano da boca

— Queres ver?

tudo tão ridículo, as cortinas inchavam e desinchavam num ritmo de sono, um mosquito morto numa delas, quem o achatou ali, os degraus começaram a nascer um a um, cada vez mais próximos, intervalados por solas nos patamares, não somos nós que subimos, são os degraus que vêm, mexer-lhe nos brincos, no queixo, a estagiária

— Não leva a mal que lhe diga que a acho um doce?

aperfeiçoando uma madeixa com as unhas roídas, depois da missa, nas árvores ao redor da capela, tordos também, o Arsénio guardava o dinheiro num passe de mágica, transferindo a publicidade de sovaco

— O que interessa é que ainda cá estamos

e ainda cá estamos, acertaste, bebe o que te dei à minha saúde no primeiro café, um casaco no fio, sapatos a agonizarem, a mãe, sempre à sombra do pai, ambos numa gaveta de cemitério que não visitava, aquela sem uma flor para amostra, mesmo seca, mesmo a perder pétalas, mesmo se reduzida à haste com uma folha cinzenta mais nova do que eu, menos de cinquenta e dois anos, quando era pequena achava que aos trinta velhíssima, que inesperado ter rugas, não caminhar às piruetas, não me sentar no chão porque nas cadeiras as pernas não alcançam o tapete, a mesa à altura do pescoço ao comermos e depois, a pouco e pouco, a baixar, quando a cómoda diminuiu por seu turno a minha mãe empurrou os bibelots para o fundo

— Não vão eles chegar-lhes

a fada de loiça, a gazela de vidro, os meus pais de braço dado numa fotografia, vestidos como nas revistas que encontrei na despensa a que faltavam páginas, um automóvel com a roda sobresselente atarraxada atrás, cavalheiros de chapéu de palha na praia, os degraus trouxeram o comerciante de Estremoz ao capacho, a tia da minha colega arredou a pistola com a manga para falar com ele, uma espécie de campónio, cheio de anéis, para o qual a pistola não existia igualmente

— Pega aí nas malas Antero

e o Antero, sem piar, uma mala em cada mão, os degraus principiaram a descer imitando o som dos passos, eles quietos, a pistola desprendeu-se do meu tio e despenhou-se no soalho como um fruto, não um barulho metálico, um som podre, não me admirava que as formigas lhe passeassem na culatra, daqui a pouco comem-na, a estagiária ocupada com um canto do polegar

— É a primeira vez que ensino

comigo a sentir-lhe a apreensão e o hálito, uma penugem quase transparente na nuca, de certeza que uma penugem quase transparente nas costas, minha pêssega, a minha colega penugem alguma, pregas, ossos, sinais, assistiu da varanda à partida da tia, nunca visitara Estremoz, como seria Estremoz, que soubesse não receberam cartas, o tio a designar a pistola

— Guarda isso se me fazes favor

e ela a pegar-lhe com dois dedos como a um rato, o tio trabalhava numa sucursal de banco a contar maços de dinheiro numa rapidez que a extasiava, as mãos, tão aselhas com as coisas, uma agilidade inesperada, pegava num elástico com três dedos e um nó perfeito, instantâneo, a segurar aquilo, a quantidade de vezes que a minha colega tentou no quarto e o elástico, até então defunto, cheio de vida, a fugir--lhe, o meu irmão surdo ouve a gente, não me digam que não, ouve não só as falas mas as vozes no interior da cabeça, ouve o meu pai calado no sofá, ouve-me a mim à espera da minha última noite e os pinheiros

— Menina

não uma censura, contentes, não acredito que saibam, tão ingénuos, coitados, quando se conversa com as plantas, garantia a minha mãe, crescem melhor, não definham, não me despedi dela, para quê, cheguei à pastelaria Tebas e desisti, tanto tempo neste bairro de onde, acolá no alto, se percebe o Tejo, as mesmas gaivotas que na praia, o mercado, a praceta, velhas de joelho ao sol na esperança de poderem bailar chegando a casa, quase um suspiro ao espreitar o prédio do passeio fronteiro, porém eu demasiado ocupada para emoções, se tivesse ocasião emocionava-me e não tenho, a minha colega
— O que é que a sirigaita te queria?
só sobrancelhas e zanga
— Não lhe explicaste que possuis uma dona?
como o tio dela, o pobre, era dono da tia, uma tarde mostrou-lhe a maçã seca da pistola e engavetou-a de novo
— Diz-te alguma coisa Estremoz?
onde conheciam o Antero mas não conheciam a tia
— Foi logo para Espanha esse
uma casa de janelas trancadas e cadeado na porta, na soleira uma gata rodeada de crias eriçando-se a soprar, passeou numa rua ou duas, do lado do sol, a chamar a tia baixinho, se lhe ensinasse a cantiga o ladrão do negro melro onde foi fazer o ninho podia ser uma ajuda, a mim, talvez não acreditem, ajuda-me, o prédio ao lado da pastelaria Tebas no passeio fronteiro, olha os azulejos verdes, olha os espaços sem eles, a cada ano mais espaços sem eles, os elétricos à direita, uma rampa de lojecas à esquerda, operários a enodoarem-se numa oficina, maçaricos, estrondos, duas senhoras cochichando, ninguém, nem sequer vasos de flores, o meu irmão mais velho voltava sempre tarde, acordava com ele a tentar não fazer barulho no corredor, quando as pessoas tentam não fazer barulho um sobressalto sempre, o meu marido a meio da noite, segredando ao telefone e eu a escutar-lhe os gritos
— Juro-te que a minha mulher não risca há meses que dormimos separados
e o lugar dele morno à minha beira, nem precisava de estender o braço para o sentir, voltava aos apalpões, batendo

na esquina do louceiro onde as asas das chávenas, presas nos ganchos, e os pratos e os copos um tilintar sem fim, tanto sininho de loiça, tanta gota de vidro, o meu último crepúsculo daqui a umas horas e eu, para mim, já pensaste nisso, tu, a tua última noite e o que vais fazer na tua última noite, a coruja da chaminé da Tininha a mirar-te, a mirar-te, quando uma pessoa morre desatam a carpir o finado, a minha colega

— Não lhe explicaste que possuis uma dona?

possuis, como no teatro, não lhe explicaste que possuis uma dona e os vincos das bochechas mais fundos, a estagiária, que corrigia testes com um lápis metade preto metade azul, piscou-me o olho de longe, nem colete nem camisa de homem, um vestido, palavra, feio, malfeito mas um vestido, sandálias de mulher e unhas pintadas de vermelho, ora toma, se sobejasse uma garrafa do meu pai na despensa celebrava a minha última noite, o meu marido num murmúrio

— Se ela não fosse doente já estava aí há que tempos o médico garantiu que mais umas semanas e não se levanta

luz por baixo da porta do meu irmão mais velho, ele não deitado, a escrever e todavia não encontrei um só papel depois do Alto da Vigia, entregou-os a um estranho que se afastou de imediato, diagramas, informações, relatórios, como responder ao piscar de olhos com a minha colega

— Explicaste ou não explicaste?

pronta a torcer-me o pulso, o tio, ensimesmado na parede, uma ordem repentina

— Traz cá a pistola

verificando se balas, encaixando o tambor, deslocando a patilha de segurança, colocando a mira na orelha, a minha colega a pensar primeiro mata-se na boca, depois mata-se na orelha, pelo menos vai variando de sítio, os primeiros moscardos lá fora entre a garagem e o poço, de dia hibernam na erva, a minha colega preparando-se para o estampido

— O que eu vou ter de limpar

sangue, miolos, cartilagens, os miolos e as cartilagens talvez consiga mas o sangue nem com lixívia o tiro, felizmente o tio a estender-lhe a pistola

— Não dou uma alegria a essa porca
ele que na terça-feira já contava dinheiro a uma velocidade tal que nem se percebiam os dedos, se fosse pianista despachava um concerto em dois ou três minutos com a orquestra a penar na rampa dos primeiros compassos, não ainda os besouros do escuro, aqueles que chegam antes e os outros devoram, eu para a minha colega
— O diretor repara
e o meu pulso em sossego
— Estremoz uma cidade ou uma vila dona Isaurinha?
e uma censura escandalizada na poeira de giz
— Ignorante
sem se queixar à minha mãe, no meu caso não o meu pai, a minha mãe
— Não vale a pena chamá-lo o pai dela é um verbo de encher
verbos intransitivos, verbos transitivos e verbos de encher, o meu avô não
— Há-de meter-nos a todos num chinelo esse
o meu avô decepcionado
— Nota-se logo que é um verbo de encher
pinheiros, besouros, os últimos melros, os últimos pardais, amanhã vou-me embora convosco só que não para o olival, para as rochas, cansa-me caminhar na areia com os sapatos na mão, de pernas pesadas, sem força, lembra-se dos seus chinelos de borracha, mãe, com diamantes, e do esboço de covas para os dedos, lá estará o mastro da bandeira sem bandeira e a boia de cortiça de salvar afogados arrependidos, que me lembre não salvou nenhum, para quê, deixem os ossos em sossego no lodo do fundo, daqui a muitos anos, quando perderem o cálcio, voltarão até nós conforme o meu irmão mais velho e eu voltaremos ao prédio ao lado da pastelaria Tebas sem quase nenhum azulejo já nem a pensão por baixo, chegamos à porta da minha mãe e o meu pai na despensa, vozes de crianças lá dentro, as dos meus irmãos, a minha, o aspirador da dona Alice sobre o qual desesperos de gaivota
— Ata titi ata

enquanto o meu irmão surdo guiava chão fora uma locomotiva de cortiça, não sobra espaço para os defuntos, não sobra espaço para nós dois, o relógio da cozinha abanava-se para um lado e para o outro enxotando-nos, garantam-me que os ossos não perdem o cálcio e continuam no fundo, que nos dissolvemos na areia e não voltamos, a minha colega

— É o medo de te perder desculpa

e o medo de me perder como se não me ganhaste nunca, mais tarde ou mais cedo eu aqui para a última noite antes de, pensei em ir ao cabeleireiro para que o meu irmão mais velho me achasse bonita e depois pensei na mãe da Tininha na última tarde em que a vi na espreguiçadeira, o penteado, os brincos, os óculos escuros, o modo como a bochecha se apoiava na mão e o que valho ao pé dela, disse à estagiária

— Cinquenta e dois anos em março sabias?

ao longo de cinquenta e dois anos o que não perdi eu, o meu irmão mais velho, o meu pai, o meu filho, isto na casa dela onde a amiga não estava, um quarto com duas camas

— Somos amigas mesmo

uma salita sem sofá, almofadas coloridas no chão, cartazes de bandas, tambores, que se trazem de Marrocos, a um canto, juntamente com roupa por lavar

— Uma peça que é preciso encomendar da Alemanha avariou-se na máquina

uma cozinha minúscula a necessitar de limpeza, tudo necessitava de limpeza, aliás, o ladrão do negro melro veio e foi-se e a minha mãe com ele, se ao menos a minha mãe comigo a abraçar-me ou eu às cavalitas do meu pai no olival, deitar a cara numa das almofadas, dormir até segunda-feira e acordar longe dos pinheiros, dos besouros, da noite que principia no interior de mim e se alonga na direção das ondas, se o pai do meu pai não tivesse falecido levantava-me pela cintura

— É chumbo esta

a estagiária no meu ombro

— Posso ficar assim um bocadinho?

e podes ficar assim um bocadinho, porque não, no próximo fim de semana não vou estar aqui, tenho que fazer noutro sítio, nenhum abajur, uma lâmpada no teto, um candeeiro cuja base era uma lata de bolachas e dois leques japoneses cruzados, a estagiária não me pesava no ombro, não a sentia, sentia uma perna sobre a minha e a mão, de unhas roídas, quieta no meu estômago, um pauzinho de incenso ardia escondido que lhe sentia o cheiro, um livro aberto virava as páginas sem auxílio, lendo-se a si mesmo, a ampola do teto no interior de mim, iluminando-me as veias, de forma que as primeiras ondas depois do Alto da Vigia rosadas, a seguir menos rosadas, a seguir cor de areia e a seguir cor de areia para sempre, descansem

— Alguma vez puseste brincos-de-princesa tu?

e um sorriso contra o meu pescoço, feito de recordações como se houvesse recordações nela e não havia, havia um mafarrico que apertando-se o umbigo principiava a gargalhar e ela com medo, empurrava-o e o mafarrico, durante minutos que não acabavam, não acabaram ainda, a sacudir-se, mudo, a estagiária largou-me o estômago para esfregar o nariz com o brinquedo na ideia, ao mesmo tempo que a percebia a olhar-me

— A sua idade não me faz diferença nenhuma

consoante não me fazia diferença nenhuma a idade da esposa grega do farmacêutico a pentear-se à janela, de caniche ao colo, se lhe perguntassem se me tinha visto respondia

— Quem?

continuando a pentear-se, continua a pentear-se, acho eu, a língua dela ou a língua da estagiária, a língua dela na minha boca devagar, o coração do caniche mais rápido do que o meu, o focinho mais húmido, a vibração das patas no meu peito

— Menina

à medida que os besouros da noite, os grandes, os que me perseguem, entravam um após outro na sala, o meu irmão surdo a puxar-me o vestido

— Ata

desejando salvar-me, eu para ele sem compreender, estou a mentir, eu para ele compreendendo

— O que foi?

e com a chegada da noite a presença da terra mais forte apesar de não ir chover mais, sentia os melros no telhado e a minha surpresa
— Afinal moram aqui
não sobre as telhas, no interior do forro em que eu imaginava que ratos e não ratos, os pássaros, esgueiravam-se por uma nesga de tijolos e dava por eles a acomodarem-se, patinhas, asas, bicos, se calhar ovos também, o que acontecerá quando dentro de um mês acabarem com a casa, de que forma derrubarão as paredes, o sobrado, o teto, o muro que me separava da Tininha, o que construirão neste lugar e nenhum de nós verá ou não construirão seja o que for, um baldio de piteiras no qual uma campainha de bicicleta que não existe, a minha colega
— Quando voltas dessa casa?
eu
— Saio da casa domingo
e é verdade, saio da casa amanhã às seis horas, desço a rua da praia, encontro o último autocarro para Lisboa junto ao quiosque e o condutor à conversa com a esposa do senhor Manelinho que principia a empilhar os jornais, vejo se um mafarrico agitando-se nas prateleiras e mafarrico algum, felizmente, eu para a estagiária
— Acabaram-se os mafarricos não precisas de mim
enquanto a esposa grega do farmacêutico me ergue a saia
— Qual a importância da idade menina?
e importância nenhuma, a prova é que a minha mãe à mesa
— Cinquenta e dois anos e continuas a pegar mal no garfo
a minha mãe
— Quero lá saber do Alto da Vigia amanhã endireita--te ao menos
a minha mãe para a vizinha de toldo
— O que me custa é que pensem que não soube educá-los
e a voz dela, esquecida da gente, o ladrão do negro melro onde foi fazer o ninho, pensando na admiração do senhor Tavares longe demais para escutá-la, um homem que cantou num coro de amadores em novo, isto é antes dos cinquenta e

dois anos, e sabia apreciar o talento, o meu irmão mais velho tirando a bicicleta da garagem
— Não tens que ir para o Alto da Vigia a pé eu dou-te boleia
a estagiária a beijar-me de novo
— Há qualquer coisa em si que me faz sentir segura
qualquer coisa em si que me faz sentir segura, calcule--se, qualquer coisa em si que me faz conseguir enfrentar os mafarricos sem procurar o colo de ninguém ou esconder-me atrás do meu pai
— Pai
o meu pai quase da sua idade, quarenta e seis ou quarenta e sete, acho eu, a minha mãe quarenta e quatro, tiveram-me cedo e se me tiveram cedo o que dizer da minha irmã dois anos antes de mim, não lhe contei que tenho um sobrinho, hei-de mostrar-lhe a fotografia se der com ela na gaveta, quando nos levantarmos procuro, a prova que a idade não interessa está em que era capaz, e acredite em mim, não acredita, de me, deixe-me mudar de posição que tenho o braço dormente, preciso de abrir e fechar os dedos para os sentir outra vez, onde é que eu ia, já sei, era capaz, se fosse boa para mim, e se lhe der para aí é boa para mim, de me apaixonar por si, gosto da sua maneira de falar, da sua pele, das pétalas em lugar de verniz, do sabor da, importa-se de se chegar um bocadinho para lá na almofada porque começo a sentir um desconforto na nuca, dizem que tenho os ossos fracos desde criança, bebi mais de mil colheres de xarope e o médico mandou-me tomar cuidado porque complicações e fraturas, na ginástica, por exemplo, praticamente não me consentiam exercícios, se me agitava muito o meu pai avisava logo
— Tu vê-me lá isso
e eu de gesso como um manequim, um dia destes imito um manequim para si, não me considera cola se a beijar outra vez, lhe fizer festas desta maneira, só com o mindinho para não aleijar, não a aborrece o meu mindinho, pois não, se me der licença experimento com dois dedos, a minha mãe debruçada para o cesto da roupa

— Quem não mexe uma palha não anda a preparar coisa boa

ao mesmo tempo que o meu pai a sair da despensa, dava fé da camisa fora das calças e arrumava a camisa sem arrumar a camisa, uma parte da fralda no interior do cinto, uma parte de fora, o meu pai, que metia o mundo inteiro num chinelo

— Menina

olhando-me, sem que tivesse a certeza que me via

— Menina

a sentar-se no sofá quase a falhar o sofá e agora noite e um besouro enorme a avançar para mim decidido a comer-me.

8

Já não me lembrava de haver tão poucas luzes neste sítio salvo um ou outro candeeiro entre as árvores, uma ou outra lanterna no alpendre e o halo do mar, a casa escura, a rua escura, depois do poço uma treva de arbustos que se arrepia com o vento e aquieta de novo, não os vejo, sei que existem apenas, caminho nesta casa porque a lua, quando as nuvens se esquecem de a esconder, inventa paredes maiores do que as paredes do dia que me permitem deslocar-me entre elas, sei lá se é nesta casa que morei ou noutra que a lua criou, um brilho nos caixilhos, um pedaço de sobrado, um caixote de que se esqueceram com talheres e roupa, onde estou eu, de facto, parece que vozes e não vozes, presenças e não presenças e no entanto a suspeita, num ângulo da alma, que habitamos aqui, um primo da minha mãe, com um caramelo numa das mãos e a outra vazia, escondendo-as nas costas como as nuvens fizeram à lua e mostrando-mas lado a lado, fechadas
— Em qual está o caramelo menina?
a minha mãe a sorrir, tão nova de súbito
— Ouves o primo Fernando?
o primo Fernando altíssimo, tudo altíssimo nessa época
— Em qual está o caramelo menina?
a minha mãe da minha idade, que engraçado, com vontade de escolher uma das mãos, não pode mandar em mim agora, não pode ralhar-me, o primo Fernando para ela, sempre de mãos estendidas
— Lembras-te que adoravas este jogo?
a minha mãe a apontar a direita, a apontar a esquerda, a demorar-se hesitando
— Espere

com medo de escolher, a minha avó, que sorria igualmente, deixara de sorrir e tornara-se velha, como seria ela há trinta anos

— Nunca conheci uma miúda tão indecisa há-de continuar assim a vida inteira

a minha avó, ao longo do tempo, fitando-a com desgosto

— Já em garota com os caramelos do primo Fernando não te resolvias

e o primo Fernando, que ganhara entretanto a autoridade da sua bengala e a boca torta conferindo-lhe o monopólio da razão

— Deixa a rapariga em paz Filomena

pelo vértice menos oblíquo dos lábios, num vagar de sílabas que lhe aumentava o ascendente, o que se passa com a sua laringe, primo Fernando, que tem de construir as palavras utilizando a língua como um dedo que escolhe as peças de um puzzle meditando a solução

— Deixa a rapariga em paz Filomena

e a minha avó

— Não mora cá quem falou

o primo Fernando, instalado no cadeirão, para mim, de bengala entre os joelhos e uma das mãos com menos força do que a outra, menos rugas igualmente, o polegar inerte entre os restantes dedos

— Onde para o caramelo menina?

um caramelo muito mais sério do que um caramelo e do qual a minha vida dependia, eu a designar a mão normal

— Aqui

de coração num trapo, o que me acontecerá se falhar, o primo Fernando a prolongar-me a angústia, sempre de mãos lado a lado

— Tens a certeza absoluta?

numa expressão impassível, consciente da minha agonia, a minha mãe a agonizar comigo e eu, surpreendida

— Se calhar gosta de mim

dado que supunha que não gostava de nós, só lhe escutava profecias e censuras

— Enquanto não me matarem não descansam pois não?

pergunta com que a minha avó concordava num suspiro em que flutuavam caixões e pessoas solenes cumprimentando o meu pai

— Vocês matam a vossa mãe

e era possível que fosse verdade, não sei, volta e meia chorava sem que eu compreendesse o motivo cuidando que não víamos, o ladrão do negro melro esquecido, se o meu irmão surdo se aproximasse sacudia-o de olhos a tremerem

— Se não fosses tu

e o meu irmão surdo espantado, o primo Fernando não abria as mãos e o universo à espera, se tentavam auxiliá-lo a levantar-se exaltava-se

— Não é preciso

com o meu pai equilibrando-o a custo que as garrafas da despensa também não colaboravam, os dois numa dança desconjuntada que terminava com o primo Fernando no cadeirão outra vez, não direito, torcido, mirando em roda com surpresa, já não me lembrava de haver tão poucas luzes neste sítio salvo um ou outro candeeiro e o halo do mar, senti a coruja na direção da capela em que talvez lagartixas e ratos no manto da santinha porque a capela ao abandono, até malmequeres no altar a subirem das lajes, esta casa escura, a rua escura, a seguir ao poço uma treva de arbustos que se arrepia com o vento e aquieta de novo, com tantas mudanças o que é feito de mim, a minha colega

— Telefonas-me ao chegares?

e se desencantar uma cabine no Alto da Vigia telefono para que oiças as ondas, volto o aparelho para baixo e hás-de escutá-las crescendo, o que te dirão de nós, eu para o primo Fernando

— Porque não abre a mão?

e ele a fixar-me numa severidade que não atentava em mim, a minha mãe triturando-me a clavícula

— Foi-se embora um instante daqui a pouco regressa

uma frase a coagular-se, independente dele

— É sexta-feira hoje?

e é sábado, primo Fernando, nem vinte horas me faltam, se desembrulhasse o caramelo um segundo papel que nenhuma unha descola, se o pusesse na boca pegava-se às gengivas e o segundo papel farrapos entre os dentes um dos quais me doía, marcar consulta na policlínica porque não se brinca com as cáries, o primo Fernando encafuado que tempos na sua sexta-feira, há dias como poços de onde não se sai sem uma corda, a gente no meio de visco e lodo e um galho de limoeiro impresso no céu na companhia da sua própria sombra, em chegando telefono, a espuma fala por mim e a minha colega a insistir no meu nome que as gaivotas não deciframas, metidas numa reentrância de pedra, como ouvem se não têm orelhas e como cheiram se não possuem nariz, descobrem peixes somente, contentam-se em grasnar, um fragmento de papel do caramelo instalou-se na língua, cuspi-o no tapete e a minha mãe

— O que é isso?

dado que, tal como penso, não gosta de mim, um pedacinho que não se nota que mal tem, senhora, o primo Fernando, enredado na sexta-feira

— Juro que não toquei no pão de ló

a minha mãe para o passado dos álbuns onde se continua a viver de maneira desbotada, oculta por carrapitos e bigodes

— Se o deixassem comia um pão de ló inteiro

isto numa cozinha semelhante ao interior de uma locomotiva antiga, vapor, tubos, fogões, operários de boné manejando foles, devemos ter sido ricos outrora, senhoras satisfeitas num quadrado de relva, coronéis a jogarem ténis de boina, não me lembrava de tão poucas luzes à noite, sobrava o meu pai debruçado para o meu irmão surdo no berço, a minha mãe na cama

— Faz o que te apetecer que eu aceito

e não fez o que lhe apetecia, ficou dividindo o colchão com ela em silêncio, por cobardia, por vergonha, por dó, a estagiária

— Não está comigo por dó?

e não estou contigo por dó, estou contigo para me recordar do que fui, a mesma credulidade, o mesmo entusiasmo, a mesma procura daquilo a que não sabia dar nome e que, hás-de verificar mais tarde, não há, há o halo do mar, o primo Fernando emergindo da sexta-feira

— Acertaste

e acertei em quê, primo Fernando, num caramelo que se me embrulha na boca, com mais papel, depois de tirá-lo, de que não consigo livrar-me conforme você não se livra da bengala, não é de ti que tenho dó, é do que serás um dia, quando perderes um filho e te tirarem um peito, o meu irmão surdo num berço do lado da minha mãe, onde os meus irmãos antes dele e eu depois, o meu pai noites e noites desperto a escutá-lo, cheio de perguntas que se transformavam em novas perguntas e de respostas que se transformavam em despenhadeiros, como foi capaz de me fazer, senhor, o meu irmão mais velho recordava-se de, durante meses, de o ver dormir no sofá, não deitado, com uma manta nos joelhos, e não a sonhar, a detestá-la, um dia voltou ao quarto, despiu-se, ordenou

— Anda cá

e detestou-a mais, preveniu

— Não me beijes

de cabeça longe da dela, não consentindo carícias, sem despir a camisa nem as meias

— Fica quietinha e cala-te

esta casa escura, a rua escura, a seguir ao poço uma treva de arbustos que se arrepia com o vento e se aquieta de novo, olho para eles e não os distingo, sei que existem apenas como a minha mãe existia, o meu pai

— Não abras o bico

a única ocasião da sua vida em que meteu o mundo num chinelo, na semana seguinte as garrafas na despensa, empurrando os boiões, os pacotes, os frascos e as fatias de pão esfareladas à mesa distraído dos meus irmãos, distraído dela, se a minha mãe uma pergunta o meu pai

— Que me importam vocês?

sem se incomodar com ninguém, o meu irmão mais velho recordava-se que uma tarde trouxe uma mulher para casa, avisou a minha mãe

— Desimpede-me o quarto

pagou à mulher no capacho e instalou-se à mesa aguardando o jantar, o meu irmão mais velho recordava-se do meu pai

— Não mudes os lençóis

e durante um mês os mesmos lençóis até que o meu pai

— Podes mudar já não cheiram

o meu irmão mais velho recordava-se que a mulher para a minha mãe à saída

— Não sabia que era a esposa desculpe

e o meu pai, a troçá-la

— Dás-lhe esse nome tu?

caminho aqui porque a lua, quando as nuvens se esquecem de a esconder, e em que mão primo Fernando, inventa paredes maiores do que as paredes do dia, que me permitem deslocar-me entre elas, o primo Fernando para a minha mãe

— Cinco réis de gente e não é parva a catraia

descia escadas numa solenidade de andor, arrumava no táxi a complicação de partes diferentes que era, casaco, joelhos, tronco, uma tosse que o desmantelava, que é do nariz, que é da manga direita, pagavam ao chofer

— Depois entregue-lhe a demasia

porque o primo Fernando embaraços com a reforma, aí vai ele a chocalhar até ao rés do chão no qual a enteada o espera, meu Deus a quantidade de coisas, atrozes de manejar, que compõem um homem, como se mantém aquilo unido sem perder uma tíbia ou um rim, o meu irmão mais velho recordava-se que outras mulheres até eu nascer e do meu pai para a minha mãe

— Queres assistir tu?

não me lembrava de haver tão poucas luzes neste sítio, o degrau onde o meu pai se sentava visível no escuro, depois de eu nascer ninguém, ele, a verificar-me no berço, para a cama onde a minha mãe aferrolhava a cara nas mãos

— Parece-se comigo tens sorte

e a partir daí, com a colaboração das garrafas, foi desistindo devagar, a estagiária a mostrar-me as unhas

— Deixei de roê-las desde que a conheci

sei lá se é nesta casa que habitei ou noutra que a lua criou, se desse atenção apercebia-me das ondas, continuo a sonhar com fantasmas que me perseguem, procurando agarrar-me, a partir de certa altura não sou capaz de escapar e no instante em que uma garra na nuca acordo, o meu marido do interior da fronha

— Não se pode dormir?

numa voz que me lembra Moledo, sem cheirar a homem, a cheirar a menino, a propósito de menino qual o motivo de me terem roubado o meu no hospital, não fiz mal fosse a quem fosse, não ofendi ninguém, se abraçasse o meu marido ele fugia-me

— Que é isso?

o copo de água na mesa-de-cabeceira, com um pires em cima, cintilava sozinho, via o armário e a nossa roupa no banco, sombras de pássaros fugazes na persiana descida, a minha última noite e a estagiária a interrompê-la, distraindo-me de mim

— Não fica contente que eu não roa as unhas?

o pau de incenso açucarado, a lata de bolachas do candeeiro patinhos num tanque, os pais dela um café no sul com as motorizadas dos clientes à porta

— Quando vou de férias ajudo-os nos almoços

isto em Messines e como será Messines, quem habita Messines, viverão como nós, se afagar o meu marido devagarinho ele não repara, o que a barba começa a picar de madrugada, tão estranhos os homens, tive bichos-da-seda numa embalagem de sapatos e o Ernesto com ciúmes

— Para que queres isso?

a escorregar da prateleira e a tombar-lhes em cima, eu para a estagiária livrando-me de um braço que me estrangulava

— Tiveste bichos-da-seda tu?

a roerem folhas de amoreira que era preciso manter num alguidar com água e secá-las num pano, dos bichos-da-seda eu gostava, as borboletas em que se transformavam horríveis, a minha mãe

— Durante quantos anos vou suportar essas lagartas?

e eu, a fechar os olhos

— Sou ceguinha

tateando o ar, por causa da mobília, em passinhos cautelosos, abria uma fenda de pálpebras e desviava-me do armário, o meu irmão surdo, a imitar-me, magoou-se na porta, ao recuar da porta pisou a caixa da costura da minha mãe, feita de compartimentos com tabiques, um dos tabiques estalou confundindo os botões com os carrinhos de linhas e a minha mãe a procurar consertá-lo

— Acaba com as macacadas

não me lembrava de tão poucas luzes neste sítio, a casa escura, a rua escura, a treva dos arbustos a seguir ao poço, o meu irmão mais velho vindo de não sei onde, das ondas, penso eu, tapando-me a cara com as palmas

— Adivinha quem sou?

o meu irmão mais velho comigo nas almofadas coloridas, não a estagiária, a cinza compridíssima do pauzinho de incenso sem se desprender, eu com doze anos quando te foste embora e vontade de matar a mãe da Tininha por olhar para ti, vontade de os matar a ambos, mais a empregada dos Correios, se descesses a rua da praia com ela no quadro da bicicleta, ia buscar a faca do peixe, a grande, à gaveta e espetava-lha, lá por ter doze anos não penses que não era capaz, era capaz, mesmo hoje sou capaz, a estagiária

— Parece que vai bater-me

substituindo o meu irmão mais velho nas almofadas e quem te deu licença de ocupares o seu lugar, era ele quem estava aqui comigo, autorizava que lhe entrasse no quarto, consentia que lhe pusesse as gavetas de pernas para o ar, fornecia-me papel para eu fazer desenhos enquanto estudava, uma ocasião estraguei-lhe o aparo da caneta, não a imitar oiro, quase oiro, faltava-lhe ambição para oiro e não se zangou, escondi o aparo na tampa e o meu irmão mais velho

— Não te preocupes com isso

a corrigi-lo com o canivete e endireitando-o às pancadinhas no rebordo da mesa, o oiro resiste a tudo, quando trocou um dos pneus da bicicleta fez-me uma pulseira de borracha, com um fecho de lata, que guardo na tacinha das joias, isso e o anel que o meu marido me ofereceu, alguns colares, alguns brincos, o trevo de quatro folhas, em esmalte, que tinha obrigação de dar sorte e não dava, se desse sorte tinha o meu peito e o meu filho e nós todos aqui, o meu pai quase a tocar-me na cabeça, o meu irmão não surdo sem palhotas a arderem, o meu irmão surdo a concluir

— A tia atou

nem uma garrafa na despensa, apoiei a testa na testa da estagiária e ela a acalmar pouco a pouco

— Por um instante deu-me medo sabia?

o café de Messines, o pai ao balcão, a mãe às mesas, uma cozinheira africana estendendo os pratos à mãe através de um quadrado de azulejos, destroços de revistas e jornais na arca frigorífica, homens de boné o dia inteiro sob o pavio de altar de um cálice de medronho a que faltava a pagela da santinha, na igreja só um joelho no chão, de lenço por baixo a poupar a fazenda, a estagiária, grata, passeando-me nas costas

— Diga-me que acredita no que sinto por si

comigo longe para não ter de escutar mentiras sinceras, uma guinada nos pinheiros e silêncio outra vez depois de uma pinha ou um ninho se libertarem de um ramo, o meu irmão mais velho fazia-me panelas pequeninas, com asas e tudo, descolando uma página do bloco de argolas cheio de folhas escritas, copiadas de um livro, não o Manual do Perfeito Carpinteiro, outro, sem gravuras, que encafuava no meio das camisolas, chamado A Classe Operária ao Poder, eu

— O que é a classe operária mano?

os dedos da estagiária num sítio que me fazia cócegas e eu a rir sem vontade, o meu irmão mais velho sem dar fé que imitava a minha mãe

— Quando cresceres percebes

assentando um caderno sobre o livro

— Esquece isso

e julgava ter esquecido, apareceu-me sem querer, a quantidade de tralha, sepultada na gente, que ressuscita afirmando

— Eis-nos cá

trazendo pegada a ela mais ruínas consigo, por exemplo o pai da Tininha, segurando a mangueira, para a mãe da Tininha, a olhar o meu irmão mais velho e a olhá-la a ela

— Pelo menos respeita-me

não indignado, a pedir, não me lembrava de tão poucas luzes neste sítio e os dedos enormes nas sandálias aumentando, aumentando, a mãe da Tininha enxotou-o com um gesto e a mangueira murchou num único pingo, se a minha colega lesse o que escrevo abria-me o colo

— Senta-te aqui pequenina

e na blusa dela um broche que picava, veja-se a minha sorte, a mais nova faz-me cócegas e a mais velha pica-me, o meu marido não faz cócegas nem pica, não se aproxima, perguntou

— O que vais fazer à casa da praia pode saber-se ao menos?

sem curiosidade, desatento, se o espreitasse na poltrona nem o via, tornava a encontrá-lo na cama a apontar o teto com o nariz

— Está ali uma mancha

seguido de uma palestra acerca de estuques à matroca que se ia tornando mais espaçada até adormecer, embalado pela própria voz no seu colchão de palavras, regressou à tona um momento

— Amanhã falo com a vizinha de cima

e perdi-o, a vizinha de cima que tocava, menos besouros do que eu supunha, violino na orquestra da ópera, lia cartas no vestíbulo e colocava as promoções do supermercado dela nas nossas ranhuras apesar do aviso na porta Publicidade Não Obrigado, nunca me cumprimentou ao cruzarmo-nos, baixava a boina um centímetro com a pegada do instrumento impressa na pele, no apartamento da estagiária uma viola agora, a fazer companhia aos tambores marroquinos e aos leques japoneses, o meu marido gastou horas a discutir a mancha com a vizinha e ao descer perfume francês na lapela direita, o mesmo que flutuava em permanência nos arredores dos coisos do correio, diferente do da mãe da Tininha e daquele que a minha mãe punha para o canalizador ou o Natal, ao adensar as pálpebras com uma espécie de carvão os olhos transformavam-se em dois beijos compridos ansiosos por alguém que os recebesse, dos quais o meu irmão surdo escapava a gemer e obrigavam o meu pai a demorar-se na despensa de garrafa em garrafa, a minha colega a carregar-me no nariz como numa buzina

— Popó

e a distribuir-me melhor nos joelhos porque a perna onde eu pesava exausta

— Não se faz um mimo à mamã?

e porque não fazer um mimo à mamã, faz-se um mimo à mamã, um beliscão na bochecha que lhe transformava a cara, o meu dedo no seu nariz

— Popó

e somos dois automóveis, já viste, uma corrida daqui até ao quarto, a última obedece ao que a outra mandar, olha as maçanetas de latão na cama e a cortina segregando o outono, cavalinhos de jade alinhados na cómoda, a pedirem

— Varre-nos com o cotovelo para o chão

e eu com ganas de lhes satisfazer a mania, quando chegar o inverno agoniza-se aqui, a colcha de renda, a almofada do marido que tirava da arca, a sereia de um quartel de bombeiros a desenrolar o seu anúncio de dores, Lisboa tão melancólica no interior deste andar, eu para a minha colega

— Nunca pensaste em matar-te?

ela, a meio dos agrafes da blusa, primeiro séria, quase a pensar e impedindo-se de pensar, a decidir que eu brincava e, embora decidindo que eu brincava, a dúvida se eu brincava, a blusa numa das maçanetas, a pele envelhecida a estender-se contra mim

— Se me deixares morro não preciso matar-me
tão desamparada que eu
— Popó
no seu nariz outra vez, que eu, por piedade
— Gosto de mangar com a mamá
na mesa-de-cabeceira um despertador com três pernas, e uma chave como os objetos de corda de quando era pequena, avançando os ponteiros num rebolar confuso, uma segunda chave, para a campainha, que ela nunca girava, a designar o cocuruto
— Tenho um relógio aqui dentro
beijou-me o sinal da bochecha fingindo mastigá-lo
— Tão bom este sinal
um miúdo num piso qualquer atravessou o planeta com martelos em lugar de sapatos, a minha colega a imitar que engolia
— Vou provar mais um bocadinho
e eu saudades do meu marido mesmo que não desse por mim, comendo como se comesse sozinho, sem me estender o sal ou aproximar a travessa, levantando as sobrancelhas em busca de mais manchas, se alterasse a cor do cabelo não notava, se pusesse um vestido novo não via, a vizinha do violino cada vez mais presente no teto ou eu cada vez mais atenta a ela, uma cadeira que se arrastava, sons domésticos na cozinha, até as molas do colchão acabei por sentir conforme sinto os pinheiros e o canavial do poço, uma onda não a chamar-me, porque haveria de chamar-me, alheada de mim, o meu irmão mais velho a poisar a convocatória na mesa da entrada e a informar os meus pais
— Não vou à guerra
não desesperado, tranquilo, o meu pai esfarelando pão à toa, eu para o meu irmão mais velho
— Qual guerra mano?
e nenhum respondeu, ao darem ao meu irmão não surdo uma metralhadora de plástico que disparava bolas de pingue-pongue o meu irmão mais velho
— Não se brinca com isso

quebrando-a no degrau, o meu irmão não surdo agarrou numa pedra para lhe atirar e não se atreveu a atirá-la porque o meu irmão mais velho
— Ficas com a bicicleta em agosto
a bicicleta em agosto e uma ida ao circo, a minha mãe muda
— O que é a guerra mãe?
o meu pai a levantar-se da mesa sem começar o almoço nem passar pela despensa, voltou à hora do jantar com uma ruga na testa que significava
— Calem-se
fechou-se no quarto com o meu irmão mais velho e até de ouvido na porta não entendemos um som, a minha mãe à entrada do corredor esperando que saíssem e não havia forma de saírem, o meu irmão não surdo para mim, de bicicleta na ideia
— Se te portares como deve ser no teu aniversário empresto-ta
o meu irmão mais velho apareceu primeiro e sentou-se na sala, o meu pai surgiu depois e acocorou-se no degrau, já não me lembrava de tão poucas luzes neste sítio salvo um ou outro candeeiro entre as árvores e o halo do mar, a casa escura, a rua escura, a seguir ao poço uma treva de arbustos que se arrepia com o vento e aquieta de novo, procuro-os e não os vejo, sei que existem apenas ao passo que não sei se é nesta casa que morei ou noutra que a lua criou, um brilho nas janelas, um pedaço de sobrado, um caixote de que se esqueceram com talheres e roupa, parece que vozes e não vozes, presenças e não presenças e no entanto a suspeita, num cantinho da alma, que habitamos aqui, a minha colega
— Se eu pudesse não mastigava só o sinal devorava-te toda
e não é o mar que me ocupa a cabeça, é a vizinha, o meu marido a estender-lhe a terrina sem se incomodar comigo
— É servida?
o meu marido a oferecer-lhe o sal
— Uma pitada?

e o seu perfume a envenenar a minha mesa, a minha sala, o meu apartamento inteiro do patamar às traseiras, a vizinha como se eu não fosse ou, antes, porque eu não sou, sou para a minha colega, sou para a estagiária que deu fé de eu reparar na viola

— Ando a aprender a tocar

não com um professor, com um folheto em que dedos nas cordas, a música decidiu invadir os meus últimos dias, a estagiária e a vizinha de cima em conjunto e o meu marido a acompanhar a cadência com o sapato, olha a viola a deitar a língua de fora troçando-me, a minha colega

— Faz mais popó à mamã

só lhe faltavam os brincos-de-princesa e que ridículo uma velha de brincos-de-princesa, põe pétalas de verniz já agora, abraça-te a um boneco de feltro, não a mim, queixa-te dos castigos da tua mãe

— Uma semana sem doce

por te haveres besuntado com as suas pinturas mirando-te no espelho de sapatos de salto que te desequilibravam, não

— Faz popó à mamã

pede antes

— Faz popó à menina

pega no lápis das sobrancelhas e torna-te bonita com dois riscos ao calhas, prolonga a boca de batom quase até às orelhas e eu faço-te

— Popó

prometo, até que as bolas de metal da cabeceira se desencaixem rolando na direção do passeio, faz popó à mamã que palermice pegada, como é que aos sessenta e quatro anos, sessenta e quatro ou sessenta e cinco, sessenta e quatro não é, como é que aos sessenta e quatro anos não cresceste, uma menina decrépita sob a claridade de outubro, de beicinho cómico a aumentar

— Já não gostas de mim

de blusa a sacudir-se

— Já não gostas de mim

de mãos despedaçando-se uma à outra

— Já não gostas de mim

a estagiária a enrolar o fio do meu pescoço
— Há alturas em que a acho tão distante
puxando a medalha e largando a medalha, a minha mãe tirou-o um dia do cofrezinho copiando os baús dos piratas e enfiou-mo cabeça abaixo
— Era da minha avó toma
observando como me ficava
— Oxalá Nossa Senhora te dê mais sorte do que a ela
não sei o que aconteceu à minha avó mas a mim deu-me sorte de facto, sou feliz, sei servir-me da terrina sozinha, não me ajudam com o sal e não entorno uma batata, o meu marido podia confirmar se me desse atenção, os meus gestos com os talheres tão perfeitos como os da vizinha de cima, não pego no garfo pelos dentes, não pego na faca pela lâmina, não abro os cotovelos
— Encolhe as asas menina
não é necessário porem-me livros debaixo dos braços, o Manual do Perfeito Carpinteiro neste e A Classe Operária ao Poder naquele para me obrigarem a ter modos, ocupo pouco espaço, limpo-me com o guardanapo antes de beber água e não o amarro ao pescoço, desdobro-o nos joelhos, só falo quando conversam comigo porque a educação das pessoas se conhece à mesa de jantar, à mesa de jogo e à mesa da comunhão, a estagiária pegando na viola
— Quer ouvir-me tocar?
e adorava ouvir-te tocar mas não há tempo, uma altura em que venha mais cedo sento-me na almofada e oiço-te, peço mais, aplaudo, só que nesta altura não me dá jeito, percebes, há um nariz que me aguarda na esperança que eu lhe carregue na ponta
— Popó
lhe torne a carregar na ponta
— Popó
não deixe de lhe carregar na ponta
— Popó
e o nariz tão contente

— Voltaste
sem reparar que eu no meio dos pinheiros, à espera que uma nuvem me estenda os punhos a fim de que eu adivinhe em qual deles está a lua.

9

Dantes os sábados não eram assim, levantávamo-nos mais tarde, a minha mãe ficava de roupão mais tempo, o sol parava nas persianas fechadas sem entrar aqui, o meu pai atravessava o corredor arrastando nos tornozelos as grilhetas do sono e passando a mão na cara a livrá-la da noite, a cama e eu deixávamos devagarinho de fazer parte uma da outra, ela ficava com o colchão e eu com os braços e as pernas, o corpo, ainda das duas, a decidir qual escolher, regressava a mim mesma vinda de lençóis confusos e de pregas que supunha pertencerem-me e a coberta me roubava, um cão ladrou no interior das minhas orelhas ou lá fora, não sei, mesmo que fosse lá fora sentia as patas nos ossos, o meu pai abria a porta da cozinha e escutava-se o mar, o quarto do meu irmão mais velho de onde ninguém saía, com a chave não por dentro como quando estava vivo, deste lado, abria-se e a colcha direita, a secretária alinhada, nem uma meia no chão, deixou tudo arrumado, aliás, a caneta, os lápis, os cadernos, as calças pelos vincos nos cabides ele que não se preocupava com vincos, lembro-me de dizer à minha mãe

— Vou lá abaixo num instante à praia

e do senhor Manelinho a informar no velório

— Encostou a bicicleta ao passeio e chegou-se aos jornais para me apertar a mão

comigo a pensar que o meu irmão mais velho precisava de apertar a mão a alguém, não para se despedir porque não se despediu, para confirmar que vivo, pedi-lhe

— Leva-me no quadro mano

e passou por mim sem me ligar, eu que enxotava um escaravelho com um pauzinho até que o meu irmão não surdo, que não gostava de mim, o pisou, roubava-me os bichos da seda, escondia o Ernesto, a minha mãe

— Onde para o hipopótamo da tua irmã?

ele

— Não sei

e descobríamo-lo no alto do armário ou todo torto numa panela, a minha mãe agarrava na colher de pau

— Estende o braço mentiroso

e o meu irmão não surdo a encostar-se à parede

— Não fui eu senhora

o senhor Manelinho mostrava a palma como se qualquer coisa do meu irmão mais velho continuasse nela e eu com vontade de a apertar por meu turno a fim de reencontrá-lo, não a lave, senhor Manelinho, para que o meu irmão mais velho não morra outra vez e o senhor Manelinho a considerar com respeito a própria mão

— Fui a última pessoa a quem ele falou

o quarto hoje vazio, igual aos outros, sobra uma lâmpada na sala, uma segunda ao fim do corredor, a última na cozinha, o meu irmão não surdo

— Desculpa

e a escapar-se logo na direção do poço, a lâmpada da cozinha longíssimo, quantos quilómetros para chegar até lá, como a solidão aumenta as distâncias, se ao menos uma pessoa, não importa qual, me acompanhasse, não é preciso que fale, basta que esteja, sempre que tinha febre ou medo ou a má vontade das coisas me custava pedia

— Quero o meu pai

não para fora, muda e mesmo assim ele vinha, olhem para a minha vida e digam quem vos deu licença de morrerem, odeio o Alto da Vigia, odeio os hospitais, quantas tardes, na cama dezoito, não escutei as ondas, perguntavam-me fosse o que fosse e eu a pensar na cabra no penhasco, de pernas a faltarem-me

— Vou cair

a enfermeira

— Cair como se está deitada mulher?

sem perceber que eu não deitada, de pé, procurando com os cascos uma reentranciazinha, um apoio, era pelos meus olhos que saía tudo e não via, o meu pai via e no entanto
— Também estou sozinho filha
cada vez mais no degrau, não no sofá, a somar andorinhas, a cama dele não a dezoito, a vinte e três, a vinte e quatro à sua esquerda, a vinte e um e a vinte e dois em frente, visitas falando baixo como na igreja, doces, fotografias de netos, a minha mãe tocou no meu pai e o meu pai, pai, pai, para ela
— Agora?
não na voz de dantes, num som de câmara de ar que se esvazia, o meu irmão surdo na extremidade oposta do colchão e o meu pai
— Olá
decepcionado por não conseguir um sorriso, nem a cara obedece, os dedos amarrotam o lençol conversando por ele sem que se entenda o que dizem e desistem, telefonaram à hora do jantar, eu de volta à mesa
— Foi-se
e o garfo da minha mãe a cair no prato, o meu continuou entre a salada e a boca conforme o queixo continuou a mastigar e o pescoço a engolir, ao contrário do que esperava a cadeira vazia não mudou de tamanho, na atitude de sempre, era o meu irmão surdo quem esfarelava o pão, lembro-me do sol nas plantas da varanda e da minha mãe com o jarro da água
— Se não as rego secam
e nem um pingo fora dos vasos, reparava nelas, desde a esquina, sobre as bandeiras da pensão, qual o interesse disto, eu
— Desceram-no para a morgue e ficam à espera que tratemos do resto e tratamos do resto, ou seja a minha mãe tratou do resto e o meu marido, ainda não meu marido, pagou com dinheiro emprestado, podes não acreditar mas há alturas em que, como explicar-me, há alturas em que te sinto a falta, não compreendo a razão de principiarmos a afastar-nos quando o meu filho, nem o motivo pelo qual te culpei, como

não compreendo o meu pai na igreja, compreendo ele aqui, o primo Fernando para o meu irmão mais velho

— Dás-me um passou bem?

e o meu irmão mais velho um passou bem como muitos anos depois ao senhor Manelinho, o primo Fernando

— Já és homem acabaram-se os beijos

e o meu irmão mais velho a mostrar-me o caramelo que o passou bem continha, tão mole que o papel não conseguia soltar-se e nós dois a passarmos a cola dos dedos no sofá, o primo Fernando para o meu irmão mais velho

— Não posso comê-los que se me agarram à placa

mostrando-lhe como os dentes saíam e entravam, ao saírem a cara do primo Fernando magra, ao entrarem redonda

— Faça outra vez primo Fernando

e não apenas inveja dele, assombro, dentes brancos, iguais, com gengivas de plástico, o meu irmão mais velho

— Escova-os cá fora ou lá dentro?

a minha mãe para o meu irmão mais velho

— Isso não são perguntas que se façam

enquanto o primo Fernando os aproximava da gente

— Querem ver como eles mordem?

e a minha mãe para o quarto de banho na esperança que o vómito aguentasse até lá, três lâmpadas apenas, os pinheiros invisíveis, o mundo invisível, o meu marido, ainda não meu marido

— Dá-me licença que lhe ofereça um café?

e eu pronta a aceitar até perceber que marido algum, aceitava fosse o que fosse de quem quer que fosse agora, até os cães, que volta e meia ladravam nas quintas, eu desejava perto, até os moscardos, até a minha colega numa voz de suspeita

— Há outra pessoa além de mim?

tão idosa, tão tensa, de repente parecida com a dona Isaurinha, visitei a minha mãe na véspera de chegar à praia e palavra que me surpreendeu a ausência do meu pai, pensei se calhar está na despensa, se calhar está no banco da praceta aqui perto, conforme me surpreendeu a ausência dos meus irmãos e a minha, de brincos-de-princesa, a minha mãe

— Lembraste-te que continuo viva?

não a censurar-me, aceitando, os nossos quartos, meu Deus, a fotografia do meu pai no aparador que não se parecia com a minha recordação dele, mais magro, mais novo, sem cessar de fitar-me estivesse onde estivesse na sala, por pouco não me irritei

— O que pretende você?

o meu pai, na moldura, não a sorrir, a condenar-me, nunca me ralhou nem se zangou comigo e esperou cinquenta e dois anos para me condenar, senhor, a minha mãe

— Parece que perdeste carne

com a operação ao peito na ideia

— Tens ido ao médico ao menos?

exames complicados, radiografias, análises, gente grave à espera, estas doenças não se esquecem de nós e quanto mais se bate no fundo mais ele baixa, não complique a sua vida e não complico a minha vida, doutor, só precisava de lâmpadas fortes nesta casa que me protegessem do escuro, o meu irmão não surdo puxou uma planta do canteiro, com raízes e tudo, e veio ao muro onde eu esperava a Tininha, entregar-ma

— Agora que não mexo no Ernesto somos amigos não somos?

somos amigos, pronto, dá cá um passou bem, a terra da mão dele na minha mão igualmente, a mãe da Tininha para uma compincha que nunca tinha visto, com gestos agudos de pássaro de rio a bicar caranguejos e girinos nas pedras

— A partir dos quarenta temos que escolher entre a cara e o rabo

eu receosa que me avistasse no muro e me bicasse, o meu irmão não surdo com reservas sobre a nossa amizade

— A sério?

de modo que aceitei a planta na esperança de o convencer que sim

— O que faço eu a isto?

aguentando-a a tarde inteira no punho, a mãe da Tininha para o pássaro, a aconselhar-lhe o meu irmão mais velho com o beijo dos lábios
— Que tal o miúdo?
e depois a rirem-se e a falarem francês para nós não percebermos, o meu irmão mais velho a leste delas martelando-me um chalé pequenino com o Manual do Perfeito Carpinteiro a ajudá-lo, o teto que se punha e tirava, porta, janelas, uma cozinha com um balcão
— Só falta a mobília
o pássaro para a mãe da Tininha, esculpindo o ar
— E aquela nuca tenra?
antes do francês de novo, com mais soprozitos, mais risos, eu ímpetos de pedir ao meu irmão não surdo que lhes lançasse uma pedra, quanto mais se bate no fundo mais ele baixa e oxalá que amanhã eu no fundo, a minha mãe arranjou cortinas, colchas, a toalha da mesa, como você muda de idade, senhora, estando bem-disposta, sem necessidade de escolher entre a cara e o rabo, corria comigo da garagem à cancela e vencia-me, uma tarde fez o pino até assentar os pés na parede, de saia à roda dela, ao contrário, sem cabeça nem ombros, só joelhos, coxas, barriga, cansada de felicidade ao levantar-se procurando os chinelos
— Há anos era capaz de andar assim o corredor inteiro
e hoje encostando-me os óculos
— Parece que perdeste carne
dava-me pena que não tivéssemos sido cúmplices como a mãe da Tininha e o pássaro, a minha mãe, a observar o chalé sem teto
— Se o teu irmão arranjar um aparador meto-lhe um naperon em cima o meu pai, de cócoras connosco, quase a sorrir, a sorrir, a tomar consciência do sorriso sem conseguir escondê-lo, pôs a mão à frente para que a gente não visse, houve momentos em que fomos uma família, juro, momentos em que nós, quem me mandou lembrar disto, fico com os olhos a picarem, apetece-me, cortar esta linha, não me apetece nada, pai, mãe, manos, eu, e na minha cabeça e na minha boca,

pai, mãe, manos, eu, não é emoção, é um desses grãos irritantes nas pálpebras que custam a sair, enterram-se debaixo da pele e os olhos defendem-se, já passa, se a minha mãe aqui desafiava-a

— Uma corridinha da garagem à cancela senhora?

ela a estremecer no sofá

— É tão tarde

se convencesse o retrato do meu pai corríamos os três, vi-o correr quando o meu irmão surdo saiu atrás de um gato, agitando uma vara, não só a correr, a chamar-lhe

— Filho

e a minha mãe, é de família, com grãos nas pálpebras logo, a palavra

— Perdoa

não dita, desenhada na boca, outra palavra como essa que me proíbo de escrever, não escrevo, descansem, de minuto a minuto o farol traz as ondas e o meu irmão mais velho com elas, a areia, o início dos rochedos, ora escarlates ora lilases, nunca azuis, nunca verdes, e leva-as consigo, o que me sobra a mim, a minha colega

— Sobro-te eu fofinha

cuidando que necessito dela e não necessito, necessitava de, não necessito mas como estás aí fica ou seja repete

— Sobro-te eu fofinha

embora, se experimentar, pai, mãe, manos, colega, eu, a colega sem relação com a gente do mesmo modo que

— Sobro-te eu fofinha

sem relação comigo e todavia não protesto, eu tão nervosa, o meu marido se lhe roço na mão ao servi-lo

— O que é isso?

o perfume da vizinha de cima não só na lapela, no colarinho, nas, não exagero, calças, cabelos brancos já, a mandíbula a alargar-se, o guardanapo a aumentar na barriga, pagaste o funeral do meu pai e não tinhas dinheiro, recordo-me de ti a fazeres contas num envelope do banco calculando prestações e juros, a minha mãe

— Ainda não casou contigo a vergonha que eu sinto de dependermos de estranhos

chuva nos vidros, sobro-te eu, fofinha, meia dúzia de guarda-chuvas no cemitério de maneira que não se viam as pessoas, as varetas grãos nas pálpebras porque pingavam, pingavam, a jarrinha de uma campa tombada, tantos nomes nas lápides, pedaços de orações, versos, país de poetas e navegadores saúdo-te, lama nas veredas enegrecendo o saibro, o chalé que o meu irmão mais velho construiu para mim a emocionar-me ainda apesar da chaminé descolada, o meu irmão não surdo

— Não ficou direita

eu, ofendida com ele

— As das casas verdadeiras também não

o farol de novo e o meu irmão mais velho

— Menina

lá em baixo, passados quarenta anos continua a chamar-me

— Menina

devem estar a fechar o café de matraquilhos e o café dos pais da estagiária porque, tirando a do meu irmão mais velho, nenhuma voz me chega, a minha mãe para o meu marido, ainda não meu marido

— Não sonha o que me custa incomodá-lo

sem lhe pagar depois, a reforma tão pequena, o penhorista devolveu-lhe um embrulho de pratas, apiedado com tanto pechisbeque

— O que vale isto senhora?

e as pratas sumidas num embrulho, lá voltaram à cómoda com a marca dos nossos dedos a embaciar o metal, a minha avó ao entregá-las à minha mãe

— Para uma aflição rapariga

e afinal as pratas é que se tornaram a aflição, a cara do homem

— O que vale isto senhora?

meia dúzia de guarda-chuvas se tanto, um segundo funeral, quatro ou cinco campas a seguir, muito mais gente do que o nosso, pareceu-me ver o meu irmão não surdo encostado a um jazigo sem gabardine sequer, ao dar fé que eu reparava nele evaporou-se, o cabo do guarda-chuva da minha mãe de marfim, ela para o prestamista

— É de marfim não é?

e o prestamista

— Não é

de modo que experimente inscrever-se numa corrida, senhora, talvez haja quem corra com a sua idade e, se vencer, é possível que lhe paguem qualquer coisa para abater nas despesas, a minha mãe

— Quem não tem dinheiro não tem alma

e pode ser que tenha mas não serve, uma alma barata que nem a Deus interessa, Ele à entrada do Céu a recusá-la

— O que vale isto senhora?

a terra no caixão um som oco e portanto para quê gastar dinheiro em urnas sem ninguém, o meu pai, pai, mãe, manos, eu, no degrau, no banco da praceta em Lisboa ou na pastelaria Tebas tentando comprar garrafas fiado, a dona da pastelaria

— Sabe quantas me deve?

participando ao meu marido, já quase meu marido, ele a procurar na carteira

— Para a semana venho entregar o que falta

e percebi que fazia serões no emprego para entregar o que faltava, a minha mãe

— Com que cara olho eu para o sujeito?

já com o meu pai no hospital depois de beber o universo por sua causa, senhora, e o meu irmão surdo a entender, que se compreendia nos gestos, a goela inchada no desejo de falar, tendões, músculos, veias, a mão apertando-nos o braço e largando-nos o braço, os pés com força no chão, a parente da dona Alice a procurar segurá-lo

— Quieto

e não quieto, para cá e para lá no corredor

— Ata

no funeral do meu pai nenhum grão nas suas pálpebras e no entanto, acho que tenho a certeza, tenho a certeza, melhor do que ter a certeza, posso jurar, mais sofrimento do que em nós, flores nenhumas exceto as do meu marido ou seja

uma coroazita modesta e um ramo que já estava na margem da cova, antes de chegarmos, atado com um cordel, bastou-me ver ao longe o meu irmão não surdo
— Somos amigos não somos?
para entender de onde vinha e, na minha cabeça, pai, mãe, manos, eu, sem cessar, um ramo de flores que não comprou, é evidente, comprar como, deve tê-lo furtado às vendedoras da entrada ou arrancou uma aqui e outra ali num jardim próximo, puxou uma guita da algibeira, não há mendigos sem guitas, amarrou os caules e depois que tempos, à nossa espera, sob a chuva, enquanto as palhotas lhe ardiam à volta, enquanto gritos e tiros, frangos, pessoas a correrem entre a garagem e a cancela
— Ganhei
pessoas a correrem na aldeia perseguidas por metralhadoras e granadas, um velho de cachimbo, uma mulher estendida, a minha colega
— O que eu dava para saber o que vai em ti
e nada de importante vai em mim, mamã, nada de importante na fofinha, somente pessoas a correrem, somente explosões, somente tiros, o meu irmão não surdo ao acaso nas ruas, buscando a camioneta da tropa que o chamava
— Depressa
enquanto o helicóptero do canhão dava voltas e voltas, distinguia-se o piloto, distinguia-se o mecânico, distinguia-se o que disparava a escolher os alvos, o céu não transparente, amarelo, a terra não parda, amarela, o meu irmão não surdo a enxotar fantasmas com as palmas abertas e inútil porque os fantasmas nele, na altura do meu peito queria enxotar a doença, quanto mais se bate no fundo mais ele baixa, mamã, baixa tão fundo o fundo que não o enxergamos como não nos enxergamos a nós, estou contigo e não estou, permaneço no cemitério não no talhão dos ricos, no das campas sem lápides e não em outubro como na tua casa, em fevereiro, o meu marido, ainda não meu marido, o meu marido, quase meu marido, a tomar-me os dedos tão molhados quanto o meu casaco, o meu marido, quase meu marido
— Menina

sem que eu lograsse ouvi-lo por causa das pessoas a correrem, das explosões, dos tiros, dos helicópteros a apontarem para mim, eu uma mulher estendida e o meu irmão não surdo, de cachimbo

— Somos amigos para sempre garanto-te

não consintas que a camioneta se vá embora sem ti e o farol a trazer-me as ondas de regresso, quem me afiança que não há ossos nela nem o meu irmão mais velho a construir-me a mobília no interior da água, uma cama neste quarto, uma cama naquele, um fogãozito, cadeiras, o meu marido, quase meu marido, pegando-me nos dedos, tanto cabelo colado à testa, às bochechas, à nuca, a crescer, a crescer, eu na areia, sob as rochas, sem blusa nem saia, vestida de cabelo, a minha colega a embalar-me

— Pronto pronto

exatamente como eu embalaria o meu filho, a insistir

— Pronto pronto

baixinho, o meu marido, quase meu marido

— Pronto pronto

e calado, se o meu marido, quase meu marido

— Pronto pronto

éramos felizes até hoje, conversávamos ao jantar, à noite ele

— Anda cá

e eu vinha, eu

— Não me faças esperar

eu

— Entra em mim

eu

— Amor

não

— Mamã

eu

— Amor

não o teu corpo, um corpo de homem, uma força de homem, uma violência de homem, um desespero de homem

— Não sei o que se passa comigo

e não se passa seja o que for, és capaz, eu ajudo e és capaz, o meu irmão não surdo não voltou ao jazigo, a estagiária, a estranhar

— O seu irmão não surdo?

e eu

— Às vezes digo coisas sem nexo não ligues

e depois de ajudá-lo eu a embalar o meu marido, quase meu marido

— Pronto pronto

sem me lembrar do meu filho porque

— És o meu filho agora

a minha colega para mim, não compreendendo que não era consigo que eu estava

— Nunca foste tão suave o que te aconteceu?

como se alguma coisa me acontecesse, que ideia, não acontece seja o que for comigo, tens-me aqui, não tens, as minhas pernas estão nas tuas, não estão, não me arrelies com perguntas, carinhos, cuidados, não me tragas as tuas torradas, a tua compota, o teu chá, não queiras engomar-me o vestido antes de me ir embora, deixa o vestido em sossego, não te abraces a mim, ao mirar o jazigo de novo o meu irmão não surdo ausente, a chuva soltou as flores dele da guita e dissolveu-as num charco, o meu irmão não surdo na camioneta e eu, estendida na aldeia, a acenar-lhe adeus, o meu irmão não surdo a desaparecer na colina e eu continuando a acenar-lhe adeus, restam-me os pinheiros, os besouros, os caniços do poço, um moscardo que me ameaçou e se foi embora, dê uma cambalhota, mãe, não se mascare de velha, faça o pino, ande, o meu marido, quase meu marido

— Vamos

dado que praticamente só nós dois no cemitério, guarda-chuvas numa vereda atrás de outra carreta, outro padre, outro caixão que não nos dizia respeito e por conseguinte não existia, fevereiro que mês, felizmente agosto, felizmente sábado, amanhã ao descer à praia encontro o senhor Manelinho no quiosque, se me despedir dele não me reconhece

— Perdão?

a esposa do senhor Manelinho, suspeitosa de mim que bem a hei-de escutar

— Quem é essa?

que bem o hei-de escutar

— Sei lá

isto às seis horas da tarde, isto, apesar de não ter sucedido ainda, há tanto tempo já, qualquer coisa a iluminar-se no senhor Manelinho

— Ia apostar que irmã do outro mas não tenho a certeza a esposa do senhor Manelinho a crescer dos jornais

— Topo-te as desculpas à légua camelo qual outro?

e o senhor Manelinho, que perdera a força derivado a uma alteração no sangue, calado, era a esposa quem mandava hoje em dia, ele numa cadeira a contar as pulsações

— Nem levantar-me consigo

dantes os sábados não eram assim, levantávamo-nos mais tarde, a minha mãe em roupão mais tempo, o sol e os pinheiros paravam nas persianas fechadas, não entravam aqui, o meu pai atravessava o corredor arrastando nos tornozelos as grilhetas do sono, de que se escutavam as argolas no chão, passando os dedos na cara a limpar-se da noite, a cama e eu deixávamos devagarinho de fazer parte uma da outra, a minha colega

— Vais-te embora e nem um beijo me dás?

a cama ficava com o colchão e eu com as pernas e os braços, o corpo das duas a hesitar qual escolher, regressava a mim mesma vinda de lençóis amarrotados, confusos, as pregas que julgava pertencerem-me o cobertor

— Não te pertencem são minhas

tirando-mas, um cão ladrou na espiral dos meus ouvidos ou lá fora, não sei, mesmo que fosse lá fora sentia-lhe as patas na pele, a esposa do senhor Manelinho para o senhor Manelinho

— Camelo

o meu pai abria a porta da cozinha e ouvia-se o mar, uma eternidade de paciência a jogar ondas, se calhar sempre as mesmas, não eu e aqueles que viverão depois de mim, na praia, o quarto do meu irmão mais velho de onde ninguém saía, com a chave não no interior, deste lado da porta, a colcha a tapar o travesseiro, a mesa arrumada, a caneta, os lápis, os cadernos, nenhuma meia no tapete, as calças pelos vincos no cabide ele que não se preocupava com os vincos, tudo em ordem como hoje, acabaram-se os funerais, a chuva e a aflição do meu marido, quase meu marido

— Não sei o que se passa comigo

a avaliar derrotas no escuro
— Não acendas a luz
no pânico de que a sua visível, a minha colega
— Nem um beijo à mamã?
e um beijo à mamã, dois beijos à mamã, os meus braços no seu pescoço
— Mamã
porque tenho medo, compreendes, tanto medo, não do Alto da Vigia, dos rochedos ou das ondas dado que sempre uma única onda, sempre eu, sou eu quem chega à praia e abandono a praia largando na areia não seixos, algas, detritos, largando na areia os brincos-de-princesa, as pétalas de verniz, os caramelos do primo Fernando
— Cinco réis de gente e tão esperta a miúda
o Ernesto, que a minha mãe coseu, a sossegar-me
— Estou cá
com o pincel do farol a descobri-lo e a esquecê-lo, eu
— Olá Ernesto
e suponho que me escutava porque qualquer coisa nos olhos mudou, tenho medo não dos ladrões, dos besouros e de ficar sozinha, tenho medo que o meu marido
— Fui sempre normal não percebo
com a vizinha de cima para quem ele, não para mim
— Chega cá
e ela ia, a vizinha
— Não me faças esperar
a vizinha, intrigada
— Porque me fazes esperar?
a vizinha que não saberá ajudá-lo, deitada de costas
— Não acredito
e o meu marido a pedir-lhe que esperasse um momento antes de se ir embora
— Só um momento pode ser?
de bruços na almofada sem que ninguém o embalasse
— Pronto pronto
até que a fronha um berço onde pudesse dormir.

10

Como os sacanas dos pretos encostam o ouvido à terra e percebem uma viatura a mais de trinta quilómetros, saímos do arame farpado a pé. A berliet e as mercedes viriam depois recolher a gente. Se sobrasse gente. Se não sobrasse recolhiam-nos na mesma, alinhadinhos na caixa. O alferes falou no helicanhão, mas passados seis meses já lhe conhecíamos as tangas. Sempre a mesma história, uma missão simples, e tal e coisa, no caso de não ser simples havia urnas para todos. A piada dele a fim de descontrair a rapaziada. Não sei se os outros se riram. Também não sei se ri. Provavelmente achei graça porque, ao começarmos a andar em bicha do pirilau, com os guias lá para a frente, me doía a barriga. Era o antepenúltimo, diante de um furriel e de um tipo de camuflado novo, que mudaram da paz do comando para a nossa companhia por ter armado uma maca com o capelão. Parece que pôs álcool das feridas na galheta, em vez de vinho, ou uma léria assim. O capelão queixou-se ao major e, o major, já que és um palhaço vais divertir a malta lá em baixo, que gosta de circo. O palhaço não atirador, escriturário. Chegou numa coluna de reabastecimento, todo mijadinho. Sempre tive azar aos gajos que não batem com o lombo na mata e depois, nos aerogramas para casa, garantem que fizeram em pó dúzias de turras. Como não sabia pegar numa canhota o natural era esburacar-me à primeira castanha de morteiro. Julgo que o furriel pensava o mesmo do que eu, olhando sobre o ombro de dez em dez metros, a ordenar baixa-me o cano dessa merda, palhaço, antes que te estoire o coiro, de maneira que lá íamos, com o furriel a pau com ele, evitando os trilhos dado que nunca se sabe quando uma antipessoal ou um fio de tropeçar por aí, a pormos os pés onde os outros chonantes punham os deles, isto com o capim mais alto de que nós, volta e meia uma casa de colono abandonada, comida pela formiga vermelha e as trepadeiras, a varanda de colunas sem colunas, um pássaro no telhado, seguindo-nos não movendo a cabeça, comigo a pensar oxalá o guia seja de confiança, embora sabendo que nenhum guia é de confiança, os pretos entendem-se uns com os outros, qualquer manada é igual, carneiros, cavalos, o raio que os parta, e conheci mais de um que conduzia a tropa fandanga direitinha à metralhadora deles. Por sistema levávamos dois guias, derivado a que, se o primeiro armava aos cágados, dava-se-lhe o bilhete para Luanda e o segundo tornava-se logo uma joia de moço, não dispara, não dispara. Distinguiam mosquitos na outra banda e no entanto, se estávamos no arame, punham óculos graduados ao domingo e cirandavam por ali às apalpadelas, aleijando-se, felizes, nas esquinas das barracas, visto que não sentem as coisas como nós, não gritam, não se queixam, sorriem o tempo inteiro de cromados ao léu e as mulheres deles, para chamar-lhes mulheres, não beijam os filhos, trazem-nos às costas, recordo-me de uma, com o filho morto há uma semana, e aquela macaca com ele no lombo apesar do cheiro mais forte do que mandioca podre, puxando-o de vez em quando para que mamasse, arrancamos-lho à força e a estúpida, sem nos largar, soldado, soldado, enfiamos a cria num buraco, tapamos o buraco, e caia-me a alma em pingos no chão se não se sentou em cima, mal imaginava que a gente distraídos começava a cavar para apertá-lo nas costas de novo, até que o miúdo, por acaso era macho, ia escrever por acaso era rapaz e emendei, lhe fosse caindo aos pedaços pelas pernas fora. Se a minha mãe aqui estivesse vinha logo com a treta do amor maternal, a minha mãe que, no que diz respeito a amor maternal, pelo menos no que se me refere, só da boca para fora e estamos conversados, mostrem-me uma garina sincera que eu, embora não acreditando, ergo já o chapéu. Só para tirar peneiras, quando era pequeno tínhamos uma vivenda na praia, na vivenda ao lado, muro com muro, uma amiga da minha irmã, as duas naquelas parvoíces das miúdas, brincos de flores etc., e a mãe da amiga da minha irmã, casada, a galar o meu irmão mais velho, nas tintas para a filha, de tal maneira que eu, um chavalo de nove ou dez anos, tinha vergonha por ela, garanto que se fosse minha mulher pensava muito bem antes de reinar às galdérias e ia sobrar-lhe tempo para pensar, estendidinha na cama com os joelhos partidos. Saímos antes da manhã para o acampamento dos turras, que andavam a atravessar a fronteira da Zâmbia no plano de cercarem o Huambo, e poisavam o mataco ali, antes de continuarem, a fim de coçarem os sovacos, que é o que eles mais gostam, coçarem-se, darem guinchos, e comerem grilos, espetam-nos num pauzinho e põem-nos a assar, preferia comer estrume a meter o dente naquilo, antes da madrugada, empenado de sono, lá ia eu mata fora, a rosnar ao palhaço essa canhota na segurança, cabrão, compreendendo o meu irmão mais velho, o esperto da família, que se atirou às ondas para não gramar este frete, por sinal herdei-lhe a bicicleta, um caco velho que nem para atacadores servia, quando voltar a Portugal, se voltar a Portugal, dou-a a um pobrezinho com fome e ele almoça alumínios. Passadas uma hora ou duas a bicha do pirilau quieta porque o alferes descansou, ou seja nós em cacho e sete ou oito chonantes a fazerem proteção, metidos cinquenta metros no capim, o alferes, às aranhas com o mapa, não se come nem se bebe, é só para amansar o canastro, pelas contas dele dentro de três horas chegávamos ao alvo, mas, pelo modo como observava o mapa, comparando-o com uma página de instruções, deu-me a impressão que incerto no percurso, pediu ao rádio para falar com o capitão e apenas silvos com uma voz confusa no meio, o rádio pendurou o fio da antena num galho, o alferes ditava ao rádio, o rádio traduzia as papázinhas ao rádio da companhia, ao qual o capitão ditava por seu turno, e com papázinhas para cá e papázinhas para lá corrigiu o azimute, enquanto os dois guias tasquinhavam um osso de mandioca puxado da algibeira, os camuflados deles rotos nos cotovelos, o dos óculos aos domingos uma frase em bunda e o outro euá, como esteve preso na pide a cara amolgada das carícias com que os agentes lhe aconselharam o caminho da virtude alto e fragoso mas no fim doce suave e deleitoso, o espírito evangélico da polícia comove. Uma tarde em que eu demonstrava amizade a um informador que nos mentiu apareceu logo o sargento deixa-lhe a tromba em sossego, meu urso, e acabou-se o amor, de mês a mês entregavam-me cartas de casa, da minha mãe e da minha irmã que o meu pai perdera a gramática à força de garrafas, as mesmas notícias, as mesmas perguntas e que espanto ter vivido com eles, também há um irmão surdo mas esse não fala quanto mais escrever, esforça-se, diz ata e some-se no quintal. Por conseguinte as cartas nem as lia, para quê, chamava mãe e pai aos meus pais porque me ensinaram dessa maneira, da mesma forma que me ensinaram a chamar meu alferes ao alferes, porém que mãe, que pai, sou sozinho, em criança sozinho, em adulto sozinho, quando sair daqui, se sair daqui, sozinho, a minha irmã casada com um artolas, a minha mãe e o meu pai, partia-se do princípio que casados um com o outro, não me mostraram a certidão, existiam para proibir, ralhar e acabou-se, ao crescer larguei a mãe e o pai e troquei-os por vocês, a que se julgava minha mãe quem te ouvir cuida que somos estranhos, eu e não somos, desandando para o quarto antes da parte gaga das lágrimas, as mulheres convencidas que resolvem tudo com lágrimas, que pingando um soluço a gente amolece e comigo amolece uma ova, anunciava mal possa vou-me embora e permanecia sem entender porquê, o alferes guardou os mapas, levantou-se, declarou está no ir, nós levantados também e a bicha do pirilau recomposta, a caminho, arribei num navio e não me apagam do miolo que não saio deste lugar num caixão, visitávamos o armazém e cada um escolhia o seu, os dos oficiais melhores, de crucifixo de latão com um boneco amarelo, os dos sargentos assim assim, os das praças como nós bodegas de pinho, da praia lembro-me do meu irmão surdo a mastigar areia e de mim à cata de pulgas-do-mar, construíam orifícios, saltavam lá de dentro e esmagava-as com uma palmada, para o que supunha a vida delas era um serviço que lhes prestava, gosto de auxiliar quem necessita, a respiração do palhaço mais calma, ganhando confiança, desiludi-o daqui a pouco vais ver a confiança e o furriel para mim esse trombone calado, carteava todos os dias para a noiva no Porto até que a noiva do Porto cessou de responder, quando abriam o saco do correio as mãos vazias tremiam-lhe, encostava-se ao arame a fitar a chana e ao fitar a chana não eram só as mãos que tremiam, eram os ombros, as costas, ora aí está o que sucede a quem se fia nelas, em março um envelope do primo a não sei quantas vai casar-se e ele a pedir pastilhas ao doutor, pela sua saúde ponha-me a dormir, senhor doutor, dê-me uma injeção como aos gatos, o capitão arrebanhou-lhe a canhota por causa das coisas, os restantes furriéis o que mais há são gajas, arranjaram uma preta, deram-lhe banho, mergulharam-na em pó de talco, um cabo inventou um perfume com açúcar e álcool, instalaram-na numa cubata nova, com fotografias de pegas nuas no pau a pique, a mandarem beijinhos à gente, uma delas, escarranchada numa mota, de vergonhas ao léu, e o furriel, sem tocar no cafeco, não me apetece, passados dias, com o coice de uns copos, começou a apetecer-lhe, participou começa a apetecer-me e acompanharam-no à cubata, toda cheirosa de talco, onde uma cabra partilhava a esteira com a preta, um dos furriéis enxotou a cabra, que demorou a ir-se embora, com os argumentos de um vime lá se foi a baloiçar, cada casco no seu ritmo e o focinho mastigando uma haste de liamba, cabras e cobertores são a moeda dos angolanos, compra-se uma catraia, ainda sem peito, ao tio que manda nela, por cinco cobertores e duas cabras e é nossa durante o tempo em que vivermos ali, seja um mês, seja um ano, aí está um modo justo de arranjar companhia, o furriel voltou da cubata desanimado, lamentando nem se mexeu, os outros furriéis qual é o problema, mexes-te tu por ela, o doutor estimulou-o a injeções de vitaminas e a saúde do homem compôs-se um bocadinho, com o avião do correio murchava e regressava ao arame mas sem se sacudir tanto, o capitão desconjuntou-o com uma coronhada não há cornos que não sarem, se baixava a cabeça, lembrando-se da noiva, não vais marrar pois não, e com esta psico, as injeções e o cafeco que continuava sem se mexer foi esquecendo a do Porto que afinal casou com o irmão dele, ainda existem famílias em que as pessoas são umas para as outras, é o sangue a falar, não nascemos ingleses nem suecos que não dão cavaco à honra, em Portugal, graças a Deus, defendemos o nosso apelido, na casa da praia os pinheiros falavam, do mar não me recordo, recordo-me das costas do meu pai no degrau curvando-se para a noite e do Seca Adegas, em África, a beber o ordenado logo no primeiro dia, duas grades de cerveja e ele de papo para o ar à entrada do armazém a dormir, acordava perguntando que dia é hoje mãezinha, respondia-se que domingo, mesmo que fosse terça-feira e ele a pedir o fato da missa, o meu fato da missa, rezava uma hora, aos gritos, na caserna, vinha de lá com a canhota, feroz, esquecido das orações, onde para o inimigo, o alferes a tua mãezinha mandou dizer para te portares à maneira, o Seca Adegas, emocionado, não me trouxe o café, coitadinha, se calhar está doente, o alferes dizia ao cozinheiro que lhe trouxesse o café e o Seca Adegas, a tentar beijá-lo, acho-a mais magra, senhora, com o auxílio do café começava a elucidar-se, já mamei as duas grades, não mamei e, daí em diante, a pessoa do costume, só que mais feliz, passando a mão cuidadosa no camuflado, gosto deste fatinho, e amarrando um lenço ao pescoço porque lhe faltava a gravata, interrogava em torno quando é que vamos aos pretos, numa das últimas saídas uma metralhadora pôs-lhe as tripas de fora, ao colocarem-no no heli para o Luso avisou se a minha mãezinha perguntar por mim venho já e não veio, trabalhava no campo, um vizinho cortou o pescoço do pai dele com um sacho, diante do Seca Adegas com seis anos, por uma questão de regas, não encontrei um chonante na vida com tantos pelos no corpo, a minha mãe, na praia, estás a ficar com pelos, tu, e eu no espelho do quarto de banho, orgulhoso, a contá-los, por alto descobri trinta e oito, não, trinta e nove, não, quarenta, passadas semanas perguntei ao alferes o Seca Adegas meu alferes, o alferes não te preocupes e não tornei a cocá-lo, é capaz de estar no campo com a mãezinha, a cortar por seu turno o pescoço do vizinho, tenho a certeza que está no campo com a mãezinha, a cortar por seu turno o pescoço do vizinho, em que sítio podia estar se não nesse e o alferes, a concordar comigo, não tinha pensado nisso mas fizeste-me perceber a verdade, está no campo com a mãezinha, qual é a dúvida, a bicha do pirilau alongou-se, montes à nossa esquerda, menos árvores, cruzamos um trilho, uma picada, uma aldeia que queimaram antes de nós, fazendas de colonos pobres, sem ninguém, lavrazitas que os bichos jantaram, a dona Alice, para mim, vou contar aos seus pais que ratou este bolo e eu, para a dona Alice, a fazer peito, conte à vontade, dona Alice, não tenho medo deles, e não tinha, tinha, não tinha, veio-me à cabeça a pastelaria Tebas, o meu quarto, a minha mãe, a trancar a porta à chave, por ratares o bolo ficas aí um bocado, dá cá esse automóvel, eu, a segurar o automóvel contra o umbigo, não dou, até que um puxão e solas a afastarem-se no corredor, a minha irmã bem feito e eu quando sair daqui vais ver, um ruído diluiu tudo isto e era um javali a escapar-se, a ordem veio, de homem em homem, até mim, pouco chulé, embora, se calhar, já nos espreitassem não sei de onde, um escarumba aqui e outro ali a seguirem-nos enviando sinais, descobrindo quantos éramos, onde estava o lança-chamas, onde estava a bazuca, quem mandava e eu, ao dar fé da água no cantil contra a perna, com sede, as rações de combate e o pano de tenda começavam a pesar e, se tomasse atenção, podia contar um a um os meus ossos, o cabo enfermeiro, maior do que os outros, uns dez gajos adiante, com os torniquetes, as ligaduras e o resto dos tratamentos, na segunda paragem, a última antes do alvo, talvez deixassem fumar um cigarro, na minha casa ninguém fuma, eu não fumo, se o primo Fernando tirava as mortalhas do bolso mal se despedia escancaravam-se as janelas, a minha mãe este veneno mata, na praia usava chinelos com diamantes e eu, tão parvo, a indagar você é rica, senhora, tinha pavor dos gatunos à noite, na cama, de tempos a tempos, ainda os sinto rondarem-me, levamos-te para Espanha, sabias, o meu irmão mais velho acalma-te que não levam mas atirou-se do Alto da Vigia e portanto está lá, visitou-me durante meses a cochichar tenho saudades tuas e eu não me faças mal, mano, não bem o meu irmão mais velho, um esqueleto com a sua voz, mesmo sem voz percebia-se que ele, até aqui, nos cus de Judas, conseguiu dar comigo, a palavra veio passando até mim, o alvo antes daquele monte, e de certeza que sentinelas de gatas nos arbustos, têm com eles um comissário e um comandante, se calhar os chineses de que a pide falou e o capitão, para a pide, estão a sonhar com ladrões, mas calou-se a pensar, entregou uma mensagem ao cifra e a mensagem de regresso serenou-o, chineses o tanas, parecido com o meu pai no amor às garrafas, só lhe faltava o degrau e, por lhe faltar o degrau, punha uma cadeira cá fora e cantava, não o ladrão do negro melro onde foi fazer o ninho, essa pertencia à minha mãe, um hino em francês, quando a coluna de reabastecimento trazia o capelão inquietava-se, tem a certeza que há Deus, senhor padre, o capelão, distraído, tenho a certeza de quê, a minha mãe ia à missa, o meu pai fechava-se na sala a estudar a parede, veio outra palavra, de tropa em tropa, atenção, que o furriel não passou ao palhaço para o aguentar mansinho, a minha mãe obrigava-me a ir à missa e aborrecia-me como um orangotango na jaula, contava as velas dos altares, contava o número de anjinhos, contava as velhas nos bancos, o capitão que há Deus, senhor padre, tem a certeza que há Deus, o capelão, entretido com o bolso do camuflado que não abria ou não fechava, escolham a hipótese que entenderem, tanto faz, que perdem, perde-se sempre, quem ganhou fosse o que fosse na vida a não ser complicações e sarilhos, o capelão se não houvesse Deus a meter isto na calha já reparou na bagunça em que andávamos, até ao alvo um par de horas ou nem um par de horas, uma hora e tal mantendo este ritmo, alguns atiradores abandonaram a bicha a fim de caminharem paralelos a nós, dos dois lados, para o caso de turras no capim, com sorte, como sucede aos caranguejos, apanha-se um à mão, distraído da silva, de canhota ao lado, e depois ou se lhe dá o bilhete para Luanda ou o deixamos à pide que é o mesmo que dar o bilhete para Luanda só que demoram mais tempo a pagá-lo, lembro-me de um, de joelhos no posto, a quem a esposa do chefe da brigada, uma espanhola enfezadinha, aplicava choques elétricos nas partes, o marido gordo, radioamador, aprovava, continua Pilar, falazando, num aparelho enorme com maníacos de trovoadas e apitos com sílabas engastadas, mesmo com a Bélgica, gabava-se ele, mesmo com o Uruguai eu comunico, cheio de números e códigos, o chefe de brigada para o capitão, vaidoso dos apitos, o da Bélgica é engenheiro, o do Uruguai matemático e o capitão, a impressionar-se, nesse caso se calhar há Deus, olha, o alvo um aldeamento onde os macacos descansavam da viagem da Zâmbia, sepultados até à goela no marufo e largando, pelo caminho, minazitas nas picadas, não simples, para a primeira viatura, de roda dentada para a terceira ou a quarta, a primeira viatura, tirando o condutor, sacos de areia na intenção de não voar como os pardais, saltava uns metros e ao bater no chão nem rodas nem *capot*, antes que a erva e a terra assentassem demorava um tomate, tudo negro, tudo cinzento e assim que tudo normal o estoiro do depósito e labaredas de gasolina no ar, na praia as gaivotas e os melros não incendiavam ninguém, hoje em dia não sei, não me tornam a apanhar lá nem doirado, chegou nova mensagem cabeça a cabeça, continua o pirilau mas aumenta a distância, não um pelotão, dois, dois alferes, seis furriéis, setenta caga e tosse como eu, o segundo alferes um borrado e daqui a minutos dia, um ventinho ao rés das plantas a chamar pela gente, não forte, em segredo, o meu irmão surdo havia de compreendê-las, eu não, o capelão distraiu-se de Deus ao avistar o palhaço, que entrava na messe de sargentos com um caixote, continua vivo, o malandro, e continuava vivo, o malandro, a experimentar safar-se das saídas, tenho paludismo, não posso, o doutor, sem lhe apertar o termómetro debaixo do braço, tens paludismo o caneco, aliviando-lhe as febres com uma biqueirada com alma, volta a aparecer e prego-te uma injeção de água destilada que dás três voltas à cueca sem tocar no elástico, a minha mãe, na rua para a praia, não desçam do passeio, corrécios, eu, de braços em cruz no meio do alcatrão, não tenho medo e a minha mãe a suspender-me pela orelha, de volta à mercearia, fique já aqui tolhida se não vais ter medo de mim, a minha irmã, a consolar-me, a orelha continua no sítio, eu a jurar que cortava as da minha mãe com a faca do peixe mas ao voltar para casa esquecia-me, se fosse agora cortava--lhas e guardava num frasco, com oito meses de África a gente nem pensa, faz, primeiro dispara-se e depois raciocina-se, aconselhava o alferes, se raciocinares primeiro recebes de presente um clarim e uma salva e continuas a raciocinar para as minhocas, de modo que deixei a minha mãe e os meus irmãos enquanto o alvo aumentava, à espera que a bicha do pirilau se transformasse em leque, com os inúteis do pelotão de morteiros nas pontas, quase tão ranhosos como o palhaço, não só o ventinho ao rés das plantas, as primeiras asas nas copas, os primeiros murmúrios, um bicho pequeno a fitar-nos e desaparecendo em seguida, semelhante a um esquilo mas não esquilo, nunca topei esquilos aqui, o escuro continuava a ser escuro mas com brilhos que surgiam um a um e ficavam, folhas já nítidas, cebolinhas de orvalho, uma suspeita de sol pálido antes do sol verdadeiro, começávamos a ter sombra, manchas compridas que ganhavam espessura, unidas à gente pelos pés e a avançarem connosco, o capitão para o padre, ainda com a noção de Deus a atazaná-lo, eu só vejo bagunça, o que meteu Ele na calha, a impressão que alguém erguia o sol por intermédio de uma manivela ou uma corda, uma das botas doía-me, não o calcanhar nem os dedos, era a bota em si que doía, o alvo a um quilómetro se tanto, não cubatas, não pessoas, a minha irmã e a amiga encostando um ao outro os peluches no muro, inventavam-lhes vozes de desenho animado e obrigavam-nos a cumprimentarem-se com as patas bambas em lugar de perseguirem cobras junto ao poço como eu, a bomba da bicicleta do meu irmão mais velho servia de cacete, o meu irmão mais velho a mostrar-ma

— Amolgaste isto tu?

dado que o êmbolo chegava a meio e encravava, o meu irmão mais velho consertou com uma vareta e um martelo, sem se zangar comigo ou me denunciar à minha mãe, um soslaio e eu arrependido, derivado ao soslaio

— Desculpa

achava-me grande demais para me levar no quadro e não era, as minhas solas não roçavam no chão, o meu boné não o impedia de ver, encolhia-me um bocadinho

— Sou pequeno mano repara

ele convencido que eu adulto

— És enorme

como se fosse enorme de propósito e mentira, a prova está em que a mãe da amiga da minha irmã nem um sorriso me atirava, pelo sim pelo não verificava-me no espelho

— Serei feio?

sem perceber se era feio, tinha as mesmas coisas do que os outros na cara, sobrancelhas, boca, pestanas, descobri um dente encavalitado no parceiro, espetei-me diante da minha mãe disposto a perdoar-lhe a orelha e a não tocar na faca do peixe

— Acha que sou feio você?

ela sem levantar os olhos de uma bainha

— Que disparate rapaz

e eis o que a minha mãe pensava, não menino, rapaz, sendo rapaz deixo de ser filho, ninguém põe um rapaz ao colo ou lhe apaga a luz à noite, manda-o apagar sozinho, não lhe tiram a pele e as espinhas ao peixe, eu que as tire

— Tens muito boa idade para isso

e o que é ter muito boa idade seja para o que for ainda hoje me intriga, tenho, porventura, muito boa idade para estar aqui, tenho, porventura, muito boa idade para morrer de um tiro, diga lá, e sobretudo acha que sou feio, responda, a minha mãe

— Feio feio talvez não

a faca a pular da gaveta, sem necessitar da minha ajuda, e uma orelha no chão, a bicha do pirilau desfez-se, o alferes, quase em segredo, nem os porozinhos da pele quero ouvir, rodeamos as cubatas dos leprosos no intuito que eles não desatassem a borbulhar-nos em torno, branco, branco, estendendo para a gente aqueles cotos horríveis, aquelas ventas gigantescas, aquela ausência de olhos, observavam-nos através de covas sem pálpebras em que nada cintila, em lugar de lábios um canino e o osso da maxila ao léu, crianças, sem braços nem pernas, encostadas a paus, uma cabra esquelética, seca de leite, uma aguazita turva e dão-lhes aquilo a beber, lavam-se no lodo de um riacho, a lama tomba-lhes da pele não em gotas, em placas, trazendo carne com elas, arrastam-se a deslocarem o corpo aos sacões, a minha mãe feio feio talvez não, a minha irmã já me habituei a ti, não sei, ao meu pai não perguntei porque era homem e nos ficava mal aos dois, as sombras iam diminuindo depressa, cada vez mais densas, mais negras e a minha bota a latejar, houve ocasiões em que me doeu a camisa, não o peito, no funeral do meu pai foi a gravata que decidiu apertar-me, a garganta normalíssima, a gravata um soluço com o qual eu não tinha que ver, ela que entristeça mas não conte comigo, direito, calmo e a gravata, sem aviso, um pulinho, eu felizmente não com a minha família, que família, aliás, amparado a um jazigo entre o bafio das flores e a velhice dos mortos, sentindo os pulos da gravata comunicarem-se-me aos olhos, antes de me obrigarem a limpá-los à manga, e isto não por culpa minha, por culpa de um trapo ao pescoço, dei de frosque pelas veredas das campas perseguido pelos defuntos que me pediam ao ouvido não nos abandones aqui, fotografias redondas, meninos de pedra, até a estátua de um cão amochado na lápide, guardando o dono com a melancolia do focinho, o dono para mim como está o animal, eu, sem abrandar, cheio de saúde, descanse, nuvens a choverem-me no interior das tripas, se calhar não no interior das tripas, no cinto, na camisa, nas botas, felizmente o palhaço longe de mim agora a maldizer a brincadeira das galhetas, se lhe escapasse a canhota não era a minha barriga que apanhava a ameixa, o rádio, para o alferes, daqui a vinte minutos o helicanhão, meu alferes, o outro alferes, num cicio, os vinte minutos deles conheço-os eu de ginja, levávamos quatro atiradores avançados e vai daí um reboliço no capim e um preto de cabecinha na erva, sem sangue a não ser no pescoço, descansado, a dormir, o alferes entregou a canhota dele a um cabo, toma lá uma israelita que é fino, uma canhota que não me dava confiança, bate-se com ela no chão, ao de leve, e dispara, põe-se no tiro a tiro e sai uma rajada, põe-se na rajada e entope, põe-se no travão e fura o teto, a cabrona, voltei atrás, por delicadeza, à lápide do cão, como se chama o seu bicho, mas o dono, esquecido de mim, a arengar aos choupos porque uma raiz lhe incomodava o tornozelo, bem fez o meu irmão mais velho em atirar-se do Alto da Vigia, dado que, pelo que vi, não há choupos no mar, não afirmo que não há, afirmo que não vi, a minha família não reparou em mim no cemitério, finados também e convencidos que vivos, a minha mãe, o meu irmão surdo, a minha irmã e o marido em redor da sepultura, imprecisos na chuva, tudo impreciso na chuva menos a gente a quatrocentos metros do alvo, quais quatrocentos, duzentos, a gente a duzentos metros do alvo, não sou bom em distâncias, entreguei flores ao meu pai que a chuva lhe roubou, não há coisa mais desesperada do que fevereiro em Lisboa, não é por mim, é o mês, aí temos a história da bota, da gravata etc., a repetir-se, que culpa me cabe nas aflições do inverno, fevereiro encabrita-se por problemas lá dele, não me atirem a culpa que eu sereno, desde que vim de África sereno quando as palhotas consentem, o sol todo à vista já, não amarelo, branco, ao amanhecer sempre branco, amadurece mais tarde, apareceu-me na memória a esposa grega do farmacêutico a pentear-se à janela, trocando o caniche de mão conforme a parte que escovava, se não fosse a porcaria do alvo deitava-me na camarata e entretinha-me uns momentos, sozinho com ela, não precisava de largar o caniche nem a escova, nós quatro na dança, enxugava-me no lençol e durante cinco minutos a minha vida agradável antes da gravata, por maldade, começar de novo a apertar-me, como se vê não sou eu, são as coisas que não me largam da mão, pelo menos a uzi ia-se portando bem, caladinha, os atiradores avançados com a gente a galgarmos uma encosta e o amigo da bazuca de tubo no ombro, ouvia-se uma mulher, não a minha mãe, a cantar o ladrão do negro melro e tal tal, ouviam-se galinhas, ouvem-se sempre galinhas, topavam-se os milhafres suspensos, a escolherem os pintos, desciam de golpe e destruíam-nos nas unhas a remarem, remarem, por muito que me esforçasse e esforcei-me jamais acertei em nenhum, mesmo fixos no ar, de braços abertos, deve haver Deus meu capitão, sossegue a sua alma porque os crucificados persistem, compreendo tudo na vida, só não compreendo as manias da gravata porque não ligava ao meu pai, quer dizer, não ligava o caraças, porque não ligava ao meu pai, não me chateiem com isso, as mercedes em marcha há que tempos para nos recolherem depois, com tanto turra a entrar pela Zâmbia não traz saúde ganhar raízes neste sítio, para mais com o armamento novo que a pide jura que eles têm e os comunistas a treinarem-nos, o que me deu o meu pai, admitam lá, se falasse com ele não me respondia, não me passeou no olival como ao meu irmão surdo, não me deu uma bicicleta como ao meu irmão mais velho, não me levou ao circo como à minha irmã, há alturas em que me chega a certeza, e o que digo serve para a minha mãe igualmente, que me aceitava por esmola, se tentasse conversar com ele o meu pai, aí sim, chupando a língua na esperança que o sabor da garrafa continuasse, vi no jornal, por um bambúrrio, o anúncio do seu falecimento e se entrei no cemitério foi por curiosidade, daí não entender a gravata e muito menos os olhos, o que nos comove o enterro de um estranho, ao ver no jornal a notícia com o retrato do meu pai novo, não do meu pai no fim, a gravata a apertar-se e eu parvo com ela, proibindo-me de engolir, não é só o comportamento das pessoas que me espanta, e o dos objetos sem alma, as manias deles, os caprichos, para além dos turras, no alvo, as pessoas das lavras e já estou a ser simpático, que tenho eu hoje, ao chamar-lhes pessoas, de quando em quando torno-me generoso, chamar aos pretos pessoas, por exemplo, chamar pai ao meu pai, irmãos aos meus irmãos e quanto à minha mãe é melhor nem falar, sozinha no prédio de azulejos à espera não calculo de quê, o que se espera aos oitenta e tal, o que espero eu aos sessenta, o que esperava aos vinte, quase a entrar no aldeamento, sob um teto de milhafres, com o céu cor de palha na cara, o alferes vamos subir, porque uma espécie de colina pequena e já vozes, ruídos, um focinho de cabrito a galar-nos, o cheiro da mandioca, o cheiro deles que me enjoa, sobretudo o das mulheres, e incluo as europeias, um relento que me assusta, eu incapaz de dormir com uma criatura dessas e depois a maneira de falar, os diminutivos, as tolices, as zangas sem motivo, para o diabo todas, sentiram qualquer coisa no alvo porque um silêncio súbito, um dos cretinos do pelotão de morteiros tropeçou e levantou-se, os das metralhadoras de tripé afastaram-se para cruzarem o fogo, se tivesse tido um filho matava-o à nascença, que me interessa aquilo, feito de ranho e teimosia, a espernear, a exigir, fraldas, vacinas, guinchos, lembro-me do meu pai a esfregar as gengivas à minha irmã quando os dentes rompiam, do meu irmão surdo a latir com as otites, o alferes levantou o braço e eu a correr, tanto quanto o sofrimento da bota, a tralha às costas e a lama consentiam, um círculo de cubatas, macacos de todos os tamanhos, uma série deles com canhotas, velhos a dar com um pau, filhos não meus, frangos, bodes, miséria, a metralhadora da esquerda começou a cantar, pode achar-se inconcebível eu acho inconcebível, que o retrato do meu pai no jornal, aberto na banca, a fingir que ia comprá-lo e o compras, me suspendesse o sangue, substituindo-o por uma musiquinha pateta, na cabeça de um careca no mais alto cabelinho e ganas de, ganas de fechar o jornal com a minha infância, dentro, de repente intacta, a manhã em que, sem querer, abri a porta do quarto de banho e dei com a minha mãe nua a secar-se na toalha, o pavor e o pasmo tão grandes que não lograva fugir, eu quem é você, até que, com a roupa, ela se tornou ela de novo embora a outra permanecesse por baixo, se a outra me abraçasse morria, apetecia-me não cortar-lhe as orelhas, cortar tudo em pedacinhos e salvar-nos dessa maneira, ao meu pai, aos meus irmãos, a mim, as metralhadoras cantavam em coro, a primeira morteirada, a segunda, um dos turras a pegar na canhota e a ajoelhar-se, arregalado de surpresa, deixando-a cair antes de cair por seu turno sem proteger a cara com o braço, a bazuca furou as diferentes paredes da moradia em ruína de tal maneira que se notava a mata através delas, nenhum milhafre lá em cima, as cabras de uma banda para a outra, a galope ou a trote, é o mesmo, pisando as esteiras, o helicanhão surgiu rente às copas, o alferes, que perdera o quico, a disparar ao acaso, o enfermeiro numa espécie de abrigo aguardando clientes, muito mais pretos do que eu calculava, dúzias, centenas, milhares, a certeza de que o meu pai ignorava o que a minha mãe era debaixo do vestido, se sonhasse levava-nos dali ou solucionava o problema com a faca do peixe, o modo como as pernas se encontravam com a barriga e o que nesse ponto existia, preferi apagar a luz antes que entrasse no quarto e eu, a cobrir-me de lençóis, não me toque, por amor dos seus finados não me toque, uma tarde vi dois cães um no outro, persegui-os à pedrada e não se soltavam, rodopiavam, gemiam, eu, sem coragem de explicar ao meu pai, tome cuidado que se a minha mãe o apanha você não se solta, a vergonha da minha mãe e dele pegados na rua, diante da pastelaria Tebas e dos vizinhos à janela, a dona Alice indo-se embora sem exigir que lhe pagássemos, as camionetas à nossa espera, na outra extremidade do alvo, o alferes quando isto acabar deita-se fogo às palhotas, ninguém sai daqui sem deitar fogo às palhotas, além das espingardas eles canhangulos, catanas, as velhas saias e saias, panos sujos, pobreza, não vi o meu irmão mais velho no Alto da Vigia, não o vi atirar-se, vi o senhor Manelinho de braço estendido, apertou-me esta mão e pessoas, respeitosas, a observarem-lhe a mão, tudo tão perto da poeira, do ruído, dos gritos, das esteiras de mandioca saltando de vida, do palhaço oculto nas mangas, não aguento, não aguento, o senhor Manelinho desejoso de desenroscar a mão para a expor no quiosque, foi a última que o meu irmão mais velho cumprimentou antes de falecer, a esposa do senhor Manelinho, por uma vez de acordo, é verdade, no meio das palhotas a arderem um velho de cachimbo diante de uma mulher estendida, de pernas e barriga ao léu, que de início julguei que fosse a minha mãe, que desejei que fosse a minha mãe e não era, uma preta a que faltava a cara e o velho observando-a enquanto fumava um cachimbo dos nossos, não uma mutopa deles, você viva, senhora, apesar de ninguém lhe ligar, quando merecia estar no alvo em Angola, coxeando por ali até cessar de existir, não se aproxime de mim, não me sirva o almoço, se eu entrar na cozinha quero-a na marquise, se atravessar o corredor feche a porta da sala para que não dê por você, nem pelo palhaço, nem pelas crianças, pelas cabras, pela rapariga que ardia entre duas cubatas conforme tudo ardia à minha volta e mais tiros, mais gasolina a que se chegava um fósforo, mais lança-chamas a evaporarem quem descia a colina, o sol não branco nem pardo, sem cor, em regressando ao arame entro na casa da praia e fico num tijolo mirando as lagartixas não lhes cortando o rabo, mirando os besouros não lhes cortando as asas, a escutar os pinheiros, o mar, as gaivotas, quando chove dão a curva na capela ou somem-se nos rochedos que as ondas não alcançam, os camaradas nas camionetas arrastando o palhaço e eu feito imbecil cercado de palhotas em fogo, o capitão a insistir com o padre acredita a sério que há Deus, não me venha com romances, não me venha com provas que não provam um caralho, não me venha com conversas de igreja para beatas tontas, fale-me de homem para homem, acredita mesmo, à noite, quando não existe ninguém a não ser nós, o escuro e o escuro que nos espera mais escuro ainda, responda-me, olhos nos olhos, onde está Ele nessa altura, e o capelão entupido, no sentido da chana para onde as nossas camionetas voltavam, sete ou oito cheias de tropas de testa encostada à canhota, enegrecida pela cinza, pela poeira, pelo sangue dos macacos, pelas raízes que se erguiam da terra depois do helicanhão e dos pedaços de corpos, o capelão

— Não sei

enquanto o condutor me chamava na outra ponta da aldeia diante do velho de cachimbo e da mulher estendida, da minha mãe estendida, eu a tirar do cinto a última granada, a puxar a cavilha, a jogá-la ao velho pensando demora cinco segundos, a única coisa em que pensava era que demora cinco segundos e, na quantidade enorme de tempo que são cinco segundos, o condutor depressa e eu sem pressa porque para cinco segundos falta muito, quanto demorou o meu irmão mais velho a cair da falésia, quanto demoraram a falecer todos estes, quanto demorava o meu pai entre o sofá e a despensa, se ao menos o velho do cachimbo olhasse para mim e não olha, a granada encostada aos pés dele e a bota a doer, não os meus dedos, a bota, a bota a doer, a camisa a doer, a gravata que não tinha a doer, o alferes para mim sua besta, o alferes para os caga e tosse na caixa tragam-me o filho da puta ao coice e não foi preciso trazerem-me ao coice, trouxe-me a bota até eles, o

alferes se nos acontecer uma maca no caminho meto-te uma ameixa na goela, tão baixo que a voz dele cobriu a explosão da granada, como cobriu a queda do meu irmão mais velho na água, como cobriu a minha mãe a convocar-me para a mesa
— Apetece-te um tabefe?
e, por não me apetecer um tabefe, jantei mais depressa do que os outros, mastiguei o pero que me mandaram mastigar, coloquei os talheres como deve ser, dobrei o guardanapo como exigiam que eu dobrasse e saí para o quintal onde o velho do cachimbo continuava a fumar, em cima da granada que não rebentara até então, e ficámos os dois, sem contar até cinco, a assistir aos morcegos.

domingo, 28 de agosto de 2011

1

Nunca me tinha despedido de uma casa nem sabia se ela me escutava, em criança tinha a certeza que sim, o borbulhar dos canos, os gemidos dos móveis e os estalos do soalho eram a sua forma de conversar comigo, depois de crescida não sei, talvez uma porta que gira nos gonzos e no caso de me interessar
— O que foi?
roda mais um pouco
— Deixaste de te preocupar connosco
e não deixei, mentira, preocupo-me, olho as fissuras nas paredes, olho as telhas que faltam, podes não acreditar mas custa-me ter-te vendido, mostrado os quartos, o quintal, a sala, por pouco não mostrava o muro onde a Tininha e eu e o buraco do diário, não mostrava o degrau em que o meu pai sentado, foi a minha mãe que teimou, um lugar onde ninguém vai e ainda por cima só me lembra coisas tristes e me dá despesas, julgas que sou rica, e o que podia eu fazer, a minha mãe olhando para mim sem olhar para mim, ou olhando através de mim para outra que não sou e ela imagina que sou, talvez a que fui na época em que ela nova
— Continuas aí?
há quanto tempo nos teremos perdido, a minha colega
— Se vais passar o fim de semana sozinha por que bulas não posso ir?
e quem diz a minha mãe diz esta casa, há quanto tempo terei perdido esta casa, pai, mãe, manos, eu, os pinheiros e os melros desconhecidos agora, eu, para a minha colega
— Não vou passar o fim de semana sozinha vou passar o fim de semana com eles

como se houvesse eles e não há, há eu a trazê-los de volta apesar das fissuras nas paredes e das telhas que faltam, nenhum canteiro já, essas florinhas no degrau que nascem da pedra como as gaivotas das rochas, julga-se que chocam ovos e não chocam, o Alto da Vigia abre as mãos e um pássaro, a minha colega, sem acreditar em mim

— Quem são eles?

porque os meus irmãos e a Tininha lhe escapam, na cara da minha mãe um sorriso sem relação com os lábios, afastado da pele, quando o meu pai adoeceu sorria desse modo para nós e tanto medo oculto, perguntava-se-lhe

— É a garrafa que quer?

e era a garrafa que queria, a gente não lhe dizíamos respeito, quem são vocês ou ela e o que tenho eu convosco, talvez um senhor de chapéu o acompanhasse fingindo não conseguir levantá-lo

— Pesa chumbo o velhaco

e, a seguir, lembranças ao acaso, uma barriga quase encostada ao seu ombro, com uma tosse por cima

— Ora recita lá os planetas por ordem

e silêncios temerosos de outras criaturas, pesando chumbo, os velhacos, que se lhe suspendiam à volta, uma delas com uma caixa de fósforos, cheia de joaninhas, na algibeira, outra de canivete, só com metade da lâmina, enfiado no sapato, faltavam muitos anos para que a morte em nós e, se faltavam muitos anos, não iria chegar, muitos anos, qualquer pessoa sabe isso, significam nunca, a minha mãe

— Não imaginava o tempo desta maneira lembras-te de mim a correr da cancela à garagem?

e não da cancela à garagem, da garagem à cancela, até isso esqueceu, senhora, troca as coisas, viu, se calhar muitos anos não significam nunca, significam daqui a instante, significam já está, as joaninhas e os canivetes transformados em côdeas para pombos de jardim que um sujeito, de cachecol em julho, não oferecia, ia deixando cair, quem supunha o tempo tão veloz, ninguém me tira da ideia que a culpa não seja nossa, o que fizemos de errado, a tosse por cima da cabeça afastou-se com desgosto

— Faltam Neptuno e Plutão ignorante

a tosse por cima da barriga para o senhor de chapéu

— Não me parece que tenha aqui grande coisa

e o senhor de chapéu de repente minúsculo, muito mais pequeno que o meu pai, de calções, a colecionar canivetes e joaninhas, sem bochechas de bebé, sem calvície, trocando os rios no mapa da escola

— Para onde foi o raio do Guadiana o traidor?

recuperando o tamanho e as certezas à medida que se aproximavam de casa, a estender o prato do meu pai à esposa

— Põe-lhe mais batatas caramba

declarando com desprezo

— Planetas

a deixar cair no soalho Mercúrio, Saturno e Urano de roldão com uma poeirada de asteroides, explicando à minha avó

— Mesmo sem constelações à custa de batatas vai lá

nunca me tinha despedido de uma casa nem sabia se ela me escutava, parto do princípio que sim embora nenhum cano borbulhe, nenhum gemido nos móveis que não há, o chão, a que principiam a faltar tábuas, calado, se pudesse responder ao professor no lugar do meu pai, pedir

— Dá licença?

justificando

— Faleceu sabia?

e enumerar os planetas um a um, direitinho, a minha colega

— Ao menos promete que telefonas

e prometi julgo eu, sê sincera, de que servem aldrabices agora, e prometi, olha a cancela a depenar-se, coitada, se o meu irmão surdo aqui estivesse dúzias de lagartixas só para ele, que sorte, apetecia-me ouvir os chinelos da minha mãe no corredor ou a Tininha a chamar-me mas não me sinto triste, estou bem, lá anda o mar na sua sina a ir a e a vir, logo à tarde, quando estivermos juntos, vai pronunciar o meu nome, oxalá não se engane com a desculpa habitual

— Vocês são tantos

quando, que eu saiba, só o meu irmão mais velho, eu e o padre que trocou a Igreja pela sobrinha do senhor Leonel, e, antes de se atirar, nos abençoou dos rochedos, insignificante à distância porém a mão gigantesca, a estagiária

— Envergonha-me dizer mas excita-me a ideia que me tratasse mal

a viola não encostada à parede, no tapete, empurrei-a com o calcanhar e uma vibração sem fim, o padre, no café de matraquilhos, a discutir religião com um cálice intacto, a sobrinha do senhor Leonel, da porta, sem coragem de entrar

— Anda para casa Germano

e o cálice, parecido com a cadela do senhor Manelinho, ficava a aguardá-lo até ao dia seguinte, obediente, fiel, o padre, que ninguém viu sem batina, continuou a abençoar-nos à medida que descia, três pessoas apenas e o mar

— Vocês são tantos

na esperança de o respeitarmos, conta-se que a sobrinha do senhor Leonel a única presença no funeral, viram-na tomar o autocarro de Lisboa e o senhor Leonel respondia a contragosto cortando ossos de um só golpe, com raiva

— Há-de estar em Vouzela

apesar de os jornais mencionarem uma rapariga sob um comboio numa vila de que não recordo o nome, se fosse Vouzela não esquecia, os comboios sim, têm o privilégio de afirmar

— Vocês são tantos

comboios às dúzias por todo o lado enquanto mar só um e não muda de sítio, monótono como os cavalos de pasta, o meu irmão surdo teve um, a diferença estava em que o mar toma lá algas dá cá as algas, toma lá uma prancha dá cá a prancha e o cavalo de pasta não dava nem tirava, ia avançando aos poucos, somente cabeça, selim e uma cauda de estopa que se foi tornando cada vez menos abundante até que cauda alguma, uma tarde ficou à chuva no quintal e metade do focinho para o maneta, jogamo-lo nos caniços do poço, procurei-o e moita, os jornais da esposa do senhor Manelinho não se referiram a nenhum cavalo de pasta, sem pelos na cauda, debaixo de um comboio, um mendigo, anda de certeza, a chocalhar o vinho galopando por aí numa barraca desfeita, a minha mãe

— É capaz

e eu surpreendida com a sua autoridade em mendigos, onde aprendeu você isto, cheia de consideração por ela, sondei a Tininha

Achas que a minha mãe foi mendiga?

a Tininha a ponderar

— Apanha lixo?

e, como não apanhava lixo nem pedia esmola nos semáforos, provavelmente não mendiga, digo provavelmente porque, há meses, uma senhora bem-vestida me abordou na rua

— Tenho fome

mãos sem destino e olhos insuportáveis a vasculharem em mim, sinto-os cá dentro, os médicos, ao auscultarem-me na cama dezoito, deram por eles de certeza, a doutora Clementina levantou o estetoscópio sem acreditar

— Tu

como dantes na praia, disse-lhe

— Tire os brincos-de-princesa doutora Clementina servem-nos para quê?

da mesma forma que o Ernesto serve-me para quê, não um bicho, um farrapo, se a cruzasse na rua eu

— Adeus

corria para longe de si tão depressa quanto nós dantes a aproximarmo-nos no muro, a minha mãe da cozinha

— Aposto que te apetece uma palmada já estão todos à mesa

nunca me tinha despedido de uma casa nem me despeço hoje, finjo que fico na esperança de que não me aborreça ou informo, no tom mais natural deste mundo

— Vou lá baixo à areia num instantinho

a casa, que gosta de saber com o que conta, a acreditar, sossegando os pinheiros

— Não tarda está cá outra vez

o meu pai e os meus irmãos à espera, a minha mãe, na cancela
— Não a vejo
e, mesmo que eu tranquila no que foi o meu quarto, uma tábua do sobrado
— O que se passa contigo?
a maneira como as coisas nos observam intriga-me, cuida-se que não reparam e notam cada pormenor, senhores
— Ai menina
a minha colega
— Se me proíbes de ir contigo tens que ser terna para mim a dobrar
de modo que eu, terna
— Que é da minha mamã?
eu, de nariz na sua nuca, pensando és velha, sabias, pele de velha, vestido de velha, até mobília de velha, eu, a acariciar-lhe as costas
— Vou ficar com o teu cheiro nas mãos vou ficar como ela
e que horror, gosto do meu marido, que cisma, do seu nervoso na hospedaria, do alívio do triunfo
— Consegui
de o ver dormir de punhos fechados como o meu filho dormiria se estivesse connosco, do seu cabelo de criança quando acorda, da pergunta ao ver-me
— És tu?
e tão bom que me digas
— És tu?
apertar-te a cara contra o peito, pedir-te
— Vem para dentro de mim
e tu
— Tenho que trabalhar
tu
— Só se for um bocadinho
tu
— Sim
tu
— Sim sim sim

tu
— Que bom sou capaz

enquanto a onda que me vai receber logo à tarde não para de aumentar, eu

— Segura-me amor

eu

— Por quem lá tens segura-me

e gaivotas, e espuma, o senhor Leonel, a meu respeito

— Há-de estar em Vouzela

cortando os ossos de um só golpe, com raiva, todos os meus ossos cortados quando olhas para o relógio, te levantas, me deixas, tu invisível no quarto de banho mas a tua escova a cortar-me, a tua máquina de barbear a cortar-me, o teu duche a cortar-me, cada peça de roupa que vestes a cortar-me e a cortar-me, cada sapato que calças a esmagar-me os dedos, o teu beijo de despedida metade em mim, metade na almofada, um sudário que me esconde do mundo, não me escondas do mundo, não me impeças de respirar, que angústia se encontro na cozinha uma pasta de açúcar no fundo da chávena, não no lava-loiças, no balcão e eu com desejo de beijar a chávena que continua a triunfar

— Que bom sou capaz

continua a pedir

— Mais depressa

a exigir

— Vem meu Deus vem

uma carta que esqueceste na mesa, a marca do teu corpo no sofá, o senhor Manelinho que não se lembra de mim, uma imagem difusa na memória mas não se lembra de mim

— Onde é que eu vi aquela?

a esposa do senhor Manelinho a bater jornais na banca

— Só pensa em putas o camelo

enquanto o mar toma lá algas dá cá algas, toma lá uma prancha dá cá a prancha, o mar, acerca do meu irmão mais velho

— Vocês são tantos

enquanto o padre não desiste de abençoar-nos caindo, se não me acharem em casa hão-de achar-me em Vouzela, a minha colega

— Terna para mim a dobrar

e eu, tão terna quanto posso
— O que é da minha mamã?
não
— Segura-me amor
eu
— Que é da minha mamã?
ocupando-lhe o colo, de nariz na sua nuca, a pensar és velha, sabias, pele de velha, vestido de velha, até mobília de velha, o que faço aqui, mesmo em agosto a impressão de que chuva, suspeita de bolor nas gavetas da roupa, as minhas festas gestos de brinquedo mecânico no fim da corda, a minha colega agradecida
— O que seria da mamã sem o bebé?
de feições separadas umas das outras num êxtase feliz, o anelzinho, que não conseguia tirar, afundado no dedo, não sei o que seria da mamã sem o bebé mas sei o que seria do bebé sem a mamã, mais contente, os pinheiros, escuta, onde fica Vouzela, os pinheiros o meu nome, que engraçado, recordam-se, pai, mãe, manos, eu, um melro no muro, talvez os brincos-de-princesa, que não servem à doutora Clementina, me sirvam de alguma coisa a mim, quem os roubou do canteiro, tenho cinquenta e dois anos, socorro, um resto de névoa no quintal e uma madeixa de caniços, a minha colega confundindo o brinquedo mecânico comigo
— És mel
sem perceber que o sorriso pintado na cara se torcia na vitrina de uma retrosaria, a quantidade de porcarias que se agita nas montras, cãezinhos a sacudirem a cauda, focas equilibrando uma bola no nariz, até um soldado a marchar sem sair do mesmo sítio, quando o meu irmão não surdo apareceu pela primeira vez em casa, vestido de tropa, a minha mãe tentou abraçá-lo, nessas manias das mães, e o meu irmão não surdo
— Largue-me
de pé como um estranho, observando as coisas na cerimónia de quem não as conhece, não se sentou em nenhuma cadeira, não conversou com a gente, trancou-se no quarto, isto não na praia, em Lisboa, no edifício de azulejos ao lado da pastelaria Tebas, e escutamo-lo a remexer coisas, a partir o que se me afiguravam molduras, a enfiar um saco no contentor da entrada, a regressar pelas escadas, não pelo elevador, como

era costume, a demorar-se na sala com a fada de loiça na mão, virando-a e revirando-a de modo que a fada parecia não ter estado a vida inteira ali, com um dos pés mal colado e sem estrela na varinha, a minha mãe

— Quase se julga que não moras connosco

o meu irmão não surdo a colocar a fada no tampo da cómoda, fora do naperon, cinquenta e dois anos que injusto, salvem-me, o meu irmão não surdo

— E você acha que moro?

não ocupou o seu lugar à mesa, escolheu a outra ponta, onde a toalha não chegava, para a qual a minha mãe exilava a floreira de cobre, a que chamava bronze

— Vens jantar ou é preciso que eu vá aí menina?

olhando-nos como uma visita, distraído, ou perdendo-se, através da cortina, no prédio fronteiro, não bebeu um copo de água para amostra, recusou a fruta, não tocou no doce de marmelo que a minha mãe lhe pôs à frente, com colher e tudo, lembro-me que em criança roubava, na despensa, um pedacinho de cada boião, na esperança de que não dessem fé e a minha mãe

— Malvado

ela que não daria fé agora, o que sucede com os anos, houve momentos em que me pareceu que ia falar e não falou, momentos em que me deu ideia de se considerar parte de nós e recuava, momentos em que se afigurou comover-se porque qualquer coisa, impossível de descrever, nos traços inalteráveis, como se escreve isto, a minha colega a buscar-me com o nariz, às cegas, descendo-me testa fora em saltinhos de beijos

— Este corpo enlouquece-me queriducha

não encaixávamos muito bem pois não, mano, apesar do nosso pacto

— Somos amigos não somos?

não gostavas de mim ou o facto de eu ser rapariga assustava-te, creio que o facto de eu ser rapariga te assustava e, à medida que me tornava mulher, já não susto, pânico, esmagavas-te contra a parede do corredor para não me roçares, se a porta do meu quarto aberta voltavas a cabeça no receio de um ombro nu ou de uma hipótese de peito, eu que mal peito tinha, dois grãozitos que principiavam a crescer e um espanto imenso

— O que está a acontecer-me?

e o que aconteceu foi a operação, a cama dezoito, a espera das manhãs fitando o negro da janela no desejo que a claridade me trouxesse a redenção que não vinha ou seja isto não existe, não existiu, não estou no hospital, estou em casa com o meu marido, e só se for um bocadinho, e entra em mim, e agora, ele incrédulo

— Foi mesmo bom a sério?

a apoiar-se no cotovelo, tentando ler-me os sentidos

— Jura que foi bom então

e eu jurava

— Foi bom

embora a sua insistência me obrigasse a pensar

— Terá sido bom?

a pensar

— Haverá outras coisas que desconheço quais sejam?

sem descobrir outras coisas, a minha colega

— Essa boquinha de mel

e mel algum, por acaso uma afta, a bochecha que mordi e me incomoda, aposto que fiz um corte, o medo que mau hálito ao fim do dia e além disso os pinheiros qual mel, dentes, língua, cuspo, eu escancarada no doutor com uma espécie de babete ao pescoço e um tubo em anzol na gengiva

— Uma cariezinha minha senhora

de modo que segurar os braços da cadeira com força, aguardando a dor, como é que um molar, tão pequeno, faz sofrer enormidades, à medida que um instrumento cruel zumbe furando, furando

— Vamos ver se não atinge a polpa

trazendo-me à lembrança operários a esburacarem a rua e o capataz a assistir em silêncio, não apenas os homens a vibrarem, o bairro inteiro vibrando com eles, não esquecer os melros, a loiça sempre acanhada, não entendo a modéstia da loiça tinindo no armário, nenhum açucareiro afirmativo, nenhuma terrina autoritária, erguem o dedinho a pedir licença

— Posso exprimir-me?

e opiniões reticentes duvidando de si mesmas, tão insegura a loiça, tão receosa de decidir o seu destino
— Achas que sim?
ou
— Não pensas mal de nós?
e não penso, acabamos de jantar e o meu irmão não surdo a despedir-se de nós num silêncio que se escutava lá em baixo onde há elétricos, vendedores ambulantes, escritórios, o meu marido
— Não te aleijei pois não?
e não me aleijaste, descansa, deixaste-me uma marca que não tem importância, eu gosto, uma nódoa que vai demorar tempo a passar, do roxo ao verde, do verde ao amarelo, do amarelo ao normal e, quando do amarelo ao normal, estou a ser sincera, saudades da nódoa, calcula ao que eu cheguei, até as nódoas me faltam porque as nódoas eram nós, compreendes, eis uma onda mais forte e ao sumir-se perco-te, se for possível, e espero que seja possível, não te vás embora de mim, que estranho o amor e será amor, responde, será amor de facto ou será que me sinto sozinha e se me sinto sozinha a cama dezoito regressa, a doutora Clementina
— Bom dia
e as costas dela a desandarem, conheço-lhe melhor as costas do que a cara, quase só lhe conheço as costas e as pernas que a levam, distraída de mim, não exatamente distraída, forçando-se a distrair-se de mim, escrever no diário que deixamos no muro
— Não te distraias de mim
numa letrinha torta, infantil
— Não te distraias de mim
e distraiu-se, não leu, a tua mãe
— Meu pêssego
a minha
— Onde estás filha?
e portanto adeus Tininha, crescemos, elas a caírem da tripeça e nós cinquenta e dois anos com as nossas tripeças perto, dentro de instantes tiramos as pétalas das unhas e é a nossa vez de cair, o meu irmão não surdo levantou-se da mesa, verificou--nos um a um, ajeitou a fada no naperon, pelo menos ajeitou a

fada no naperon e continuo a escutar-lhe os passos na escada, nos patamares, na escada, a porta da rua que ele fechou sem estrondo e todavia ecoa em mim, vai ecoar em mim sempre, pai, mãe, manos, eu, vai ecoar em mim sempre, ao entrarmos no teu quarto não sobrava um retrato, as gavetas abertas, uma delas no chão, cabides sobre a cama, o cartaz da artista inglesa rasgado, descobrimos o saco com tudo isso no contentor e a minha mãe, como se dentro de tudo isso uma cobra pronta a morder

— Não mexas

incapaz de fazer o pino, incapaz de uma corrida mas ainda alerta, viva, o meu pai a consolar-se a si mesmo

— Rabinho de bebé rabinho de bebé

sem que nenhum senhor de chapéu lhe valesse, tão pesado no sofá, afagando a própria bochecha em que rabinho de bebé algum, pelos duros mal barbeados e sangue seco no lábio, às seis e meia subo ao Alto da Vigia, julgava que o meu último domingo diferente dos outros e afinal idêntico, não me sinto tensa, sinto-me mais ou menos, presumo que me sinto mais ou menos, não importa, não me importa a mim e não importa aos outros, à minha colega talvez

— Minha pêssega

ela que não

— Minha pêssega

ela que

— Meu bebé

a despir-me, a deitar-me, a tratar-me como eu tratava o Ernesto, põe a patinha direita neste ombro e a patinha esquerda naquele, aperta-te contra o meu corpo, mostra um bocadinho de animação à mamã, tem paciência, ora aí está, que lindo, de longe em longe o telefone tocava, atendíamos e ninguém, quer dizer uma respiração, não uma respiração normal, uma respiração depressa e depois o som de desligar, o meu irmão não surdo, aposto, uma tarde uma palavra

— Queria

interrompida, de imediato, pelo auscultador no descanso, a minha mãe ligava para o quartel e

— Não pode atender

até que, da última vez

— Não quer atender

pinheiros, pinheiros, o quintal, o poço, tenho a consciência tranquila, não sei o que isso significa mas acho a frase bonita e além disso passam a vida a dizê-la, tenho a consciência tranquila, que curioso, não é, toda a gente tem a consciência tranquila, o mundo inteiro uma serenidade sem pecado, porque te escapaste de nós mano, pai, mãe, manos, eu, em que ponto falhamos, de que nos sentias culpados, a minha mãe foi ao quartel e voltou tão idosa

— Proibiram-me de entrar

enxergou do portão jipes e canhões, não o enxergou a ele, escondido numa caserna ou atrás de um carro de assalto, a suspeita de que a espreitava de um poste, uma árvore

— Mãe

quase a agarrar-se à gente, ele pai, mãe, manos, eu, ele designando o quartel

— E agora?

para nos agarrar de novo, felizmente que a maré daqui a pouco, é difícil continuar por mais tempo, eu para a estagiária

— Apetece-te que te bata é isso?

enxotando a viola e, consoante enxotei a viola, um som oco, profundo, ela, de olhos fechados

— É isso

e eu, para mim, que idade tens tu, vinte e um, vinte e dois, uma nudez incompleta, gestos ainda não redondos, a dúvida sobre qual o botão em que se carrega para que a vida comece, pés de criança que me cabem na mão, ganas de te bater, não te bater, de me ir embora destas almofadas, destes leques, deste apartamento, com uma teia de aranha entre duas paredes, que termina a um metro do chão, frases escritas nas paredes, versos ingénuos, desenhos, soubemos quando o meu irmão não surdo embarcou, janeiro, seis de janeiro, não presto para datas mas esta pertence-me, fomos ao cais, o meu pai, a minha mãe, o meu irmão surdo e eu que venho sempre no fim, demos com militares a desfilarem, o paquete, os lenços, gaivotas bicando palhas e óleo, o que oferece o Tejo além disso, vimos o paquete a largar entre marchas, não te vimos a ti, o meu irmão surdo

— Ata

apontando um aceno entre centenas de acenos, a puxar a roupa da minha mãe
— Ata
e a acenar por seu turno, a minha mãe
— Onde?
inclinada para diante arredando pessoas, juntando-se a nós, desanimada
— Não dei por ele vocês deram?
à medida que o meu irmão surdo continuava a apontar, mesmo quando o paquete um risquinho continuou a apontar, mesmo quando o paquete se sumiu continuou a apontar, mesmo já em casa abriu a janela das traseiras que nem sequer dava
— Ata
para o rio e continuou a apontar, durante dias e dias continuou a apontar, a minha mãe
— Por amor de Deus acaba com isso
e ele continuava a apontar, se não apontava torcia os pulsos
— Atou
cirandando pela casa à procura, abrindo a arca, as malas, a minha mãe, a segurar-lhe a camisa
— Tencionas enlouquecer-me tu?
sem coragem de olhar o meu pai, com o passado subindo-lhe, num vómito, à boca e um homem a rir ao despedir-se dela
— Talvez torne a visitar-te
e calculo que não tornou a visitá-la, calculo que a minha mãe o procurou no trabalho e ele baixinho, para que os companheiros não dessem atenção e é evidente que deram
— Não me apetece
conforme é evidente que a minha mãe
— Não te apetece como?
mais alto do que devia e uma dúzia de narizes, sem abandonarem os lugares, convergindo para eles, a minha mãe num sussurro
— Não te apetece como?
pensando anular com o sussurro o

— Não te apetece como?

anterior, dúzias de secretárias, ficheiros, arquivos, um calendário com uma paisagem suíça, vaquinhas, neve, esse género, o homem para ela não num sussurro, num silvo

— Não tenhas a triste ideia de voltar aqui

evaporando-se entre as secretárias, a minha mãe seguida até à porta por uma gargalhada que a arranhava por dentro, se atenuou depois, insistia em arranhá-la sempre que o meu irmão surdo

— Ata

e penso que não cessou de a arranhar mesmo velha, mesmo defunta há-de arranhá-la inclusive quando a esquecerem, há-de durar mais do que os ossos, o cemitério, o mar, outra onda maior, a enchente da manhã, não a minha, que começa, a bandeira da praia vermelha e um banheiro a apitar, pode ser que, numa pausa para o Alto da Vigia, aperte a mão do senhor Manelinho

— Fui a última pessoa a

para que ele seja a última pessoa que me apertou a mão também, já viu a sua importância, amigo, não há na praia quem não se despeça de si antes de, exceto o padre da sobrinha do senhor Leonel

— Anda para casa Germano

a abençoar-nos rochedos abaixo, julgo que não a abençoar-nos, a absolver-nos e por conseguinte não tenho pecados, sou pura, a sobrinha do senhor Leonel em Vouzela ou debaixo de um comboio, que interessa, mesmo os ossos mais fortes cortados de um só golpe, eu rodeando o pescoço da minha colega com aquilo que me não cortaram ainda, pele de velha, vestido de velha, até mobília de velha, sessenta e quatro anos e nenhum filho nos Socorros a Náufragos como a minha mãe, nenhum filho na guerra, nenhum filho a apontar sem descanso sabe Deus para onde

— Ata

puxando-lhe a blusa, desesperado, teimoso

— Ata

pai, mãe, manos, eu, melros, pinheiros, o degrau com florinhas a nascerem no intervalo da pedra, eu a pisá-las com o tacão

— É o degrau do meu pai não é o vosso sumam-se e elas, que remédio, sumiam-se, elas obedientes
— Desculpe
eu, firme
— Vou decidir se desculpo
a névoa abandonou os caniços dissolvendo o seu tecido gasto que se esfiava entre os dedos, o senhor Manelinho
— Obrigado por se despedir de mim menina
a esposa do senhor Manelinho a iluminar-se
— Bem me parecia que era a menina mas não tinha a certeza
a voz dela quando eu alcançar a muralha
— Vai ver que não custa é um salto e pronto
e não custa de facto como o comboio não custa, a gente à espera nas calhas, à saída de uma curva, primeiro só plantas e árvores, depois a locomotiva, as carruagens e o fumo que se aproximam baloiçando, sente-se o atropelo das bielas, os cilindros que se esvaziam e enchem, o carvão, o óleo, a esposa do senhor Manelinho, sábia, vai ver que não custa, apenas custa que pai, mãe, manos, eu, a única coisa que custa é pai, mãe, manos, eu, o resto simples, garanto, a minha colega
— Gostas que te faça festas bebé gostas de rir-te comigo?
e eu a rir-me com ela, eu não
— És velha
dobrada para trás na almofada do sofá
— Adoro
não troçando-a, com sinceridade
— Adoro
o meu pai contente por mim, a minha mãe contente por mim, os pinheiros, as tábuas do sobrado e as telhas que faltam contentes por mim, toda a minha família contente por mim dado que eu
— Adoro
o primo Fernando
— Cinco réis de gente e espertíssima

cinco réis de gente e adora, do Alto da Vigia hei-de ver o senhor Manelinho e a esposa, a esposa do senhor Manelinho para o senhor Manelinho

— Não tinha dito que era ela?

e não tinha mas qual o problema, quem dá importância a uma criatura de cinquenta e dois anos pedindo ao marido

— Vem para dentro de mim

pedindo ao marido

— Segura-me amor

e a permanecer que tempos na cama, ignorando se acordada ou a dormir, enquanto uma chávena de café, quase vazia, à sua espera na bancada com uma pastazita de açúcar no fundo.

2

De manhã não é apenas a sombra dos pinheiros que entra em casa, são os ramos também, caminhávamos na sala desviando-nos dos troncos, pisávamos agulhas, musgo, pedaços de casca e um melro no sofá, uma cigarra a cantar na fruteira, pensava que voz e são as asas que tremem, se eu falasse com os braços, em lugar da garganta, que barulho daria, mexo-os e, quando muito, um atrito de tecido que mal se ouve e uma pinha a desprender-se chão fora igual à maçaneta da cama da minha colega que durante semanas não esteve lá, só o varão de alumínio, a cabeceira uma pessoa com um olho vazado, descobrimo-la no cesto da roupa por lavar, erguemos a tampa de vime e ela, decepcionada com a gente

— Demoraram a encontrar-me caramba

e demorámos, desculpa, quanto tempo levaste do quarto à marquise, como te meteste aí dentro, a maçaneta, desviando a cara

— Segredo

na mania que as coisas têm de se furtar às respostas, não aclaram, fecham-se ou respondem ao lado, conheço-as de ginjeira e não há forma de me habituar, a segunda gaveta da secretária, por exemplo, cheia de fotografias, deixou de deslocar-se uma tarde, sem razão alguma, não encravada, não empenada, não um ângulo de retrato a impedi-la, não se deslocava e pronto, a minha colega trouxe a maçaneta do cesto da roupa e colocou-a no varão de banda, sem graça, de manhã não é apenas a sombra dos pinheiros que entra em casa, são os ramos também, caminhamos na sala desviando-nos dos troncos, pisamos agulhas, musgo, pedaços de casca, um melro no sofá, uma cigarra a cantar na fruteira, o meu marido tirou a

gaveta de baixo na esperança de consertar a dos retratos, bateu com a palma, sacudiu-a para a direita e para a esquerda, estendido no soalho, com as feições todas numa das metades da cara e as pernas curvas do esforço, comigo a desejar
— Oxalá não consigas
porque não gosto de ver os mortos que nos censuram, nos culpam, eu para a minha mãe
— Detestam a gente não detestam senhora?
a minha mãe a corrigir-me a posição do garfo
— Tanta pergunta come
que agarro como ela queria, na pontinha, não me dava jeito nem equilibrava as ervilhas, a boca do meu marido apertada como se fosse a boca a pegar na alavanca com que torcia a gaveta num estalo de madeira
— Não percebo isto
e depois, com o crescer da manhã, a sombra dos pinheiros ia abandonando a casa, tudo finalmente nos lugares que lhes competiam, a serra, as nuvens, o mar, a estagiária para mim
— Outra vez
nos leques japoneses japonesas de leque, de chinelos parecidos com os nossos na praia, como se manteriam no passeio ocupado com os caixotes da fruta, a minha mãe, suspendendo-as pelas orelhas
— Querem ser atropeladas vocês?
e as japonesas, que não deviam entendê-la, respondiam no idioma de periquito delas, o meu marido emergia da secretária numa lentidão de ressuscitado
— Tem que se telefonar a um marceneiro
e não telefonamos nunca, os defuntos até hoje no interior da gaveta, de longe em longe um murmúrio de protesto ou um pedido ao qual não dou atenção, que me querem agora, o vosso tempo passou e o meu quase passado já, umas horas somente, oito ou nove, a Tininha para mim
— Olha o relógio que me ofereceram
os ponteiros não autênticos, desenhados no mostrador, cinco e doze, e a pulseira de elástico, no quarto dos meus

pais um despertador de números fosforescentes, à noite, no escuro, um bafozinho azul, alguns algarismos menos nítidos, o três, o nove, enquanto o sete enorme, a Tininha não entrou aqui, a mãe dela não consentia, achava-nos pobres
— Brincam no jardim e chega
cada uma no seu lado do muro da mesma forma que, quando estive na cama dezoito, ela do lado da saúde e eu do lado da doença, eu, para ela, doutora, ela, para mim, você, um muro entre nós, a minha colega, a verificar a resistência da maçaneta
— Talvez se aguente
e, se Deus quiser, há-de aguentar-se, descansa, com a idade as coisas, como sucede à gente, desistem de fantasias líricas, permanecem quietas, de pálpebras descidas, não respondendo sequer, a decrepitude concentra-se nas mãos que poisam nos joelhos, os dedos muito mais gastos do que o resto do corpo, veias, sinais, o amarrotado da pele, sessenta e quatro anos quantos anos são, não sei, sei que nos vamos inclinando na direção de quê, o meu irmão mais velho para sempre dezoito, eu para sempre cinquenta e dois a partir de logo à tarde, o meu pai e as fotografias nenhuns, a maneira como os retratos nos observam faz-me sentir culpada não compreendo de quê, um dos melros uma nota perdida e eu a certeza de que se entendesse a nota entendia o segredo do mundo, se calhar nenhum burro no Alto da Vigia, restolho somente, frio no topo das rochas mesmo em agosto, pingos de espuma, na palma aberta do vento, que me roçam na pele ou não chegam a roçar, sou eu que imagino, o prédio ao lado da pastelaria Tebas ia perdendo azulejos, da varanda das traseiras via-se a mulher divorciada do segundo esquerdo a jantar com um livro e, a propósito de livro, interrogo-me se auxiliado pelo Manual do Perfeito Carpinteiro o problema da gaveta não se resolveria, há-de existir um capítulo para gavetas que emperram, com esquemas, instruções, gravuras, a mulher divorciada voltava a cabeça na nossa direção mastigando sempre, mais inexpressiva do que as ovelhas vistas de um comboio parado entre duas quintas, a estagiária, de nuca numa almofada azul

— Não me acha doida?

a mulher divorciada regressava ao prato e ao livro, não era só na fachada do prédio, faltavam azulejos na cozinha também, a única lâmpada na trança de um fio, com um abajur de esmalte, espantava-me não encontrar a mulher na rua, só naquele sítio, de livro encostado ao jarro da água, a minha colega

— Quando te vais embora apetece-me

terminando a frase com um gesto ao acaso, custava-me que as chinesices sem repararem nela, haverá quem tenha um momento para nós e nos dê atenção consoante a sobrinha do senhor Leonel dava atenção ao padre

— Anda para casa Germano

e o padre uma bênção comprida que me dura até hoje, depois de jantar a mulher do segundo esquerdo fechava o livro e permanecia séculos de cotovelos na mesa e bochechas nas mãos, mandavam-me para a cama e a mulher acolá mas ao espreitar de manhã a cozinha deserta, uma ocasião bati-lhe à porta, mal ela abriu disse

— Enganei-me

e fugi, uma mulher mais nova do que eu agora que dava a impressão de me observar não com os seus olhos, com os meus, mudam de cara os olhos, aprendi nessa altura, e observam-se a si mesmos sobre uma boca alheia, atrás dela um bengaleiro e um espelho duplicando o bengaleiro, à falta de melhor, para não perder o hábito, ao cerrar o nosso fecho os meus olhos, nas órbitas da vizinha do segundo esquerdo, deixaram de mirar-me como antes de um grito e portanto eu corredor fora embatendo nos móveis, a minha mãe

— O que te aconteceu menina?

aconteceu que não suporto ouvir os meus olhos no patamar a gritarem, não consigo instalar-me na mesa da cozinha, de cotovelos no tampo e bochechas nas palmas, pensando

— E agora?

de manhã não era apenas a sombra dos pinheiros que entrava em casa, os ramos também, caminhávamos na sala desviando-nos dos troncos consoante me desvio da gaveta dos

mortos, do meu pai que não me toca, dos estranhos que não sabem quem sou, procurando a orelha uns dos outros
— Essa é filha de quem?
e ao receberem a resposta
— Não se parece connosco
roupa antiga num armário, chapelinhos de véu, sobrecasacas, até metade de uma espora encontrei entre faturas de luvas de pelica e um xarope peitoral com um cavalheiro de barba e colarinho de celuloide no rótulo, Jesus Cristo como as pessoas viviam, se não me pareço com vocês não é culpa minha, a minha mãe sempre jurou que me encontrara num caixote à entrada da casa e me trouxe por dó, ou um cestinho, se calhar de vime, como a roupa por lavar da minha colega e eu lá dentro, no meio de fronhas e maçanetas, com o Ernesto ao lado, a nota do melro explicava isto tudo, eu ansiosa de entender
— Repete
mas uma onda anulava-lhe as palavras, a certa altura nenhuma mulher divorciada no segundo esquerdo, o livro continuou por ali até o senhorio o levar como o cabide e o espelho, e eu segura que os meus olhos se mantinham à porta à beira de um grito que há-de soltar-se às vinte para as sete contradizendo o relógio da Tininha, hirto nas suas cinco e doze eternas
— Essa hora não há
quando me tomava o pulso, na cama dezoito, era naquele relógio, não no autêntico, que me contava o coração e, a respeito dos olhos gritarem, no momento em que gritam que imagem fica no espelho, dentes e língua no interior das pálpebras, uma garganta enorme, pedaços de nós mesmos que nos tombam aos pés, a minha colega por uma vez não beijos como não feições, ossos agudos que eu desconhecia
— Tenho uma dor aqui
a tentar um sorriso
— Há-de passar espero eu
e sob o
— Há-de passar espero eu
o pai dela, de joelhos no forte, a gatinhar à toa entre as pernas dos polícias, encontrava uma camisola e agarrava-se

à camisola, encontrava um sapato e abraçava o sapato até que um ombro no chão, o outro ombro, a cabeça, o médico a estudar-lhe as pupilas com uma lanterninha

— Por hoje não dá mais

gente com toalhas e sacos a chegar à praia, pescadores não no Alto da Vigia, em rochas menores, a minha colega melhorou com um chazinho e o ruído que ela fazia a beber importunava-me, o som da taça no pires importunava-me, os dedos com que me acariciava importunavam-me, porém o

— Chega aqui à mamã

embora me importunasse obrigava-me a sentir-me grata, de manhã não foi apenas a sombra dos pinheiros a entrar em casa, foi a lembrança da minha colega também, o primo Fernando tirava os braços das costas, avançando para ela

— Adivinhe onde está o caramelo senhora

à medida que um corvo, rente às árvores, na direção do olival, de início não acreditei e um corvo a sério, se contasse ao senhor Manelinho discutia comigo

— Não temos corvos aqui

da mesma forma que quase não temos corvos em Lisboa, temos no trigo, no milho, em Vouzela talvez, se me calhasse a jeito, e não calha, investigava Vouzela no mapa, na praia chorões, piteiras e ondas, o meu irmão surdo uma boia com um golfinho estampado, eu uma boia com uma sereia loira, o meu irmão não surdo espetou-lhes um prego e a minha mãe

— Sabes o que merecias?

o meu pai consertou-as com cruzes de adesivo e soprou os pipos, de veias a aumentarem no pescoço, a quantidade de partes nossas que se ocultam na pele, quistos, glândulas, músculos, a esposa do senhor Manelinho uma hérnia do umbigo que anunciava em roda, insultando o marido

— Isto qualquer dia rebenta e você para aí cheio de putas seu camelo

de três em três sopros o meu pai apertava o pipo, a descansar as veias sem conseguir focar-nos, a minha mãe

— Pelo menos enquanto enches isso não bebes

mas a cruz de adesivo apanhava metade da sereia e recusei a boia, o meu irmão surdo trouxe o furador de gelo, girou para o meu irmão não surdo

— Ata titi ata

e o meu irmão mais velho separou-os, o meu irmão não surdo

— Foi sem querer

desde criança que tanta raiva nele, que mal te fez a gente, diz lá, os bolsos sempre cheios de pedras para jogar aos cães, pensando bem não deve ter sido um corvo que passou rente às copas, um melro maior do que os outros, aí está, eu para o senhor Leonel

— Onde fica Vouzela senhor Leonel?

o senhor Leonel, a desarticular um cabrito, voltando-se na direção da esplanada

— Longe do mar lá em cima

ou seja ultrapassava-se a esplanada e continuava-se a andar porém a seguir à esplanada casas, a seguir às casas uma rua, a seguir à rua mais casas, a seguir às mais casas quintinhas, vedações de pedra solta, um trator sem ninguém, lembro-me de cegonhas numa chaminé e de um eucaliptal que cheirava a convalescença de gripe, boiões de menta no peito e um vapor de bagas numa caçarola, a minha mãe

— Respira isso

eu húmida de fumo e o meu pai preocupado no corredor, lógico que um melro, senhor Manelinho, enganei-me, a perguntar a medo

— A temperatura desceu?

para cá e para lá entre duas visitas à despensa, quando o meu irmão surdo partiu o braço trazia uma cadeira e ficava a vê-lo dormir limpando-lhe os pingos de gesso dos dedos com uma toalha molhada, a minha mãe observava-o numa expressão de se não fosse por culpa minha tínhamos sido felizes e fomos felizes, palavra, mesmo sem a boia da sereia fomos felizes, não se inquiete connosco, a Tininha

— Vocês os pobres sentem-se como nós?

a casa dela relva, a da gente ervas, para lá do muro uma piscina, para cá um poço, tu uma japoneira, eu pinheiros, a doutora Clementina poltronas novas, a cama dezoito um sofá na trama e no entanto não me achava mal, se me achasse mal encostava um livro ao jarro durante o jantar, A Classe Operária ao Poder, coscuvilhando pode ser que o encontre, nunca deitou nada fora, do Manual do Perfeito Carpinteiro não possuo notícia, setas curvas e direitas explicando os movimentos, números a indicarem a ordem e uma parte da capa rasgada, a minha colega

— Parece que afinal não vou morrer

não vais morrer, ninguém morre, já há defuntos que bastem, quase todos na gaveta da minha secretária, aliás, aqueles que andam por aí são a sobrinha do senhor Leonel e o padre das bênçãos, os outros amontoados lá em casa disputando louceiros, senhorinhas, uma jarra de estanho

— Não se calam já viste?

de modo que nos deitávamos com eles e acordávamos com eles, cochichos de namoro, discursos, de manhã não é apenas a sombra dos pinheiros que entra em casa, são os ramos também, o meu marido

— Qualquer dia os retratos desatam a reproduzir-se entre si

caminho na sala desviando-me dos troncos, piso agulhas, musgo, bocados de casca, se me fiasse no relógio da Tininha não ia à praia hoje e a onda, quase a rebentar à espera, as pessoas de pedra, a faca do senhor Leonel aguardando sobre um osso, ele na direção da esplanada a indicar Vouzela, a minha colega

— A mamã

sem completar a frase, a mão prestes a tocar-me não chegando nunca, o meu pai a pesar chumbo no degrau antes de meter o mundo inteiro num chinelo, comigo na esperança de uma festa que não vinha, se os mortos desatarem a reproduzir-se entre si a gaveta não lhes suporta os quilos, a vizinha do segundo esquerdo foi-se embora, tudo me escapa, o que sobeja digam lá, eu sem uma alma que me faça companhia,

não existe a Tininha, existe a doutora Clementina sei lá onde, se tivesse o número telefonava da mercearia e não dizia uma frase, talvez se apercebesse de que era eu e
— Onde é que estás?
e
— Vou já para aí
e
— Não faças nada antes de eu chegar
por tu outra vez, não por você como na cama dezoito, eu não exames, taques, análises, eu pessoa de novo a imaginar que tu comigo, obrigaram-nos a crescer por maldade dos anos, perdoe-me ocupar-lhe uns minutos, não se impaciente, eu confusa, sabia, não é verdade que pai, mãe, manos, eu, estou sozinha, não é o Alto da Vigia, é o estar sozinha que custa, se me colocasse diante do espelho que reflete o bengaleiro não encontrava ninguém, se desencantasse a boia da sereia não ligava à cruz de adesivo e punha-a, não os brincos-de-princesa nem as pétalas das unhas, era a boia que punha e não me achava ridícula, o meu irmão não surdo, rodeado de palhotas a arderem, com o cachimbo na boca diante de mim estendida
— Eis-nos iguais menina
não atentando nas metralhadoras, nas granadas, nas vozes que o chamavam
— Eis-nos iguais menina
e não é verdade, as palhotas, o velho e a mulher estendida pertencem-te a ti, não a mim, eu não em África e na casa da praia com um melro no sofá e uma cigarra a cantar na fruteira, pensava que voz e são as asas que tremem, se ao menos falasse com os braços em lugar da garganta, mexo-os e, quando muito, um atrito de tecido que mal se ouve, se ao menos a minha colega para me sentar no seu colo e esconder-me no ombro, eu a memória do meu pai e a bicicleta do meu irmão mais velho que, se for preciso, desce comigo a rua para a praia ou me passeia no bairro, o meu irmão não surdo ninguém, espia o prédio ao lado da pastelaria Tebas lutando contra a vontade de entrar e, em vez de entrar, indo-se embora com a fada na ideia, eu felizmente o meu marido, a estagiária quase a adormecer numa almofada azul

— Fico tão contente de não me achar doida

e a viola, sem que lhe tocasse, um eco infinito, aí está o que eu digo das coisas, metem-se na nossa vida, aprovam, desaprovam, criticam, tive mais amigas para além da Tininha, em Lisboa, no liceu, a Ermelinda, a Dora, mas faltavam os brincos-de-princesa, faltava o diário, faltava o Ernesto, desejava que cúmplice do Rogério e não cúmplice, com ciúmes, a Ermelinda trabalhava no restaurante do padrasto, a Dora sumiu-se e portanto em Vouzela, toda a gente aprendeu, não é segredo nenhum, que não há mais sítios para onde ir, a minha colega

— Estive doente apetecem-me carinhos

e como é que os meus lábios da praia aí, às vezes um cinema ambulante, um circo, escutava-se, cá fora, o dono do circo ao microfone, dirigindo-se à rapariga que caminhava no arame

— Cuidado Ândrea que a tua mãe morreu assim

e percebia-se um arrepio no interior da lona, de manhã a sombra dos pinheiros entra em casa, em quantas alturas já insisti nisto, há um nervoso em mim que não cessa, não cessa, o cinema filmes mexicanos com o som que falhava, o homem da máquina vinha fumar à rua de boquilha nos dentes, a senhora da bilheteira conversava com a esposa do senhor Manelinho, desinteressadas do mar, o homem da máquina no café de matraquilhos jogando à moeda com os banheiros, a minha mãe para ele, depois de examinar o cartaz

— Tem muitos beijos?

e se tivesse muitos beijos assistia connosco, a Tininha, são os ramos também, caminhávamos na sala desviando-nos dos

— Não me deixam ir dizem que se apanham pulgas

troncos, não cessa, pisávamos agulhas, musgo, pedaços de casca, um melro no, um melro não no sofá, na garagem, se eu conseguisse dormir um momento chegava, o meu pai na despensa às voltas com as garrafas, a minha mãe assoava-se de emoção com os filmes ao passo que eu saía de lá idêntica à atriz, meneando-me como ela, se corresse a mão no cabelo achava uma flor de certeza mas não corria a mão no cabelo a

fim de não a estragar, foi o ator quem ma pôs antes de desaparecer a galope, acenava-lhe da varanda e depois escondia-me nas mãos, a minha blusa de folhos, a minha saia comprida, avisava o meu irmão surdo
— Cuidado Ândrea que a tua mãe morreu assim
avisava o meu irmão não surdo
— Não me pises a saia
o meu irmão não surdo, espantado
— Qual saia?
a minha mãe uma flor no cabelo igualmente, sobrancelhas substituídas por semicírculos fininhos, imenso creme nas bochechas e pestanas infinitas, figueiras torturadas, catos, uma índia de tranças atrás de mim
— Cuidado Ândrea
e a Ândrea, de braços abertos, avançando a custo, uma índia de tranças atrás de mim com uma bandeja de licores que eu nem via, uma segunda atrás da minha mãe e a minha mãe a recusar os licores num gestozinho triste
— Tenho saudades dele
que incompreensível não haver varanda de colunas na casa da praia e o meu retrato de corpo inteiro numa moldura de talha, que é dos nossos cristais, das nossas esmeraldas, da cama de dossel, até que uma camioneta, com o homem da máquina ao volante e a senhora da bilheteira ao lado, se ia embora com a tela e os bancos, olhando-se para cima, durante o filme, as estrelas da praia insignificantes ao pé das estrelas do México e olhando-se para a esquerda lanternas de barcos entre as chapas que impediam as borlas, o dono do café de matraquilhos, desiludido
— Quase pancada nenhuma só mariquices de amor
a Ândrea, sem arame nem sapatilhas de bailarina, faltando-lhe uma alça na blusa, almoçava de uma panela com os outros artistas, era o mágico que, em vez de pombas, tirava batatas da cartola e as metia a cozer, se estivesse à nossa mesa pedia-lhe
— Peixe-espada
e peixe-espada, leite-creme, marisco, o meu irmão surdo a ouvir, o meu pai esquecido da despensa, não uma

bicicleta velha, quatro bicicletas com farol, buzina em vez de campainha e um cesto de rede para os pêssegos
— Meu pêssego
e as cenouras que fazem os olhos bonitos, a Tininha
— Não são azuis os meus olhos?
e, embora fossem castanhos, eu
— Azulíssimos
quando nem as ondas são azuis quanto mais, umas alturas verdes, outras alturas cinzentas, a Ermelinda veio cumprimentar-me à entrada do restaurante e durante dias o alho não me largou a pele, o meu marido
— Mudaste de água-de-colónia?
e não mudei de água-de-colónia, era a mesma só que o alho comeu-a, os fogões aumentavam a idade à Ermelinda, as madeixas que sobravam da touca grisalhas, as equações de segundo grau, sempre tão necessárias, garantia a professora, só não me lembro para quê, perdidas, ao sorrir aparecia um dentinho de prata à Ermelinda onde uma falha agora, ela a dar conta do que não queria mostrar-me
— Gastei-me muito não foi?
meias de varizes, os buraquinhos das orelhas sem brincos, o padrasto
— Não se trabalha hoje?
e a Ermelinda, que é da tua cintura
— Tenho de voltar para dentro
as costas curvas, palavra, uma das clavículas mais alta, desejava ser educadora de infância e educa postas de bacalhau na frigideira, com as marcas do azeite a ferverem nas mãos, a flor no meu cabelo deve continuar aqui, espero eu, se tivermos cautela os filmes mexicanos não terminam, Restaurante Central das Avenidas um cochicho numa esquina de bairro, a ementa a lápis num losango de papel colado na montra, o Restaurante Central das Avenidas em lugar de um jardim de infância, é isto, ao menos a Dora a salvo na gaveta, espero eu, com as equações de segundo grau, tão necessárias, na ponta da língua, eu para a minha colega

— Recordas-te das equações de segundo grau por acaso?

e ela, que não ouvira a pergunta, esticando e encolhendo o indicador, uma cigarra na fruteira, pensava que fosse a voz e não asas que tremem

— Deixa-te de gramáticas e consola a mamã

a minha colega numa senhorinha em vez de cair do arame, quantos azulejos faltam no prédio, na época de eu pequena oito ou nove, hoje duas dúzias no mínimo, o padrasto de prato acima da cabeça, entornando molho na gola

— Quem pediu os chocos?

e não tive coragem de voltar, sou cobarde, não me queiras mal, compreende, hei-de chegar-me à secretária e contar à Dora em segredo, de modo a que os restantes mortos não oiçam, tínhamos sinais para nos chamarmos, lembras-te, três pancadinhas, uma pancadinha, duas pancadinhas, de forma que tu para eles

— Um momento

falo num murmúrio só da gente e tu encostas o ouvido à madeira, se alguém se aproximar dás uma pancadinha rápida, espero um minuto até que se afastem e recomeçamos, percebes, os olhos da Tininha castanhos, menti-lhe, os teus sim, azuis, o teu pai falecido, a tua mãe para mim

— É boa pequena

trabalhava de contínua numa seguradora, nunca tirou o luto, quando não estava no arame a Ândrea agachada num caixote sem um soslaio ao mar, não ligava ao Alto da Vigia, não ligava às ondas, hei-de abençoar-te esta tarde, gostava que tivesses conhecido o meu irmão mais velho, prefiro-te à mãe da Tininha, prefiro-te à amiga da mãe, mesmo sem óculos escuros nem rendas, olha o mágico a urinar num arbusto, repara nele dobrando e esticando as pernas no fim e a sacudir-se porque o fundilho das calças treme, não de fraque, os calções sem cor, em vez de cinto um cordel, em vez de camisa um pulôver rasgado, mesmo assim vestido faça aparecer a Dora, amigo, tire a Ermelinda do restaurante e ponha-a numa sala, com bonecos nas paredes, a brincar com os filhos dos outros

porque nenhuma de nós tem filhos, não tenho filhos mas tenho a minha colega
— Consola a mamá
e é ela que me consola
— Minha pérola
ou
— Minha boneca
ou qualquer asneira desse tipo que no entanto ajuda, não me interroguem em quê que não sei responder mas ajuda, da mesma forma que as equações de segundo grau ajudariam se as não tivesse esquecido, os prefixos, os sufixos, a capital da Tailândia
— Quais são as principais fontes de riqueza do Canadá tu aí
e eu népia como a Ândrea népia, o mágico népia e, no entanto, fabricava pombinhas num gesto somente, fabrique o bacalhau da Ermelinda para a poupar ao azeite, a mãe da Dora não tratava a Dora por Dora tratava-a por Dorita
— Boa pequena a minha Dorita
um quarto para ambas, a cozinha acanhada, o vestíbulo que servia de sala, o Sagrado Coração de Jesus, cheio de cores, na parede, que levanta a alma além de dar coragem para o inferno dos dias, o falecido pai numa moldurita
— Era ferroviário
levantando-lhes a alma também
— Eu sei que ele toma conta de nós
e pode crer que toma, senhora, mexe os cordelinhos no céu, soluciona uma dívida aqui, uma dívida ali e vai-se andando, não é, conforme eu irei andando para o mar logo à tarde, conforme o meu irmão mais velho, antes de mim
— Nem cinco minutos demoro
no meio dos burros, das ervas, da cabra no penhasco
— Cuidado cabra lembra-te que a tua mãe morreu assim
a Ândrea, no caixote, a raspar crostas dos pés com um pedaço de cana e o corpete do circo secando num fio, botõezinhos de madrepérola, alguns arrancados mas com habilidade

e alfinetes quem vai notar isso, o cabelo preso em ganchos, algodão na boca a fim de arredondar as bochechas

— Tens de parecer mais gorda

e, com o tempo e as batatas, hás-de tornar-te mais gorda, como a senhora dos periquitos, que atravessam túneis de papel, baloiçam, avançando e recuando, em trapeziozinhos de nylon e lhe bicam o nariz no fim, alinhados no decote, a senhora, de roupão e rolos no cabelo, poucos porque a idade nos despe, nota-se o branco da pele, a quem o senhor Manelinho manda sorrisos aos quais ela responde com a concordância das pálpebras, a esposa do senhor Manelinho, vigilante

— Até com velhas seu camelo?

o senhor Manelinho, numa indignação teatral

— Eu?

tomando os jornais do quiosque por testemunhas

— É de doidos gaita

e a tornar aos sorrisos quando um cliente distraía a esposa, a minha Dorita, a minha Ermelinda, não a minha Tininha

— Vocês não têm dinheiro não é?

não a minha Tininha, a doutora Clementina pisando-me com os tacões, até no corredor continua a pisar-me, sei que é ela quem vai chegar porque me dói o corpo, a enfermeira

— A cama dezoito doutora

a doutora Clementina desandando

— Tenho trabalho que chegue a cama dezoito amanhã

não é apenas a sombra dos pinheiros que entra em casa, são os ramos também, caminho na sala, não consigo escapar disto, desviando-me dos troncos, piso agulhas, musgo, pedaços de casca, toda aquela noite nos galhos a dormir ainda, não faço barulho para que eles não

— O que foi?

e uma pinha sobressaltada a desprender-se chão fora, a presença do mar tão intensa por vezes, tanto brilho na água, tanta escama de sol, na areia do fundo cintilações de pedrinhas se calhar ossos outrora, a minha colega

— Ainda que não acredites se não fosses tu já me tinha matado

e não sei se acredito ou não, as pessoas ansiosas de agradarem não por nós, por elas, a fim de receberem em troca, tirando o meu irmão mais velho quem gostou realmente de mim e, se pensar nisso, nem o Ernesto se salva, a propósito do meu irmão mais velho aí está ele a chamar-me da bicicleta

— Menina

no corredor que ladeava a casa ao comprido do muro, antes de descer à praia pela última vez, de início só percebi o

— Menina

mas, ao olhar a cara dele, entendi, podia ter respondido

— Não vás

e não respondi, podia ter respondido

— Leva-me contigo

e não respondi também ou talvez tenha respondido não com a voz, com os braços como as cigarras, um primeiro atrito

— Não vás

um segundo atrito

— Leva-me contigo

mas ele já distante, a sair a cancela, e a Tininha a chamar-me porque os ponteiros do relógio de brinquedo mudaram, de início não acreditei e mudaram, lembro-me do nosso espanto

— Os ponteiros mudaram

de maneira que ao olhar para a rua o meu irmão mais velho longe, mesmo se corresse até à praia não lograva apanhá-lo, percebia-se que era ele quem subia os rochedos e, nesse momento, a mulher divorciada do segundo esquerdo, de porta aberta diante de mim, começou a gritar.

3

E então, não sei porquê, desatei a cantar como quando tinha sete anos, Maria linda Maria meu raminho de alecrim toda a gente tem inveja do amor que tens por mim e os meus irmãos a aplaudirem, a minha mãe
— Sais ao meu lado
o meu pai percebia-se que contente, eu sem me enganar numa palavra, de laço na cabeça, não um laço que se faz, um laço já feito, prendia-se com uma espécie de mola ao cabelo e não sei onde para, devia sentir-me bem com ele porque tenho saudades, a minha mãe guardava-o numa caixinha a fim de não se estragar e volta e meia punha-mo, além de cantar dançava, isto é, erguia os braços e mudava o peso do corpo de um pé para o outro tentando dar estalinhos com os dedos, não conseguia por mais que me esforçasse e esforçava-me, ainda hoje não consigo, toda a gente consegue menos eu, a dona Alice, alterando-me a posição das falanges
— Não é assim é assim
e de repente, vá-se lá saber como, fui capaz, saiu, um primeiro estalinho, um segundo, não experimentei mais para não forçar a sorte, ia mencionar os pinheiros mas para quê, estão ali, chega de falar em árvores, a partir de certa altura a dona Alice deixou de trabalhar para nós
— Já não tenho idade para estas andanças
cada vez mais lenta a fazer as coisas, mais tontinha, não desligava a máquina da roupa, cada dobra de blusa dois vincos em lugar de um, corria-se o indicador nos móveis e pó, para além disso o coração a sufocá-la
— O grilo do peito desarranjou-se

e não usou mais sapatos porque não cabia neles, usava pantufas de xadrez, descobria-a encostada ao lava-loiças, de mão nas costelas, fitando-me num pedido de socorro, movia--se em vagares penosos, carregava no botão do aspirador e em lugar de passá-lo no tapete amparava-se a ele, a minha mãe incapaz de despedi-la

— Faça as coisas devagarinho dona Alice que não temos nenhum comboio para apanhar

e ela com desejo de se estender no soalho como os cães que se entregam ao veterinário para a injeção, tivemos um há imensos anos, o meu pai segurou-lhe no cachaço o tempo inteiro, o ajudante do veterinário

— Já se foi há que séculos

e o meu pai, Maria linda Maria, sem ouvir, afagando--lhe o lombo, chamava-se Lorde, não mordia ninguém, o meu irmão não surdo puxava-lhe a cauda e ele aceitava, invejava--lhe o modo de beber água com a língua, experimentei fazer o mesmo e a minha mãe

— Estás parva?

na casa da praia enrolava-se, meu raminho de alecrim, na sombra diante da garagem, poisando o focinho nas patas a tomar conta de nós, achava eu, só as lagartixas o excitavam e não apanhou nenhuma, regressava à sombra, vencido, em Lisboa dormia na alcofa da cozinha, aqui dormia no canteiro, toda a gente tem inveja das estrelícias até que as estrelícias esmagadas, ralhava-se com ele, dava ideia de concordar e no entanto regressava às flores à socapa, no dia seguinte mais caules partidos e ele na sombra da garagem, inocente

— Não fui eu

tirando isso mal nenhum, toda a gente tem inveja, não se metia com os cachorros vadios, não prestava atenção aos gatos e, quanto aos melros, acho que matou um perto do poço, no meio dos arbustos, dado que um embrulhinho de penas que tapei com uma pedra sem contar a ninguém, ralhei

— Não se faz

preveni

— Que não torne a acontecer

um aviso copiado da minha mãe, não resultava connosco e com ele resultou, o ajudante do veterinário tirou o Lorde ao meu pai e cremou-o no forno do pátio, do amor que tens por mim, perguntaram ao meu pai

— Quer as cinzas?

a minha mãe, ao ver o cartucho de papel nem sequer grande, um cartuchinho, estou para saber como o cão coube inteiro no cartuchinho, antes que o meu pai aceitasse

— Não

e qualquer coisa na cara a vibrar, o cartuchinho ficou numa tábua, quem me garante que não o despejaram na pia, nunca houve tanto silêncio como nessa tarde, apesar do silêncio a minha mãe

— Não quero ouvir uma palavra

não para nós, para si visto que ninguém ia falar, a gente calados e a minha mãe um estardalhaço de loiça, uma voz parecida com a sua embora mais aguda

— Diabos levem o bicho

que, embora não o confessasse, era uma das suas formas de chorar, a gente chora de maneiras tão diversas, certos sorrisos por exemplo, certos gestos interrompidos, certos modos de limpar a testa na manga ou então uma quietude de gruta e, lá dentro, pingos nas fissuras das pedras, um cartuchinho, imagine-se, e eu arrependida de me ter enfurecido por causa do melro, a dona Alice, para o fim, mal se desapoiando do frigorífico a esforçar-se por colher o ar com a boca

— Já não tenho idade para folias

no entanto teve idade para contar o que a minha mãe lhe pagou

— Deu-me dinheiro a mais senhora

a minha mãe, e então, não sei porquê, desatei a cantar, quase a abraçá-la e incapaz de abraçá-la, é sempre assim na família, fica-se no quase, bem queremos, não sai, e então levamos as pessoas no quadro da bicicleta ou passeamo-las às cavalitas no olival, não se diz

— Gosto de ti

ou

— Senti a tua falta

há a bicicleta, o olival e quem quiser entender que entenda, a minha mãe
— Sei muito bem o que lá pus
sabia muito bem o que lá pusera e desculpe não a abraçar, dona Alice, não sai, não é que me ache melhor do que você, é que não sou capaz, quando o meu irmão mais velho morreu por fora atarantados, não tristes, não se mostram desgostos e, para não mostrar desgostos, uma caçarola contra uma panela ou uma garrafa na despensa a tombar, lamentam-se os objetos por nós, cantámos Maria linda Maria e aí está, não são precisas emoções, na altura em que fui operada nem uma palavra de ânimo, chegavam, demoravam-se por ali, iam-se embora, a minha mãe e eu visitamos a dona Alice meses depois, quis levantar-se da cadeira para nos cumprimentar e não foi capaz, os tornozelos enormes, o corpo um fole, a mão subiu-lhe uns centímetros e desceu de novo
— Para aqui estou
só os olhinhos iguais, davam-lhe a sopa na boca, fiozinhos de peixe e ela a mastigar exausta, ao cabo de duas colheres
— Não posso mais
se o meu pai connosco acariciava-lhe o cachaço, oxalá não a metam num cartuchinho também, por maiores que as pessoas ou os animais sejam um cartuchinho basta, a partir de amanhã eu um cartuchinho de ossos e areia e espero que o recuse, senhor, deixe o ajudante do veterinário entorná-lo na pia, a dona Alice numa cavezita com a cama, sem maçanetas de latão nem o número dezoito, ao lado da porta, uma fotografia de comunhão solene com uma camponesa, de lírio amarelo em riste, diante de um crucifixo cruel, que demoraria anos a transformar-se numa criatura informe chamando o ar com as mãos, uma segunda criatura, mais nova, a caminho de uma metamorfose idêntica
— Para aqui está coitada
o abajur aumentando o escuro, um alguidar de plástico sem uma asa, ramos de tangerineira nos caixilhos, com um resto de sol numa folha, a folha
— Para aqui estou também

tudo para ali estava esperando não se entendia o quê, provavelmente a comunhão solene na igreja de Vouzela que é onde mora toda a gente que não mora em Lisboa, no meio, calculo eu, de centenas de comboios

— Anda para casa Germano

pedir um cálice, como o padre, no café de matraquilhos, ao descer para a praia, e deixá-lo intacto na mesa, um par de lamparinas votivas, uma cá fora, outra ao balcão, a arderem sem fim consoante a folha da tangerineira ardia sem fim, a segunda criatura para nós, apontando-a com os olhos

— Por sorte faz solzinho

a dona Alice a concordar, com os olhos igualmente, poupando na voz porque respirar dá trabalho, os pulmões calhaus pesadíssimos

— Faz solzinho

que difícil obrigar o corpo a existir quando nos declara

— Não quero

e, por baixo da pele, Maria linda Maria, órgãos amontoados, inertes, ou não órgãos, uma dúzia de Ernestos ao acaso lá dentro, a minha mãe depositou um envelope em cima de um banco que a dona Alice nem viu, ocupada em durar, o que haverá para além do Alto da Vigia, mais praias, campos, Vouzela, se perguntasse ao senhor Leonel o senhor Leonel

— Ninguém sabe

com uma luz semelhante à da folha da tangerineira no cutelo, os ganchos onde a carne se suspendia uma luz também, meu raminho de alecrim um verso bonito, talvez o meu pai, se permanecesse vivo, fosse capaz um dia, eu distraída com qualquer coisa, tanto faz, ele de súbito

— Meu raminho de alecrim

e eu, fazendo de conta que não ouvia, arrepiada de emoção, os outros versos não interessam, meu raminho de alecrim exatamente o que necessito, quando, daqui a pouco, chegar ao Alto da Vigia, o que existe a seguir, penso que casas como esta, melros, um quintal com um baloiço e no quintal eu a olhar-vos, a minha colega

— Estás preocupada?

e enganava-se, meu raminho de alecrim agrada-me, preocupada com quê, até consigo beijar-te, queres ver, a minha mãe e eu não tornamos a visitar a dona Alice num prédio de dois andares, um deles com marquise e um homem de motorizada gritando às janelas de cima

— É para hoje Osvaldo?

o Osvaldo, em pijama

— Já desço

consigo beijar-te, fazer-te feliz, teres esperança, a partir de certa idade não se pede muito, as pessoas, atiram-se-lhes uns grãos de ternura, é fácil, puxam-se do bolso

— Toma

e constroem uma espécie de futuro, no meu caso meu raminho de alecrim chega, o que sucedeu ao coração da dona Alice, doutora Clementina, dê-me uma ideia por alto, uma vez roubei uma moeda do troco das compras que ela deixou na cozinha, sobre a fatura, para comprar pastilhas de balão na pastelaria Tebas, a minha mãe

— Há um erro aqui dona Alice

a dona Alice trouxe os óculos da carteira, a qual devia ter um motor elétrico visto que tremia e lhe obrigava as mãos a tremerem, o resto do corpo não, já agora tirando a garganta também dado que a voz aos sacões, esse timbre dos, meu raminho de alecrim, sonhos

— Não pode ser

contando e recontando as moedas

— Ia jurar pela minha irmã que está na terra que pus aí tudo certo

o meu irmão mais velho olhou para mim, olhou para a minha mãe, olhou para a dona Alice, tornou a olhar para mim, dessa vez durante mais tempo, toda a gente tem inveja, para aqui estou, mano, salva-me, o meu irmão mais velho

— Não se aflija dona Alice fui eu para uma necessidade e esqueci-me de completar o troco

à procura nas algibeiras, uma caixa de fósforos, um cotozinho de lápis, o passe do autocarro, uma nota gasta por fim, a minha mãe olhou-me por seu turno, olhou a dona Alice, olhou o meu irmão mais velho, olhou-me de novo, durante mais tempo igualmente, a carteira da dona Alice tão nervosa, a garganta repetindo, no tal timbre dos sonhos

— Ia jurar pela minha irmã

como é que eu podia prever a cavezita, a tangerineira, o abajur que aumentava o escuro, como podia calcular a segunda criatura informe, a miséria, se fosse capaz de pedir desculpa, e não sou, pedia desculpa apetecia-me pedir desculpa e o que me vinha era Maria linda Maria, ignorava o que me impedia de, ignorava que era má, não é culpa minha, nasci má, sou má, a minha colega

— Não digas que és má melros os melros que me magoas

os melros não acreditam mas sou má, garanto, a dona Alice deixou de tremer devagarinho com a irmã na cova na memória, chegaram as duas ao mesmo tempo a Lisboa, de Vouzela, aposto, curiosidade em perguntar como são os mil comboios lá e quantas pessoas atravessadas nas calhas mas não perguntei, presumo que centenas se incluirmos a sobrinha do senhor Leonel, se não incluirmos umas dúzias somente, a minha mãe a olhar para o meu irmão mais velho, a olhar para mim, a entender, a fingir que somava o dinheiro com mais critério, a colocar a nota junto da caixa de fósforos, do coto de lápis e do passe do autocarro

— A conta está certa guarda essa bodega e quanto à caixa de fósforos aviso-te que em minha casa não fumas

fumava no quintal, atrás do poço, sem medo das cobras, não se via o cigarro, via-se uma mancha azul nos caniços, para além do Alto da Vigia, é uma hipótese, um precipício enorme com nuvens, toda a gente tem inveja do amor que tens por mim, em baixo, a Terra não redonda, quadrada como um tabuleiro e, por conseguinte, o Polo Sul uma invenção, a minha colega, desenhando-me as bochechas com a colher do açúcar

— Não és má és linda

enganada a meu respeito por ser velha, os velhos trocam dentes, trocam nomes, perdem-se, será esta a rua, será a outra a seguir, ficam à espera, não se decidem, chupando o incisivozinho com que ainda mastigam, a minha mãe para a dona Alice

— Tudo em ordem não se assuste já acabou de passar a roupa por acaso?

espiando-me calada, nem ela nem o meu irmão mais velho me disseram fosse o que fosse, ninguém me castigou ou proibiu a fruta, a minha mãe a murmurar com o meu pai e mal cheguei emudeceu, fascinada pelo próprio mindinho, se observo o meu, mesmo com uma ferida ou isso, em dois segundos vi tudo, para quê consumir tempo com um dedo, a minha colega pegava-me numa falange e beijava-a

— Tão saborosa

hoje mais melros porque os animais adivinham a morte, a chuva, as doenças, no caso de uma tempestade as gaivotas, ainda com o céu azul, trocam a praia pelos Socorros a Náufragos ou a adega cooperativa abandonada, a pensão cada vez menos ingleses de chapéu de palha e sandálias franciscanas, as únicas onde os seus pés rupestres, tão brancos, trans, do amor que tens por mim, parentes, conseguem lugar, mesmo idosos uma juventude imprevista e uma inocência sem penumbra, fotografias o tempo inteiro para mostrarem na Vouzela lá deles, a minha mãe passadas semanas, no tom de quem não se refere a nada de especial

— Da próxima vez que faças uma asneira vais ver enquanto o meu pai sem

— Menina

uma porção de séculos, quem me afiança que o problema no coração não principiou por minha causa, uma peça partida, um êmbolo que empenou, o meu irmão não surdo

— Gatuna

e eu absorta no mindinho como a minha mãe, afinal a quantidade de pormenores que se descobrem estudando-o melhor, a minha mãe mandou o meu irmão não surdo calar--se, o meu irmão surdo, que fareja como os bichos

— Ata

Maria linda Maria, esta cantilena aborrece-me, afastando-se de mim no receio que lhe tirasse o fio ou o boné, deixe-me em paz, primo Fernando, não escolho mão nenhuma, a falange, na boca da minha colega, escorregava na placa ao centro e do lado direito, do lado esquerdo ela, o meu pai, desiludido comigo, mais tempo na despensa, passos de elefante coxo, ao voltar, que se enterravam nas tábuas, se a dona Alice sozinha na cavezita talvez fosse capaz de pedir desculpa, quem sabe, rondei-lhe o prédio uma tarde ou duas, em que tive um buraco nas aulas, e nem o homem da motorizada vi, o Osvaldo sim, de pijama, apareceu e desapareceu a coçar a omoplata, passados momentos uma mulher de roupão, que não se coçava, regou uma planta no peitoril, não percebo um chavelho de plantas e fui-me embora, se calhar a dona Alice já não ali, na cama dezoito ou, não me vou maçar com isso, sou má, a minha colega

— Que mania boneca

e eu com curiosidade em perguntar-lhe

— Foram difíceis de arrancar os dentes?

gigantescos e tão pequenos na ponta de uma turquês, o que mora nas gengivas assombra-me, deve ser quase meio-dia, acho eu, falta o relógio de ponteiros pintados da Tininha a indicar a hora certa, no que foi a casa dela três ou quatro paredes, uma escavadora, bocados de estuque, nem um pêssego para amostra a reunir o entulho ou a mãe da Tininha a descer os óculos escuros num sorriso que me alarmou sempre, os gatos prestes a apanharem um animalzito sorrisos idênticos, um vagar que se transforma em reboliço, o reboliço que se transforma em sossego, a estagiária

— Hei-de comprar uma vergasta para me marcar a pele

a amiga dela no quarto, de música aos gritos para vincar ressentimentos, não voltou com uma mala, voltou com uma mochila e ao notar a mochila senti-me tão antiga, se o meu filho tivesse ficado a idade delas mais coisa menos coisa, cinquenta e dois anos, daqui a pouco sessenta e quatro, daqui a pouco nenhuns porque perderei o sentido dos números

— Quantos anos tem?

e um deserto interior no qual rastejam lembranças, somente a voz da minha mãe, tão clara de início

— Da próxima vez que faças uma asneira vais ver
e, a seguir, perdida, eu, em busca dela
— O que é que disse senhora?

e inútil, desapareceu, para onde foi você, um pardal perto de mim, de ombros encolhidos num muro de que a doutora Clementina não se lembra, diz ela, se lhe mencionasse o muro

— Ai sim?

sem entusiasmo, ausente, ou então a passear na memória
— Uma praia cheia de nevoeiro ao alcance dos pobres

a roupa dela cara, as pulseiras caras, um anel complicado de materiais diversos, em criança um fio de alumínio, de bolo-rei, com um cisco de vidro e um varão de reposteiro no braço, não chinelos como os nossos, sapatos, de vez em quando um chocolate numa embalagem pimpona

— É suíço

muito diferente daqueles que a minha mãe comprava na pastelaria Tebas no dia em que fazíamos anos, o pardal de ombros encolhidos rebolava no ar desintegrando-se, a estagiária a manejar uma vergasta inexistente contra as próprias nádegas

— Não lhe apetece?

e, para ser franca, não me apetece, mochilas, vergastas, soutiens da adolescência com ursinhos estampados, risos quando nenhum motivo para risos, lágrimas quando nenhum motivo para lágrimas, angústias sem origem, intolerâncias, cedências, o desejo de um cão, o enjoo do cão

— Estou farta

filmes jugoslavos, canções idiotas, uma guinada de ternura

— Amo-a

e, de repente, uma criança
— Gosto de si mais do que sei lá o quê
obediente, submissa, ávida, feliz
— Tome-me
no berço do nosso corpo cheio de bonecos de plástico, penduricalhos, guizos

— Por favor tome-me

descendo, numa rampa de festinhas, no sentido do sono, com o polegar na boca derivado ao escuro

— Não baixe a persiana que preciso das luzes lá fora

a palma, que nos segurava, a fechar-se no peito, ao voltar ao muro o pardal completo e eu

— Olá pardal daqui a pouco vou à praia

os movimentos, em tracejado, da cabeça dele, as penas que estremecem, se avançar o braço foge, se não avançar foge também, o meu irmão mais velho, com a dona Alice na ideia

— Tens de pensar nos outros menina

não me levando na bicicleta, por uma vez grave, firme

— Tens de pensar nos outros menina

na cavezita, na tangerineira, no abajur, a dona Alice esperançosa que o coração animasse

— Para aqui estou não é?

com tanto medo de morrer, mal o sol abandonava a folha uma sombra na casa, o pai a descascar uma ameixa com uma faquinha que trazia no colete para cortar o queijo, o chouriço

— Vens ter connosco agora?

a mãe, aquecendo infusões no fogareiro

— Não vai demorar muito a rapariga

e a dona Alice sem conseguir escapar-lhes, vontade de a ensinar a cantar, arranjar-lhe um divã na sala elucidando o meu marido

— Fui má para ela em garota

enquanto os pingos da ameixa do pai enodoavam o tapete, o bigode grisalho, a enxada a jeito dado que uma história com o vizinho consequente a uma questão de limites de terra que um vitelo ultrapassou, mudavam os marcos um ao outro, afundavam estacas no chão, ameaçavam-se, o meu marido

— As nódoas de ameixa sairão do tapete?

a faca limpa nas calças antes de recolher ao colete, a dona Alice bebia as infusões da mãe na ilusão de se aguentar um pouco mais na cave, um mês, dois meses, dois meses nunca passam e afinal passam, que espiga, da mesma forma que a sexta e o sábado passaram, o mar para mim

— Apareces ou não?

vou ter consigo às sete menos vinte, descanse, oxalá não escorregue nas ervas molhadas, nas pedras que se transformam em rochedos, num coelho ou um rato que se escapam, dá-me ideia que negro, dá-me ideia que castanho, tanto faz, sumiu-se, em agosto os dias longos, quase frio à tarde ou seja uma brisazinha, não preciso de casaco, é o vento que custa, alterando as intenções da espuma, a minha colega

— Estás quase a ir riqueza

não triste como eu supunha, aceitando

— Depois de te ires embora dou uma volta na casa

se calhar, desejo-te isso, com outra colega, espero que com mais espaço para ti e não tão velha quanto me acho, a ocupar-me o lugar, satisfeita com o outubro perpétuo e as chinesices, satisfeita contigo

— Mamã

tão satisfeita contigo

— Mamãzinha

no prédio ao lado da pastelaria Tebas a minha mãe a tatear para o quarto, o que será feito da palmeira, das cegonhas no convento sem freiras com um cadeado no portão e uma aura à noite de janela em janela, as freiras saíam aos pares a fim de se protegerem mutuamente das tentações da Carne, o que será feito de mim, ao pé coxinho no corredor, contando os passos até ao quarto dos meus pais, trinta e seis, tinha apostado que vinte e oito e trinta e seis, ou antes vinte e cinco e um bocadinho, o meu irmão surdo vinte e nove e eu envergonhada, tentando consolar-me

— Tenho menos quatro anos do que ele

maçanetas de vidro facetado, a da banheira e do lavatório meio solta, a da despensa substituída por um gancho que não fechava por dentro, cortinas de croché que a minha mãe fez, com açafates de rosas, sempre manchadas de dedos

— Quantas vezes é preciso dizer para não tocarem aí?

o senhor Medeiros que sentavam na varanda fronteira, com tanta falta de azulejos como a gente, um dia comparei-os e menos azulejos ainda, de boné na cabeça e sapatos engraxados,

lembro-me dos nós dos atacadores dele, olhava-o com respeito porque tinha sido detetive, prendia gatunos, não me prendeu a mim, derivado à moeda da dona Alice, por uma unha negra, uma sorte não ter pedido aos meus pais para falar comigo
— A delinquente onde para?
me arrastar até à esquadra informando
— Esta menina cometeu um delito de furto
e eu num subterrâneo cheio de aranhas, entre carteiristas e assassinos indignados
— Que horror prejudicares a dona Alice
o senhor Medeiros por fortuna minha meio pateta, davam-lhe uma perna de frango que ele ia roendo de braço no peitoril, se me topasse no outro lado da rua, a espreitar pelo canto dos vidros, se calhar lembrava-se, ordenava para dentro à nora
— Põe-me a farda e o cassetete em cima da cama porque descobri uma menina que infringiu a lei
de súbito não pateta, a abandonar a perna de frango num dos vasos de flores
— Como isto depois a justiça primeiro
eu, abraçada à barriga da minha mãe
— Não consinta
a minha mãe
— Que maluquice é esta?
sem perceber que o nome da família arrastado na lama da desonra e da ignomínia, os vizinhos
— Tão pequena e tão cruel que impensável
arredando-se de mim
— Deus permita que não nos toque
a dona da pastelaria Tebas
— Bem me parecia que faltavam biscoitos
mas por enquanto o senhor Medeiros entretido com o frango, ao levarem-no ao fim do dia eu mais à vontade
— Até agora escapei
embora alerta aos passos na escada com medo de solas inexoráveis pelos degraus acima em defesa dos cidadãos honestos e cumpridores do Código Penal que felizmente constituem

a maioria da população portuguesa e se torna imperioso defender de energúmenas associais, a nora do senhor Medeiros

— O meu sogro sempre foi implacável com os malfeitores

de modo que talvez me esconda na garagem até às seis da tarde, altura em que a minha infração prescreve, no intuito de subir ao Alto da Vigia ao encontro do meu irmão mais velho.

4

Quando a minha mãe voltava das compras escutávamos as garrafas tinirem umas nas outras à medida que arrumava as coisas na despensa, a voz dela para o meu pai
— Alegra-te que já podes beber até caíres para o lado
e o meu pai sem responder, a minha mãe para o meu irmão surdo no gesto de quem enxota galinhas
— Sai daqui tu
lembro-me de pensar
— Contra quem grita ela?
porque não era contra o meu pai nem contra o meu irmão surdo que gritava, era contra si mesma, por exemplo estava muito bem a tratar da casa e de repente imobilizava-se, de fada na mão, a olhar para dentro, se algum de nós falasse parecia vir de longe, subindo a custo no interior de si
— Como?
havia alturas em que tinha quase a certeza de que não gostava de nós, solitária no meio dos estranhos que éramos, não seus filhos, estranhos, o que faria se não existíssemos, o meu pai com medo de mexer nas garrafas e o mundo a metê-lo num chinelo ao contrário do que o meu avô previa, tentando não ocupar nenhum espaço, tentando não existir, o meu pai
— Tu
e calado de novo, se conseguisse acrescentar palavras ao
— Tu
quais palavras viriam, que família é esta, quem somos nós ao certo, a minha colega
— Não compreendes o quê?
num forte à beira-mar em que o pai dela, na hora da visita

— Estou bem

e não estava bem, arrastava uma perna, segurava a coluna e no entanto

— Estou bem

o guarda que o acompanhava a palmear-lhe o ombro

— Repete à tua esposa e à tua filha que estás bem meu marau

o pai da minha colega, obediente

— Estou bem

conforme o meu pai

— Estou bem

se nos dirigíssemos a ele, a minha mãe

— Não se cansam de fazer perguntas?

colocando a fada no naperon

— Por que carga de água não havia de estar bem que tolice

e eu a fingir que acreditava, a fingir que me distraía, a fingir que tranquila

— Estão todos bem enganei-me

ainda hoje, na casa da praia deserta, um sofrimento por aí, no corredor ou na sala, o meu pai no degrau, à noite, confundido com os pinheiros, o meu pai um pinheiro, o meu pai um melro, o meu pai um arbusto visto que os defuntos regressam, mesmo no Alto da Vigia hei-de tê-lo ao meu lado, daqui a três ou quatro horas nós dois juntos lá em cima no meio das plantas que se dobram ao vento e o meu irmão mais velho connosco, avançando até à extremidade da rocha, esperando um momento, avançando de novo e não um adeus, mudo, quanto tempo se demora a cair, será que a espuma se eleva para nos receber, será que as ondas se afastam, qual a última imagem, qual a última lembrança que perdemos no meio das gaivotas, por favor não me biquem, o meu marido a acender a luz da cabeceira

— Qual é o teu problema agora?

o cabelo despenteado, a cara amarrotada de sono com uma nódoa de barba, eu, indecisa, és o meu marido, não és o meu marido, quem és tu e o mar à nossa volta a separar-nos, a unir-nos, a separar-nos de novo, percebo que falas mas não escuto as frases

— Qual é o teu problema agora?

oiço, o resto as ondas impedem-me de entender, estou no quarto porque o armário, a cómoda, a cadeira, e não estou no quarto porque as gaivotas não cessam, o meu pai ou o meu irmão mais velho

— Menina

uma gaveta aberta, com uma manga de fora, num aceno de cumprimento ou despedida e vai daí ignoro se chego ou parto, a minha mãe a entrar na cancela da casa da praia com os sacos das compras

— Hei-de ser sempre uma burra de carga

distribuindo-os por nós

— Façam de conta que ajudam

e com um saco somente as pernas mais direitas, menos rugas na testa e menos tendões no pescoço, as pernas dobradas, as rugas e os tendões nos meus irmãos agora, a minha mãe mais nova do que eles até poisarem as coisas na bancada da cozinha e logo a seguir mais velha, logo a seguir mãe, o meu marido a desaparecer na almofada

— Quando terei sossego?

esquecido de apagar o candeeiro que iluminava, em Lisboa, o quarto e as ondas, uma pessoa que se assemelhava à minha colega, cada vez mais próxima

— Estavas a sonhar com quê?

numa interrogação que se demorou em mim antes de ganhar sentido

— Estavas a sonhar com quê?

isto é sílabas que, até que enfim, compreendia, repeti-as no intuito de não as perder e de que as gaivotas me deixassem

— Estavas a sonhar com quê?

e estava a sonhar com o Alto da Vigia, com os meus pais, com a praia, com o que aconteceu entre eles, se amanhã insistisse junto da minha mãe ela a mentir

— Não me lembro

e digo a mentir visto que as feições se trancavam e um joelho para baixo e para cima a saltar, não apenas os dois homens, outra causa qualquer, anterior aos dois homens, ou então o meu sonho que não acabou ainda, a minha colega um copo de água onde a luz da tarde se concentrava, todo o resto, incluindo ela, às escuras

— Bebe isto

como se com tanta enchente no interior de mim eu conseguisse beber, a persiana, ao erguer-se, trouxe a mobília a partir do soalho e a vida a existir começando no tapete, eram as pernas da minha colega, não a boca, que diziam

— Bebe isto

e depois a saia

— Bebe isto

e depois a blusa

— Bebe isto

no fim os lábios

— Bebe isto

e eu acordada, quase sete horas da tarde e o jantar por fazer, comprar um frango e batatas fritas de pacote pelo caminho, inventar a desculpa de uma reunião na escola

— Estava a ver que passava a noite inteira lá

parte do teto da garagem da casa da praia com as vigas ao léu, as telhas que faltavam quebradas no chão e no entanto as minhas lagartixas, os meus pardais, o meu muro, a Tininha, aflita

— Encontrei pingos de sangue no fato de banho achas que estou doente?

mostrando-me nódoas escuras e talvez não fosse sangue, talvez fosse, não sei

— Falaste à tua mãe?

as nossas lagartixas, os nossos pardais, o nosso muro, o pescoço da Tininha a alongar-se até à minha orelha, nunca supus que tão comprido

— Tenho medo que me ralhe

a mãe, em lugar de ralhar-lhe

— Já a formiga tem catarro

a Tininha, sem perceber as previsões da mãe

— Afinal não ralhou diz que vai ser assim todos os meses

e continuará a ser assim, doutora Clementina, aos cinquenta e dois anos, conte-me, no meu caso acabou-se, a curiosidade se aos rapazes igualmente, a minha mãe, embaraçada

— Que pergunta tão parva

pelo menos que eu tenha visto às galinhas não lhes acontece, às pombas também não, aos outros bichos não sei, o primo Fernando a recolher os punhos

— Deixaste de gostar de caramelos menina?

e não é que tenha deixado de gostar de caramelos, primo Fernando, é que me tornei senhora, calcule, todos os meses eu, não vai acreditar e não posso contar-lhe, isto na época em que os pais da Tininha a levaram da praia e logo tudo envelhecido, sem cor, a moradia não tão rica, a relva a secar nas traseiras, eu no muro sozinha, desocupada, infeliz, dei com o Rogério no alpendre a perder pelo, torcido, mais indefeso do que eu supunha e não podia valer-lhe, qualquer coisa do meu pai na sua orfandade murcha, passados tempos sumiu-se, deve estar em Vouzela à espera dos comboios e não se está em Vouzela por gosto, calculo que um gato ou isso o abocanhou no alpendre e fartou-se nele no canavial, onde o achei com uma rasgadura no lombo de onde saía algodão pardo, não temos intestinos nem fígado, conforme insistia o professor apontando um homem esfolado num mapa, temos algodão sujo e se temos algodão sujo como se justifica o sangue lá em baixo, para mais o algodão, que remexi com um pauzito, nem uma gota escura, ao abrir a porta da rua, a aperfeiçoar na cabeça a mentira da reunião na escola, a minha colega

— O copo de água custa um beijo que neste estabelecimento não se vende fiado

em bicos de pés e pálpebras descidas, tão cómica, coitada, o que faria depois de me ir embora, o jantar solitário, de livro encostado ao jarro, como a vizinha do segundo esquerdo, o prato por lavar, o guardanapo um farrapo, ou sentada no sofá com o algodão da barriga à mostra, igualzinha ao Rogério, à espera de que um segundo gato a roubasse dali e a carregasse até onde, se calhar ao passeio diante da minha casa a fitar-me a janela, o meu marido rodou o trinco da varanda, o primo Fernando para os meus pais

— Parece que deixou de se interessar por caramelos a miúda

a certificar-se de que não lhe roubaram o automóvel do seu lugar na rua

— Está acolá uma velha entre dois candeeiros

ou então a minha colega a escrever-me cartas que não mandava, rasgava-as no receio que me cansasse dela e a não quisesse ver mais, eu para o meu marido, espiando-lhe sobre o ombro, com o fruto do coração pendurado num galho que se inclinava, cedia

— Uma velha?

e velha alguma, que brincadeira mais cretina, julgas que tens graça e não tens, piadinhas idiotas que me enjoam de ti, o que a solidão pode doer, senhores, será que alguém se habitua, eu às voltas nesta casa consoante a minha colega às voltas nas chinesices dela, embora, pela minha parte, não me achasse sozinha porque tanta gente comigo e, no que lhe tocava, um forte de corredores e ecos

— Podes não acreditar mas insistem em perseguir-me

enquanto eu não sonho com perseguições, a minha família está aqui e além da minha família gente que surge e parte, alguns próximos, a Ermelinda, a Dora, outros silhuetas sem nome que me chamam, ao chamarem-me reconheço-as, mal emudecem perco-as, na primeira confissão o padre que desprendia uma mistura de tabaco e incenso

— Tens tido maus pensamentos?

não lhe distinguia a cara, distinguia-lhe as mãos nos joelhos, brancas, gordas, crescendo na batina num pulsar de moluscos, não são veias que se contraem, são guelras, um adesivo numa das unhas que o tempo tornou cinzento, uma verruga que se transformou em olho, com a crosta da pupila a criticar-me, fixa, tudo aquilo ameaçador disfarçando-se de inocente, o dedo do adesivo coçou a rótula e aquietou-se com os outros numa serenidade falsa, acima do dedo, à esquerda e à direita de uma fieira de botões, uma estola com enfeites doirados, saiu-me sem querer

— Apetece-me espetar-lhe um prego nas mãos antes que me agarrem a mim

para além do confessionário chamas tristes de velas, santos de gesso boiando no vazio, quadros onde ninguém sorria por trás dos altares, não se é feliz no céu, um sujeito com um escadote e um espanador, de bata de droguista, limpando por alto aquela melancolia vasta e oca, de sótão abandonado, os moluscos saltaram dos joelhos para a estola, assustados com o prego, a minha mãe a consolar o primo Fernando que enfiava os doces no bolso

— Não se aborreça primo Fernando ela é de fases amanhã ou depois chora pelos caramelos outra vez

sem que eu desse com a cara do padre, somente o queixo pairando sobre mim no confessionário de madeira trabalhada com cortinas negras, quase de caixão, cosidas a uma fieira de argolinhas e encerrando milhares de maus pensamentos perdoados, o queixo, cor-de-rosa na penumbra, de súbito gigantesco e povoado de dentes que os moluscos cruzavam em navegações de aquário, deu-me a impressão que um peixe no meio deles, rodando igualmente, a apressar barbatanas, e era a língua que fugia

— Sai daqui

o primo Fernando para a minha mãe

— Caramelos estrangeiros repara

orgulhoso com a nacionalidade dos caramelos

— Estrangeiros legítimos

e meio-dia, uma hora praticamente, que pena não poder abraçar a casa ao despedir-me dela, percorro os quartos, sento-me no degrau do meu pai, digo adeus aos pinheiros, às seis sobrarão alguns melros, à noite partem para o olival ou a mata de cedros, de copas mais espessas, na base da serra, ficam as corujas com o seu voo de panos molhados, o meu irmão não surdo descobriu uma num buraco da parede da capela, sobre palhas e um rato esventrado, maior do que uma lebre, maior do que um galo, girando para nós a rapidez da cabeça, munida, não há pai para os caramelos estrangeiros, do que se me afiguraram orelhas e se calhar enganei-me, o meu irmão não surdo jogou-lhe uma pedra, falhou, o animal cresceu um passo e desatamos os dois a correr, o meu irmão não surdo chegou muito antes de mim à cancela e prendeu-a no gancho como se a coruja galopasse a garantir-me

— Fugi porque tu tinhas medo eu não tenho

vigiando a rua à socapa, filava-nos com o bico e as unhas e, em vez do rato esventrado, nós dois sobre a palha, meio comidos já, a Tininha

— A minha empregada diz que até burros matam

burros, burros, exagero, mas ovelhas e crianças acredito, quando a minha mãe voltava com as compras escutávamos as garrafas tinirem umas nas outras à medida que arrumava as coisas na prateleira, a voz dela para o meu pai

— Alegra-te que já podes beber até caíres para o lado

e o meu pai calado, não se zangava nem respondia torto, sentava-se na sala sempre com o mesmo jornal, porque motivo se casaram, senhora, do que é que gostou no meu pai e, por uma vez, a minha mãe não

— Tanta pergunta

as feições unindo-se com força a impedirem a resposta, se soubesse ler nos olhos, e não sei, entendia, os caramelos estrangeiros melhor açúcar, melhor leite, melhores ovos, e depois o cuidado, a higiene, basta pensar nos canivetes deles que até saca-rolhas e tesoura de unhas têm, ruas que se podem lamber, milhares de cucos nas matas, a maior parte verdadeiros, outros de pau, cheios de vénias no interior de um postigo, a minha mãe

— Uma mulher tem que arranjar um homem não é?

com os olhos do meu pai seguindo-a sobre o jornal, cucos de pau que uma espiral de arame impede de partirem, empurra-os e puxa-os, se espreitasse para a esquerda via o mar à minha espera e por enquanto não me convém que ele saiba, uma surpresa, lá estão o vértice do quiosque e as traseiras do café de matraquilhos com chorões, lixo e cães a escolherem

restos, daqui a pouco as pessoas começam a sair da praia, a minha mãe para nós, investigando o toldo
— Não se esqueceram de nada?
lavrando a areia com o pé para o caso de existir uma peça de roupa por baixo, não gosto da palavra peça, peça de roupa, peça de fruta, a doutora Clementina para a enfermeira
— A partir de amanhã a cama dezoito come uma peça de fruta
ou seja um damasco, uma pera, porque carga de água não consentiu
— A partir de amanhã a cama dezoito come um damasco ou uma pera
se a Tininha aqui estivesse eu
— Qual o motivo de me tratares assim?
ela, mudando de posição os brincos-de-princesa
— Crescemos não foi?
e é verdade, crescemos, se não tivessem sido as gotas no fato de banho continuávamos inclinadas sobre o muro, cheias de segredos, cumplicidades, espantos, a Tininha
— Ontem à noite sonhei que éramos grandes
eu, interessada
— E o que é que a gente fazia?
ela, a procurar na memória
— Não me lembro
lembro-me eu por si, você receitava-me peças de fruta e eu comia, ou mandava levantar o penso a fim de examinar a cicatriz
— Não está mal
você
— Daqui a uns meses começamos a pensar na reconstrução
e até hoje, dado que as análises assim e assado, dado que necessito de engordar, dado que o último exame deixou dúvidas, dado que Roma e Pavia não se construíram num dia, dado que saber esperar é uma grande virtude, compreende, mais tarde ou mais cedo lá iremos, a precipitação é inimiga do bom, eu sempre à espera que a Tininha
— Onde parará o Rogério?

para lhe revelar que junto ao poço, coitado, de intestinos ao léu, a doutora Clementina

— Somos tão imbecis em miúdas

sem saudades de mim, sem saudades de nós, recordas-te do meu irmão mais velho, recordas-te do meu irmão surdo, a doutora Clementina, metade doutora Clementina e metade Tininha

— Vocês eram tantos

não tantos, quatro, com os meus pais seis mas os meus pais não contam visto que os adultos não contam, dão ordens e acabou-se, não se ocupam de lagartixas e grilos, demoram séculos, a seguir a acordarem, cambaleando na casa, de feições sonâmbulas

— Desce a persiana depressa porque essa luz fere

ou

— Não me digam uma palavra antes de beber o café

na exaustão de quem caminhou toda a noite não se adivinha onde, as mãos incertas nas coisas, o fósforo a não acertar com os bicos, quando acertava uma labareda altíssima e a minha mãe para o meu pai

— Enquanto não atirares a casa pelos ares não sossegas

uma peça de fruta, um damasco, uma pera, uma banana no intuito de melhorar o potássio e de que serve o potássio, ai Tininha, no caso de chegares à praia uma semana depois de mim eu tão só, a minha colega

— Se um dia jantasses comigo não imaginas a felicidade que me davas

tacinhas de amêndoas, uma toalha bordada, até velas, aposto, com pires sob os castiçais derivado à estearina, o problema nem era a toalha, era a mesa de onde a nódoa não sai, disfarça-se com cera mas mantém-se, esbranquiçada, eterna e como sabemos onde está repara-se logo, um pudim com ameixas em torno a tremer sob a faca, se tomar atenção oiço o mar na praia

— É para quando menina?

apesar das chinesices, não lhe contei do Alto da Vigia não fosse prevenir os banheiros, que tinham bebido cerveja com o meu irmão mais velho, entre lonas enroladas e um salva-vidas de quilha ao alto que não entrava na água

— Precisa de betume e o motor não funciona

desses que se puxa um cordel e a ventoinha, a que faltam pás, a girar aos soluços, eu para a minha colega, desviando-me a pretexto de verificar se as chaves na carteira, ao endireitar-me, mais longe

— Um dia em que o meu marido vá ao norte em serviço mesmo que o meu marido fosse ao norte em serviço dizia-lhe

— Infelizmente não foi

e a cara dela a pendurar-se da cara, a catequista para a minha mãe horrorizada

— O senhor padre proíbe a sua filha de entrar na igreja tentou espetar-lhe um prego durante a confissão

a cara ao pendurar-se da cara as feições desiguais e as raízes grisalhas imediatamente maiores, um dos anelares dobrado em ângulo reto porque o tendão se partiu

— Uma queda aos dez anos

quando o pai no forte e não havia dinheiro para luxos de médico, a mãe ia buscar comida a um sítio que mudava de dia para dia, ora um banco de jardim, ora uma esquina de rua, ora um cego que lhe entregava um pacote, sem se deter, de nariz ao alto, a palpar com a bengala, batatas carne feijão, um bilhete indicando o próximo encontro que era necessário destruir, um número de telefone destinado a contactos urgentes e uma senha de que a mãe se esquecia, do telefone igualmente porque a memória incapaz de conservar uma porção de números, conservava os gritos das gaivotas e o som dos ferrolhos, a cada porta que passava um ferrolho a estalar, uma tarde dois polícias em casa com uma pasta de fotografias

— Repara bem e não mintas

mulheres e homens de perfil e de frente, incluindo o cego, sem bengala nem óculos escuros, a fitarem a mãe e a mãe

— Nunca os vi senhores

os polícias a voltarem atrás

— Hesitaste neste beleza

e não eram só os olhos do cego que a fixavam, era o nariz, a testa pela primeira vez sem chapéu e a auréola do cabelo, a mãe a demorar-se nele, obediente

— Também não

um dos polícias desconfiado

— Andas a fazer-te de anjinho

as gaivotas do forte mais cruéis do que as da praia aqui, a maldade das pupilas, do bico, a maneira de regressarem, a pino como os milhafres, com um peixe na boca, asas que embatiam no cimento das paredes, o vermelho das patas, o vermelho de sangue dos bicos, o inspetor para o médico, referindo-se ao pai da minha colega

— Podemos começar?

o médico, sepultando a lanterninha no bolso das canetas

— Uma ou duas horas aguenta

e portanto aguenta quatro ou cinco, aguenta o que quisermos, um balde em cima, espera-se um bocadinho e abana-se, a mãe, a devolver-lhes as fotografias

— Não conheço

já não sentada, de pé

— Não conheço senhores

a minha colega não

— O que sentes pela mamã?

pasmada a um canto, com os polícias a apontarem-na ao irem-se, as gaivotas de Peniche, gigantescas na lembrança, ainda hoje me dão medo e se sonho com elas desperto-lhes no bico, a agitar-me e a pingar, sou um peixe, os polícias apontando-a ao deixarem-nas

— Um dia destes levamos-te

e se lhe pegassem na mão acompanhava-os a fim de que a livrassem das gaivotas, aí está uma agora, não de Peniche, daqui, a pairar sobre a casa, rente aos pinheiros, descendo num círculo lento a caminho das rochas, a morada da mãe da minha colega numa espécie de pátio, um braço para as necessidades, o fogareiro, o quartinho, as duas na mesma cama, umas tigelas, uns pratos, quando o Tejo baixava relentos grossos de lama, uma boina do pai, tudo o que tinham dele, a empalidecer num prego, o que tenho do meu pai um degrau sem ninguém com floritas nos intervalos da pedra, a mão prestes a tocar-me

— Menina

sem chegar a tocar-me, a partir de amanhã a cama dezoito uma peça de fruta, a minha mãe a entrar na cancela com os sacos das compras

— Hei-de ser sempre uma burra de carga

distribuindo os sacos por nós

— Façam de conta que ajudam

e, com um saco somente, as pernas mais direitas, menos rugas na testa e menos tendões no pescoço, as rugas e os tendões nos meus irmãos, a minha mãe mais nova do que eles, a estagiária, mais nova do que eu

— Tem tempo para mim amanhã?

até poisarem as coisas na bancada, nunca vi pássaro tão grande como a coruja no buraco da capela a adiantar um passo para a gente, e logo a seguir mais velha, vontade de dizer

— Mãe

em criança, se me magoava, pedia-lhe, sei lá porquê, colo, ou, melhor, sei porquê mas não falo nisso, neste instante não se me dava que me abraçasse outra vez, não peço muito tempo, uns momentos ao colo dela e não me acontecia mal, para ser sincera tenho medo do Alto da Vigia, medo das ondas, a cabra e eu despenhando-nos ao mesmo tempo e no mesmo grito, uma perna magrinha que falha, um casco que escorrega, o que pode ela por mim no prédio ao lado da pastelaria Tebas e daí talvez possa, não sou o meu irmão mais velho, sou só uma menina, não quero a minha colega nem o meu marido, quero-a a si, quero o meu quarto, quero o corredor, quero a sala, quero a minha família, quero o pai do meu pai, que não me conheceu

— Pesa chumbo a catraia

e a doutora Clementina no muro, de bata do hospital e brincos-de-princesa, designando uma mancha da radiografia com a caneta

— É tarde demais

talvez se recorde do sangue no fato de banho, do diário secreto, de nós

— Gostava de ser aviadora tu não?

eu não, atriz mexicana com uma índia atrás de mim e eu a despedi-la
— Vai
corrigindo o penteado com mãozinhas fofas, a estagiária a insistir
— Tem tempo para mim amanhã?
de olhinho aguçado e lábio a inchar
— Amanhã?
e tenho todo o tempo do mundo para ti, amanhã, no caso de nos encontrarmos na praia onde os banheiros embrulham numa lona o que resta do meu corpo, ou seja eu ao colo da minha mãe
— Mãe
contra o peito igual ao que me tiraram na cama dezoito, não me esqueci do seu cheiro, senhora, do laço com que me enfeitava, da voz a acalmar-me
— Pronto pronto
do meu pai a meter a mão no bolso e, apesar de vazia, ele anunciando
— Tenho aqui um pó especial para dói-dóis
a atirar-mo com os dedos
— Os pós de perlimpimpim curam tudo
e curavam, se o meu pai vivo quando adoeci não precisava de operações, nem de hospitais, nem da cama dezoito, nem de peças de fruta, bastava que ele tirasse a mão do bolso lembrando-se da figurinha no naperon
— Isto é mágico menina deu-me uma fada há muitos anos
e em cinco minutos, quais cinco minutos, meia dúzia de segundos, eu boa, eu
— Como era a fada pai?
o meu pai
— Quase tão bonita como tu mas mais crescida é claro
de maneira que assim que crescer não vou ser atriz, vou ser fada, eu
— Trazia uma varinha com uma estrela na ponta pai?

o meu pai

— Já viste alguma fada sem varinha com uma estrela na ponta?

e realmente não vi, todas as fadas uma varinha com uma estrela na ponta, não caminham nem voam, aparecem quando a gente precisa e o meu pai íntimo delas, a receber o pó que guardava no bolso, a minha mãe

— O teu pai e as fadas amicíssimos

o meu irmão não surdo, que não acreditava em histórias

— Tem a certeza senhora?

como se fosse preciso ter a certeza, tão óbvio, a minha mãe, ao deitar-me

— Se adormeceres depressa uma fada visita-te

e de facto, ao acordar na manhã seguinte, achava uma porçãozinha de pó invisível na cova do lençol.

5

Há alturas em que tusso para sentir que ainda me tenho a mim, somos duas, a minha família desapareceu e as pessoas que conheço desapareceram também, borboletas de vez em quando, um cachorro vadio, que trotava no quintal, parado a olhar-me, o sino da capela já não toca para a missa, acabou-se Deus, dantes dúzias de cachorros praia fora, no inverno, saltando de lado para escaparem às ondas, as portas fechadas dos chalés, o café de matraquilhos sem clientes, com o dono sonâmbulo ao balcão, se chamar o meu pai não responde, nem a minha colega, quanto mais, ela, sempre tão solícita

— Minha florzinha de oiro

vigiando-me no medo que outra pessoa me olhasse e a quem posso eu interessar, mal davam por mim numa mesa, a corrigir testes ou a ler, jantares em silêncio com o meu marido, a cama, do meu lado, uma tábua que cede, flores a que me esqueço de mudar a água, muda a empregada por mim, o escadote para as lâmpadas fundidas, em que os degraus tremem ao subi-los, e eu a tremer lá em cima, a lâmpada mais forte do que as outras e a sala assimétrica, partes demasiado vivas, outras partes na penumbra, o cachorro e eu a fitarmo-nos, ele no meio dos canteiros e eu, na entrada da cozinha, com a impressão que qualquer um de nós podia ser o outro, qualquer um de nós é, se calhar, o outro, que patetice, abro uma torneira e uma bolha escura de ferrugem, uma segunda bolha que fica ali, não cai, volta e meia, ignoro porquê, as plantas assustam-se e acalmam-se de novo, dantes goivos à volta da capela, um perfume doce, estagnado, prolongando a voz do padre cá fora, palavras de salvação que não salvavam ninguém, beijem-me os lençóis antes de se irem embora, desejem-me sonhos felizes, em acabando de a visitar a minha mãe acompanhava-me ao capacho

— Estiveste tão pouco tempo aqui

o soalho riscado pelos automóveis dos meus irmãos, guardados num armário onde coisas minhas também, lápis de colorir, sobras de um serviço minúsculo, um fio e uma medalha que nunca usei porque se o puseres perdes logo isso, menina, ao menos aqui está seguro e de mais a mais quem usa fios hoje em dia tirando as velhas de Vouzela, que ideia a sua guardar coisas de criança, senhora, esperançada que a gente consigo e nenhum de nós vai voltar nem há netos para mexerem nessas misérias antigas que, para além de inúteis, não dizem nada a ninguém, talvez as remexa você que dantes não lhes ligava nenhuma, um estalo sob o sapato e uma miniatura de chávena desfeita, a minha mãe uma olhadela aos cacos, transformando a culpa em zanga

— Deixam isso por aí e uma pessoa esmaga sem querer

como o comboio esmagou sem querer, num estalo igualmente, a sobrinha do senhor Leonel, a mala dela longíssimo e um chinelo, a fazer companhia às rãs, numa poça de lama, se colassem tudo, nos sítios que lhes pertenciam, ela ressuscitada, mal juntassem o último fragmento sentava-se verificando as pernas e os braços

— Há quantos dias aqui estou?

e na manhã seguinte a sobrinha em busca do Germano no quiosque, no café

— Alguém o viu por aí?

indiferente ao Alto da Vigia porque, por muito bem que se conserte, há sempre insignificâncias que faltam, um sinal na bochecha, um pormenor da memória, a sobrinha do senhor Leonel, incrédula

— O Germano é sacerdote mesmo?

a boca um tanto oblíqua, um dos polegares que não obedece, o resto ela por uma pena, intacta, tirando as falhas da lembrança

— Um comboio?

   de tempos a tempos a minha mãe chamava-a para ajudar nas limpezas da casa e a sobrinha do senhor Leonel a erguer a esfregona
  — Limpam-se os pinheiros também?
  a minha mãe, vasculhando no armário
  — Ainda me salta um filho dali
  desejosa que o meu irmão não surdo, a abandonar a camioneta da tropa
  — Quer-me cá outra vez?
  ou o meu irmão mais velho no quarto, lendo A Classe Operária ao Poder
  — É uma questão de tempo percebe?
  a minha mãe para a vizinha de toldo com nós quatro, orgulhosa
  — Aposto que pensava que não nos tornávamos a ver
  o andar junto à pastelaria Tebas vazio em agosto, ao regressarmos o tapete mais puído para se vingar de nós
  — Daqui a dias rompo-me
  a fada de perfil, ressentida, uma mosca entre a cortina e a vidraça, lastimando-se
  — Há séculos que não como
  eu que até hoje não sei do que as moscas se alimentam, poisavam no rebordo da travessa mas não se ouviam os dentes nem a língua a chupar, a minha mãe designando o armário, num estremecimento que lhe veio com a idade
  — Estão aí quilos de alegria
  se lhe recordasse o ladrão do negro melro a pedra de um sorriso de criança atirada na direção do passado
  — É verdade
  a mãe da minha mãe a ralhar-lhe
  — O que é isso?
  no medo que o sorriso quebrasse a bailarina francesa ou a taça vidrada a que faltava uma asa, não via aquele sorriso desde a época das corridas e dos pinos, se corrermos agora, da cancela à garagem, consinto-lhe que ganhe, eu para a minha colega
  — Sabes fazer o pino?

não pensando nos sessenta e quatro anos nem no problema da anca, parava a meio de um passo espalmando-se nela

— Ai eu

recomeçando a andar numa espécie de pulinho com as gaivotas de Peniche na ideia, voltavam os ferrolhos, voltavam os ecos, voltava o pai, cinco minutos diante delas, com uma fração do corpo a atrasar-se, alcançando-o quase no fim da visita, uma bochecha magra, uma bochecha gorda, dedos que tinha de apanhar com a outra mão para conservá-los e faltava sempre um, o médio, o indicador, o guarda

— Não te ralas com esse?

a minha colega empurrava o dedo na sua direção

— Pode fazer-lhe falta paizinho

e o pai a ir-se embora com todas aquelas falanges na palma, o mar trepava as paredes do forte enquanto aqui tranquilo, a minha mãe para a vizinha de toldo, satisfeita connosco

— Não são um rancho bonito?

apesar do remorso do meu irmão surdo a moê-la, se voltasse atrás, mas não se volta atrás, se tivesse pensado mas não pensou, senhora, ao libertarem o pai da minha colega existiam falanges a menos, se calhar foi necessário ensiná-las a dobrar novamente, o prédio a seguir à pastelaria Tebas vazio em agosto, custava habituar-me a ele

— É aqui que moramos?

sem o senhor Manelinho nem a mercearia de caixotes cá fora, freiras e elétricos em lugar da garagem, as freiras lutando para não pecarem enquanto uma voz, de moluscos nos joelhos, que cheirava a tabaco e a incenso

— Têm tido maus pensamentos?

eu para a minha colega, preocupada com a ideia passados milhares de anos

— Achas que tenho maus pensamentos?

e ela sem me escutar, escutando os próprios passos num corredor de pedra com postigos de grades, outras mulheres com ela, outras filhas, primos Fernandos sem caramelo algum, guardas nas ameias seguindo-os com a espingarda, a mãe da minha colega para a minha colega

— Não fales

sem que a minha colega compreendesse o motivo, o prédio a seguir à pastelaria Tebas esperando o inverno e os cogumelos de bolor no estuque, o meu irmão não surdo apanhou a mosca e a minha mãe apanhou-lhe o braço

— Não lhe arranques as asas

queima as palhotas que te apetecer, mata os pretos que te der na gana, arranca as asas que quiseres em África, um dia, mas na minha casa não, a mosca, em lugar de sair, cabeceava nos caixilhos, o meu irmão mais velho enxotou-a janela fora e voltou, habituara-se à cortina, a liberdade assustava-a, o corredor de Lisboa mais comprido e o meu pai perplexo com a ausência do degrau na cozinha, depois da cozinha não o quintal, a marquise, a palmeira nos seus discursos pomposos, cada ramo a insistir eu isto eu aquilo, se calhar maus pensamentos, rivalidades, vinganças, ao passo que os pinheiros uma harmonia de murmúrios

— Menina

preocupados comigo, há alturas em que tusso para sentir que me tenho a mim, somos duas, o cachorro vadio deitou-se num canteiro a fitar-me, provavelmente aquele que abandonou o Rogério no poço, uma orelha alerta e a sossegar depois, a cauda lutando com um besouro, a minha colega e a mãe na camioneta de Peniche a Lisboa, uma passagem de nível, uma ponte, velhas, talvez não tão idosas como eu agora, a estagiária a recuar

— Tem cinquenta e dois anos a sério?

com atados de lenha à cabeça pela berma da estrada, um coreto num largo, uma, não me apetece descrever paisagens, não tenho a vida inteira, tenho uns minutos, siga a banda, a estagiária numa voz que pensava

— A minha mãe acho que quarenta e quatro em abril

eu a pensar por meu turno, de nuca numa almofada roxa, contemplando os meus pés descalços lá ao fundo, esticando-os e encolhendo-os, vazia, apenas os meus cinquenta e dois anos dentro, a doutora Clementina, como se não soubesse, de caneta suspensa na página

— Idade?

ao escrever cinquenta e dois um tonzinho de dó
— Já não vai para nova
ela, com brincos-de-princesa e verniz de unhas de pétalas, mostrando-me os pinguinhos de sangue
— Achas que estou doente?
tão aflita, coitada
— Tenho medo dos médicos
e deve continuar a ter medo dos médicos, de si mesma, de mim, as pausas deles, com toda a nossa angústia à espera
— Vou pedir mais exames para esclarecer melhor isto
como se fosse preciso esclarecer melhor isto, vamos morrer, não é, e silêncio ou a frase de novo
— Vamos esclarecer melhor isto e depois conversamos
e o que já está para aí a engendrar, pensamento positivo, por favor, pensamento positivo, que curiosos os meus pés, encolhem-se esticam-se, explique-me o que anda na sua cabeça, doutora, pensa em mim com os meus cinquenta e dois anos em cima, a minha mãe
— Temos de trocar a máquina da loiça que estou farta de gastar dinheiro em consertos
quem diz a máquina da loiça diz o micro-ondas, o ferro de engomar, a batedeira, nós mesmos, olha este dente escuro, este alto na gengiva, a pele seca da cara, o creme da farmácia garante mantenha-se jovem e não me mantém jovem, vontade de ficar em casa, desejo de que não me falem, o desinteresse que aumenta, a mãe da estagiária quarenta e quatro em abril, o que faço eu no meio destas almofadas, destes colares indianos, deste apartamento que me expulsa
— A mãe dela
e ainda que não expulsasse não me dava o direito de ficar, o meu irmão surdo, definitivo
— A tia atou
e pronto, a cinza do pauzinho de incenso entortava-se sem cair, infinita, como eu me entorto sem cair e, antes que caia, aperfeiçoei o enchumaço no lado direito do soutien, vesti a blusa, a saia, encontrei uma das sandálias, não encontrei a outra,

achei-a por fim encostada aos tambores marroquinos, presos uns aos outros por um cordão que me parecia sisal, quando acabava de a visitar a minha mãe acompanhava-me ao capacho

— Estiveste tão pouco tempo

de modo que descia as escadas com remorsos e com a estagiária remorso nenhum, a vergonha dos meus cinquenta e dois anos apenas, a certeza de não haver lugar para mim junto dela, o meu marido

— Aconteceu alguma coisa?

e à parte as velhas, com atados de lenha à cabeça na berma da estrada, não aconteceu fosse o que fosse, mesmo que acontecesse dizia-te

— Não aconteceu nada

a camioneta de Peniche chegou a Lisboa e estou contigo, não estou, a mãe da Tininha chamar-te-ia

— Meu pêssego

ordenava

— Anda cá meu pêssego

inclinando para ti o corpo desmantelado semelhante ao dos burros no Alto da Vigia que nem cardos encontram, ervazitas de acaso, dejetos de gaivota, flocos de espuma que o vento dispersa, tu

— Aconteceu alguma coisa?

e a prova que não aconteceu é que te sirvo o jantar, apetece-te que me arranje, ponha outro vestido, dê um jeito ao cabelo, aos cinquenta e dois anos pode dar-se um jeito ao cabelo, um tubo de laca, uma escova e eis uma espécie de franja, as rugas disfarçadas com creme, o estojozinho de pó que me dá cor às bochechas e, em lugar de mais nova, a minha idade à vista, a cinza do pauzinho de incenso deve ter tombado há que tempos, outra estagiária com a estagiária e a estagiária

— Não vais acreditar mas tive aqui uma pessoa com mais anos do que a minha mãe palavra não sei o que me deu

a outra estagiária sem acreditar de facto, despindo a camisola numa facilidade que perdi

— Sempre achei que havias de arranjar trabalho num lar

e troçazinhas, cócegas, acordes de viola, duas almofadas, três almofadas, quatro almofadas, a mãe da Tininha para o chofer

— Duas pêssegas

como ela e a amiga na casa da praia de que nem a piscina sobrava

— Toca-me mais abaixo maluca

a minha mãe para a gente

— Não as acham esquisitas?

divertidas na espreguiçadeira, observando o meu irmão mais velho

— Carninha tenra minha joia já viste as costas dele?

o meu irmão mais velho, em tronco nu, a consertar o baloiço, a minha mãe à janela suspeitando não sabia de quê

— Põe a camisa rapaz

de gola num prego no interior da garagem, o que eu não dava para a encontrar hoje, qualquer que nos tivesse pertencido e em que eu pudesse mexer, o meu marido para mim, mastigando sempre

— Para que é que pões tanta tinta na cara?

de comida a passar de uma bochecha para a outra no meio das palavras, se a minha mãe aqui estivesse

— Enquanto se come não se fala

a doutora Clementina de pastilha elástica sempre, aposto que a mesma de quando a gente miúdas, há costumes que se mantêm, antes isso do que brincos-de-princesa e o Rogério torcido, ela a ordenar ao Rogério, no hospital imagine-se, movimentando-lhe uma pata

— Cumprimenta o doutor Artur cumprimenta a enfermeira Manuela

e o doutor Artur e a enfermeira Manuela a apertarem a pata constrangidos, o Rogério um olho só, modificando a posição da cabeça a fim de nos reconhecer, mas como o olho, riscado, o impedia de enxergar bem trocava-nos os nomes, a doutora Clementina comigo no muro, a Tininha a decidir tratamentos

— Pelo sim pelo não mete-se-lhe oxigénio

a mãe da Tininha para a amiga

— Não herdou nem isto do molengão do pai felizmente
há alturas em que tusso para me sentir acompanhada e apesar de me ter a mim sinto-me só à mesma, o meu marido a beber água sem limpar a boca no guardanapo primeiro

— Não se pega no copo sem limpar a boca no guardanapo primeiro

observando-me as rugas do pescoço disfarçadas com creme e o pó que deu cor às bochechas

— Quase te confundia com um palhaço palavra tira-me lá essa graxa

ele que pintava o cabelo e de manhã aplicava uma bisnaga na cara, mentindo-me ao garantir que para amaciar a barba, quem tentamos enganar, meu pêssego, os outros não que compreendem logo, nós mesmos também não que sabemos das maroscas, a morte talvez, fazendo as suas escolhas de indicador espetado

— Tu aí e aquela criatura lá ao fundo a aquecer-se à braseira

a criatura vá lá, oitenta anos, agora a gente que injustiça, troque-me pela minha mãe que não faz falta às pessoas, a estagiária cessou de acenar-me às escondidas na sala de professores, ao dar fé que eu entrava a cara dela longe, em contrapartida a outra estagiária sem se ocultar de mim, percebia-se pelo movimento da boca

— A tua velha chegou

e cotoveladas, cochichos, a estagiária, sempre de cara longe

— Quando me tocava morria

e não era verdade, quando lhe tocava feliz

— Pela sua saúde não pare

sem força nas pernas como os vitelos ao nascerem, levantam-se, tornam a cair, procuram-nos às cegas, o Rogério, no gabinete da Tininha, a discutir diagnósticos

— A hipófise porquê?

entre livros de Medicina, diplomas encaixilhados, uma sumidade defunta, de bata de cirurgião, numa esquadria de

prata, com dedicatória em inglês à doutora Clementina, contei os melros, sete, e amanhã, sem mim, regressarão de novo, o ladrão do negro melro, mãe, cante-me isso, ela, após uma pausa, de expressão transfigurada, onde foi fazer o ninho e a desistir, vencida
— Já não alcanço as notas
e não alcançava, que lástima, a minha colega, na camioneta de Peniche a Lisboa
— Quando vem o pai mãe?
a mãe apertava-lhe o joelho com força e a minha colega lágrimas nos ossos
— Quantas vezes te disse que é proibido falar?
porque a polícia de certeza a espiá-las, mascarada de visitas ao forte
— Se me prenderem o que vai ser de ti?
e para além da parte boa de não ter que lavar os dentes quem a acordava para a escola ou lhe aquecia o comer, com sorte uma vizinha compassiva
— Anda lá a casa almoçar
mas os vizinhos medo também, dois estranhos com o patrão na loja em que a vizinha compassiva trabalhava, se esta casa fosse minha, e tivesse dinheiro, mandava consertá-la e continuava nela apesar da humidade em março, em que a vizinha compassiva trabalhava em limpezas, o patrão para ela
— Não leve a mal dona Odete mas não a posso ter cá
com os dois estranhos a observarem à distância, onde se metem os melros no inverno que ninguém dá por eles, mesmo os pardais desaparecem, sobeja um punhado de gaivotas, mais aqui do que no mar, alinhadas, à chuva, no beiral dos telhados, percebe-se o desconforto dos pinheiros e as plantas transidas, a mercearia fechada com a patroa num banquinho do lado de dentro da montra a olhar a chuva de cachecol, nas prateleiras e nos caixotes legumezitos pálidos, os banheiros no café de matraquilhos, o mar tornando a praia minúscula e eu na casa mesmo assim, passando as passas do Algarve de cobertor nos ombros e uma botija a consolar-me os joanetes, decidida a resistir ao vento nas janelas e às correntes de ar

sem origem que me arrepiavam os cabelos dos ossos, garante-se que não há cabelos nos ossos e compreendemos que há ao erguerem-se, se por acaso tiver febre quem me trata, se me der uma pataleta descobrem-me em junho, a um canto do soalho, como um inseto seco e não faz mal, não importa, talvez o meu irmão não surdo queime umas palhotas e aqueça a gente, nenhum transporte até Lisboa porque ninguém chega nem parte, um único guarda-chuva a atravessar a rua com o senhor Manelinho por baixo, as ondas contra a muralha pulando na pedra, o Alto da Vigia um relevo cinzento, se o pai do meu pai vivo orgulhoso de mim

    e sou de força, avô, apesar dos cinquenta e dois anos, nem me imagina a coragem, tenho de preparar os quartos para agosto quando os meus pais e a gente chegarmos, abrir a mercearia, abrir o quiosque, semear pássaros no quintal, fazer as camas de lavado, trazer o circo e o cinema, depositar a Ândrea no arame, enfiar a primeira coruja que me vier à mão na capela, com um rato nas unhas, substituir o pneu dianteiro da bicicleta do meu irmão mais velho de forma a que ele não note

    — Quem me colocou este pneu?

    e as carroças dos ciganos olival fora, ameaçadores, secretos, homens parecidos com albatrozes, mulheres de saias compridas conhecedoras do futuro e crianças, de navalha e boina, que mamavam ainda, o silêncio deles não em português, em espanhol, conta-se que tocam guitarra e nunca dei por nenhuma, limitam-se a atravessar as árvores pelo meio dos troncos, para desgosto do pai do meu pai não atravesso seja o que for, permaneço desta banda a chocar contra as coisas que, em lugar de se abrirem, me aleijam, dentro de três horas a esposa do senhor Manelinho

    — Olha a irmã do surdo a descer para a praia

    e eles todos a seguirem-me cá de cima

    — O que irá ela fazer?

    agrupados no quiosque, mesmo a senhora dos periquitos, mesmo a empregada da bilheteira, mesmo a atriz mexicana seguida pela índia de bandeja

    — O que irá ela fazer?

e o que vou fazer tão simples, amigos, fê-lo o meu irmão mais velho, fê-lo o padre de batina, há-de fazê-lo a cabra do penhasco comigo, ficam os burros a lamberem o sal a um cato, não bem um cato mas serve, que apesar das minhas previsões resiste, a mãe da Tininha mandando parar o carro no miradoiro a tentar descobrir os óculos de ver ao longe na carteira

— Apanha as cangalhas à tua patroa meu pêssego

sem ligar à Ândrea, uma infeliz que circula de terra em terra na esperança de quebrar a espinha no chão, a mãe da Tininha observando-me sem descer o vidro

— Sempre desaprovei que acompanhasse a minha filha mas o que irá ela fazer?

sempre desaprovei que acompanhasse a minha filha porque os pobres dão-nos hábitos péssimos, a esta não lhe conheço o nome nem concebo onde vive em Lisboa, queres apostar que um prédio de azulejos a caírem, cadeiras inseguras e tapetes na trama, a mãe uma saloia, o pai um bêbedo, os irmãos insuportáveis, salvava-se o filho mais velho mais ou menos no teu género, que não se ocupava de outra coisa senão martelar pregos e corar se o chamava, o corpo na minha direção lutando contra mim, sorria-lhe e não respondia, existiria sol em Peniche, no forte nem pensar, no pátio ao saírem da prisão, dentro, mesmo em julho, gelado, água nas paredes, meu pêssego, empenando-lhes as cartilagens para aprenderem a respeitar quem manda, eles que por sua vontade nos matavam com injeções na orelha, o que irá ela fazer, se os seus óculos alcançarem o Alto da Vigia, senhora, daqui a pouco, uns minutos se tanto, já sabe, o dono do circo ao microfone, num conselho pausado

— Cuidado menina lembre-se que o seu irmão mais velho morreu assim enquanto eu tentava encontrar uma vereda, um espaço, um caminho no intervalo das rochas, perguntando à minha colega

— Nunca pensas em Peniche?

nunca pensas em Peniche como eu penso no meu marido ou na cama dezoito, como eu penso na minha vida sem decidir o que fazer com ela, a minha colega

— Penso

a vacilar

— Não penso

a vacilar mais tempo

— Não sei

e acho que sincera, não sabia realmente, suponho que pensava em mim apenas, quando já nenhuma pessoa na praia os banheiros apanhavam o lixo com um ancinho e um saco, enxotando os cachorros e uma ou duas gaivotas, as outras no telhado dos Socorros a Náufragos, o ginecologista para mim

— Infelizmente não pode ter mais filhos

eu que não tive filhos ou seja tive aquele mas roubaram-mo, se o meu pai em Peniche corredores e corredores dentro de mim que conduziam a ele, corredores, salas, quartos e o meu pai no último, de calças rasgadas e um golpe na bochecha que preferia não ver, não nos batia, não se zangava connosco, se calhar, à maneira dele, e que maneira podia ter que não fosse a dele, gostava da gente, que maldade da minha parte, estou certa que gostava da gente inclusive do meu irmão surdo que não era, riscar esta frase e não acrescentar seu filho, estou certa que gostava da gente mais do que eu gostei do meu filho ou da ideia de um filho, tanto faz, o filho que não passou de um rolo de compressas num balde e uma cicatriz na barriga apagada pelo tempo, passo o dedo nela e não a encontro ou então enganei-me no sítio, a estagiária para a outra estagiária

— Garanto-te que nem uma marca ficou

e, embora baixinho, com uma dúzia de vozes pelo meio, as delas tão fortes que toda a gente escutava

— Perdeu um filho aquela

a ponto de me interrogar se o tive, no caso de, a meio da dourada, eu para o meu marido

— Engravidei de ti?

o guardanapo na toalha e uma porta a estalar, a órbita da dourada indignando-se comigo, a mãe da Tininha para o chofer, enquanto eu continuava a subir

— Já que te pago para seres inútil dá-me uma beijoca ao menos pernas magrinhas, braços magrinhos, o corpo em pedaços, se eu cinquenta e dois anos ela oitenta ou por aí, as pálpebras de lágrimas vermelhas dos velhos, o nariz que ia perdendo a forma, madeixas ralas, pintadas de preto, a mesma cor de quando eu era pequena e o cabelo dela forte, os pinheiros falavam entre si consolando-me, imagino eu, mas consolando-me de quê, durante meia hora mantiveram-se calados, o chofer voltou-se para trás, de mão no corpo da mãe da Tininha, com medo de a esfarelar, e encontrando uma ponta de, o dono do circo, no meio dos estalos do microfone

— Solicita-se a máxima imobilidade e o máximo silêncio ao público presente a fim de não perturbar a concentração da artista

e, por conseguinte, os pinheiros calados, encontrando uma ponta de língua murcha no meio de dentes postiços, pelo que me diz respeito não me importa que conversem, onde fica Peniche ao certo, se tivesse ocasião e infelizmente não tenho, informava-me, suspeito que para além de Lisboa Vouzela somente de maneira que Peniche a parte de Vouzela mais próxima do mar, a lanterninha do médico sepultada no meio das canetas

— Esse já não reage

não o pai da minha colega, um sujeito ruivo, qual o motivo de os médicos usarem tantas canetas e agendas e blocos se nunca os vi tomar notas, além disso, nas agendas e nos blocos, dúzias de papelitos a marcarem as páginas, o médico da lanterninha educando os polícias

— Não morreu neste lugar morreu do coração enquanto estava a dormir e entrega-se à família daqui a três ou quatro dias numa urna fechada

conforme me entregarão ao meu marido numa urna fechada, a minha colega

— Que conversa é essa?

ela que acompanhou a mãe ao funeral do ruivo, no cemitério a esposa sem lágrimas, um vestido de luto, demasiado largo, que não lhe pertencia, emprestaram-no, duas crianças à deriva pela mão de um tio ruivo, uma delas ruiva outra não, quer dizer a outra quase ruiva, escapando por pouco, jazigos musgosos com os nomes dos defuntos numa placa, os primeiros desbotados, os últimos legíveis, graças a Deus que os nomes perdem a tinta e somem-se, não quero ser lembrada, quero desaparecer por inteiro consoante o meu irmão mais velho desapareceu por inteiro e o meu pai prossegue mas menos, se eu durasse mais vinte anos tornava-me filha de ninguém, chegava ali e

— Quem sou eu?

até concluir que não era, ramitos de flores que os gatos esfacelaram, um polícia a certificar-se de que não abriam o caixão nem se tiravam fotografias, mais polícias por aqui e por ali num arzinho demasiado casual para se acreditar nele, comparando as pessoas com os retratos de uma pasta a buscarem comunistas na assistência, cumprimentaram a esposa do ruivo que não lhes estendeu a mão, uma mulher baixinha mais alta do que nós todos, a classe operária ao poder não é mano, e a classe operária finada, a mãe da Tininha para o chofer

— A beijoca soube-me a pouco meu pêssego sou uma criatura de alimento

e eu no muro à espera da Tininha que há-de vir despedir-se de mim cuidando que muitos anos pela frente e pode ser que com razão, muitos anos pela frente, quantos temos hoje, sete, oito, e no caso de sete ou oito muitos anos pela frente, a Tininha a escrever no diário antes de o guardar no buraco e cobri-lo com a pedra

— Apaixonei-me pelo teu irmão mais velho mas não lhe digas

e visto que pediu para não dizer mostrei o diário ao meu irmão mais velho

— A Tininha apaixonou-se por ti não queres ler?

o meu irmão mais velho no quarto, não interrompendo um livro com um sujeito de boné e punho erguido na capa, seguido de sujeitos de foice erguida também

— Ai sim?

sem dar importância à declaração dela, isto na época em que acompanhava a empregada dos Correios até à mercearia, na mercearia

— Não venhas mais por favor não quero que nos vejam

e o meu irmão mais velho obediente, parado a olhá--la, mesmo depois da empregada dos Correios desaparecer ele parado a olhá-la voltava para cima aos pontapés numa lata distraído da gente, acabava por jogá-la para debaixo de um carro e empurrava a cancela esquecendo-se de a fechar, de vez em quando parecia da minha idade, a imitar um coxo, de vez em quando uma cabriola, de vez em quando um saltinho, de vez em quando um assobio, arrancando uma pétala do canteiro e abandonando a pétala, a anunciar ao meu pai sentado no degrau

— Sou feliz

o meu pai suspendia a garrafa com a rolha na direita e o gargalo na esquerda

— Ainda bem que és feliz

eu a insistir com o meu irmão mais velho, zangada com a sua indiferença

— A Tininha apaixonou-se por ti

o meu irmão mais velho, sem deixar de ler o livro do sujeito de punho erguido na capa

— Daqui até quinta-feira passa-lhe

e deve ter-lhe passado porque na altura em que eu na cama dezoito não me falou nele, ganas de perguntar

— Lembra-se do meu irmão mais velho doutora Clementina?

e não perguntei no receio que uma radiografia lhe tremesse nos dedos e a enfermeira a notar, ou a possibilidade que ela, ao mostrar-lhe o diário

— Era tão parva eu

de súbito cheia de melros, desaparecesse a correr.

6

O mar fica mais tranquilo quando dormiu sem companhia na noite anterior e não deixa os ossos de si mesmo na areia, tábuas de costelas, seixos de vértebras, a pantufa de um pé arruinada, não galga os penedos, contorna-os, aproxima-se da gente numa mansidão de gazela, experimenta-nos os tornozelos, retrai-se, aproxima-se de mim, já nos viu, já nos conhece, não o interessamos mais, a vizinha de toldo para a minha mãe

— O que tem o mar hoje?

e não tem seja o que for, senhora, não se preocupa, é tudo, há noites em que nem nos espreita nos quartos, mantém-se lá em baixo a tratar de si mesmo, a ajustar a roupa, a compor-se e quase sinto remorsos de daqui a minutos lhe mudar os hábitos, vai sentir-se incomodado, vai olhar-me com espanto, vai depositar-me devagarinho na areia, na delicadeza da sua mão aberta

— Não me fica tempo para ti hoje desculpa

se lhe perguntar pelo meu irmão mais velho não se recorda

— Aconteceram mil maçadas depois

e é verdade, aconteceram mil maçadas depois, eu, por exemplo, que não queria ensinar, professora, já viu, todas aquelas caras à frente e um arbusto contra a janela

— Que lhes ensinas tu?

sem que eu responda à pergunta, a minha mãe

— O gato comeu-te a língua menina?

e comeu, não tenho, se a buscar não a encontro, comeu-me a língua e como é que eu dou a lição, todas aquelas caras à frente aborrecidas primeiro e curiosas depois, se me nascer outra língua o que irá ela contar, ao longo da rua da mercearia casas pequenas, de porta aberta, com senhoras em cadeiras de lona no umbral, abanando-se com pedaços de cartão, páginas de jornais, leques, a minha colega, de repente vermelha, um leque igualmente, com vestígios de bailarinas espanholas no tecido das varetas

— Não há comprimido que me alivie os calores

eu, que não aprendi a dançar, às vezes experimento e acho-me cómica, vejo-me no reflexo das janelas e desisto logo, a minha mãe dançava comigo ao colo em criança

— Dá-me a honra desta valsa menina?

os dedos desapareciam nos seus, o tronco desaparecia no seu, poisava-me no chão

— Estás grande que te fartas ainda me dá o badagaio

recuperando o fôlego encostada à parede, o meu pai a mirá-la, com uma hipótese de alegria nas covas dos olhos, a minha mãe

— Não eras mau nisto tu

e a hipótese de alegria a desvanecer-se de imediato, a biqueira, que acompanhava o ritmo, quieta, as senhoras nas cadeiras de lona cercavam-nos, algumas os maridos, sem leque, de calções, transportando um copo de água vagaroso para uma toalha de oleado, a água não parada, trémula, no pavor que a bebessem, um corpo mergulhado num líquido sofre por parte desse líquido uma impulsão vertical de baixo para cima igual ao volume de líquido deslocado, esta ficou-me conforme me ficou a voz da minha mãe para o meu pai, mais o estalido de uma prancha na cama e o crucifixo do terço a tinir na cabeceira

— Se os miúdos ouvem?

o meu pai, que ainda falava nesse tempo

— Se ouvirem não percebem

a minha mãe, dava ideia que sonolenta, a ceder num gemido côncavo onde ele cabia inteiro

— Se ouvirem não percebem

o crucifixo a tinir com mais força apesar da porta fechada, somos filhos de Deus, como jurava o padre, as velhas das cadeiras no quarto com os meus pais num vendaval de leques que os despenteavam a todos, as cortinas uma agitação de galinhas e os caixilhos vibrando, o jarro, quase a tombar da toalha de oleado, que o meu pai segurou, o crucifixo em repouso depois de um último pulo, uma paz de cansaço no quarto, o mar fica mais tranquilo quando dormiu sem companhia na noite anterior, se entrava e eles não estavam o crucifixo a agonizar imóvel, nem crucifixo nem cama agora, folhas secas, poeira, deve andar numa gaveta do prédio ao lado da pastelaria Tebas, com as contas brancas separadas, de dez em dez, por uma conta preta, se na próxima visita imitasse a minha mãe

— Julgas tu que não percebem

quem não percebia era ela

— Que conversa é essa menina?

pasmada para mim a tentar entender, não se lembra do meu pai como não se lembra dos outros, lembrar-se-á de ter dançado comigo e, ao dançar comigo, só nós duas existíamos, fez-me sentir única, senhora, um pouco tonta das voltinhas mas única, desejava que as minhas pernas alcançassem o chão para as mover também, assim tão perto o rosto diferente, um espaço na sobrancelha direita, sinais em que não reparara, teria tido uma amiga como eu tive a Tininha, desenharia óculos nas figuras dos livros de História, espantar-se-ia com os mistérios do corpo, que a partir dos doze anos se tornava outro, a Tininha foi-se embora antes da doutora Clementina aparecer, quando ela um dia ao levantar-se do colchão

— Sou médica

a mãe de súbito viúva, o pai de súbito falecido há séculos, o chofer a lavar o automóvel, roupa de gente crescida no armário, filhos gémeos, o marido uma conversa cautelosa que gastou semanas a aperfeiçoar

— O problema não está em ti está em mim

e o problema a irmã de uma colega do emprego

— Necessito de ficar sozinho uns tempos para pensar em nós dois

ou seja numa casa tão vazia quanto esta, folhas secas, poeira, um inseto de patas para o ar que não pisamos por milagre, o que sobrava de um rodapé descascado, como se chamava a da casa vizinha na praia de que não me vem o nome, com um irmão surdo e um outro, mais velho, que mal olhava para nós, recordo-me da japoneira, eu que nunca me interessei por árvores, tornou a encontrar o marido no qual estava o problema

— Qual problema?

e uma resposta complicada que não respondia fosse o que fosse, na tarde do divórcio não senti pena nem estava triste, os dois diante do juiz ouvindo ler o que não escutavam, jantou com o advogado e depois do jantar nenhum crucifixo a tinir, a roupa do advogado, o mar fica mais tranquilo, tão bem dobrada no sofá, meias escrupulosas no interior dos sapatos que alinhou junto à cómoda, quando dormiu sem companhia na noite anterior, com dois dedos dobrados em anzol e todo o tempo a doutora Clementina suportando um perfume de que não gostava, tocando-lhe o menos possível, ou seja não lhe tocando quase, ou seja tocando-lhe assim-assim, com o peso de toneladas da aliança dele nas suas costas

— O que estou a fazer?

e a japoneira de novo, o irmão mais velho da outra a olear um triciclo, informando o irmão surdo por gestos

— Podes pedalar mano

a devolver a almotolia à mesa de pingue-pongue da garagem e limpando-se com um desperdício, se houvesse um desperdício por ali a fim de se limpar do advogado e não havia, pensou

— Em acabando isto tomo um banho de horas

e, apesar do banho de horas, o perfume custoso de sair, exclamações e palavras que preferiu não recordar, quando o advogado lhe solicitou uma manobra diferente a que brincava com a amiga, não ela

— Tira os cavalinhos da chuva

as unhas dos pés do sujeito mal cortadas, a boca demasiado dura, um chupão no braço e a doutora Clementina de mangas compridas em junho, que gaita, seguindo as evoluções da mancha ao longo dos dias, durante o castanho-claro a carta de honorários do advogado que já pagara com a pele, se julgas que ainda por cima dinheiro tira os cavalinhos da chuva, uma segunda carta, um telefonema desagradável, a ameaça de uma queixa, um convite para jantar e ela

— Tira os cavalinhos da chuva

enquanto a amiga, de que não se lembrava o nome, escrevia no diário que cobriam com uma pedra, desligou o telefone ao sujeito com o pivete do perfume a surgir-lhe de novo, na próxima visita à minha mãe, eu, imitando-a

— Julgas que não percebem?

explicando-lhe, enquanto a minha mãe se inclinava para mim, a tentar entender

— Não me esqueço de um único episódio

o mar fica mais tranquilo quando dormiu sem companhia na noite anterior e não deixa os ossos de si mesmo na areia, interrogo-me se deixará os meus, espero que não, o marido da doutora Clementina não subia no fim de semana para levar os filhos, buzinava na rua, prometia vir buscá-los às dez e chegava à uma, se espiasse pela janela, e não espiava porque tinha a certeza, uma mulher com ele, cada filho um saco, às vezes a raqueta de ténis, às vezes materiais da escola porque um teste na segunda, ao saber do casamento do marido e que a mulher grávida, fazia-me jeito uma poltrona aqui, respondeu torto ao diretor e impacientou-se com um interno sem motivo, não lhe apeteceu almoçar, uma poltrona mesmo de molas quebradas, tudo me serve, bebeu um sumo dos doentes e desejou, que vontade mais estúpida, que a cama dezoito sua, qualquer coisa no peito também, preferível, feitas bem as contas, a qualquer coisa no pâncreas, de tempos a tempos o advogado rosas, com um cartão de visita onde o apelido e a profissão rasurados e não respondia, enterrava as flores, de cabeça para baixo, no caixote da cozinha, uma noite com o primo de uma colega, muito mais novo do que ela, encontrado num jantar, acompanhou-o a um apartamentozeco sem elevador, com uma bicicleta de montanha na sala e cuecas esquecidas no chão, comeu sanduíches de pão da véspera ralhando-se a si mesma

— O que faço eu aqui?

a seguir à bicicleta de montanha um jornalista, um psiquiatra, um ator, também muito mais novo do que ela, de argola na orelha e cartazes de filmes, uma poltronazinha que sorte, e depois do ator comichões e pastilhas para um fungo que lhe escaldavam o estômago, enquanto as rosas se iam espaçando até desistirem por completo, deve ter feito outro divórcio, aquele, dobrado a roupa noutro lado, posto os sapatos junto a outra cómoda, uma recaída idiota com a bicicleta de montanha, um fim de semana em Londres, onde choveu o tempo inteiro, escoltada por um piloto de aviões, ovos cozidos ao pequeno-almoço, compras, o nariz entupido, a tristeza no estrangeiro mais triste do que em Portugal, telefonou à companhia a fim de antecipar a volta e nem um lugar para amostra de modo que mais piloto, mais chuva, uma aspirina efervescente numa espiral agitada de bolinhas, primeiro no fundo e a acabar à superfície cuspindo gás com ímpeto, tomou aquele rodopio a fungar, o pânico que dali a anos um chofer e ela para o chofer

— Meu pêssego

disse ao piloto de aviões

— O problema não está em ti está em mim

e por segundos vontade de estrangular o ex-marido ou se estrangular a si mesma com o cinto do roupão mas nenhum gancho no teto onde prender o cinto, nenhumas saudades dos filhos

— Serei normal eu?

saudades da japoneira e que inesperado a japoneira na sua cabeça, ela que a perdera em criança, uma noção vaga de melros e pinheiros e de que o mar a espreitava, o pai, ao instalar-se à mesa com a mãe à direita e ela à esquerda, diante da relva e do anão

— Ótimo ótimo

desdobrando o guardanapo e ótimo ótimo o quê, eu, para a minha mãe

— Não me esqueço de um único episódio

nem dos tinidos do crucifixo nem do Alto da Vigia daqui a pouco, se tivesse um guardanapo desdobrava-o no colo proclamando

— Ótimo ótimo

e era tudo, o que mais haverá para além disto tirando a doutora Clementina e eu sem cochichos, sem mistérios, sem diários num buraco do muro, sem palavras, já não amigas, estranhas e, no entanto, lado a lado, porquê lado a lado, o que nos une, daqui a instantes levanto-me para descer à praia sem lhe acenar da cancela, qual a razão de acenar se ótimo ótimo, não necessito de brincos-de-princesa, obrigada, ou de uma palma quase a tocar-me

— Menina

construirão casas no olival das quais não se veem as ondas, pode ser que dê por elas dependendo do vento, a minha colega

— Em Peniche ondas sempre

e acredito em ti, ondas sempre em Peniche, os nossos maridos, o meu e o da Tininha, talvez se entendam um ao outro, mentindo-nos, mentindo-se, a gente as duas não, lado a lado e separadas, deixo-te o cachorro vadio para te fazer companhia enquanto atravesso a praia e vou subindo os penedos, a minha colega

— Não ficas comigo?

e não posso, mesmo que quisesse, e não afirmo que quisesse, não posso, a minha mãe

— Que colega é essa rapariga?

quando se irritava comigo não

— Menina

a voz mais grossa, mais cheia

— Rapariga

a mão quase no ar, uma prega na testa

— Foste tu quem partiu a fada rapariga?

e não parti, olhe para ela no centro do naperon, acalme-se, daqui a dois ou três dias outra casa em vez desta, outras pessoas, outro pai a beber, o meu, voltado para a parede

— Larguem-me

e a minha mãe e eu a sairmos do hospital, os homens muito mais novos fazem-na sentir-se como a sua mãe, doutora Clementina, é isso, você, sem dar conta

— Meu pêssego

não dorme com eles no quarto, é óbvio, um esconso no extremo oposto do andar, relento de comida fria e província a que a empregada talvez se junte

— Achas que a velha percebe?

não percebe se nenhum crucifixo a tinir e nenhum crucifixo a tinir, deste-lhe a cápsula não deste, acrescentaste um cobertor para o frio não acrescentaste, desceste a persiana toda não desceste

— E se lhe apetecem bolachas e se mija no lençol?

visto que ao durarmos muito tempo, doutora Clementina, apetecem-nos bolachas e mijamos no lençol, a minha mãe, indignada

— Pensas que estou cheché?

e não se ofenda, senhora, perguntei por perguntar, há pessoas, com metade da sua idade, que mijam no lençol, acontece, se sonhamos, por exemplo, com um bacio, descuidamo-nos, qualquer médico a informa disso, é normal, a doutora Clementina

— Aos cinquenta e dois anos o que me interessam os homens?

e não é verdade, não se aldrabe a si mesma, interessam-na, surgem momentos em que até um pigarro, arrastando os pezinhos, faz companhia, sempre ocupam algum espaço impedindo os compartimentos de se tornarem maiores e, se os compartimentos aumentam, respirar é difícil, atente na minha colega a quem distraio de corredores e polícias, da classe operária ao poder e mesmo que a classe operária no poder nunca o teria, compreende, a minha colega, referindo-se a si mesma

— A mamá

não comigo, com o pai dela ao colo, o meu irmão surdo às cavalitas do meu contornando a capela de vitral sobre a porta quebrado, ao terminarem as missas terminou Deus também, lá está Ele a dizer conheço o que fizeste e sei que não és fria nem quente; oxalá fosses fria ou quente mas como és morna vomitar-te-ei da minha boca e portanto qual a utilidade em protestarmos, percebe, o meu irmão mais velho não protestou, deu-se conta, a empregada dos Correios, sem se atrever a aproximar-se, com as duas mãos na cara, lembro-me da esposa do senhor Manelinho se persignar levantando a lona e do reflexo do meu irmão mais velho nas feições dela um instante, se a gente dançasse as duas, mãe, antes que eu no capacho, um pardal na janela, dois pardais na janela e em compensação gaivota alguma, ocupadas com a vazante, olhe as gaivotas pequeninas a rastejarem nas pedras e a água a caçá-las, a minha colega com uma nuvem entre nós e ignoro por onde ela entrou

— Vais desistir da mamã?

eu com o meu marido e a estagiária na ideia, não se trata da estagiária nem do meu marido, trata-se que me esperam e o que seria deles se eu faltasse, a douta Clementina para um fulano que eu não via

— Encontramo-nos quando o rei faz anos e não tenho ocasião para mais

o cachorro vadio acompanhar-me-á até à mercearia na esperança de uma esmola, se conseguisse dar-te um osso meu dava-te, o esfenoide, a clavícula, aqueles de que perdi o nome, não os esqueci, perdi-os, das pernas, uma vértebra ao acaso, tanto faz, escolhe, e a esposa grega do dono da farmácia a pentear-se sem fim, ao erguer os braços o peito quase me tocava na rua, no estabelecimento do rés do chão, meça aqui o seu colesterol, uma balança antiga, de cursor, com o esmalte estalado, o dono da farmácia

— Um ano antes de morrer contou-me o meu avô o príncipe herdeiro pesou-se aqui

entregando a coroa e o manto a um ajudante na esperança que mais magro, tantos pardais, ficava-se, tantos pardais que estranho e no entanto silêncio, outros pássaros mais acima nas copas, de cauda comprida e várias cores nas penas, ficava-se a espreitar a balança e o príncipe herdeiro não voltava, o dono da farmácia, fazendo suspirar as clientes

— Parece que tinha os olhos azuis

enquanto os pássaros várias cores mas não azul, castanho, cor-de-rosa, negro, se tivesse ocasião procurava os nomes na enciclopédia, há-de haver qualquer coisa na biblioteca da escola, se não houver o professor de Biologia, um minhoquinhas, é possível que saiba, os primeiros autocarros de Lisboa junto ao quiosque e as pessoas a diminuírem na praia, o que eu não dava, sou de cismas, para aprender acerca daqueles bichos, tirando a areia dos pés esfregando-os na toalha, alcofas, cestos, tubos de protetor, roupa, meça aqui a sua tensão arterial, meça aqui a sua diabetes, poupe os seus olhos com óculos escuros medicinais que ninguém lhe dará outros, a certa altura, pimba, os tais pássaros sumiram-se para além do poço, onde começava um renque de carvalhos mais a sua noite perpétua, quem me prova que não são os carvalhos a fabricarem-na em segredo, a esposa grega do farmacêutico penteava-se horas e horas, olhando os homens, enquanto o cãozito ao seu colo lhe mordiscava o pescoço, eu para a minha colega, sossegando-a com uma palmadinha

— Não abandono a mamã não te inquietes

e se não fosse o Alto da Vigia palavra de honra que não abandonava, visitava-te, estava contigo, aceitava que me, estava contigo e chega, como é que os carvalhos são capazes de modelar pássaros, ensinem-me, por qual parte do pássaro começam, serão tão lentos com eles como com as folhas, observando os ramos daremos ou não conta de um pontinho de pássaro a nascer, ganhando garras, bico, penas, soltar-se-ão em outubro, aprenderão a voar ao caírem, a doutora Clementina mediu-me o colesterol e a diabetes, anunciou lá de cima

— Para a idade não estão mal

e, para a idade, como está você, doutora, um chofer para lhe chamar

— Meu pêssego

nenhum chofer por enquanto mas lá iremos, amiga, descanse que lá iremos, até agora só homens muito mais novos com bicicletas de montanha e cartazes de filmes, um divã contra a parede, um iogurte vazio no lençol, a doutora Clementina a pegar-lhe com dois dedos

— Onde se mete isto?

o homem muito mais novo a colocá-lo, ou seriam as folhas que antes de tocar no chão, para evitarem apodrecer na água, desatam a voar, o homem muito mais novo a colocá-lo no caixote pintado de vermelho que servia de mesa-de-cabeceira, com bolas e triângulos amarelos

— Por exemplo aqui

e uma mosca a esfregar as patas no rebordo da embalagem, a minha colega observando-me de viés como sempre que não, o homem muito mais novo um anel com uma caveira, acreditava em mim, os dentes no lábio inferior e as narinas abertas fixando-me, encostado ao lugar dela no sofá um abajur a imitar pergaminho que por falta de atenção uma lâmpada queimou, roda para lá a queimadura, tem paciência, a fim de que eu não a veja, outra mulher antes de mim que descobri por pequenos sinais, uma borla de pó de arroz sem tampa, um vestido que a minha colega não usava, uma pulseira demasiado colorida no cofrezinho das joias, os pássaros são folhas que não aceitaram morrer, a doutora Clementina

— Tem a certeza?

enquanto a maré principiava, finalmente, a aumentar, já não era sem tempo, desde sexta-feira à espera disto e ao acabar de escrever a frase pergunto-me se realmente à espera disso ou se não esperava antes uma baixa-mar perpétua que me impedisse de, sempre afirmei que não tinha medo e tenho, Deus vomitar-me-á da sua boca, não me deixará chegar-me ao meu irmão mais velho, manterá os meus ossos, o que sobrar dos meus ossos numa caverna ou numa gruta qualquer, o meu pai não

— Menina

demasiado distante para saber de mim ou eu poder escutá-lo, o meu pai que não dançava ou pelo menos nunca vi dançar, caminhava nas pernas inchadas da despensa ao sofá, no prédio ao lado da pastelaria Tebas, já não descia à rua, tomara eu ter mais tempo, tomara eu voltar atrás, ficar com a minha colega, a escola, a estagiária que me troçava e não me doía que troçasse para a outra estagiária

— Se visses o peito dela

a outra estagiária

— Tiraram-lhe um a sério?

e tiraram-me um, a sério, há dois ou três anos, não me lembro bem, tenho de fazer contas, foi a vinte e dois de março, quatro anos quase, tiraram-me um e portanto sou uma aleijada, sabias, a minha colega

— Não fales assim

e não falo assim porquê se é verdade, repara no modo como o meu marido me evita, só me procura às escuras e procurar às escuras tão raro, se fosse capaz permanecia aqui, deixa-me sentar no teu colo, beija-me, faz-me sentir que, isto é não me faças sentir nada, roda a mancha da queimadura para onde a não veja que já me fazes um favor suficiente, os pássaros são folhas que não aceitam morrer, a doutora Clementina

— Tem a certeza?

aumentando a cerimónia entre nós, conheceu-me há muitos anos e não me conheceu, qual a diferença hoje enquanto a maré principia a subir com uma coroa de gaivotas e de albatrozes vindos do norte em cima, recordo-me do meu irmão mais velho a observar a praia, das nuvens ao comprido da serra, dos caniços

— Menina

sobretudo dos caniços

— Menina

a alertarem-me do que não entendia e como entender palavras sem sílabas, tinha sete anos então, a estagiária para a outra estagiária

— Diz que teve sete anos

a outra estagiária

— Que aldrabice como é que uma pessoa de cinquenta e dois teve sete anos?

sem que nenhuma delas acreditasse em mim, quando não estava a pensar e a arrepender-se de pensar, quando o meu pai invisível no degrau e a culpa a libertava um bocadinho a minha mãe pegava-me ao colo e dançávamos as duas, o seu cabelo contra o meu queixo, a minha mão sumida na dela, espreitava o fim do meu braço e não tinha dedos, que engraçado, tinha ombro, cotovelo, pulso, mas faltavam-me a palma e os dedos, ao poisar-me no chão tornava a ter palma e dedos mas não me poise no chão por enquanto, continue a girar, a dúvida acerca de se somos nós que giramos ou a sala que gira, eu

— Somos nós ou a sala mãe?

e a minha mãe
— Tanto faz
provavelmente somos nós e a sala e os pássaros, tudo ao mesmo tempo, felizes, a minha mãe a cantar com a música, eu um bocadinho tonta mas feliz também, como feliz no quadro da bicicleta do meu irmão mais velho
— Depressa mano
nós do alto para baixo e as casas a moverem-se de baixo para o alto, tão rápidas, a vivenda do italiano, a mercearia, as senhoras nas cadeiras de lona, o sapateiro, creio que não mencionei o sapateiro na sua oficina minúscula, chamava--se senhor Café e acenava a cabeça em vez de falar, conservo comigo o relento do cabedal e o relento da cola, o senhor Café martelando com meia dúzia de preguinhos apertados na boca, devia dormir com eles ali, comer com eles ali, mesmo ao domingo, de oficina fechada e o senhor Café ignorava-se em que sítio, os pregos presentes, o mar mais tranquilo quando dormiu sem companhia na noite anterior, mais disposto a perdoar-nos, a mãe da Tininha para o chofer
— Não ligues o motor meu pêssego quero ver como isto acaba
o pêssego a desligar a chave, aborrecido, que graça encontra ela em espiar ondas e ondas e uma criatura que mal se nota, uma mulher porque desajeitada, sem força, tentando subir pedras, a escorregar, a segurar-se, a subi-las de novo, isso e gaivotas aos círculos que é o que não falta nesta terra, em miúdo o pai levava-o de madrugada, a tropeçar em raízes, aos patos que, ao menos, sempre voam a direito obedecendo ao da frente, a gritarem sobre a lagoa as suas buzinas antigas, dessas que se aperta uma borracha e deitam sons ferrugentos, o pai de cócoras numa moita, com um boné de orelhas que a mãe detestava
— Mal enfias isso pareces um atrasado mental
o pai avançando um passo para ela
— Mau
e a mãe a fugir nos chinelos clap-clap, o pai numa humidade espessa de que emergiam juncos, uma espécie de nevoeiro, uma espécie de frio, as primeiras rãs por enquanto não a saltarem, quietas nas folhas, inchando e desinchando a papada,

um ventinho de navalhas, a sensação de que uma formiga a passear-lhe nas costas, se fosse um lacrau desmaiava mas os lacraus o passo mais largo, uma formiga de certeza, ao de leve, a bicicleta de montanha do homem muito mais novo para passear onde, digam-me, a doutora Clementina, espantada

— Essa geringonça serve para quê?

uma formiga ao de leve, tentou esmagá-la e o cotovelo do pai contra a sua cara

— Quietinho

ele quietinho, com sono, com fome, com saudades da almofada, com saudades da mãe até que, lentamente, um restolhar nas ervas, movimentos dispersos não na lagoa, no lodo, a ideia de que um pássaro a mexer-se, dois pássaros a mexerem-se, a mãe da Tininha

— Dá cá essa bochecha

o chofer a oferecer a bochecha e vontade de a coçar ao recuperá-la, a velha besunta-me todo, os chinelos da mãe clap-clap não em casa, aqui perto, uma buzina antiga ainda não forte, baixinho, os juncos para um lado e para o outro, ânsias de esfregar a bochecha com o lenço e não era o vento, eram sombras azuis, um primeiro olho, uma primeira asa a descolar-se do corpo, um galo distante, um campanário ao fundo, o homem muito mais novo orgulhando-se do espanto da doutora Clementina em relação à bicicleta

— Custa uma pipa de massa

trinta e seis velocidades, a do meu irmão mais velho nenhuma, selim especial, quadro de liga carbónica e o que significará liga carbónica, acanhamento de perguntar, desinteresse em conhecer, o homem muito mais novo

— Não pesa nem três quilos

o guiador cheio de botões, alavancas, patilhas, os patos na lagoa com o início do sol, isto é uma claridade que não mostrava as árvores nem as plantas, as desenhava devagar e a bicicleta de montanha

— Nem é preciso fazer força

a galgar paredes num rufo, o pai um par de cartuchos nos canos, a formiga amainou e regressou à carga, desta vez na nuca, um pato sumiu a cabeça na água e tirou-a a espanejar-se, o pai por um cantinho da boca

— É a fêmea que manda vão levantar-se não tarda

mais patos na água, o sol desenhou a última árvore, oxalá o vento não mude, oxalá não deem por nós e o senhor Café a martelar sem descanso, de quando em quando apanhava mais pregos e enfiava-os na boca sem utilizar os dedos, apenas a habilidade da língua, puxava uma ampola de um fio e a espátula da cola de um tacho, se ao menos a mãe da Tininha não lhe chamasse

— Meu pêssego

e o deixasse em paz um instante, não pedia mais, um minuto de sossego sem exigências, requebros

— Pêssego maroto

os patos iam-se afastando na lagoa com a fêmea que mandava adiante, o pai do chofer

— Toma atenção que aí vão eles rapaz

e como tomar atenção com a formiga e o cansaço a batalharem entre si, não mencionando o joelho dormente e imensos insetos perigosos a rondarem-no, um sapo fervia a uns passos, uma arvéola minúscula, de íris envernizadas, cruzou um charco aos saltinhos e de súbito muitos leques ao mesmo tempo e os patos no ar, cinzentos, brancos, prateados, demorando a erguerem-se, a voz da mãe junto deles por causa do boné de orelhas

— Mal enfias isso pareces um atrasado mental

o pai a seguir o bando de espingarda a pino

— Hão-de passar por aqui na direção do rio

a bicicleta que custou uma pipa tranquila no seu canto, o caixote vermelho com bolas e triângulos amarelos, o cartaz de um grupo de guitarras elétricas sobre a cama demasiado estreita, a mosca do iogurte passeando-se na embalagem, a doutora Clementina a pensar

— Não vou caber ali

a doutora Clementina a pensar

— Se eu me fosse embora?

e ficando, ignorante do motivo de não se ir embora, não acenar

— Chauzinho

a doutora Clementina no interior de si mesma

— Meu pêssego

a doutora Clementina fora de si mesma

— Que frete

o homem muito mais novo verificando a tatuagem do braço

— Perdão?

o mar tranquilo quando dormiu sem companhia na noite anterior, a aumentar, a aumentar, o pai um tiro, dois tiros, dúzias de ecos campos adiante, multiplicando-se, repetindo-se, estilhaçando-se, a doutora Clementina a puxar a saia rezando

— Deus permita que não notes a celulite as estrias

a tatuagem do homem muito mais novo um condor roxo e preto e um coração complicado que declarava Mafalda, a doutora Clementina a pensar quem seria a Mafalda, quem teria sido a Mafalda, quem é a Mafalda, a doutora Clementina

— Quem é a Mafalda?

o homem muito mais novo a considerar a tatuagem e a distrair-se dela

— Uma amiga

sem que a doutora Clementina se distraísse da Mafalda, durante mim a Mafalda, depois de mim a Mafalda, a doutora Clementina

— Vou-me embora

e a descalçar-se, a doutora Clementina

— Vou-me embora

a desenganchar a saia e a puxar as calcinhas, insegura da sua nudez, preocupada com a celulite, as estrias, os desabamentos do tempo, não notou o pato a cair a vinte ou trinta metros do pai do chofer conforme não notou que era ela a cair murmurando

— Meu pêssego

apenas notou, do soalho, o homem muito mais novo e a Mafalda que, contra o que ela supunha, cabiam ambos na cama.

7

Já estou a ver daqui a minha mãe, ao darem-lhe a notícia, torcendo as mãos no sofá e pergunto-me quem lhe dará a notícia, os bombeiros, o senhor Manelinho vindo de propósito a Lisboa, de fato completo e gravata, toda a gente possui um fato completo nem que seja o do casamento em que deixou de caber, o casaco não abotoa, as calças uma tortura mas dá-se um jeito encolhendo a barriga, apesar da esposa

— Se fosse a ti ia como estás que ninguém te leva a mal basta mexeres um dedo e isso rasga-se tudo

um polícia de participação em riste, não feroz, embaraçado, a tirar o boné no capacho e a deixar de ser polícia logo, palpando-se surpreendido

— Que é das minhas algemas que é da minha pistola?

que ainda agora nas escadas as tinha, sobra a placa com o nome, Mendonça, e o escudo de metal, serei um paisano disfarçado de polícia, serei um polícia a sério, já estou a ver daqui a minha mãe ao darem-lhe a notícia, que mal fiz eu a Deus para ter filhos assim ou, então, quando acabarei de pagar os meus pecados ou, ainda, alguém me condenou a passar a eternidade a sofrer, a dona Alice, de avental, com um lenço na cabeça porque não se compreende a razão de tanto pó, a receber as visitas sem dar conta do aspirador desligado na ponta do fio elétrico no qual só eu não tropeço porque não estarei lá, os bombeiros sem capacete da mesma forma que o polícia sem boné e sem capacete conheço-os, o primo do dono do café de matraquilhos e o empregado da mercearia sujando o tapete de areia visto que até Lisboa o mar secou-lhes nos pés, a participação ao lado da fada na cómoda, a minha mãe interrompendo o trabalho das mãos

— Mostrem-ma outra vez

enquanto o polícia que não encontrou a pistola nem as algemas no bolso fixava com desconfiança uma gaveta mal fechada e por conseguinte suspeita

— Se calhar estão ali

e talvez estejam ali, talvez não estejam, experimente abrir e encontra velas para as alturas em que a luz se desliga, um rolo de arame, faturas, toda a vida faturas agitadas diante de nós

— Gostava que me dissessem com que dinheiro pago isto?

e a gente pequenos, sem um tostão, a meditar, o meu irmão não surdo convencido que ajudava

— Vende-se a menina

a minha mãe a medir-me sem esperança

— Achas que alguém a compra?

e ninguém a compra, é evidente, não sabe pôr a mesa nem há maneira de aprender a ler, a dona Alice em cuja cabeça, por baixo do lenço, habitava em segredo um restinho de compaixão

— Deixem-na crescer um ano ou dois ao menos

e num ano ou dois as faturas caducadas, nenhuma água nas torneiras, o aspirador mudo, se vamos esperar que ela cresça morremos de fome antes disso, a minha mãe devolveu a participação ao polícia encrençado na gaveta, aproximando-se dela às arrecuas já com o dedinho no puxador, já espreitando às escondidas

— Que mal fiz eu a Deus para ter filhos assim?

e na gaveta nem algemas nem pistola, as velas, o rolo de arame, as faturas, o chefe a fazer-lhe a folha quando o polícia apresentasse uma vela como se a vela capaz de disparar ou prender pulsos de gatunos

— Estás lixado Mendonça

e nem imaginas como estás lixado, uma reformazita antecipada que não dá para a sopa, tardes num banco de jardim a choramingar com as rolas ou disputando migalhas aos pombos, o fato do senhor Manelinho, que à cautela se movia como um andor, levado em ombros pelas tábuas do soalho, uma delas mais baixa, outra a cambalear sobre o peso, todas as quatro de luvas brancas, suando, o fato do senhor Manelinho, tem-te não caias, aguentou a viagem

— Os meus sentimentos senhoras

divididos entre a minha mãe e a dona Alice cujo aspirador decidiu funcionar arrepiando as franjas do tapete, a dona Alice calou-o a esmagar-lhe o botão com o pé transformando o seu empenho de devorar o mundo numa mudez ultrajada, a minha mãe estendeu os dedos ao senhor Manelinho ela que nunca estendia os dedos ao senhor Manelinho, pertencia ao partido da esposa

— Um camelo

a minha mãe desejando que a vizinha de toldo com ela a fim de lhe exibir a participação

— Já viu a minha cruz?

a lerem o papel guiadas pelo mindinho ou então era o mindinho que lia e lhes explicava depois, decifrava os parágrafos e a seguir encostava-se-lhes à orelha a contar

— Sucedeu isto e aquilo

sucedeu que a sua filha no Alto da Vigia, senhora, entre vento e gaivotas, tanto vento, mãe, você e o pai e nós todos em mim, em cada pedra nós, em cada cardo nós, na minha morte nós, a estagiária para a outra estagiária

— Que patética a velha

buscando distinguir a nossa casa, lá de cima, e confundido as chaminés, num edifício muito antigo, dizem que anterior ao mar, cegonhas, não no sítio dos carvalhos, num lugar sem árvores, não se deslocam, flutuam como o meu irmão mais velho a flutuar nas ondas, o meu irmão não surdo pelas ruas entre aldeias que ardiam, meia-noite às vinte para as sete isto é tanta luz no escuro, se conseguisse rezar, se Deus me desse atenção, se a minha colega

— A mamã está aqui

eu tranquila em vez do nervoso e do medo, segurem-me no braço, não consintam que os meus ossos pedrinhas que a água despreza, as cegonhas poisavam numa delicadeza lenta e a sua filha à espera de uma onda mais forte, sem cinema mexicano nem circo, porque diabo não catos substituindo os pinheiros, abutres gordos a impedirem os melros, camponesas impassíveis, de chapéu de homem, olhando, a Ândrea a subir ao arame por uma escada de corda, de pálpebras pintadas, a cintilar lantejoulas, eu não de pálpebras pintadas, a cintilar lantejoulas, com o único vestido que trouxe de casa, o que fará o meu marido à minha roupa, às minhas miudezas, ao meu anelzito de esmeralda, outra mulher com ele na nossa cama e com o meu prato à mesa, por que motivo os homens nunca moram sozinhos, uma cegonha trouxe-me no bico, de Paris, e deixou-me no prédio ao lado da pastelaria Tebas, a minha mãe para o meu pai pegando em mim, espantada

— Já viste isto?

e o meu pai por cima do ombro dela

— Faz de conta que é a nossa filha

ouvi esta história dúzias de ocasiões em criança

— Vieste de Paris pendurada de um bicho

ou

— Encontrámos-te na escada

ou

— Comprámos-te aos ciganos

não ouvi

— Nasceste na maternidade como os outros

conforme nunca notei a barriga da minha mãe cheia, sou a última, nem a minha barriga cheia do meu filho, um desconforto impreciso, uma dor e tiraram-mo, não tenho crianças, a doutora Clementina dois filhos, eu nenhum, o fato de casamento do senhor Manelinho vai rasgar-se não tarda, não torça as mãos, mãe, não vale a pena, o mundo inteiro a par da sua cruz, a vizinha de toldo, que não mostrava a dela

— Cada um tem a sua

tricotando numa rapidez que entontecia sem tirar a roupa, descalça apenas

— Cada um tem a sua

se o fato de casamento se rasgar como é que volta ao quiosque senhor Manelinho, a esposa

— Eu bem o avisei seu camelo

queixando-se a uma cliente

— Não escuta ninguém

cada vez mais tempo a fazer festas à cadela, cada vez mais alheado de tudo, repimpado num banquinho, em silêncio, sem atender às mulheres, o médico viúvo que passava as férias a tratar das hidrângeas mediu-lhe a temperatura, auscultou-o

— Não tem doenças amigo

e o senhor Manelinho vestindo a camisa desiludido por não ter doenças, olhem para ele com vontade de pegar na fada e a minha mãe a entendê-lo, apesar das mãos torcidas

— Pegue na fada à vontade senhor Manelinho desde que não a deixe cair

os sapatos da vizinha de toldo tão obedientes, imóveis, podiam enervar-se um com o outro e não se enervavam, podiam correr na praia e não corriam, se o médico viúvo os observasse descobria um problema qualquer

— Atenção à próstata

numa sala que imaginava cheia de órgãos em frascos a meterem-me medo, estariam mortos ou à espera que me aproximasse para me fazerem mal, não se sabe o que uma bexiga ou um esófago pensam, a minha colega

— Não pensam que tonta

quem pensava nela eram os ossos, ao levantar-se do sofá rangiam, talvez fossem as molas, talvez fosse eu que inventava, talvez fossem os meus dentes, zangados comigo

— Por que razão continuas a vir aqui?

o meu irmão não surdo seguiu na camioneta da tropa diante da qual esvoaçavam galinhas, a minha mãe para a vizinha de toldo, a seguir à distribuição de barquilhos

— Não os estrague com mimos

se o meu irmão mais velho cá estivesse e acho que não está mas quem pode afirmar com segurança o destino dos mortos, em certas alturas tão perto que se lhes sente o bafo, em certas alturas longe e não se sente um pito, às vezes o meu pai comigo, noutras, por mais que o chame, quando muito um sussurro

— Não tenho vagar

provavelmente com o pai dele que o elogiava

— Rapaz

mesmo depois das garrafas, da minha mãe, dos empregos sempre mais modestos até que emprego algum, o subsidiozito microscópico, os passos inseguros

— Vais vencer isso rapaz quem nasceu para derrubar o mundo derruba-o

não conheci muitos mortos porém conheço a noite sob as suas várias formas, por exemplo a de um copo de água bebido às escuras na cozinha, rodeada de objetos familiares invisíveis e apercebendo-me dos recados das árvores, por exemplo a da insónia à beira de uma pessoa que dorme, o nosso coração irregular, temos acanhamento em acordá-la

— Só gostava que me fizesses companhia um momento

e ficamos ali, sem auxílio frente à morte porque se o coração irregular falecemos, se o meu irmão mais velho cá estivesse fazia companhia ao senhor Manelinho conforme fazia companhia aos bombeiros, ao polícia

— Encontro-lhe a pistola e as algemas num rufo descanse

conforme ao trazerem-no da praia bem o notava a tranquilizar toda a gente

— Não é grave convençam-se

e a empregada dos Correios pasmada

— Olha falou

ao ponto da mãe da Tininha se levantar da espreguiçadeira e chegar ao portão, conheço a noite como se a tivesse feito, acreditem em mim, com os dias posso enganar-me, sou humana, com as noites não, horas e horas à janela diante dos candeeiros acesos, uma ocasião, noutra janela, um homem a chorar, não se secava com o lenço, não se dava conta que falasse, não tremia sequer e, no entanto, a chorar, o meu irmão mais velho para o senhor Manelinho

— Obrigado pela companhia

o polícia vasculhando com ele arcas, baús, armários com o

— Mendonça

do chefe na ideia

— Não entendo o que lhes aconteceu

e ninguém entende, é a malícia das coisas, julgamo-las num sítio e evaporam-se, a tesoura da costura da minha mãe sempre a mudar de local, a minha mãe chamando-a como a um cachorro

— Onde te meteste malvada?

e a tesoura debaixo do sofá ou nas maçãs da fruteira, a sonsa, a enganar-nos, palpa-se e não se sente, mete-se a mão e encontra-se, quer dizer dá-se por uma coisa dura, olha-se e aí a temos, a minha mãe quase largando-a no soalho

— Até parece bruxedo

a hesitar a seu respeito, repreendo-a, não a repreendo, castigo-a, não a castigo, ou seremos nós, pergunto eu, a perder a memória, bem desejavam as coisas que pensássemos assim, é a ruindade delas

— Vai achar-se velha que engraçado

fingindo que se quebram e permanecendo intactas, fingindo que se despedem e estão a voltar, a minha colega

— Porque é que passas tanto tempo a mirar os objetos estou aqui não estou?

e interrogo-me se estás aí dado que há alturas em que, mesmo à tua frente, não te acho, a minha mãe para a vizinha de toldo

— Foi sempre especial esta criança

eu que já estou a vê-la torcendo as mãos no sofá ao darem-lhe a notícia, que mal fiz eu a Deus para ter filhos assim ou, então, quando acabarei de pagar os meus pecados ou, ainda, alguém me condenou a passar a eternidade a sofrer, agora a sério não consigo exprimir o que me liga a si e não descubro o que seja, tirando as tardes em que dançámos juntas o que houve realmente entre nós, sobram-me pinheiros, melros, o homem que acaba de enxugar-se na manga dá fé da minha presença e recua, o meu marido com o suplemento de domingo e onde estou eu para ele, começou a perder o cabelo, engordou, não casei com este, casei com um rapaz que me levava à hospedaria, tão tensos os dois, a arrepender-se nos degraus, a propor em silêncio

— E se nós fôssemos embora?

imaginando na esplanada assuntos de conversa que me fizessem apaixonar, despedir-me-ei daqui a pouco

— Adeus casa

e sairei calada, o mais discreta que conseguir, na esperança de que não repare na falta, o meu irmão surdo agitado em Lisboa, chocalhando a parente da dona Alice, a tentar abrir a porta

— Ata

o pai do homem que chorava defunto como o meu pai ou num desses lugares onde recebem doentes, instalam-nos o dia inteiro em cadeirões sem almofadas e bebem sumo por palhinhas com um riso de cascas ocas a encher-lhes as gengivas, as borboletas teimam no quintal ondulando ao vento, se lhes pegamos um pozinho nos dedos, suponho que a tarde principiou visto que o sol quase a roçar a primeira copa e uma espécie de clima azul no quintal, a tranquilidade que se dilata no interior do ruído, o mar pressentindo-me, quartos pequenos, sala pequena, formigas sem descanso na cozinha, dentro de um ano, coitadas, caminharão em tijolos, terra, algumas tábuas, as nossas sombras que se manterão junto ao poço, aposto que o meu irmão não surdo esteve aqui antes de mim dado que a marca de uma sola recente naquele canteiro, procuraste-nos, mano, terias mesmo que matar a gente se nos visses, dava-me jeito que a minha colega me abraçasse, me tapasse os olhos com a mão, me cegasse, o senhor Manelinho a meu respeito para a minha mãe

— Ao chegar na sexta-feira não a reconheci

a esposa do senhor Manelinho

— Acendia-se-me uma lâmpada mas não estava segura

e desejava ser amiga da Ândrea, não da Tininha, rodeando os joelhos com as mãos, tão séria, o meu irmão não surdo a gritar nos compartimentos desertos

— Vocês

convencido que uma espingarda com ele

— Apareçam vocês

e quem me afiança que o meu pai não tenha aparecido, com uma última garrafa que se desfez no soalho, avançando para o meu irmão não surdo e o meu irmão não surdo

— Fique onde está senhor antes que os outros disparem

o alferes a desencavilhar uma granada não acreditando

— É o teu pai aquele?

o teu pai um preto que mal consegue mover-se, repara na barriga, repara nos tornozelos, a pegar no meu irmão surdo, não a pegar em mim, um sopro, vindo da caixa da costura mais do que da minha mãe e que ele não ouviu

— Perdão

à medida que o crucifixo tinia até a ensurdecer

— Levem-me o Jesus desta cama

o que lhe deviam doer as missas, o que lhe devia doer não comungar, a mãe da minha mãe

— Nem sequer te confessas?

e a minha mãe calada ou então

— Confessar o que toda a gente sabe?

se toda a gente sabe, e tendo em conta a maneira de ser das pessoas, alguém se descoseu com Deus, a estagiária para a outra estagiária

— Não era que fosse má pessoa, tanto vento, mãe, não a compreendia

em cada pedra nós, em cada cardo nós, na minha morte nós, tentava perceber a nossa casa lá de cima e confundia as empenas, os telhados e os quintais, um edifício muito antigo anterior ao mar, o mar colocaram-no ali, acarretando água durante anos, depois de acabarem a vila, e meteram-lhe um motor dentro destinado a enrolar as ondas, não vou insistir nas cegonhas, quando tiver tempo, se tiver tempo, embora não acredite que venha a ter tempo, falarei sobre elas e os ninhos que parecem acordar, levantando as cabeças despenteadas dos travesseiros das chaminés quando elas poisam, a Tininha no muro

— Ainda bem que vieste

mais contente do que o Rogério, sempre sisudo e cabisbaixo, que nem dele mesmo gostava, deslizando do muro para escapar da gente e se amontoar na relva espapaçado, de costas, a doutora Clementina

— Era assim tão esquisito o bicho?

e é impossível que não se lembre, está a mangar não está, essas memórias duram até ao fim dos tempos, em quantas ocasiões a minha mãe as mencionou, o meu irmão não surdo pelas ruas de Lisboa, entre aldeias a arderem e ele a arder com elas, uma zebra de pano, rodava-se uma chave no umbigo e a zebra passos desacertados com a minha mãe a ampará-la, como se chamava a zebra, senhora, e não a voz dela, uma voz de criança no interior de um sonho

— Leonilde

era a zebra que importava, não eu, Leonilde a irmã do pai que não casou, uma freira, visitavam-na no Natal numa saleta do convento sem janelas nem móveis, um crucifixo na parede que não tinia e portanto escusado perguntar

— Achas que os miúdos ouvem?

a tia Leonilde, não tenho tempo de divagar sobre cegonhas, entrava acompanhada por um ruído de órgão e a luz das cerejeiras do claustro, a abençoá-los aos três, traçando um risco vertical e um risco horizontal na testa da minha mãe

— Não tens pecado pois não?

a puxar um quadradito de marmelada da manga que a minha mãe não se atrevia a comer, o pai tranquilizava-a, conheço a noite sob todas as suas formas e disso vos entregarei um relatório quando chegar o momento, esperem

— Não tem pecado mana

na tal saleta sem janelas nem móveis, quase às, e que importância têm as cegonhas, quem se incomoda com elas hoje em dia, quem se incomoda seja com o que for hoje em dia, a estagiária não se incomoda com nada a não ser

— Mais depressa

almofadas amarelas, vermelhas, lilases, multiplicando-se até ao teto a cobrirem a viola e os tambores marroquinos, a cobrirem-nos a nós, sufocantes, imensas, comigo a pensar

— Como respiramos agora?

enquanto a cinza do pau de incenso se curvava, curvava, a tia Leonilde

— O pecado surge de onde menos se espera

numa resignação que o órgão dissolvia, se calhar o órgão não sons, almofadas também e paus de incenso em lugar de círios na igreja, meditou no pecado quando estava com os outros homens, mãe, na saleta sem janelas nem móveis, no quadradito de marmelada a desfazer-se-lhe na palma, na sua mãe a limpá-la com o lenço

— Estás pegajosa que te fartas

prevenindo

— Enquanto não lavares esses dedos não tocas em nada

e não tocava em nada, pelo sim pelo não deslocava-se de braços afastados da blusa, parecida com as cegonhas a equilibrarem-se nos ninhos, julgava ter-me libertado delas e aí estavam, as espertalhonas, de que servem as intenções se as manias mais fortes, a minha mãe, de regresso da tia Leonilde, cuidadosa em não pisar as pedras pretas do passeio, lembro-me de a ver ao descermos para a praia, a contorná-las simulando não as contornar, de tempos a tempos um passo grande, de tempos a tempos um passo pequeno, uma voltinha, uma dúvida

— Terei pisado eu?

o meu irmão não surdo

— Sucedeu alguma coisa senhora?

não há nada a fazer, são a minha sina esses pássaros, quais melros, quais pardais, quais corujas, quais aqueles de cauda comprida de que nunca soube o nome e perdi para sempre, o meu irmão mais velho, embora defunto há anos, mais de quarenta, acho eu, porém esperto e com faro que essas virtudes não passam, desencantou as algemas do polícia na despensa, entre o azeite e o arroz

— É a pistola que falta não é?

o senhor Manelinho disposto a ajudar e sem poder ajudar derivado ao fato de casamento que o, do vento não sei tanto como da noite mas tenho umas noções, aguardem que chegamos lá, derivado ao fato de casamento que o transformava em estátua, adiantava uma perna mas a medo, lentíssimo, atento à resistência da fazenda, a minha colega a espreitar pelo óculo da porta, primeiro, e por uma frinchinha a seguir

— Depois do desgosto que me deste com a tua morte ainda tens coragem de visitar a mamã?

e não era que tivesse coragem de visitar a mamã, era que não tinha nenhum sítio onde ir, de certeza que outra mulher com o meu marido, na casa ao lado da pastelaria Tebas a minha mãe a torcer as mãos com imensa gente em torno que o meu irmão mais velho arredava, ora agachado, ora de pé, à cata da pistola, seguido do polícia com as algemas na mão a fim de as impedir de escaparem de novo, o meu irmão mais velho animando-o

— Vai ver senhor Mendonça é só um susto

enquanto o chefe do senhor Mendonça os observava da esquadra, a tia Leonilde parecia enorme à minha mãe em criança, se a vestissem como as pessoas normais e sem saleta nem órgão não se dava por ela ou se dessem

— Tenho pecado sim senhora o que tem você com isso?

uma criatura idêntica a milhares de criaturas trotando para os buracos onde moravam com um saquito de compras, a penar nas subidas, isto em dezembro, a infeliz, uma gabardine de homem, galochas baratas, Deus nas tintas para ela, o que Lhe pode dar em troca você, uma moeda de cacaracá na caixa das esmolas, uns empenhos para esta perna que não anda, a falta de memória do senhorio acerca da renda

— Tenho ideia que já me pagou dona Leonilde hei-de ver nos papéis

e com um auxiliozinho de Deus, o que custa esse auxílio, não via, o chefe do senhor Mendonça a fazer figas, seguindo da esquadra o meu irmão mais velho

— Se dá com a pistola quem atormento?

a minha colega a abrir a porta, o vento e eu nunca nos demos bem, assustava-me na cama brandindo caixilhos e a rosnar-me ao passar, os melros, desviados até à praia, soluçando de pavor, quem afirma que os pássaros não soluçam engana-se, quem argumenta que as pedras não se indignam não lhes conhece a alma, a minha colega, curiosa

— Como é morrer conta lá?

e não há muito a contar, existimos à mesma só que não dão por nós, somos um centro de mesa que se entorta ou um preguear de cortina, já estou a ver daqui a minha mãe a queixar-se dos filhos e o meu pai no degrau sem me estender o braço

— Menina

mais novo do que eu agora, o senhor Manelinho de regresso à praia no último autocarro, candeeiros acesos ao longo da estrada tão profunda de súbito e aqueles arbustos da serra que não sei como se chamam, ao apear-se não se distinguia o mar, estaria ali ainda ou mudaram-no de sítio, a esposa do senhor Manelinho, arrumando a loiça

— Quem vadiou em Lisboa até esta hora não merece comer

se tivesse comigo o quadradito de marmelada da tia Leonilde oferecia-lho mas a minha mãe não mo deu, o senhor Manelinho, desanimado com a memória

— Tenho ideia que a filha do bêbedo loira em catraia

mas a minha cabeça foi esmorecendo com os anos

quer dizer, é um supor, lembrava-se do assobio do pai dele na horta, não se lembrava do pai, era o assobio que regava as alfaces e corrigia um legume com caniços todavia que legume, ficou-lhe o assobio, não a música completa, notas distraídas, sem nexo entre si, recordava-se de um protesto

— Já não aguento esse concerto

da mãe ou de outra mulher, provavelmente outra mulher porque a mãe uma boca na cama a recusar a canja

— Não tenho fome larguem-me

e num halo de febre murcha que o visitava às vezes, recordava-se de dedos humildes tentando reter o cobertor e perdendo-o, recordava-se do pai imóvel junto à cama, a tirar o boné, será que voltarei às cegonhas, em silêncio, outra mulher mudando a roupa da defunta e a morar com eles, era a outra mulher quem

— Já não aguento esse concerto

o pai, de boné de novo, calava-se um minuto e recomeçava, os atacadores da bota direita diferentes dos da esquerda, a esposa do senhor Manelinho danada com o senhor Manelinho

— Ouvi essa história mais de mil vezes

e o senhor Manelinho a desconfiar que ela da família da outra mulher, sobrinha ou prima, para onde partem as cegonhas em setembro, digam-me, um dia, sem aviso, encontramos os ninhos desertos, ramos e lodo que as primeiras chuvas fazem escorrer das chaminés, a censura da minha colega

— Com que então faleceste?

e um relógio de pêndulo indignado comigo, numa recriminação de horas infinitas, não sete, não dez, não vinte, as centenas de horas da minha vida com o estalinho de língua do mecanismo a seguir, imitando o desagrado da dona Alice quando faltava um botão numa camisa ou lhe escondíamos a esfregona, para quê o plural, nunca brinquei com os meus irmãos, cada um de nós sozinho, o meu irmão surdo com ciúmes da Tininha

— Ata

procurando arrancar-lhe os brincos-de-princesa, quis furtar o Rogério, ainda, os pinheiros estão a falar, ainda correu uns passos com ele e o meu irmão mais velho tirou-lho, os pinheiros estão a falar mas cessei de entendê-los, o que sucede comigo que os compreendia sempre, saio daqui com tanto cuidado como a Ândrea no arame do circo, descer a rua sem abandonar o passeio por causa dos automóveis, tomar atenção aos caixotes da mercearia, aperceber-me do barbeiro com tesouras, não canetas de médico, na bata, da loja de artesanato, barros e cestos de verga cá fora e a dona de braços cruzados à espera, do único táxi na sua ruína de garagem, o chofer não um pêssego, um velho de casaco com lustro a conversar com o senhor Leonel manchado de gordura e de sangue, a minha colega sem me beijar

— Não tens consciência do que fizeste sofrer as pessoas?

um grilo, sem um ponto que fosse em comum comigo, quem tem um ponto em comum comigo, acendeu-se nas moitas e apagou-se logo, a minha colega

— Pensaste no que vai ser a minha vida a partir de agora?

ou seja a reforma da mamá para o ano, o outubro da casa, os vidros moídos da vesícula a estilhaçarem dores, o presente tão estreito que nenhuma esperança lá cabe embora lá caibam os corredores do forte, ecos de passos e o pai apertando os lábios a fim de esconder na boca dúzias de dentes partidos, a mamá no sofá, lágrimas sujas de ninhos pelas chaminés abaixo durante o inverno inteiro, a minha colega cega para as chinesices, com a bandeja do chá nos joelhos, a outra estagiária para a estagiária

— O que fazem eles os velhos?

e o que podem fazer, limitam-se a pingar por si mesmos abaixo o inverno inteiro, se lhes perguntamos qualquer coisa a concha na orelha

— Desculpa?

porque não escutam já, respondem

— Ai sim?

sem nos terem ouvido, demoram-se a pensar esquecendo o que pensam, em quantas alturas a minha mãe

— Eu disse isso?

admirada, procurando contar-nos a dobrar os dedos com a outra mão

— Quantos filhos tive eu?

enganando-se e recomeçando, o mais velho a consertar a bicicleta ou ajustando tábuas com o Manual do Perfeito Carpinteiro por guia, uma olhadela ao manual, uma olhadela às tábuas, o que decidiu deitar fogo a esta casa, se interrompeu a fitar-me, disse

— Mãe

e sumiu-se escadas abaixo na direção de criaturas empoleiradas numa camioneta que o chamavam, o surdo a puxar-me o vestido apontando-me não sei o quê não sei onde ou estendendo-me um carrinho de pau para que eu brincasse com ele

— Ata

não baixinho, um uivo sem destino, semelhante ao das gaivotas quando a maré subia, o mesmo uivo de quando a minha filha, porque me parece que uma filha, porque quase a convicção que uma filha, porque a convicção que uma filha, tive uma filha, a trepar ao Alto da Vigia agarrando-se a ervas e pedras

— Cuidado Ândrea

equilibrada a custo numa saliência de rocha

— Lembra-te que a tua mãe morreu assim

ou então não a minha filha, uma rapariga que atravessa, num arame ou numa corda, acho que num arame, que atravessa num arame a cúpula do circo, aí está ela, enxergo-a tão bem, a minha filha atravessando a cúpula do circo num arame e eu calada

— Pede-se o máximo silêncio

tão tensa que não consegui aplaudir, sufocada de alegria quando, finalmente, ela alcançou o outro lado, a salvo, e sorriu para mim.

8

Sempre que a doutora Clementina passava pela cama dezoito caía-lhe um brinco-de-princesa que não imaginava ter, uma auxiliar, uma enfermeira, um médico pisava-o sem dar conta e a minha vida com ela, ai Tininha, apetecia-me conseguir, gostava de conseguir, não digo, tenho vergonha, não ligues, falo dos pinheiros e dos melros para não falar de nós, aos onze anos perdi-te e a casa vazia, nenhuma mãe, nenhuma espreguiçadeira, não estavas, escrevia um diário secreto para além do diário no muro e, no diário secreto, ficamos amigas para sempre, promete, era capaz de te dar um coelho de corda, tão giro, que um homem, com um cabaz deles, vendia na rua, os coelhos a pularem, às dúzias, para aqui e para ali, subindo e descendo degraus até que, de súbito, se congelavam numa atitude de surpresa, dar-te os ovos de pardal que o meu irmão não surdo achou numa figueira ou até, se fosse preciso, a fada da minha mãe, para que ficasses comigo no muro porque a tua não me deixava entrar na vossa casa

— A minha mãe não te deixa entrar na nossa casa

sem que entendesse o motivo, não partia fosse o que fosse, não sujava, não fazia asneiras, a tua mãe

— Gentinha

os meus pais gentinha, os meus irmãos gentinha, eu gentinha, comigo a pensar no que significaria gentinha, hoje sei, o meu marido gentinha, a minha colega gentinha, a estagiária gentinha, tudo o que toco ou se aproxima de mim se transforma em gentinha, a doutora Clementina, ao crescer, igual à mãe, as doentes na enfermaria, por exemplo, gentinha igualmente, não as tratava por senhora, tratava-as por você, a vida da gentinha menos importante do que, tem piada, passou um melro com um inseto no bico, do que a dela, há que tempos que não via um melro com um inseto no bico, poisou num canteiro para o engolir de golpe e o pescoço ficou a tremer um momento, as patas negras, o bico amarelo, os coelhos de corda a saltarem, saltarem, se os tivesses visto sorrias para eles ou imobilizavas-te de súbito, no fim da tua corda, numa atitude de surpresa, gostava de encontrá-los hoje ao descer para a praia, o homem guardou-os no cabaz sem vender nenhum e pergunto-me quantos terão fugido, se calhar, ao entrar na sala, um coelho pulando à minha frente

— Menina

e quem diz a sala diz o quintal, o poço, o melro do inseto atrás dele, não para o comer como podia comê-lo, não apenas os saltos do coelho, os do melro também, experimentei um pulo igual aos deles e eu sem graça, pulos ridículos de gentinha, tu para mim

— A minha mãe não deixa entrar gentinha na nossa casa

e compreendo-a, não julgues que não compreendo, mais do que compreendo, aceito, as pessoas do autocarro de Lisboa, junto ao quiosque, gentinha, o senhor Café gentinha, o senhor Manelinho e a esposa do senhor Manelinho gentinha, a senhora dos periquitos, aposto que na cama dezoito depois de mim, mais do que gentinha, perguntando-te a medo

— Estou com melhor aspecto doutora?

e não estava, não vestida de seda, a camisa com o carimbo do hospital, o pescoço, outrora gordo, só tendões, lamento mas não está melhor, gentinha, a cor da sua pele não engana, os pardais desenterravam minhocas, os melros borboletas, gafanhotos, coisas da terra igualmente, sobrazitas de comida em que ninguém repara, podes não acreditar, e quase de certeza que não acreditas, mas há pouco a impressão de que um coelho comigo, não voltei a ter uma amiga, isto é, tive a Ermelinda e a Dora, gostava delas e tudo, quase cheguei a esquecer-te mas não era a mesma coisa, elas e eu crescidas, se ao menos não pensasse nos cinquenta e dois anos, a propósito

de idades o meu marido cinquenta e quatro, quantos terá neste momento, o melro do inseto uma nota perdida e a seguir voou sobre o muro, no caso de regressar aqui eu contente, preciso de tudo à minha volta antes de me ir embora, bichos, palavras, família, a minha colega
— Uma beijoca princesa
e eu, de imediato, uma beijoca
— Toma
duas beijocas até, que diferença me faz, um corpo vivo, perto da gente, anima, a senhora dos periquitos para a doutora Clementina
— O que disse da minha cor doutora?
não sei o que a doutora Clementina disse mas eu, a quem alegra auxiliar, disse que o circo acabou e as rulotes, incapazes de pularem, sacudindo-se de vilória em vilória, O Maior Espetáculo do Mundo, em letras já não escarlates, cor-de-rosa, ancorando num baldio de que era preciso rapar caniços e ervas e jogar cacos para longe, em tempos um leão, em tempos cavalos, agora um burro a bater a pata contando até dez, davam-lhe com uma varinha às escondidas e, embora se atrasasse um bocado, ao segundo golpe respondia, quantos são três mais três, decorridos minutos um seis pesado, o leão, que se limitava a contornar a pista e a atravessar um arco, tão caro, tiveram que lhe entregar os cavalos a comer, os ossos deles enormes, quase nenhum dente na boca cheia de censuras humildes, os cavalos gentinha
— Acha que o leão vai comer-nos doutora?
e quase nos comia, aproximava-se, provava um bocadito e enrolava-se na jaula em que mal podia mexer-se, o leão gentinha também, o melro do inseto não tornou a aparecer, apareceu um primo por ele que me fitou do muro, se tivesse ocasião escrevia no diário secreto, na esperança que lesses um dia, ficamos amigas para sempre, promete, e ficávamos, quando tive alta mudei a carteira de braço e estendi-te a mão que não viste, como podias ver, sou gentinha, disseste, sem parar de tomar notas numa pasta
— Não falhe a data da consulta

e ao voltar-me, na porta, dei com um brinco-de-princesa entre duas madeixas, não escuras como dantes, pintadas, temos de disfarçar, não é, enganarmo-nos e, todavia, não nos enganamos, sabemos que por baixo, sabemos que por dentro, o sangue no fato de banho cessou e, em compensação, a pele do queixo aumenta, de onde vem esta pele, estas pregas, sardas que não havia, nenhum melro e o rabo, meu Deus, que amolece, amolece, nenhum melro e, quanto aos pinheiros, nem olho, olho a maré que principia a subir, a minha colega

— Com mais uma beijoca quase te perdoo teres morrido

e quase perdoou primeiro, e perdoou depois, a prova que perdoou estava em que

— Vou fazer-te um chá

o saquinho, na ponta do cordel, mergulhado no bule, de etiqueta de fora para a gente o fazer subir e descer, bombonzinhos, biscoitos, uma taça de amêndoas de várias cores, que luxo, em se acabando a cobertura de açúcar não se atrevia a mastigá-las porque os molares, não é, colocava-as no pires, de lábios em funil e a palma à frente por educação, não te aborreças comigo mas de palma à frente és gentinha como sei lá o quê, não faz mal, eu também, entre gentinha entendemo-nos, não sinto a falta do melro, sinto a falta da empregada a chamar a doutora Clementina

— Para a mesa Tininha

e a doutora Clementina, em lugar de obedecer, a segredar-me ao ouvido

— Já me desapaixonei pelo teu irmão mais velho

porque as paixões são ondas que se retiram depressa e após uns momentos nem se lhes nota a passagem, o meu irmão mais velho na direção da bicicleta e a doutora Clementina, sem rodar a cabeça

— Viste que nem lhe ligo?

e via que nem lhe ligava, somos desta maneira, acabou-se, a doutora Clementina interessada no cartucho das borboletas que as impede de fugirem

— Achas que escapa alguma?

e é capaz de escapar, não sei, põem-se-lhes folhas dentro e um dedal com água, não há quem não tenha sede, até os pardais bebem nas poças da mangueira, uma tarde a doutora Clementina trouxe um cigarro da mãe e uma caixa de fósforos que partíamos na lixa em lugar de acendê-los, uma chamazinha por fim mas o nosso nervoso, uma chamazinha por fim mas o vento, agachei-me do meu lado do muro e o cigarro a trabalhar, nem tosse nem enjoo, uma sensação de locomotiva a quem metiam lenha no estômago e os meus cotovelos bielas, as minhas pernas rodas, o medo que a sobrinha do senhor Leonel no final de uma curva em que mimosas, áceres, desfazendo-se em mim e, logo a seguir, Vouzela, dê-me outra vez a bênção, senhor padre, à medida que cai, a minha mãe, tirando-me o cigarro com uma palmada

— O que vem a ser isto?

e a doutora Clementina a correr para casa, a minha colega

— Passa o chá da tua boca para a minha

enxugando-se no guardanapo porque lhe escorria do queixo, prometi falar das cegonhas e faço tenções de cumprir, a não ser, nunca se sabe, espero que não, hei-de cumprir, como chegam aqui, como constroem os ninhos, como evitam as pessoas, a lenha a arder diminuiu no estômago mas o fumo saía às nuvenzinhas, olha acolá um sapo gordíssimo, do nariz e da boca, o fumo

— Anda para casa Germano

a apagar-me as palavras

— Não é nada senhora

uma semana sem, o sapo não só gordíssimo, gelatinoso, com poros, de dedos afastados com uma bolha na ponta, mais amarelo do que verde porque a terra amarela, ao passo que a maré a subir não amarela, azul, uma semana sem sobremesa, aliás sempre a mesma, uma banana ou uma pera eu que preferia ameixas e o ultraje transmitido ao meu pai

— Apanhei a tua filha a fumar isto acredita-se?

que não se moveu do degrau, a minha mãe

— Ameixas nem sonhes é um castigo para tirar as nódoas

a vizinha de toldo impedida de me oferecer barquilhos, a manga da minha mãe entre mim e o vendedor
— Ela tem que aprender
a doutora Clementina, enquanto o meu irmão não surdo quase apanhava um gafanhoto, falhou por uma unha negra, o gafanhoto noutro tronco e ele a aproximar-se devagar
— Pus na língua um bocado de pasta de dentes e ninguém deu pelo cheiro
bom, para começar creio que a época das cegonhas principia em maio ou junho, levam que tempos em ovais altíssimas, uma, depois duas, a níveis diferentes, partem, regressam, tornam a partir e vários dias sem elas durante os quais, presumo eu, tão subidas que as não vemos, vão espiando, espiando, volta e meia a minha mãe procurava-me cigarros na gaveta e farejava-me o hálito
— Espero que tenhas aprendido a lição
se fosse uma semana sem ameixas aprendia melhor do que uma semana sem bananas nem peras, uma hora somente para me despedir de vocês, o gafanhoto tornou a escapar-se ao meu irmão não surdo esfregando as patas num ramo onde não lograva alcançá-lo, às vezes semanas inteiras sem que demos por elas, experimentam as oliveiras, os olmos, trocam-nos pela serralharia antiga, pela cavalariça do picadeiro abandonado, por um castelito num morro de amoras, sempre evitando as ondas, dou um doce a quem me mostrar cegonhas numa praia, pura e simplesmente não há, a minha colega a enxugar-me o queixo também
— Que delícia princesa
por um triz quase mais nova, por um triz quase não feia, ainda me dá pena a sua morte, pai, o mundo à espera de ser metido num chinelo e vai daí fora dele, tanta recordação nesta casa e, embora eu sozinha, tanta presença viva, basta convocar as pessoas e aparecem logo, iguaizinhas ao que eram
— Cá estamos nós menina
a minha mãe não zangada, a sorrir
— Lembras-te de quando te apanhei a fumar?

porque as asneiras que nos indignavam acabam por enternecer-nos com o tempo, felizmente não notou a sobrinha do senhor Leonel nas calhas à saída da curva em que mimosas, áceres e eu matá-la, pergunto-me se, no caso de haver notado, continuava a sorrir

— Lembras-te de matares a sobrinha do senhor Leonel em Vouzela?

a mãe da Tininha não cara, as mãos enormes, horrorizadas sobre os olhos

— Santo Cristo

pedaços de roupa no jardim dela, uma carteira, um sapato, um lenço ou isso a flutuar na japoneira e, com as mãos enormes, unhas vermelhas gigantescas, há quantos séculos não me enxugavam o queixo com um guardanapo, em certas ocasiões, mesmo após eu esfregar

— Vejo um bago de arroz aí

tirado com a pinça dos dedos

— Olha só

como se a miséria de um bago me fascinasse, isto igual aos pontos negros servindo de pretexto para me martirizarem o nariz

— Não te mexas

que insistiam em exibir-me na polpa do indicador

— O tamanho deste repara

uma insignificância que mal se percebia, a minha mãe, incrédula

— De quem herdaste esta pele?

e o facto de não saber de quem herdei a pele inquieta-me, de que tia de álbum, de que bisavô defuntíssimo em todas as memórias, nem o bigode flutua numa agitação de alarme

— Mataram o rei

coçando a minha pele na sua nuca a interrogar-se

— O que vai acontecer-nos?

a doutora Clementina

— A minha mãe diz que ontem foste comboio

pronta a considerar-me com respeito e medo, sempre que passava pela cama dezoito caía um brinco-de-princesa que nem imaginava ter ou então habituara-se de tal modo que o esquecia nela, apenas possuímos dentes quando um canino nos dói, apenas recuperamos as vértebras no caso de uma impressão nas costas, durante a saúde existimos sem corpo, as cegonhas, e estou cansada de cegonhas, pernas de arame ferrugento, o rei, na fotografia de um almanaque sem capa, vestido de caçador numa propriedade em Elvas, com cavalheiros em torno e uma dúzia de perdizes degoladas ou que, pelo menos, pareciam degoladas, numa manta aos seus pés, podia ter sido o rei, podiam ter sido os comboios de Vouzela, o que adianta agora, calculo, é uma fezada, que as mimosas e os áceres permanecem por lá, existem árvores que duram infinidades, se eu nascesse árvore aguentava-me num baldio quando nem baldio sequer, a perder as folhas em outubro e a recuperá-las em março, monótonas, teimosas, a doutora Clementina para dissipar reservas

— Então jura pelos teus pais que ontem não foste comboio

embora o sapato permanecesse no jardim, acusador, vazio, provavelmente o filho de um dos banheiros jogou--o do outro lado do muro, um sapato semelhante ao do dono do circo anunciando ao microfone numa solenidade cadavérica

— Cuidado Ândrea lembra-te que a tua mãe morreu assim

e a Ândrea, órfã, um passinho, outro passinho, nunca a apanhei alegre, nunca a apanhei satisfeita, acocorada nos cardos numa blusa de pobre, descalça, de pés mais adultos do que ela e rodeando os joelhos com pulsos de criança, o artista do burro fazia a barba num espelhinho cá fora, um dos lados normal e o oposto, que ampliava, destinado a melhorar as patilhas, a minha colega

— Há mais uma beijoca sem dono por essas bandas?

e há dúzias de beijocas sem dono por estas bandas, o meu marido não quis, o meu pai nem pensar, o meu irmão mais velho escapava-se, vou escolher um com muitas cores, mais cheio, mas, por caridade, não suspires

— O que faria eu sem ti

dado que farias o que fazes hoje, isto é aproximavas-te de uma criatura, à tua espera no escuro, que apenas descobres ao chegar junto dela, a criatura

— Vamos embora?

e vocês duas corredor adiante, em Peniche, falando disto e daquilo a caminho do mar, os ferrolhos fechavam-se, um a um, ao passarem, o eco das solas primeiro, nenhum eco por fim, a criatura e a minha colega numa última sala e nisto as gaivotas no postigo, lutando por um pedaço de peixe, a mutilarem-se entre si com os bicos, as patas, as asas, o corpo da minha colega que tomba, o médico para os polícias, guardando a lanterninha

— Deviam ter mais cuidado

e novamente a esposa ruiva, os filhos ruivos, umas cruzes, uns ciprestes, a criatura mudando-se para outra casa, quem me garante que não esta, imóvel, paciente, só conversa com aqueles que escolhe para se despedir deles, presumo que a acharei no Alto da Vigia, despenteada do vento, apertando-se no xaile, e não tem que apresentar-se

— Olá

para que eu a entenda, já sei, há-de acompanhar-me até à ponta da rocha desculpando-se de me abandonar ali

— É melhor não ir mais

e é melhor não vir mais, senhora, o que falta tão simples, um passito somente, sem ninguém a amparar-me, logo que a onda avançar uma sensação de frio, imensa luz à volta e o sopro dos ossos que as correntes separam, a minha mãe, sorrindo

— Lembras-te de quando te apanhei a fumar?

sem que eu a descubra, onde se meteu, que é de si, o rei, com as suas perdizes, a desvanecer-se em Elvas, passei por lá um dia, recordo um aqueduto, recordo um gato à chuva pulando uma janela, há lembranças que persistem sem que se desvende o motivo, o gato à chuva, o homem a secar-se na manga, que estranho nunca me ter cruzado com ele ou o ter visto no bairro, se calhar, ao sair de casa, uma pessoa diferente, bem-vestido, digno, sem desgosto nenhum, a olhar, na paragem do autocarro, ora a esquina ora o relógio de pulso, o que se

passou naquela noite amigo, se calhar, ao chegar ao sítio onde mora, despenhou-se-lhe a tristeza em cima, os mesmos móveis, a claridade melancólica do abajur, o bilhete da esposa Desculpa mas não aguentava mais, o homem, sem parar de reler
— Não aguentava mais o quê?
o bilhete que acabou em tirinhas na sanita e, à terceira tentativa, a espiral de água sumiu, havia um ou dois bocados que regressavam à tona, até hoje, ao aproximar-se do quarto de banho, o receio de os ver, até hoje, num deles, Não aguen e a continuação no bocado seguinte que, Deus seja louvado, desapareceu de imediato, uma tarde pareceu-lhe dar com ela numa livraria e o coração aos baldões, afastou-se, chegou-se, verificou melhor, não era ou, então, era, que em seis anos, o que faz o tempo, a gente altera-se, ele, que se julgava o mesmo porque todos os dias se encontrava para a barba, alterara-se também, reparava que as pernas fracas ao andar, ia evitando os degraus, não são os pulmões, são os músculos, embora lhe parecesse que os pulmões acompanhavam os músculos visto que respirar difícil, o homem, com os móveis e o abajur em torno
— Qual o sentido disto tudo?
sem descobrir nenhum sentido, a esposa atenciosa, tranquila, custava-lhe acreditar que outro, e daí, há alturas, que alturas, custava-lhe acreditar que outro, impossível que outro mas qual o sentido disto tudo, respondam-me, a Ândrea mais um passinho no arame, com a precaução dos pés a palparem a palparem, quando não palpava acocorava-se nos cardos na sua roupa de pobre, não dizia
— Quero a minha mãe
como me apetece a mim, calava-se, em certas ocasiões roía uma maçã, em certas ocasiões uma flor, quase murcha, na mão e de que servia a flor, não direita, aliás, dobrada no punho, o que moí a cabeça na esperança de compreender o significado daquilo e não compreendo, não sei, a certeza de que, se soubesse, a minha vida se alterava desconheço em que direção mas alterava-se, não me sinto capaz de imaginar nenhuma direção, de resto, eu idêntica ao homem na outra janela
— Qual o sentido disto tudo?

e que pergunta tão inútil a minha, nenhum sentido, se existisse um sentido caminharia por ele, só que desconheço onde acaba e desconhecer onde acaba apavora-me, consoante me apavoram os corredores de Peniche e as gaivotas lutando com os bicos, as patas, as asas, a ferocidade dos olhos

— Vamos esquartejar-te também

eu um peixe a mover a cauda que se rasga torcendo-se, as barbatanas, o lombo, o que sobeja das guelras

— Não aguentava mais

e nem a roupa toda levou, uma malinha pequena, abre-se um armário e roupa, uma gaveta e roupa, espreita-se a máquina de lavar e roupa sua lá dentro, o que veste hoje em dia, observa os móveis como ele ou sente-se aliviada, contente, a esposa ao balcão a interromper o gesto de pagar coçando o cotovelo, não era aquela, felizmente, as comichões pertenciam ao homem, o que foi coçando, senhores, ao longo da sua existência, esta nádega, as costas, examinou o bilhete durante horas, não propriamente um bilhete, uma página do caderno de argolas, puxada à pressa, com um dos cantos rasgado e os sinais dos furos, onde se apontavam as compras, percebia-se pelos vincos do lápis, couves, detergente, meias-solas, o quotidiano contra o qual protestamos e no entanto conforta, o homem na paragem do autocarro, apesar de impaciente, a pensar que conforta, as nuvens da serra não para cá, para norte e não todas juntas, uma a uma, prometam um gafanhoto ao meu irmão não surdo para que eu o veja na cancela

— O que vais fazer mana?

e eu satisfeita a mirá-lo, quando fui locomotiva matei a sobrinha do senhor Leonel, não em Vouzela, na praia, o que pode um cigarro, a doutora Clementina junto à cama dezoito sem atentar na radiografia

— Não é verdade pois não?

que segurava no punho como a flor da Ândrea, a extremidade em que não pegava dobrada, não brincos-de-princesa, duas perolazinhas dessas com uma rosca que não termina de girar, a gente roda, roda e o parafuso sem fim

— Não é verdade pois não?

não há parafuso que não se me afigure sem fim, eu para a minha colega

— Conheces algum parafuso com fim?

a chávena entre o pires e a boca, os olhos poisados no rebordo

— Perdão?

provavelmente, para ela, meia dúzia de torções e acabou-se, aposto que é só comigo que se comportam assim, pequenos ao tirá-los da embalagem e, mal se metem no buraquinho, quilómetros de rosca, como conseguem aquilo, a minha colega a libertar um olho do rebordo da chávena

— Que história é essa de parafusos boneca?

e não é história nenhuma, é verdade, será que o meu irmão mais velho, íntimo dessas manobras, me daria razão

— É verdade

percorrendo o índice com a unha para que o deixasse em paz, um índice por capítulos e um índice alfabético, procura no índice alfabético se não te importas, mano, hás-de achar uma informação, a minha mãe interrompendo a costura

— Parafusos menina não regulas bem tu

com o lábio de baixo sobre o lábio de cima ajudando-a a não falhar o ponto, sempre que um gesto mais delicado ou uma emoção mais forte lá vinha o lábio de baixo cobrir o lábio de cima e a minha mãe sem notar, quando foi do meu irmão mais velho no Alto da Vigia andou meses dessa forma, na altura em que os dois lábios no sítio devido o desgosto amainou, a doutora Clementina entregando a radiografia à ajudante, espantada consigo mesma

— A cama dezoito uma locomotiva que ideia mais parva

e não é parva, doutora Clementina, locomotiva o que tem, trouxe o cigarro, trouxe os fósforos e as bielas dos meus cotovelos principiaram a deslocar-se, reparou nas mimosas e nos áceres à saída da curva, viu as rodas que eu tinha e o meu esforço de travar mal dei com a sobrinha do senhor Leonel nas calhas, a minha colega, meio receosa

— Inventas cada uma

emergindo tão lentamente da chávena quanto a lua dos telhados, sempre que espreitei atrás das casas, de manhã porque à noite não me deixavam sair, lua alguma, alguidares, mangueiras, uma senhora a encorajar narcisos porém a lua ausente, penso que sob a terra à espera, ao lusco-fusco alguém se pendura da roldana e aí está ela a oscilar, na semana em que a lua não vinha o meu irmão surdo inquieto, procurando-a no quintal, no poço

— Ata titi ata

a minha mãe para o meu irmão não surdo

— Traz o xarope dele da cozinha

o meu irmão não surdo o xarope e a minha mãe

— Queres que ele beba do gargalo e fique um mês a dormir onde está a colher?

o meu irmão não surdo sons de coisas que se abriam e fechavam, rebuliço de loiças ameaçando partirem-se, a minha mãe

— Na terceira gaveta palerma

mais coisas que se abriam e fechavam, mais rebuliço de loiça, uma terrina mesmo à beira dos cacos, a minha mãe na direção da cozinha

— Nem a contar até três aprendeste

um último estrondo, silêncio, passos no silêncio, a colher por fim, o meu irmão mais velho agarrou no meu irmão surdo, a minha mãe verteu na colher um líquido semelhante ao alcatrão das escadas, ordenou ao meu irmão mais velho

— Traz cá esse infeliz

e embora equilibrasse o líquido num vagar cauteloso sempre um pingo no soalho, um gato à chuva em Elvas, se soubesse desenhar nem um pelo lhe faltava, as inutilidades que a gente aprende de cor, comigo é a classificação dos insetos e os afluentes do Tejo, Almansor, por exemplo, que maravilha de nome, vou escrevê-lo de novo para o apreciar como merece, Almansor, Almansor, provavelmente um riacho entre pedrinhas mas que majestade nas sílabas, que elegância no som, o pingo no soalho aumentava palpitando, o meu irmão mais velho escancarou a goela do meu irmão surdo num esforço

de lata de conservas que resiste, a minha mãe, tiro o chapéu a quem inventou esta obra-prima, Almansor, verteu o alcatrão num buraco que gritava
— Ata
numa habilidade de que não a julgava capaz, as pessoas, palavra de honra, hão-de surpreender-me até ao fim, a inquietação e o
— Ata
foram desmaiando aos poucos e o meu irmão surdo adormeceu no sofá, a minha colega
— Estás a fechar os olhos tens sono?
enquanto o gato de Elvas se evaporava na janela, o meu pai pegou no meu irmão surdo ao colo e arrumou-o na cama, a minha mãe, como de cada vez que o meu pai lhe pegava, quase prestes às lágrimas com um
— Perdoa
mudo que mais ninguém notava espero eu, isto é estou segura que o meu irmão mais velho notava e pode ser que fosse por isso que o Alto da Vigia etc., não pode ter sido por isso, proíbo-o que tenha sido por isso, a minha mãe um
— Perdoa
mudo a desenhar-se nos lábios, a doutora Clementina
— O que é que a tua mãe fez?
quem me prova que não a lembrar-se da mãe dela
— Meu pêssego
empestando o automóvel de perfume, sozinha mesmo a sorrir na espreguiçadeira, sozinha mesmo aos cochichos com a amiga ou a arranjar-se para o ator mexicano, se a criatura à sua espera propusesse
— Vamos lá?
o focinho do gato de Elvas assomou nos caixilhos, recordo-me de tudo antes de o perder de vez e interrogo-me se o perdi de vez dado que prossegue comigo, pelo menos conservas o gato, rejubila, quando tudo te faltar senta-o nos joelhos e prometo-te que acalmas sem necessitares do xarope, daqui a quanto tempo a lua de novo, surgindo dos telhados sem que eu torne a vê-la, vê-a o meu irmão surdo por mim num

— Ata
feliz, a parente da dona Alice
— Lá está ele entretido
e lá está ele entretido realmente, mais quatro anos do que eu, cinquenta e seis, será que Almansor um riacho ou um afluente a sério, apesar de cinquenta e seis anos o meu irmão surdo não chegou a crescer, se o tivesse comigo continuava a perseguir borboletas só que mais vagaroso, de Elvas percebia-se Espanha, campos no género destes, aldeiazitas, um moinho, não há diferença entre os estrangeiros e a gente, consulta-se o atlas e o Almansor nasce lá a pingar de uma rocha, a mesma vida em toda a parte, ainda bem que domingo para findarem os prazeres sem motivo e as esperanças supérfluas, o meu irmão surdo agora incapaz de andar ao pé coxinho ou de meter o joelho na boca, aceitando sem um protesto o alcatrão do xarope, a lua não se preocupa com ele, não se preocupa seja com quem for, boia simplesmente, encalha numa chaminé, solta-se a baloiçar, insiste, em dúzias de ocasiões dei por trapos seus nos pinheiros que o vento põe e recolhe, uma noite pendurados, na seguinte no chão, a doutora Clementina para mim, a puxar o diário do muro
— Não devia ter sido médica devia ter sido astronauta
cansada de carregar canetas nos bolsos, de algálias, de doentes, a minha colega
— Ainda bem que acordaste
eu que não estava a dormir, penso melhor de olhos fechados, é tudo, a minha colega
— Pensas a ressonar?
e claro que não ressonava, foi a máquina de lavar pratos mudando de velocidade, não eu, eu com o meu irmão surdo pela mão a fazer um recado à minha mãe na mercearia, não me vês a andar, tu, não me vês com as batatas, entreguei um bocadinho o saco ao meu irmão surdo e ele vaidoso, ele para a minha mãe sem as palavras, lógico, e no entanto compreendia-se
— Fui eu que trouxe senhora
para não lhe desfazer a ilusão eu calada ou confirmando até, para quê roubar satisfações às pessoas

— Foi ele que trouxe as batatas senhora
o meu irmão surdo sem as palavras
— Não disse?
a minha mãe o impulso de abraçá-lo e, cheia de memórias turvas, incapaz de fazê-lo, se nascesse espanhola o que mudava em mim, de certeza que colegas e Altos da Vigia não faltam por lá, se me tornasse rica um pêssego, se não me tornasse a velhice apenas, mais pêssego menos pêssego o destino parecido, a criatura no escuro à nossa espera
— Olá
apertada no xaile sem compor o cabelo, um ganchozito que não impedia as madeixas de se soltarem, cinquenta e dois anos igualmente e parecida comigo, a minha colega a enganar-se
— Senta-te aqui no sofá
e a criatura com ela a aceitar o chazinho, a maré quase pronta, nem uma pessoa na areia tirando os banheiros a recolherem os toldos, o do cigarro até ao fim, pescado do interior da boca, nas suas patas de boi de arrozal, quando eu era pequena ele tão alto, foram-lhe sacando vísceras e emagrecendo as pernas, a cada agosto, de alguns anos para cá, não sai do barco ao contrário junto às barracas de pau, mais uns tempinhos e o barco sem ele, não só ninguém tirando os banheiros, gaivotas rente à espuma sem alisarem as penas, a minha mãe, depois de receber as batatas
— Desandem
com vontade de nos ver pelas costas, mais ao meu irmão surdo do que a mim, lembro-me dela para a vizinha de toldo
— Trago um pecado vivo comigo
e portanto mais ao meu irmão surdo do que a mim, a recordação do gato à chuva não me abandona, estávamos quase na sala quando lhe escutei os passos, voltei-me e o focinho dele tão hostil que o meu irmão surdo principiou a gemer, não bem gemer, a respiração aos sacões que antecede os gemidos, Almansor e Vouzela mistérios para mim, a minha mãe estacou à nossa frente, cuidei que fosse pegar-nos ao colo, em vez de nos pegar ao colo
— Esqueci-me de dizer obrigada
e afastou-se a correr tapando a cara na manga.

9

A casa tranquila e tudo calmo em mim, fechei a janela do quarto devagar para que a minha família não me escutasse da sala e não escutou, a minha mãe repreendia o meu irmão não surdo por uma asneira qualquer com o baloiço, percebia-lhes as vozes sem perceber o sentido exceto a do primo Fernando não faço ideia para quem
 — Adivinha em que mão escondi o caramelo?
talvez para mim, pequena, juntamente com os outros na sala só que não me apetecia escolher mão alguma, entretida a empurrar alface na gaiola do grilo que não havia maneira de cantar por mais que sacudisse o arame aos piparotes
 — Então?
atravessei o corredor evitando as tábuas que dão sinal de nós e a minha mãe logo
 — Quem anda por aí a passarinhar sem licença à hora de comer?
enquanto distribuía os pratos e os copos na mesa, a vizinha de toldo, afundada no croché, a concordar com ela
 — É a sua cruz
e era a sua cruz, de facto, quatro filhos e um marido tinindo garrafas na despensa em lugar de pôr as crianças, que necessitam de autoridade e de pulso, na ordem, não existindo autoridade nem pulso só fazem o que lhes dá na gana e em adultas, é como cavacas, vadias, o grilo um estalinho sem música, alongando as antenas, se comêssemos alface nasciam-nos asas e não se aguentava a sinfonia, a minha colega de palmas nas orelhas
 — Não suporto o barulho
na casa da praia igualmente, ela, que só trocava as chinesices pela escola, explicando à minha mãe

— A sua filha e eu somos amigas há séculos

e o mar sem ruído, discreto, não tem tábuas que nos denunciem como as do corredor, pisa-se a água e nem uma vibração para amostra tirando a das rodas dentadas que elevam as ondas, a propósito de rodas dentadas o molar deixou de maçar-me, passo a língua e nenhum buraco, bebo refresco e não dói, os pinheiros entretidos com os melros sem me ligarem peva e o que sobra das flores desatento, pensam que eu a ajudar a minha mãe, colocando os talheres ao contrário

— Não aprendes tu?

e como pode uma pessoa aprender com um pai como o meu, pesava chumbo se lhe pegavam ao colo

— Pesa chumbo o malandro

que se meteu num chinelo a si mesmo, em lugar do mundo inteiro, e não saiu do chinelo, de tempos a tempos um passeio no olival, de tempos a tempos o degrau da cozinha, a minha colega para a minha mãe

— O seu marido foi sempre assim senhora?

infelizmente foi sempre assim desde que, e a língua da minha mãe a travar-se, Almansor, de início gostei da palavra e já me maça agora, nem um banheiro na praia, as últimas gaivotas nos Socorros a Náufragos, não nos rochedos ou no penhasco onde os joelhos da cabra começam a tremer, pedindo-me

— Não demores

e não demoro, prometo, está quase, a doutora Clementina, desiludida

— A empregada não me consente pôr a mesa teima que eu enrugo a toalha

a nossa de pano vulgar, aos quadrados, a dela branca, com rendas, se por acaso um vinco fora do sítio a mãe da doutora Clementina

— Gentinha

num desdém resignado, espero que o prédio a seguir à pastelaria Tebas não perca mais azulejos e as sardinheiras resistam, conforme espero que a palmeira continue a aumentar cobrindo o bairro todo, ao cobri-lo a noite que conheço sob as suas diversas formas e a insónia durante a qual o meu marido a mudar de posição afogando-se de novo, a boca emergia uns segundos acompanhada por metade de um olho que se me afigura cego antes de desaparecer para sempre

— Não dormes?

de início, ao pronunciar marido, aumentava de tamanho, orgulhosa, a doutora Clementina, no outro lado do muro, encolhia-se a respeitar-me

— Casaste?

comigo a exibir-lhe um pedaço de lata que servia de aliança, o perfume da minha mãe ajudava-me a ser adulta, um frasco de tampinha doirada que colocava atrás das orelhas em lugar de brincos-de-princesa, era grande, tinha argolas de prata, tinha outras com uma pedrita e eu vacilando se seríamos pobres ou não, o meu marido demorava a chegar, de manhã, do interior de si mesmo, o corpo enchia-se lentamente dele, ombros, braços, o pescoço, a gola do pijama coçando o nariz, a casa tranquila, tudo calmo em mim, as pálpebras finalmente, não ao mesmo tempo, piscando uma após outra, com as pálpebras a voz que demorava a pertencer-lhe

— Que dia é hoje?

e esquecendo-se do dia, uma ocasião

— Avó

e alguém enrolando a franja do tapete a escapar-se do quarto, o meu marido dava por mim a custo, enternecido

— Querida

até compreender que era eu e empurrando de imediato o

— Querida

para onde sombra ainda, tentando dobrá-lo, a fim de o ocultar melhor, com os dedos difíceis, se pudesse metia-o no bolso para que eu não o ouvisse, a minha mãe a exibir-me o frasco

— Mexeste no meu perfume?

e para quê responder-lhe se me cheirava a nuca, ela para a minha colega

— Não há maneira de a convencer que tem nove anos e não casou ainda

em chegando à cancela nem sequer os espreito, desço a rua, fiquem sossegados na sala a conversar sobre mim, só o meu pai, no degrau, pela primeira vez a falar-me

— Até sempre

ao falecer não

— Até sempre

um resmungo exausto

— Deixem-me por favor

voltado na direção da parede, a avó do meu marido para aqui e para ali até achar a saída

— Que idade tinhas quando a tua avó morreu?

o meu marido sentado na cama a tatear os chinelos, já nem melros me sobram, sobra o vento que anuncia o crepúsculo e as árvores tão claras, como as coisas se revelam à tarde, o meu marido

— Seis

encontrou um dos chinelos, procurou o segundo de gatas, com um pedaço de pele a surgir entre o casaco do pijama e as calças, que infantil assim e eu a gostar tanto dele, surpreendida, bastou um pedaço de pele para nos aproximar outra vez, se me contassem não acreditava

— Um pedaço de pele que tonteira

não respondi ao meu pai

— Até sempre

não respondi fosse a quem fosse, as despedidas metem-me agulhas no interior das órbitas e não tenho ocasião para pieguices agora, a dona da pastelaria Tebas, apesar de em Lisboa

— É hoje que nos abandonas?

não zangada comigo, não triste, o avental de sempre, o polegar meio torto de uma queda na escola, da cancela não se avistava o mar, o triciclo do vendedor de peixe, arbustos, as barracas dos banheiros com miúdos de umbigo ao léu e galinhas, as mesmas sobre as quais o meu irmão não surdo disparou em Angola e elas a atropelarem-se em voos confusos, vontade de pedir-lhe

— Acompanha-me

e mesmo que lhe apetecesse impossível dado que a camioneta o chamava, a serra negra já, comigo sem entender onde a noite começa, julgava conhecê-la e não conheço nem meia como não conheço as cegonhas, menti, enxergo-as nas chaminés e é tudo, comem lagartos, rãs, cobras pequenas, o primo Fernando, nas tintas para os caramelos

— Aves de grande porte

mesmo na praia de gravata, foi fiel de armazém, o meu marido, a meio do quarto, notava-se que a pensar na avó

— Ainda te lembras dela?

e a resposta um soslaio sem pupilas que me obrigou a calar-me, a mãe da doutora Clementina desceu os óculos de sol na direção do primo Fernando e subiu-os de novo

— Uma aventesma

não pêssego, aventesma, aves de grande porte que idiota, se calhar não reparam na minha falta à mesa nem perguntam por mim, fica o meu copo sem água, o prato vazio, o meu irmão surdo apontando o meu lugar

— Ata?

e o meu pai a esfarelar as fatias de pão, como consegue esconder maus pensamentos sem que uma frase lhe saia, o meu avô, desgostoso

— Que é do teu nervo rapaz?

elucidando a minha colega

— Era um poço de energia este jovem

apequenando-se vencido, a diluir-se em retratos não seus, de outros parentes na gaveta em cujos telões de fotógrafo, o Coliseu de Roma, paisagens tropicais, se esfumava sem carne, a tia do meu pai a consolá-lo

— Há-de mudar descansa

e há-de mudar o tanas, ninguém muda, cite-me o nome de uma única pessoa que se alterou, senhora, a doutora Clementina a designar-me uma mancha entre manchas parecidas

— Aí tem o tumor

uma tangerina miúda e eu nem ansiosa, acreditem, interessada num lacrau, de anzol ao alto, ameaçando um sapo em cuja boca pestanejava uma asa de besouro, descer a rua a pensar no meu irmão mais velho com a empregada dos Correios, dançando em torno dela e pontapeando latas, casou com um solicitador, mudou para Benavente, um sítio na periferia de Vouzela, imagino eu, que mais terras há em Portugal, a mãe da empregada dos Correios prendeu-me o braço na rua

— Desde que o teu irmão mais velho faleceu nunca mais a vi sorrir

e portanto a passear desgostos na província, coitada, nos intervalos dos selos, com uma criança em cada mão que eram dois baldes de lágrimas, tudo calmo em mim, esta paz, a minha mãe a servir o jantar

— Lá foi ela

e a doutora Clementina, de bata, sozinha no muro, não apenas a serra negra, o Alto da Vigia a escurecer igualmente, estou a exagerar, não exagero sobre a calma e a paz e mesmo assim tenho medo, exagero no Alto da Vigia não a escurecer, nítido, distinguem-se as moitas, distinguem-se ruínas, o meu irmão mais velho lá em cima sem nenhuma lata a jeito, se a Ândrea no meu lugar não saltaria, avaliava o nada com os pés caminhando sobre ele, sempre mais insignificante à medida que a distância aumentava, a Ândrea um pontinho, a Ândrea uma ausência, a minha mãe para o meu irmão não surdo

— Não comas depressa que o mundo não acaba já

mesmo sem lhe tocarem o baloiço mexia-se, uma tarde encontrei o meu pai nele, para trás e para a frente, convencido que o meu avô o empurrava e a minha mãe a espreitá-lo da cortina, ao dar por mim a expressão dela mudou

— Não tem juízo aquele

quando não era nisso que pensava, pensava que eles dois, pensava que talvez, pensava para quê iludir-me, pensava que demasiado tarde, há quanto tempo não dançávamos, senhora, há quanto tempo o ladrão do negro melro se lhe evaporou da ideia, dizer-lhe que, mesmo sendo gentinha, éramos capazes de conseguir, antes que o meu irmão não surdo nos tirasse da terrina de mistura com o almoço e nos devorasse a todos dado que, para ele, o mundo acabava já, ficava um homem de cachimbo, uma mulher estendida e mandioca podre no chão, o meu pai largou o baloiço e a minha mãe desejosa de perguntar-me

— Se eu ocupasse o lugar dele empurravas-me?

batendo almofadas com despeito, gosto de ti, não gosto de ti, de que me vale gostar de ti hoje em dia, se um melro poisar naquele pinheiro gostas de mim também, esperou cinco minutos, esperou dez minutos, nenhum melro poisou, esperou mais cinco minutos, decidiu não me interessa que gostes ou não gostes porque sou eu que não gosto, espreitou uma última vez o pinheiro a gritar em segredo

— Ouviste?

e embora em segredo o meu pai

— Bem sei

ele que não falava a responder

— Bem sei

a empregada dos Correios para o meu irmão mais velho, por alturas da mercearia

— Tenho mais seis anos do que tu é melhor separarmo-nos antes que os meus pais nos vejam

um par de criaturas a contarem pelos dedos, escandalizadas, a diferença de idades à qual a mãe da doutora Clementina

— Meu pêssego

não dava atenção, os olhos dela

— Chega aqui rapazinho

sem precisarem de discursos, o meu irmão mais velho, em pânico

— Sei lá o que me acontece depois

receoso de desaparecer na mãe da doutora Clementina, sugado, triturado, há insetos em que a fêmea engole o macho num ai, a minha mãe em busca do meu irmão mais velho e o meu irmão mais velho ouvindo-a lindamente sem conseguir responder, preso no interior da mãe da doutora Clementina

— Já não me sais da barriga

a empregada dos Correios

— É melhor separarmo-nos

de maneira que a lata um destroço que ele amolgava com ímpeto, o meu irmão mais velho decidido a casar com a empregada dos Correios e a empregada dos Correios
— Não és menor tu?
não se beijavam, não se afagavam, só timidez e embaraço, como se faz com a boca para beijar a sério, como se aperta outro corpo, o ator mexicano, antes de beijar e apertar, cantava para a atriz espanejando uma guitarra, o meu irmão mais velho nem guitarra tinha sem mencionar o cavalo, os catos e uma dúzia de índios descalços em torno, a preto e branco, não a cores como na vida, e com erros de som, os lábios primeiro e a melodia depois ou a melodia primeiro e os lábios depois, não me recordo ao certo, recordo-me, por exemplo, que o som de uma caneca na mesa precedia a caneca na mesa, podia adivinhar-se o enredo através dos barulhos, uma discussão numa sala vazia a que os figurantes não chegaram ainda, barulho de trovões antecedendo os relâmpagos, se calhar vão escutar-me cair do Alto da Vigia comigo passeando lá em cima, se pudesse atirar-me de uma altura menos perigosa preferia, a empregada dos Correios
— Não és menor tu?
o meu irmão mais velho danado de ser menor
— Emendam-se as datas no papel do notário
e com jeito e borracha o casamento possível, ele diante do edifício dos Correios a congeminar soluções, um pássaro numa piteira sem o ajudar, troçando-o, baixou-se para lhe atirar uma pedra, falhou e o pássaro, escarninho
— Nem és capaz de acertar-me
pela janela aberta o patrão da empregada dos Correios carimbando sem descanso com o som, por acaso, coincidente com o gesto, o meu marido estendeu-me um punho
— Falta aqui o botão
não a pedir que o arranjasse, limitando-se a denunciar o meu crime deixando cair a camisa, o modo como as coisas moles tombam, sem se aleijarem, fascina-me, a minha colega para a minha mãe
— Alguma vez a sua filha foi boa dona de casa?

e nisto a cicatriz do peito a dificultar-me os gestos, o braço esquerdo mais grosso do que o direito derivado à operação, o cabelo que demorou a crescer, o desconforto do postiço no soutien, a estagiária para a amiga

— Não queria olhar para lá e olhava o tempo inteiro

e embora a descer para a praia ainda não passei os Correios nem a mercearia, a minha mãe e os meus irmãos em fila comigo, mal os caixotes ao longe a minha mãe

— Cuidado com os carros

não pisando os intervalos das pedras, idêntica a nós por momentos, o meu irmão mais velho para ela

— Cuidado com os carros senhora

e a minha mãe no receio de que um de nós lhe puxasse a orelha, a vizinha de toldo para a gente

— Impeçam-na de meter porcarias na boca

uma ponta de cigarro, um bocado de papel, uma alga seca, um ossinho

— O que tem na boca senhora?

a minha mãe, de boca cheia

— Nada

por mais alface que lhe desse o grilo não cantava, tentei ensinar-lhe o ladrão do negro melro e nem o primeiro verso decorou, circulava na gaiola num silêncio obstinado, cada pata uma muleta sem relação com as outras, tente dar-lhe um caramelo, primo Fernando, a ver se lhe aumenta o moral, ia jurar que a Ândrea no Alto da Vigia comigo com a sua blusa de pobre e a sua flor moribunda, se a cumprimentasse

— Boa tarde

não dava por mim, encostada a um resto de parede que a protegia do vento, como levavam lá acima os mariscos e as bebidas e como os clientes das cervejas desceriam depois, os banheiros não na praia, no café de matraquilhos com o senhor Manelinho enquanto a esposa do senhor Manelinho, depois de arrumar os jornais, aferrolhava o quiosque a cadeado, julguei que fosse fácil, e, não sei porquê, custa, a minha mãe

— Se achas que é a única solução

e não acho seja o que for, limito-me a descer a rua atenta aos automóveis, um fragmento de cartaz desbotado numa parede proclamando o arraial de um setembro passado, procissão baile tômbola, o meu irmão surdo, em Lisboa, incapaz de articular o meu nome, as cegonhas, aves de grande porte dado que o primo Fernando

— Aves de grande porte

protegendo os ninhos, a minha mãe a arrumar os talheres

— Tu é que sabes

e, francamente, pensava que sabia e não sei, se telefonasse ao meu marido pedia-lhe

— Vem buscar-me

mas ninguém do outro lado, uma campainha num apartamento deserto, o meu marido a meu respeito, para uma mulher que não vejo

— É capaz de chegar esta tarde

e não chego esta tarde, julgo eu, ou chego esta tarde, quem conhece a resposta, se pedisse conselho à minha mãe a minha mãe ausente ou então inclinando-se para mim

— O quê?

no esforço de entender, eu

— Não tem importância deixe

porque não tem importância, senhora, a sério que não tem importância, a escada para a praia, se tirar os sapatos mais fácil mas vou precisar deles para galgar as rochas sem que uma aresta me magoe, apesar de tão próxima das ondas não consigo escutá-las, o som muito antes como no filme mexicano ou talvez som nenhum, a doutora Clementina

— O que sucedeu às ondas?

e estão acolá, descanse, lançando-se contra a areia, a sua mãe, no banco de trás, a ordenar ao chofer, consciente de que ele gentinha e desprezando-o por isso

— Senta-te como deve ser põe o boné na cabeça e fica quieto um segundo sem espreguiçadeira nem fato de banho nem óculos escuros, a amiga, falecida de uma maçada nas suprarrenais, não na cama dezoito, entre dúzias de camas dezoito, o carrinho das refeições a ganir na enfermaria e a manhã que não chega, a mãe da doutora Clementina

— Uma maçada nas suprarrenais?

lembrando-se do meu irmão mais velho a cuidar de um pinheiro, uma maçada nas suprarrenais ou outra maçada qualquer que diferença me faz, que diferença lhe fez, se telefonasse ao meu marido dizia-lhe

— Vem buscar-me

ou talvez nem dissesse

— Vem buscar-me

no caso de me atender desligava, arranjei um botão para o punho, tornei a engomar a camisa, passei a mão no tecido, não numa carícia, por que motivo uma carícia, passei a mão no tecido num gesto casual, sem dar por isso, e guardei-a, uma tarde apanhei a minha mãe a beijar uma camisola do meu pai, que palermice, e fugi, não faço festas na roupa de quem quer que seja quanto mais beijá-la, se o pai do meu pai me tivesse conhecido informava

— Mesmo não pesando chumbo vai meter o mundo num chinelo essa

e verdade, regresse ao álbum contente que acertou, anuncie aos companheiros de página

— É como eu digo

e fique por lá, de chapéu, a orgulhar-se de mim, atravessar a praia calçada, aos cinquenta e dois anos, mais custoso do que esperava, o senhor Manelinho, no café de matraquilhos

— Estava a pensar que não vinha

estava a pensar que a filha do bêbedo, ela que tem a quem sair, é o que não lhe falta na família, basta o exemplo do irmão mais velho atrás da empregada dos Correios que o enganava com outros, o irmão mais velho respeitoso, o idiota, quando, à rapariga, uma moita bastava, a gente

— Deita-te aí

e pronto, estava a pensar que a filha do bêbedo não vinha e afinal cumpriu, deviam na mercearia, deviam no talho, deviam no aluguer do toldo, isto sem mencionar o surdo

— Ata titi ata

e o que veio choné de Angola a perseguir criação e a correr para uma camioneta da tropa que não existia

— Estão a chamar-me tenho que ir

convencido que tudo a arder em volta, a minha colega, intrigada

— É verdade?

e sei lá se é verdade, era pequena, quer dizer sei, é verdade, o meu pai com as garrafas no degrau, de dentes encaixados uns nos outros com força, a minha mãe para ninguém, rodeada de faturas

— E agora?

pedia à vizinha de toldo, depois de minutos a ganhar coragem, se pensasse antes de fazer asneira, senhora, até a dignidade perdeu

— Não sei como falar nisto

deixou a aliança de penhor na padaria, deixou os brincos que o senhor Leonel não queria aceitar no talho e aceitando por fim

— Seja pela memória da minha sobrinha

que eu matei em Vouzela, entre mimosas e áceres, se antes de sair tivesse reparado no quintal por cima do muro encontrava o sapato, talvez uma tira de blusa, talvez um escapulário que Deus, sem obrigação de reparar em tudo, não teve tempo de apanhar, a mãe da doutora Clementina mandou a empregada entregar-lhe não sei quê, a empregada para a minha mãe

— A senhora diz que é a primeira e a última vez

sei porque a doutora Clementina

— A minha mãe deu uns trocos à tua

enquanto a classe operária não subisse ao poder e não sobe ao poder, sobem outros por ela, a classe operária gentinha e a gentinha não protesta, de que lhe vale, aceita, até ao fim dos tempos continuará a aceitar, esta casa, vendida, de caixilhos tortos e folhas ao acaso a rodopiarem no chão e eu com elas, o que tenho feito senão rodopiar toda a vida, o meu marido

— Falta aqui um botão

a minha colega

— O que seria eu sem ti?

a estagiária

— Cinquenta e dois anos a sério a minha mãe quarenta e quatro

e uma almofada vermelha a afastar-se de mim, a garagem desmantelada, gatos vadios e espinhos, com a vizinhança do mar mais espinhos do que flores, não se espera outra coisa que o sal queima tudo, uma última garrafa no degrau, tombada, a seguir ao prédio de azulejos a dona da pastelaria Tebas a crescer no balcão

— Desculpe mas não lhe fio mais

e eu, roubando no ordenado, a pagar por ela, os primeiros penedos do Alto da Vigia fáceis, sem limos, de início uma espécie de caminho que se interrompia, depois caminho algum, como arranjava os caramelos, primo Fernando, onde os apanhava você, o que me pareceu uma vereda, ervitas, calhaus que segurava com as mãos e me feriam os joelhos, o primo Fernando, ultrajado

— Tenho a minha pensão

puxando um recibo da carteira, por sinal de há meses, a teimar

— Tenho a minha pensão

ou seja um parente que lhe oferecia roupa, um parente onde jantava aos sábados, o quarto barato com direito a banho rápido e a patroa

— Está a gastar-me gás há mais de cinco minutos

duas vezes por semana, um bolito de arroz a espalhar migalhas no lençol e mesmo assim sentencioso

— Aves de grande porte

mesmo assim a gravata com lustro no nó e a fazenda dos cotovelos, transparente durando por milagre, ai Tininha, perdoe a confiança, doutora Clementina, são hábitos antigos, não pretendo ser sua igual, fica o meu diário aqui, não o mostrei a ninguém, não a comprometeria, imagine uma enfermeira a exibi-lo às outras

— Olha a vida da médica

e agora sim, as ondas, no vértice da maré, a enlouquecerem as gaivotas, um albatroz entre elas, dois albatrozes e andorinhas-do-mar, esqueci-me das andorinhas durante o livro inteiro e não me conformo com a falta, nunca lhes apreciei o chilreio nem os pingos de lama que soltam do bico, um deles no cabelo do meu irmão surdo, um deles na minha blusa, lama, folhinhas, terra húmida, lixo, se calhar no Alto da Vigia houve um carreiro porque uma plataforma nas rochas, não só a almofada vermelha a afastar-se, a azul entre nós, desloquei a viola sem querer e nem um som, as raízes ajudaram-me a trepar o que faltava, quase tão perigoso com o arame do circo enquanto o microfone prevenia

— Cuidado Ândrea lembra-te que a tua mãe morreu assim

eu de joelho no topo, tijolos, caliça, urze, guinadas contraditórias de vento, nenhum burro afinal, foram tombando com os anos ou os ciganos levaram-nos e andam com eles na serra, de manhã, entre guizos, na direção da fronteira, as andorinhas ficaram-me atravessadas, desculpo-me imaginando que há-de nascer quem as descreva por mim, termino o meu relato aqui, às vinte para as sete de domingo, não tenho mais a dizer, a ponta da falésia a vinte metros se tanto, o senhor Manelinho

— Aí está ela reparem

e nesse momento dei com o meu irmão mais velho sentado num destroço de mesa

— Menina

e o facto do meu irmão mais velho

— Menina

fez-me sentir, como exprimir-me, não sei, mesmo que soubesse as palavras não traduzem, se pudéssemos tocar com o coração no coração dos outros ainda que, como garante a doutora Clementina, seja conversa de gentinha e não me apeteça conversar nem tenho ocasião para pieguices, o facto de o meu irmão mais velho comigo fez-me sentir tranquila, óbvio que tenho medo, ou seja acho que tenho medo, ou então não tenho medo mas as ondas tão fortes, mas as gotas de espuma, mas a noite que começa, mas o meu corpo lá em baixo, mas o brilho da água, mas os instantes, e nunca vi instantes tão instantes como estes instantes, mas os instantes de silêncio no interior do ruído, mas uma valsa na telefonia e a minha mãe a levantar-me no chão para me pegar ao colo e dançar comigo, ganas de inclinar a cabeça para encostá-la à sua e não encosto, de lhe abraçar a nuca e não abraço, de poisar a testa no seu ombro e não poiso, fico direita, rígida

— Cuidado Ândrea

à medida que a valsa nos aproxima do ângulo da rocha a girarmos as duas, a minha mãe marcando o ritmo

— Um dois três um dois três

e o meu irmão mais velho a seguir-nos do destroço de mesa, ainda tive tempo de dizer

— Pai mãe manos eu

o meu irmão mais velho falecido há tanto tempo a sorrir um sorriso que lavava a cara dele e a minha, já não se dá pelas ondas, não se ouve a espuma, não se escuta o vento, a minha mãe a separar-me de si e a estender-me na direção do mar, consoante me estendia, a fim de deitar-me, na direção da cama, os lençóis e a almofada a aproximarem-se e eu tão satisfeita, tão cansada, tão cheia de sono que, no momento em que me largou, não sei qual de nós duas caiu.

10

A tia atou.

Sobre o autor

António Lobo Antunes nasceu em 1942, em Lisboa. Formado em medicina, com especialização em psiquiatria, serviu como médico do Exército português em Angola nos últimos anos da guerra naquele país, entre 1970 e 1973.
Autor de uma obra extensa, de repercussão mundial, Lobo Antunes recebeu diversos prêmios literários, como o Grande Prêmio de Romance e Novela da Associação Portuguesa de Escritores, em 1999, por *Exortação aos crocodilos*. Em 2007, recebeu o Prêmio Camões de literatura, o maior reconhecimento dado a um autor de língua portuguesa vivo.
No Brasil, a Alfaguara publicou, entre outros livros, *Memória de elefante*, *Os cus de Judas*, *Conhecimento do Inferno*, *As naus*, *As coisas da vida: 60 crônicas*, *Sôbolos rios que vão* e, mais recentemente, *Comissão das Lágrimas*.

ESTA OBRA FOI COMPOSTA PELA ABREU'S SYSTEM EM ADOBE GARAMOND
E IMPRESSA EM OFSETE PELA GEOGRÁFICA SOBRE PAPEL PÓLEN SOFT DA
SUZANO PAPEL E CELULOSE PARA A EDITORA OBJETIVA EM OUTUBRO DE 2015